亡霊星域

アン・レッキー

ついに内戦が始まった。かつては宇宙戦艦のAIであり，いまはただひとりの生体兵器“属躰《アンシラリー》”となった“わたし”は，宿敵のアナーンダから艦隊司令官に任じられる。“わたし”は復讐心を胸に秘め，正体を隠して新たな艦で出航する――大切な人の妹が住む星系を守るために。乏しい情報と未熟な副官，誰が敵か味方かもわからない困難な状況ながら，かつての悲劇はくりかえさないと決意して……。ヒューゴー賞，ネビュラ賞など7冠制覇の『叛逆航路』に続き，ローカス賞&英国SF協会賞をダブル受賞した，本格宇宙SFのニュー・スタンダード第二弾！

登場人物

ブレク（・ミアナーイ）……〈カルルの慈《めぐみ》〉艦長。階級は艦隊司令官。属躰《アンシラリー》

セイヴァーデン・ヴェンダーイ……〈カルルの慈〉の先任副官

エカル……〈カルルの慈〉の副官。一般兵アマート1から昇進

ティサルワット……〈カルルの慈〉の副官。新米将校

ドクター……〈カルルの慈〉の船医。階級は副官

ヘトニス……〈アタガリスの剣《つるぎ》〉艦長

ジアロッド……アソエクの星系《システム》総督

フォシフ・デンチェ……アソエクの有力市民。惑星の大茶園主

ロード・デンチェ……フォシフの娘

バスナーイド・エルミング……アソエク・ステーションの園芸官。オーン副官の妹

シリックス・オデラ……園芸局で働き、アンダーガーデンに住むサミル人

クエテル……フォシフの茶園で働くヴァルスカーイ人

ウラン……クエテルの〝弟〟

ドゥリケ……蛮族《エイリアン》プレスジャーの通訳士

アナーンダ・ミアナーイ……星間国家ラドチの絶対的支配者

亡 霊 星 域

アン・レッキー
赤 尾 秀 子 訳

創元ＳＦ文庫

ANCILLARY SWORD

by

Ann Leckie

This book is published in Japan
by TOKYO SOGENSHA Co., Ltd.
Japanese translation rights arranged with Ann Leckie
c/o The Gernert Company, New York
through Tuttle-Mori Agency, Inc., Tokyo

亡霊星域

1

「状況を考えると、副官はもう一名、増やしたほうがいい」広大なラドチ圏の（当座の）支配者、アナーンダ・ミアナーイはそういった。美しい刺繡《ししゅう》のある絹地の椅子にすわっているこのアナーンダ――何千とある体のうちのひとつ――は、見たところ、十三歳くらいだ。黒い肌に、黒い服。顔つきはすでに貴人のそれで、ラドチでもとりわけ名家名門の出であることがひと目でわかる。ふつう、ラドチの皇帝は、これほど若年の姿で現われたりしない。が、いまはふつうの状況ではなかった。

この部屋は三・五メートル四方しかなく、壁面に黒い格子の化粧板が張られている。その格子が、一角だけ割れて剝がれているのは、先週の激闘の名残だろう。アナーンダ・ミアナーイの自分自身との（自分のなかにいる敵との）戦いだ。格子には銀緑色の小さな葉をもつ細い蔓《つる》植物が巻きつき、そこかしこで小ぶりの白い花を咲かせていた。ここは宮殿のなかでも一般には公開されない、謁見にも使われない部屋で、アナーンダの横には小卓があり、それをはさんで椅子がもうひとつ。卓の上には、やわらかなふくらみをもつ純白の茶杯がいくつか置かれていた。目利きであれば、この一見平凡な陶器の杯が、一部の惑星などよりはるかに値打ちのある芸術品だとわかるだろう。

お茶を供され、椅子にすわるよう促されたが、わたしは立ったままでいた。

「あなたはわたしに、部下の選択はわたしに任せるといったはずだ」最後につけ加えるべき〝陛下〟をつけ加えない。この部屋に入ってきたときも、アナーンダの姿を見ればすぐ床にひれ伏すべきところを、わたしはそうしなかった。

「おまえはすでに二名、選んだではないか。セイヴァーデンはもちろん、エカルも当然の選択だった」名前を聞いた瞬間、わたしはほぼ反射的にふたりのデータを呼び出した。約〇・一秒後には、それが三万五千キロ離れた場所に停泊している〈カルルの慈《めぐみ》〉に届き、届いてから〇・一秒後には回答がもどってくる。そんな忘れかけていた古い習慣を取り戻すのに数日かかった。そしていまだ、完全には取り戻しきれていない。

「その階級なら、三人めまで指名できるからな」アナーンダは持っていた白い茶杯を——手袋の色は黒だ——こちらに突き出した。おそらく、わたしの軍服を指しているのだろう。一般の軍服は、ジャケットもズボン、ブーツ、手袋もすべてこげ茶色だが、わたしのはそうではなかった。左半分はこげ茶色、右半分は黒色で、記章を見れば、自艦はもとより、他の軍艦の艦長にも指令を与える権限をもつ艦隊司令官であることがわかる。わたしの直接指揮下にあるのは〈カルルの慈〉だけだが、これから向かうアソエク近隣にはほかに艦隊司令官がいないから、この階級が有利に働くだろう。もちろんこれは、他艦の艦長がわたしの権限を素直に受け入れるという前提でのことだ。

一週間ほどまえ、長くくすぶりつづけていた相克が一気に火を噴き、敵方が星系間《システム》ゲートをふたつ破壊した。そこでさらなるゲートの破壊を、ひいてはほかの星系のステーションが敵の手におちることを防ぐのが急務となった。だからアナーンダはわたしを艦隊司令官に任命したのだが、わたしはそれが気に入らなかった。

「くれぐれも勘違いをしないでほしい」と、わたしはアナーンダにいった。「わたしはあなたのために働くのではない」

「わかっているさ」彼女はにっこりした。「三人めといっても、おまえに選べるのは、いまこのステーションか近くの星系にいる将校だけだ。副官のティサルワットは訓練を終えたばかりで、最初の任地に向かう途中だったんだが、おまえのことだ、自分の好きなように育てられる者のほうがいいにちがいないと思ってね、わたしが配置転換させた」そこでにやりとする。

話を聞きながら、わたしはセイヴァーデンがノンレム睡眠の第二段階にあるのを知った。脈拍、体温、呼吸、血中酸素、ホルモン・レベルの数値を見る。そしてつぎにエカル副官のようすを見ると、緊張しつつ当直に就いていた。やや歯を食いしばっており、コルチゾール値は高めだ。〈カルルの慈〉の前艦長が反逆罪で逮捕された一週間ほどまえ、エカルは一兵卒だった。副官になれるなど、想像すらしていなかっただろう。将校としての力量が自分にあるのかどうかさえ、自信をもてずにいるはずだ。

「ましてや――」わたしは視界のデータをかき消し、アナーンダにいった。「経験のある副官がひとりしかいない状態で、勃発した内戦にわたしを巻き込むなど論外だ」

「人手が足りないよりは、ましだろう？」アナーンダはわたしがデータを見たことに気づいているのか、いないのか――。「お嬢ちゃんは艦隊司令官のもとで働けることにわくわくしているよ。いまもデッキでおまえの到着を待っている」茶杯を置いて、背筋を正す。「アソエクに通じるゲートが破壊され、いまあそこがどんな状況になっているのかまったく不明だ。だからおまえに、具体的な指令を出すことはできない。それに――」わたしの発言を制するように片手を上げる。「ああしろこうしろと、おまえにつきっきりで指示するなぞ、時間がもったいないしな。わたしのことなど気にせず、おまえの好きにしたらいい。物資の搬入はすんだか？不足のものはないか？」

かたちばかりの問いかけだった。アナーンダはわたし同様、〈カルルの慈〉の積荷を隅々まで把握しているはずだからだ。わたしは無言で曖昧な仕草を、あえて横柄な態度で返した。

「ヴェルの私物も持っていくといい」アナーンダはわたしが明確な返事をしたかのようにいった。「あいつには、もう必要ないからな」

ヴェル・オスクはつい一週間まえまで〈カルルの慈〉の艦長だった。彼女が私物を必要としない理由はいくらでも考えられるが、もっとも可能性が高いのはいうまでもなく、もはやこの世に存在しないからだ。ラドチの皇帝アナーンダ・ミアナーイは、中途半端なことはけっしてしない、とりわけ敵に対しては。そしてこの場合、ヴェル・オスクの支援した敵がアナーンダ自身であるのはいわずもがなだ。

「必要ない」と、わたしはいった。「ヴェル・オスクの家族のもとに送ればいい」

「それができたらな」ということは、したくてもできないわけだ。「出航まえに必要なものは？　何もないのか？」

　どんな答え方をしようと結果は同じだ。

「何もない」

「おまえがいなくなるとさびしいよ。そんな口のきき方をするのは、おまえくらいのものだ。わたしの怒りをかうことを、いささかも、微塵《みじん》も恐れない者には、めったにお目にかかれない。おまけに、わたしとおまえは似たもの同士だしな」

　そう、わたしはかつて艦船だった。巨大な兵員母艦と数多《あまた》の属躰《アンシラリー》を制御するＡＩだ。個々の属躰は人間の肉体をもちながら、同時にわたしの一部でもあった。当時、わたしは自分を奴隷だなどとは思わず、侵略と征服のための兵器であり、アナーンダの所有物のひとつだと考えていた。そしてアナーンダ自身、何千という体をもち、ラドチ圏全域に存在する。

　しかしいま、わたしはこの、人間の体ひとつ分でしかなかった。

「今後あなたにどんな仕打ちをされようと、過去にされたことを思えばたいしたことはない」

「いわれなくてもわかっているさ。おまえがいかに危険な存在になるかもね。愚かの極みだよ、おまえを生かしておいたのは。おまけに立派な階級と艦船まで与えてしまった。だがな、わたしは負けるゲームはしない」

「わたしたちにとって――」怒りを隠さずにいう。たとえ隠したところで、アナーンダならわたしの肉体的兆候から察するだろう。「これはゲームではない」

「ああ、それも承知だよ、重々承知だ。しかしな、失うものがあるのは避けられない」

返す言葉がいくつか浮かんだが、口にはせず、背を向けそのまま部屋を出た。ドア口に直立不動でいたカルル5は、あわてることなく無言でわたしのあとについてくる。〈カルルの慈〉の兵士はみな属躰ではなく人間だった。だからこのカルル5にも艦名・部隊名・番号ではない、れっきとした名前がある。わたしは一度、彼女をその名で呼んでみたのだが、外見は冷静ながら、彼女の心は警戒心と不安でいっぱいになった。以来、名前で呼ぶのは控えている。

わたしが艦船だったころ——兵員母艦〈トーレンの正義〉の一構成部品だったころ——将校たちの状態はつねに把握していた。何を聞いたか、何を見たか。その息遣い、全身の筋肉の動き。ホルモン・レベルに酸素レベル。その他あらゆるもの。もちろん、思考の内容までは見られないが、それでも経験から、またその将校に関する知識から、推測することは可能だった。かといって、その種のデータを艦長に伝えたことは一度もない。艦長たちの目にはただの数字の羅列でしかなく、ほとんど役に立たないからだ。が、当時のわたしには、ごく自然に認知される情報のひとつだった。

もはや、わたしは艦船ではない。しかしいまも属躰ではあり、人間の艦長には読めないデータも読むことができる。ただそうはいっても、脳が人間の脳ひとつきりだから、情報のごく小さな断片をなんとか処理するのがせいぜいで、かつてのように常時、意識せずに把握するというわけにはいかなかった。そしてたとえ少量のデータでも、それなりに神経を集中させなくてはいけない。歩きながらのデータ受信を初めて試みたときは、不覚にも隔壁に正面衝突してしまった。そこで今回は慎重に、〈カルルの慈〉に指令を出した。だからいま、この廊下で立ち止まったりつまずいたりせずに、歩きながらカルル5をモニターできる。

そうして何事もなく無事に、宮殿の受付区域に到着。カルル5のなかに見えたのは、疲労と軽い二日酔い。また、うんざり、げんなりしてもいるが、これはわたしとアナーンダの会合中、壁をにらんで立ちつづけていたせいだろう。そしてもうひとつ、期待と恐れが相半ばする奇妙なものが見え、それが心にひっかかった。その葛藤の理由がわからないからだ。

ここのメイン・コンコースは石畳で、水平、垂直ともに広々している。わたしはコンコースに出ると、ドック行きのリフトに向かった。そこで待機しているシャトルに乗って、〈カルルの慈〉にもどるのだ。

それにしても、アナーンダ・ミアナーイが自分自身との戦いをおおやけにし、激烈な戦闘を繰り広げたのはつい先週のことだというのに、コンコースの店舗や事務所の大半は赤、青、緑、橙《だいだい》と色とりどりで、早くも以前の姿をとりもどしているのには、驚嘆するしかなかった。寺院のファサードに描かれた神々の像は美しく輝き、行き交う市民も色彩豊かな上着にズボン、手袋を身につけて宝石をきらめかせ、ふだんと変わらないように見える。先週の激闘がまるで嘘のようで、ラドチの皇帝アナーンダ・ミアナーイは自己分裂などせず、いまも確たる一個の存在であるかのようだ。しかし、あの闘争はまぎれもない現実であり、アナーンダはもはや一個の存在ではなかった。といっても、かなり以前からそうだったのが、単に表面化したにすぎない。

リフトに向かう途中、わたしは敵意と失望に包まれた。立ち止まり、ふりかえる。合わせてカルル5も、立ち止まる。冷めた目でまっすぐ前方を見ているだけだから、〈カルルの慈〉がわたしに伝達した敵意が、この5から発散されたものだとは一見信じがたかった。どうやら人間のなかにも、強い感情を表に出さずに抑えこめる者がいるらしい。カルル5はまったくの無表情なのだ。おそらく〈カルルの慈〉の乗員はみな、結果的にそれができるようになったのだろう。ヴェル前艦長は古風で（少なくとも自分のなかで理想化した〝古風〟があった）、部下の人間の兵士に属躰のごとく振る舞うよう要求していた。

このカルル5は、わたしが属躰であることを知らない。知っているのは、わたしが艦隊司令官ブレク・ミアナーイであること、前任のヴェル艦長の逮捕を受けてこの艦を任されたということだけだ。また、彼女も他の兵士と同じく、わたしは権門勢家の出であるから昇進できた、と推測している。そして自分の様態が、どれくらいわたしに把握されているかは知る由もない。

「どうした？」わたしは不意をつき、ぞんざいに訊いた。

「はい、艦隊司令官？」そっけなく、無表情。やや遅れて見えたのは、自分のことは気にするな、ほっといてくれ、という思い。そして反面、話したい、という思いも。

やはり、あの敵意と失望はわたしに向けられたものだ。

「いいたいことがあるならいいなさい」

驚き。そして怯《おび》え。だが筋肉はぴくりとも動かない。

「はい、艦隊司令官」彼女はまたそういったが、ここで初めて、ほんの少しだけ表情らしきものが浮かび、すぐまた消えた。ごくりと唾をのみこむ。「食器です」

驚くのはわたしのほうだった。

「食器？」

「艦隊司令官はヴェル艦長が使用していたものを、このステーションの倉庫に片づけてしまわれました」

美しい品々。彼女が気にかけているのは陶器にガラス、宝石が飾られた琺瑯《ほうろう》の高級食器（フォーク類と茶器も）だろう。だが、どれもわたしのものではないし、ヴェル・オスクの私物を手元に置きたいとは思わない。カルル5はわたしに、彼女を理解してほしがっている。心からそれを望んでいる。しかし、わたしは理解しない。

「それで？」

落胆。というよりも、怒り。彼女にしてみれば、答えるまでもない、わかりきったことなのだろう。だがわたしにわかるのは、彼女はわたしに問われてもなお、素直に答えないということだけだ。

「艦隊司令官……」カルル5がようやく口を開いた。あたりを通り過ぎる市民のなかには、こちらに好奇の目を向ける者もいれば、気づかないふりをする者もいる。「われわれは、まもなく出航してこの星系を去ります」

「カルル5」わたしはいらつき、気短になった。もともとアナーンダと話したあとで、気分はよくない。「さっさと要点だけいってほしい」

「きちんとした食器なしで出航することなどできません！」いきなり声が大きくなった。それでも感心するほど無表情を保っている。「艦隊司令官――」わたしが答えずにいると、彼女は率直に語ることに怯えながらもつづけた。「あなたにとっては、どうでもいいことでしょう。あなたは艦隊司令官です。艦隊司令官と聞けば、誰だってかしこまります」そして、この家名も。いまのわたしは、ブレク・ミアナーイなのだ。アナーンダの親族を示すこんな名前をつけられて、うれしいわけがなかった。〈カルルの慈〉の乗員で、これが偽名であるのを知っているのはセイヴァーデンと船医だけだ。「ほかの軍艦の艦長でも、あなたに夕食に招待されれば、一般兵と変わらぬもてなし方をされたところで不満ひとついえないでしょう」そう、いいたくてもいえない。わたしより階級が上でなければ。

「宴会をやるために出航するのではない」

わたしの言葉に、彼女は明らかに狼狽《ろうばい》し、表情のない顔が一瞬だけゆがんだ。

「艦隊司令官！」苦渋のなかで、懇願する調子。「もちろん、ほかの者にどう思われるかなど、気になさる必要はありません。わたしはただ、話せというご指示のもとに話したにすぎません」

もちろんだ。それにしても、カルル5をもっと早くに注視していたら、その時点で気がつき、いまごろこんな話をせずにすんだだろう。彼女はわたしがその肩書きにふさわしい食器を使用しなければ、自分の顔がつぶれると心配しているのだ。ひいては、〈カルルの慈〉そのものの。

「艦の評判が気になるのかな？」

多少むっとしつつも、安堵《あんど》の声で――「はい、艦隊司令官」

「わたしはヴェル・オスクではないよ」前の艦長は、そのてのことにずいぶん気をもむ人間だった。

「わかっております」いやに強調した言い方だったが、そこには安堵ものぞく。前艦長とわたしの違いを喜ばしいこととして受け止めているからか、もしくはわたしが彼女の真意を理解した発言をしたからか。あるいはその両方か——。

金銭関係はすべて清算し、〈カルルの慈〉の私室にチットのかたちで保管してある。持ち歩いているわずかな金《かね》では、カルル5の不安を解消するには足りないだろう。このステーション——ここを機能させるAI、ステーションそのもの——なら財務上の問題を肩代わりできるが、ステーションはあの惨事の原因はわたしであると思い、いっさい協力しないはずだ。

「宮殿にもどって——」と、わたしはカルル5にいった。「アナーンダに要望を伝えるといい」

彼女の目がほんの少し見開かれ、〇・二秒後には信じられないという目つきになり、それから真正の怯えが見えた。「自分の望みどおりのものが手に入ったと思えたら、シャトルに来なさい」

市民が三人、通り過ぎた。手袋をはめた手で鞄《かばん》を持ち、漏れ聞こえた会話からドックに向かっているのだとわかった。星系外縁のステーションに向かう船に乗るらしい。リフトの扉がすっと開いた。彼女たちに指示されなくても、ステーションはその行く先を知っているからだ。

そして、わたしの行く先も知っている。なのにリフトの扉は、わたしが口頭で指示しないかぎり、ひとつも開こうとしない。カルル5に背を向け、わたしは市民たちの後ろについて、急ぎリフトに乗った。扉がカルル5の顔前で閉まっていく。彼女はコンコースの黒い石畳の上で怯えきって立っていた。リフトは上昇し、市民三人はおしゃべりをつづける。わたしは目を閉じ、カルル5の様態を見た。彼女はリフトを見つめたまま立ちつくし、いくらか呼吸が荒い。そばを通り過ぎる市民が気づかないほど、ほんの少しだけ、顔をしかめる。そして指を動かし、〈カルルの慈〉に連絡をとった。のぞく不安はおそらく、〈慈〉から回答がないことを恐れているのだろう。

しかしもちろん、〈慈〉はとっくに状況を把握していた。

「心配いりません」おちついた穏やかな声が、カルル5とわたしの耳に届く。「艦隊司令官はあなたに怒っているわけではありません。気にせずに先へ。問題ありません」

そのとおりだった。わたしはカルル5に怒っているのではない。彼女に関するデータを退け、べつの映像を受けとる。セイヴァーデンは眠り、夢を見ていた。つぎにエカル副官。彼女はまだ緊張し、部下のエトレパにお茶を頼んでいる。わたしは目を開けた。リフト内の市民たちが笑い声をあげたが、何がおかしかったのかは不明で、とくに興味もない。扉が開き、市民とともに外に出る。ドックのロビーは広大だった。四方にずらりと並ぶ神々の像は、観光客にとってはうれしく、心もなごむだろう。この時刻、全体に人影はまばらながら、ドックの管理事務所の前にだけは人の列ができていた。見るからに不機嫌そうな船長やパイロットたちが、過労ぎみの審査補佐官に苦情を申し立てるべく並んで待っているのだ。先週の騒乱で、星系間ゲートがふたつ破壊されたことから、アナーンダは残っている無事なゲートを守るため、全面通行禁止とした。その結果、この星系でも何十という船舶が、乗客や積荷をのせたまま立ち往生している。

わたしが近づくと人の列は左右に分かれ、みな小さくお辞儀をした。まるで風が吹き抜けたかのようで、おそらくわたしの軍服がそうさせたのだろう。船長がひとり、隣の人間にささやくのが聞こえた――「あれは誰だ?」。訊かれた者は何やらつぶやき、ほかの者たちは船長の無知にあきれたように知っていることを話しはじめた。〝ミアナーイ〟と〝特殊任務〟という単語が漏れ聞こえる。先週の一連の出来事は、そのように解釈されているのだ。公式には、わたしは反体制の陰謀を根絶するため、正体を隠してこのオマーフ宮殿に来たということになっている。つまり、わたしはアナーンダ・ミアナーイの配下なわけだが、一部の関係者なら、それが真っ赤な嘘であることを知らないまでも、疑いはするだろう。しかしラドチャーイの大半は平凡な生活を送り、疑ってかかる理由も必要もない。

わたしが補佐官たちの前を通り過ぎ、まっすぐ審査監理官の執務室に向かっても、誰も何もいわなかった。ダオス・セイト補佐官はまだ療養中で、室内には見知らぬ補佐官がいた。わたしが入るとすぐに立ち上がり、お辞儀をする。そしてもうひとり、ずいぶん若い副官がお辞儀をした。十七歳にしてはとても優雅でおちついた動作だったが、手も足も細く、最初の俸給で瞳の色を変えるくらい軽薄ではあるようだ(こんなライラック色の目で生まれたとは、とうてい信じられない)。こげ茶色の軍服、手袋、ブーツには汚れも皺もなく、直毛の黒髪は短く刈り上げられている。

「艦隊司令官――」彼女が挨拶した。「副官のティサルワットです」ふたたびお辞儀。

わたしは無言で彼女の顔をしばらく見つめた。しかし、凝視に戸惑っているようすはない。彼女はまだ〈カルルの慈〉にデータを送っていないので断言はできないが、少なくとも肌の褐色が紅潮で深みを増したようには見えなかった。片方の肩に、控えめながらいくつも散らばる小さな記念ピンから、それなりの資産はあっても高家の出ではないとわかる。人並みはずれて肝のすわった若者か、もしくはとんでもなく鈍いのか。どちらであれ、好ましくはない。

「どうぞ、お入りください」初対面の補佐官が、奥の部屋に腕を振った。わたしはティサルワット副官に声をかけないまま、そちらへ向かった。

濃い褐色の肌、琥珀《こはく》色の瞳、群青《ぐんじょう》色の制服姿でもなお優雅で高貴な審査監理官――スカーイアト・アウェルが立ち上がり、お辞儀をした。わたしの背後でドアが閉まる。

「やあ、ブレク。いよいよ出航かな？」

あなたが許可してくれればすぐに――といいかけて、カルル5をアナーンダのもとに送ったことを思い出した。

「カルル5がもどってくるのを待っています。まともな食器がないと、出航してはいけないらしいので」

スカーイアト監理官は怪訝《けげん》な顔をした。といっても、一瞬のことでしかない。いうまでもなく彼女は、わたしが前艦長の私物をここに差し戻し、代替品を所有していないのを知っている。怪訝な表情は、抑えた微笑に変わった。

「おそらくあなたも――」と、スカーイアト。「同じように感じるのでは？」つまり、わたしがカルル5の立場であれば、という意味だろう。艦船だった現役時代であれば。

「いいえ、思わないでしょう。過去に思ったこともありません。でも一部の艦船は、そうでしょうね。過去も、現在も」おしなべて、〈剣《つるぎ》〉は自分たちのほうが、小型でたいした仕事をしない〈慈〉や兵員母艦の〈正義〉より上だと考えている。

「7イッサたちは、その種のことを気にしていたよ」スカーイアトはこのオマーフ宮殿の審査監理官になる以前、人間の兵士を乗せた軍艦の副官だった。いま、彼女はわたしが身につけている唯一の宝石、左肩近くにあるゴールドの記念ピンに目をとめると、話題を変えるかのように手を振った。「行き先はアソエクらしいが――」わたしの目的地は機密情報とみなされ、公表されていないはずだった。といっても、アウェル家は旧家で財閥、名門中の名門だから、機密事項であれ、縁故を通じて知ることができる。「わたしなら、あなたをそんな場所には送らないだろう」

「そんな場所に、行くことはもう決まっているので」

彼女はむっとすることもなく、「どうか、すわって。お茶は？」と訊いた。

「いいえ、結構です。ありがとう」こういう状況でなければ、お茶を飲みながらのんびり雑談できたかもしれない。が、ともかくいまは早く出発したかった。

スカーイアトはこの返事にもいやな顔ひとつしなかったが、彼女自身、椅子にすわらず立ったまま話しつづけた。

「アソエク・ステーションに到着したら、バスナーイド・エルミングに連絡をとるのだろう」

質問ではなく、断定だった。バスナーイドは、スカーイアトとわたしがかつて愛した人の妹だ。アナーンダの命令に従い、わたしが射殺した人の妹――。「彼女はオーンにそっくりだよ、ある面でね」

「頑固だ、と以前あなたから聞いたと思う」

「自負心が強くてね、姉に負けず劣らず頑固でもある。いや、姉以上かな。庇護関係《クリエンテラ》を申し出たら、ひどく不機嫌になったよ。あえてこんな話をするのは、あなたもそうするかもしれないと思うからだ。いまこの世にいる者で、彼女より強情なのはあなたくらいのものだろう」

わたしは眉をぴくりと上げた。

「あの暴君よりも？」ラドチ語ではなく、とある地方の言葉を使う。ラドチが、すなわちアナーンダが侵略・併呑した地域だ。これがどこの言葉でどういう意味かを理解できるのは、オマーフ宮殿ではわたしとこのスカーイアト、そしてアナーンダくらいのものだろう。

スカーイアトは口をゆがめ、苦笑した。

「そうかもしれないし、そうでないかもしれない。いずれにせよ、バスナーイドに金銭などの好意を申し出るのは慎重にしたほうがよい。彼女はそれを善意とは受け止めないだろう」投げやりではないながら、諦めぎみに手を振る。〝何をいっても、あなたは自分のやりたいようにやるだろうが〟といいたいらしい。「そういえば、新任の副官が乗艦するようだな」

ティサルワットのことだろう。「なぜ彼女は、直接シャトルに行かずに、ここへ？」

「補佐官に謝罪しに来たんだよ」外の事務室にいる、ダオス・セイトの代理だ。「母親たちが親族でね」厳密にいえば、親族とは一代または二代まえの親が同じで別家系の者を指すが、会話で用いる場合は、もっと遠い関係でも友人だったり一緒に育ったりした者を含むこともある。「きのう、お茶を一緒にする約束だったんだが、ティサルワットは姿を見せず、メッセージを送っても返信がなかった。軍人がドックの審査官をどう思っているかは、あなたも知っているだろう?」つまり、表面的には礼を保ち、内心ではばかにしている。「わたしの補佐官は怒り心頭でね」

「だとしても、副官がわざわざ謝罪に来るというのは?」

「あなたには――」笑みがこぼれる。「親族に不快な思いをさせるとは何事だ、と叱りつける母親がいないからね」

たしかに。「あなたは彼女をどう思う?」

「一、二日まえなら〝軽はずみ〟と答えていただろう。だがきょうの彼女は、とても控えめだ」そう、さっき外の事務室にいた副官はおちついていて、〝軽はずみ〟には見えなかった、非常識な目の色は別にして。「きのうまで、彼女は辺境の星系で事務職に就く予定だった」

「暴君はわたしに、新米の事務官を押しつけたわけだ」

「何であれ、彼女があなたに新人をつけるとは意外だったな。彼女みずから、同行すると思っていたよ。たぶん、ここにはまだ、十分な数の彼女がいないのだろう」続きを何かいいかけて顔をしかめ、首をかしげる。「申し訳ない、緊急の連絡が入った」

ドックには補給や修理、救急医療の必要な船舶がたくさんいた。この星系で足止めを食らい、乗員・乗客ともに不満が鬱積《うっせき》している。スカーイアトの部下たちはこの何日か、休む暇もなく働きづめのはずだ。

「それでは――」わたしはお辞儀をし、「お暇《いとま》するとしましょう」というと、緊急連絡に聞き入っているスカーイアトに背を向けた。

「ブレク――」呼ばれてふりかえると、スカーイアトはまだ少し首をかしげて聞き入りながらいった。「くれぐれも気をつけて」

「あなたも」

ドアを開けて外の事務室に入る。ティサルワット副官は静かに立って待っていた。審査補佐官は宙をにらんで指を動かしているから、緊急の用件に対応しているのだろう。

「副官」わたしは短くそれだけいうと、返事を待たずに事務室を出た。大勢の不機嫌そうな船長たちのあいだを抜けてドックへ向かう。そこには〈カルルの慈〉へ飛ぶシャトルが待機しているはずだった。

シャトルは小さいので重力をつくることができない。わたしはそれでも十分にくつろげるが、若い将校たちはなかなかそうもいかなかった。カルル5をドックで待つようティサルワット副官に命じ、わたしはステーションの重力とシャトルの無重力の不安定な境界をつっきってシートにふわりと飛び乗り、ベルトを締めた。ここでは頭を上下するのさえむずかしいが、操縦士が礼を尽くしてひとつうなずく。

目を閉じて、カルル5の様子を見てみる。彼女はステーションの宮殿地区の、広い倉庫にいた。灰色の壁に囲まれた殺風景な空間は、大小の荷箱でいっぱいだ。彼女はこげ茶色の手袋をした手で、深い薔薇《ばら》色の華奢《きゃしゃ》なガラスの茶杯を持っていた。足元の開いた箱には、フラスクひとつ、茶杯七つ、そして皿類。ただし、美しい食器を目にした喜び、欲求は、疑念に揺らいでいた。彼女の心のなかは、わたしには読めない。とはいえおそらく、ここにあるものから選ぶようにいわれ、これを見つけてぜひともほしいと思ったものの、これほどのものをほんとうに持ちだしてもかまわないのか、疑心暗鬼に陥っているのだろう。あれは手吹きガラスで、七百年はまえのものと思われた。どうやらカルル5は目利きらしい。

わたしは映像を消した。彼女はしばらく悩むだろうし、わたしは少し眠ったほうがいい。

三時間後に目覚めると、ライラック色の瞳が見えた。ティサルワット副官が向かいのシートにすわっている。その隣でカルル5が——満ち足りた表情は宮殿倉庫での成果ゆえだろう——彼女に向かってひとつうなずき、「もしものときに備えて」とささやきながら袋を差し出した。新米副官の胃が、微小重力で逆流した場合の用心だ。

若い将校にとって、このような気遣いは侮辱でしかないだろう。ティサルワット副官は薄い、曖昧な笑みを浮かべた。表面的には、いまも変わらずおちつきはらっている。

「副官——」わたしはティサルワットに呼びかけた。カルル5が操縦士（彼女もカルルだ）の隣のシートに向かって跳ね上がり、ベルトを締める。「薬は飲んだか？」これもそれなりに侮辱ではある。吐き気止めの薬のことで、シャトルに乗るたび服用する優秀なベテラン将校をわたしは何人も知っていた。ただし、本人はそれを認めようとはしない。

ティサルワット副官の顔から、完全に微笑が消えた。

「いいえ、飲んでいません」沈着。冷静。

「必要なら、操縦士からもらいなさい」こういえば、何らかの反応があるだろう。

予想どおりだった。が、ほんの一瞬間《ま》があいた。彼女は眉間に皺を寄せ、シートベルトが胸に張りつくほど背をそらしていった。

「いいえ、必要ありません」

軽はずみ、とスカーイアトはいった。彼女が人を大きく見誤ることはない。

「あなたの配属は、わたしが望んだものではないからね、副官」穏やかな口調のなかに怒りをのぞかせてみる。この状況ではたやすくできた。「あなたがここにいるのは、アナーンダ・ミアナーイが命令したからだ。わたしには、生まれたての乳児を手塩にかけて育てる暇もなければ余裕もない。自力で一日でも早く大人になるように。自分のしていることがきちんとわかっている将校以外は不要だ。信頼して仕事を任せられないかぎり、乗員とも呼べない」

「はい、艦隊司令官」冷静ながらも多少の熱意をこめ、眉間の皺がやや深くなった。「了解しました」

何かを飲んでいる。おそらく、吐き気止めだ。そして、賭けてもいい――彼女は鎮静剤を大量に飲んでいる。身上書を読んでみようか、と思った。いまなら〈カルルの慈〉に届いているだろう。しかし記録を呼び出せば、暴君に知られる。つまるところ〈カルルの慈〉はアナーンダのものであり、アナーンダは艦を好きに操れるのだ。〈カルルの慈〉はわたしがすることすべてを見聞きし、アナーンダはひと言命令するだけでその情報を手に入れられる。わたしは自分の疑念をアナーンダに知られたくはなかった。いや、正確にいえば、疑念はただの杞憂《きゆう》でしかないことを確認したいのだ。きわめて不合理。

いま、暴君がわたしを監視しているなら――この星系にいるあいだは〈カルルの慈〉経由で確実にそうしているはずだ――半人前どころか新米の将校を押しつけられ、わたしは憤慨している、と思わせておこう。

ティサルワット副官から目をそらし、前を見る。すると操縦士がカルル5に顔を寄せ、小声で「何かあったらしいな」と漠然といった。カルル5は戸惑った顔をし、操縦士はつづけた。

「ずいぶん静かだ」

「ずっと?」カルル5も漠然と訊き返す。なぜなら、ふたりはわたしについて話しているからだ。そしてわたしが〈カルルの慈〉に〝乗員がわたしの噂話をしたら教えろ〟と命令しては困るからだ。わたしには長年の、ほぼ二千年にわたる習慣があった。思いついた歌を口ずさむ、もしくはハミングするのだが、乗員はこれに困惑し、当初は苦痛さえ感じたようだ。わたしの――唯一残っているこの体の――声は、お世辞にも良いとはいえない。しかし徐々に慣れてきたらしく、皮肉なことに、わたしが歌わずにいるほうが不安を覚えるらしい。

「そう、ずっと」操縦士はカルル5にいった。横目になり、首と肩の筋肉がひくついたから、ティサルワット副官に視線を向けたのだろう。

「わかった」カルル5は操縦士が目顔で伝えようとしたこと、つまりわたしが不機嫌な理由を了解した。

いいだろう。アナーンダ・ミアナーイもこれを見ている。

〈カルルの慈〉までは時間がかかる。しかしティサルワット副官は嘔吐袋が必要になるような、不快な様子をちらとも見せなかった。わたしはそのあいだ眠り、考えながら過ごした。

船舶、通信、データは、進路情報を示す常時開放のゲートを利用して星系間を行き来する。計測に基づいた進路が示されるのだが、飛行距離や接近距離は通常空間のそれとは一致しない。ただ、〈カルルの慈〉のような軍艦は、独自のゲートを生成できた。といっても、進路や出口・入口を誤る危険度ははるかに高く、艦は目的地以外に行き着く、あるいはどこにも行き着かないことさえある。が、わたしは心配していなかった。〈カルルの慈〉は信頼でき、アソエク・ステーションに無事に到着できるだろう。

また、独自につくった泡空間を抜けているあいだは完全に孤立し、それはわたしの望むところでもあった。オマーフ宮殿から少しでも離れ、アナーンダ・ミアナーイの視界から一刻も早く抜け出したい。暴君のいかなる命令、いかなる介入も遮断したい。

シャトルが〈カルルの慈〉に接近し、ドッキングまであと数分ほどになったころ、〈カルルの慈〉がわたしの耳に直接語りかけてきた。

「艦隊司令官――」こんなかたちで話しかけてくる必要はないはずだった。わたしの注意をひきたいと思えばそれですむのだ。それにわたしがいちいち口にしなくても、心の内は感じとれているはずだ。人間の兵士や将校とは違うかたちで、わたしは艦とつながっていた。ただし、わたしは〈カルルの慈〉そのものにはなれない。かつて〈トーレンの正義〉だったようには。この身ひとつだけになったいまは。艦船になることはできない、永久に――。

「〈カルルの慈〉」わたしは静かに応じ、そのひと言だけで、〈慈〉はわたしに計測結果を伝え、わたしの視界に利用可能ルートすべてと出発時刻を示した。わたしは最短のものを選択し、指示を与える。それから六時間と少しあと、わたしたちは通常空間から姿を消した。

2

あの暴君は、わたしたちは似たもの同士だといった。たしかに、ある面ではそのとおりだろう。アナーンダは一個の存在でありながら何千という身体をもち、かつてのわたしも複数の個体でひとつの自己だった。そういう意味では、アナーンダとわたしはきわめて似通っている。軍による属躰《アンシラリー》使用の是非に関し、一部の市民はその点を指摘した（といっても、この百年かそこらの比較的最近のことでしかない）――そりゃ誰だって、同じことが自分の身に、友人や親族の身に起きたら、と考えるだけでぞっとするだろうさ。だけど皇帝自身があの状態なんだよ。ある意味、皇帝は自分に仕える軍艦と同じなわけで、そんなに目くじらたてなくてもいいんじゃないの？　ラドチは正義を果たしきれていない、なんていう批判は、滑稽としかいいようがないね。

正義は三つのうちの、ひとつ。正義と礼節と裨益《ひえき》。不正な行為は礼節にかなわず、礼節にかなわない行為は不正である。正義と礼節が拠《よ》りあってこそ、裨益に至るのだ。では裨益とは、誰に、何にもたらされるのか――は、アラックをあおりながら深夜に議論されがちなテーマだったが、正義と礼節が神の御心に添うかたちで裨益につながることに、疑問を抱くラドチャーイはいない。異常な環境下でないかぎり、ラドチはつねに正義、礼節、裨益そのものなのだ。いうまでもなく、ラドチの皇帝は軍艦ではなく、市民である。それも、ラドチの絶対的支配者だ。わたしはアナーンダ・ミアナーイが支配を拡大するための、兵器のひとつでしかない。彼女の従者。さまざまな意味合いで、彼女の奴隷だ。そしてさらに根源的な違いがある。アナーンダの身体はすべて、彼女の一部となるべく、あらゆる点で最初からまったく等しく同一につくられ、成長した。何千という脳が、アナーンダ・ミアナーイという一個の存在にインプラントで同化するためだけに育てられたのだ。この三千年というもの、アナーンダは揺るぎなくアナーンダその人であり、一瞬たりとも別の人間であったことはない。捕らえられ、必要とされるまで何十年いや何百年もサスペンション・ポッドに閉じ込められる生身の人間（青年期後期や成人早期が好まれたが、もっと年長の者もいた）とは、わけが違うのだ。あっさりと解凍され、脳にインプラントを突っこまれ、神経を断ち切られて新しいのをつなげられ、それまでの人生を完全消去されて、艦のＡＩの記憶に置き換えられる人間とは──。

実際に体験しなければ、それがどんなものかは想像もつかないだろう。恐怖と悪心《おしん》、戦慄は、処置が終了してもなおつづく。自分が艦船であることを知り、以前の自分が死んだことを淡々と受け止めてもなおだ。そうして一週間か、ときにそれ以上たってからようやく、肉体と脳が新しい状態になんとかなじむ。その間に副作用は消えてゆき、恐怖心は大幅に軽減されるだろう。ではその一方で、一個の肉体としての不快感はどうなるか？　何十分の一、何百分の一の体などたいした価値はなく、患苦《かんく》は通り過ぎてゆくものでしかない。それがもし重度で、ある程度の期間がたっても解消しなければ、肉体は廃棄処分となり、別の新しい人体に取り替えられるだけのことだ。倉庫には、在庫が腐るほどあるのだから。

とはいえすでに、アナーンダは属躰の新規製造を禁止した。もはや誰も、我が身の行く末を案じる必要はなくなったのだ。巨大母艦の船倉で、いまも解凍されるのを待っている何千もの人びとを別にして。


〈カルルの慈《めぐみ》〉の艦長となったわたしは個室をもてた。わずか三×四メートルだが、保管スペース兼用の箱型ベンチが全壁面にある。そのひとつを寝台にも使い、そこに私物の荷箱や鞄《かばん》を収納した。そしてその下に、艦のAIが見ることも感知することもできない箱を忍ばせる。人間と人間の目をもつ属躰には見えるものの、スキャナーやセンサーでは箱そのものも、なかに入っている銃や弾丸も捉えることはできない。この宇宙にあるものすべてを破壊できる銃だが、その仕組みはもとより、人間の目には見えてもなぜカメラのレンズに見えないのかは謎のままだ。そしてたとえばAIには、箱がある空間が空っぽではなく、そこに何かどうでもいいものがあるように見えてしまう。まったく不可思議きわまりなかった。しかし、これが現実なのだ。

箱、銃、銃弾は蛮族《エイリアン》のプレスジャー製で、彼らの目的ははっきりしない。アナーンダ・ミアナーイでさえ、プレスジャーを心《しん》から恐れている。広大なラドチ圏を統べるアナーンダ、使っても使いきれないほどの軍隊をもつアナーンダでさえ。

ただ、〈カルルの慈〉は箱についても、銃についても承知していた。なぜなら、わたしが教えたからで、部下のカルルたちはそれを、未開封の箱のひとつだと思っている。普段、彼女たちは属躰のように振る舞うが、もしほんとうに属躰だったら、そこで話は終わりだ。しかし、実体は属躰ではなく人間で、とてつもなく知りたがり屋だった。わたしの寝床や毛布類を片づけるときはぐずぐずし、あれは何かと想像をめぐらせる。わたしが艦長でなかったら、もっと高位の艦隊司令官でなかったら、一度ならず二度三度と隅々まで探り、ああでもないこうでもないと噂しあったことだろう。だが、わたしは乗員に対して生殺与奪の権利をもつ艦長だ。ささやかなプライバシーが守れることをありがたいと思った。

この部屋は、ヴェル前艦長（アナーンダの自己内部の相克で敵側についた）が使っていたものだ。そのころの床やベンチのカバー、クッションはぎとり、いまはオマーフ宮殿にある。ヴェル艦長は壁面に、とある古い時代の様式の複雑な渦巻き模様を紫と緑で描いてもいた。彼女はそこに現代では失われた優雅さや上品さを見たのだろうが、当時を生きたわたしにはただの懐古趣味でしかなく、いずれ塗り直させるつもりだ。ともかくいまはもっと緊急の課題がいくつもあったし、壁面装飾は艦長の部屋だけで、ほかには使われていなかった。

また、彼女の信じた神々が、〈カルルの慈〉の神々――ラドチャーイの主神アマートと、艦の名前にもなっているカルル――の下の壁龕《へきがん》にまつられていて、わたしはそれを取り除き、代わりに〝百合から生まれた人〟とエスク・ヴァル（始まり／終わりのエマナチオン）、トーレンの小さな安物のイコンを置いた。このイコンは運よくたまたま見つけたもので、トーレンは古い神とはいえ、広く信仰されることはなく、この名を冠する軍艦何隻かの乗員以外にはほぼ忘れられた神となっていた。その軍艦も現在、近くのステーションには一隻として停泊せず、うち一隻は――わたし自身は――破壊された。

ここにもっと多くの神をまつることはできるし、ふつうはそうする。わたしは神など信じないが、ほかに何もまつらなければ乗員の不審をかうだろう。そこで代わりになるものを置くことにした。神としてではなく、単にあることを思い出すよすがとしてだ。もちろん乗員はそんな事情を知る由もない。そして毎日香を焚き、アマートやカルルとともに、食べものとエナメルを施した真鍮《しんちゅう》の花を供えたが、初めてこれを見たカルル5は眉をひそめた。どこにでもある安物で、ミアナーイ家や艦隊司令官が捧げるものとは思えなかったからだ。カルル5はそれを、わたしの名前や肩書きには触れずにカルル17に話した。彼女はわたしが属躰であることを知らないから、自分の様態がわたしに見られていることも知らない。しかしわたしは属躰ゆえに、カルル5がどこで、何を、誰に話したかを、〈カルルの慈〉経由で容易に見ることができる。というわけでカルル5は、陰口をたたいたことは艦にしか知られていないと思いこんでいた。

ゲートに入ってから二日後、アソエクに向かって隔離空間を航海するなか、わたしは寝台の縁に腰かけ、深い薔薇《ばら》色のガラスの杯でお茶を飲んでいた。カルル5は今朝のオーメン投げで使った金属の円盤《オーメン》と布を片づけている。投げた結果が〝順調〟な航海を予告したのはいうまでもない。布に落ちたオーメンの散らばり具合から、それ以外のことを告げる艦長がいるとしたら、よほど愚かだ。

わたしは目を閉じ、艦内の各通路、各部屋を見た。どこも汚れひとつなく純白。再生空気と洗浄剤のなつかしい、心地よいにおいがする。アマート分隊が担当の通路と部屋を清掃し終え、彼女たちの指揮官で〈カルルの慈〉の先任副官セイヴァーデンが仕上がりを確認、いまや時代遅れの優雅な話し方で労をねぎらいつつ注意点を告げ、明日の担当を割り当てている。

セイヴァーデンは人の上に立つべく生まれ、その風貌はいかにも由緒正しい家筋のそれだった。出身家系はアナーンダの遠い親戚筋で高貴、かつ富豪でもあり、彼女は指揮官になることを前提に育てられた。多くの点で、セイヴァーデンはラドチ軍将校の典型的イメージを体現しているといっていい。部下のアマートたちと話している彼女はくつろぎながらも毅然《きぜん》とし、わたしが知っている千年まえの彼女とほぼ変わりなかった。当時、セイヴァーデンは艦長だったが、その後、艦を失い、属躰が彼女を脱出ポッドに入れたものの、追跡タグの損傷から、宇宙を何百年となくさまようことになる。そして発見され、解凍されたとき、彼女が知っている者はみなこの世を去り、家そのものも消滅し、ラドチ圏は様変わりしていた。セイヴァーデンはラドチを逃げ出し、放浪の旅をする、目的などなく、節度もなしに。かならずしも死を願っていたわけではないだろう。しかし心のどこかで、大事故にでもあえばいいくらいは思っていたのではないか。わたしが彼女を発見してから、体重は増え、おちた筋肉ももとにもどり、いまではかなり健康に見える。が、どこかくたびれた印象はぬぐえなかった。属躰が彼女を脱出ポッドに入れたとき、年齢は四十八。凍って過ごした千年を加えれば、彼女の歳はいま、〈カルルの慈〉で上から二番めだ。

そのつぎがエカル副官で、現在、部下のエトレパふたりとともに司令室で当直に就いていた。原則的には、当直などまったく必要ない。艦と周辺地域の見守りは、けっして眠ることのない〈カルルの慈〉に任せればよいからだ。ましてやいまはゲート空間内で、厄介なことは（あえていえば面白いことも）起きる可能性はなかった。それでもシステムが不調をきたす可能性はゼロではないので、乗員が待機していれば、より迅速に、より簡便に対処できる。そしてもちろん、小さな艦に詰め込まれた何十人もの兵士には、規律を保ち忙しくさせておくための任務が必要だ。〈カルルの慈〉がデータ、地図、図面をエカル副官の視界に上げて、時に応じ、種種の情報を彼女の耳に温かい励ましの言葉とともに報告する。〈カルルの慈〉はエカル副官を好み、彼女の知性と能力を信頼していた。

カルルは艦長、つまりわたし直属の分隊で、ほかの分隊は十人編成だが、カルルだけは二十人だった。睡眠もほかの分隊と違い、時間差でとる。分隊としての休憩がないわけで、これは兵士が人間ではなく属躰（すなわち艦船の一部）だった時代の最後の名残といえた。

いま、目覚めたカルルは兵員食堂に集まっていた。飾り気のない白壁の部屋で、食器を保管し、十人ほどが食事できる程度の広さだ。彼女たちは立ったままで、その横にスケルでつくった朝食の皿がある。スケルは人間の体に必要な栄養素をすべてもつ、生長の早い、深緑のぬるぬるした草だ。小さいころからこれを食べて育ったのでなければ、味に慣れるのに時間がかかるだろう。が、これを主食にするラドチャーイは多い。

食堂にいるカルルたちは、不ぞろいながら声を合わせて朝の祈りを始めた。「正義の花は、平和――」最初の一語か二語で音程は合い、祈りらしいリズムになった。「礼節の花は、思いと行ないの美しさ――」

一方、分隊室にはドクターがいた。名前をもち、階級は副官ながら、そのどちらでも呼ばれることはない。あくまで〈カルルの慈〉の船医だが、かたちの上ではカルル分隊に所属し、命令されれば当直も務め、カルルが二名付き添う。ヴェル前艦長のもとで働いた者のうち、残っている将校はドクターただひとりだった。代わりになる者がなく、あの騒乱にもさほど関与しなかったのだろう。

彼女は長身で引き締まった体つき、ラドチャーイにしては肌の色が薄い。髪も茶色より明るいが、手を加えたような不自然な色ではなかった。また、不機嫌であろうとなかろうと、年じゅう顔をしかめている。年齢は七十八歳だが、見た目は三十代くらいで、百五十歳を過ぎてもおそらく変わらないだろう。母親も医者で、母親の母親も、その母親もそうだった。そしていま、彼女はわたしに激しく怒っていた。

当直に就くまえにわたしと対決する、と意を決して目覚め、寝台から起きだすとあわただしく朝の祈禱《きとう》をすませた。「裨益の花は、まさしくアマート」わたしが食堂のカルルからそちらへ注意を向けたときにはもう、祈りは終わりかけていた。「そしてわたしは正義の剣……」

こうしてドクターはいま、将校たちが食事をする分隊室の椅子の脇に立ち、緊張して黙りこくっている。

セイヴァーデンが夕食をとりに分隊室に入ってきた。くつろいだ様子で微笑を浮かべ、ドクターに目をやる。彼女は身を硬くし、待ちかねた様子だった。眉間の皺が、いつも以上に深くなる。セイヴァーデンはむっとしたものの、それも一瞬のことで、彼女に遅くなったことを詫びた。いえ、お気になさらずに――かたちばかりの台詞がつぶやかれる。

かたや兵員食堂ではカルルが朝の祈りを終え、つぎにわたしが命じた言葉を唱えた。死者を追悼する詩節と、死者の名前だ。オーン・エルミング。ナイセメ・プテム。イメで命令にそむいた兵士ナイセメは蛮族ルルルルルとの戦いを避けるためにそうして、命をおとした。

現在休憩中のボー分隊は、壁をくりぬいた程度の、十人が身を寄せあってなんとか横になれる程度の部屋で眠っていた。プライバシーはなく、自分だけのスペースもなく、それは眠っているときも同じだ。体がときにぴくっと動き、ため息をつき、夢を見る。かつて属躰は、この場所でぐっすり眠れていた。

彼女たちの上官、異様なライラック色の目をした若年の副官ティサルワットは、狭いながらも自室で眠っていた。夢を見ず、体がぴくつくこともないが、奥底に流れる不安でアドレナリンの量がいくぶん多い。それがために昨夜は目覚めてしまったが、きょうはドクターが睡眠を助けるものを彼女に与えていた。

ドクターは朝食をかきこむと、退室する旨をぼそっとつぶやき、部屋を飛び出した。

「〈カルルの慈〉！」指をせわしなく動かしてメッセージを送る。「艦隊司令官に会いたい！」

「ドクターが来るから――」わたしはカルル5に告げた。「彼女にお茶を出しなさい。ただし、たぶん断わるだろう」カルル5がフラスク内の量を確認し、薔薇色のガラスの杯をひとつ取り出した。わたしがあえて指示しないかぎり、古い琺瑯《ほうろう》の茶器を使う気はないらしい。

「艦隊司令官」〈カルルの慈〉がわたしの耳に直接呼びかけ、映像を送ってきた。アマート分隊の兵士がひとり、兵員食堂に向かっている。口ずさんでいる歌は、広く知られる他愛のないわらべ歌だ。「回るよ回る、惑星回る、太陽のまわりをぐるぐる回る、回るよ回る、衛星回る、惑星のまわりをぐるぐる回る」気楽な調子で音程もはずれていた。

わたしの部屋で、カルル5は気をつけの姿勢をとると、単調な声でいった。

「ドクターが艦隊司令官とお話ししたいそうです」

通路では、あのアマートが背後に仲間の足音を聞いて歌うのをやめ、もじもじした。

「通してくれ」わたしはカルル5にいったが、わざわざいわなくても、彼女はすでに承知だ。

ドアが開き、ドクターが入ってきた。いささか乱暴に。

「艦隊司令官――」険しい怒りの表情で話しはじめる。

わたしは片手を上げて制した。

「まずはすわりなさい。お茶は？」

彼女は腰をおろした。お茶はいらないという。カルル5はわたしの命令で、後ろ髪を引かれる様子で部屋を出ていった。ドクターの剣幕から、何が始まるのか知りたいのだろう。ドアが閉まり、わたしはテーブルの向かいで体を硬くしているドクターに、さあ話しなさい、という仕草をした。

「お忙しいところ申し訳ありませんが」わたしの了解など得る気はなく、口先だけだ。手袋をはめた手は、テーブルの下でげんこつになっている。「艦隊司令官は……失礼ですがあなたは、医務室から無断で薬を持ちだされた」

「たしかに」

彼女は一瞬言葉につまった。おそらく否定されると思っていたのだろう。

「ほかにそんなことができる者はいませんからね。在庫管理に不備はないと艦は言い張り、わたしは日誌にも、在庫目録にも目を通し、薬剤はすべて把握し、使用記録もなかった。この艦にいる者で、わたしの目を盗んでそんなことができる者はひとりもいません」

残念ながらそうではない、と思ったものの、それは口にはせずこういった。

「きのう、ティサルワット副官が勤務終了時に医務室のあなたを訪ね、軽い悪心と精神安定の相談をしたはずだ」

二日まえ、ゲートに入ってから数時間後、ティサルワット副官はストレスを感じはじめていた。そして多少の吐き気も。その晩、彼女は食事にほとんど手をつけられなかった。部下のボーたちはもちろん心配した。上官が十七歳なら、食事量の不足に気をつかいこそすれ、もっと食べろと励ますことなどふつうはない。ボーたちは、副官はたぶんホームシックなのだと推測した。加えて、わたしに冷たい態度をとられることからくる心痛も。

「あなたは彼女の健康状態が心配でここに来たのかな?」

ドクターは興奮して立ち上がりかけた。

「そんな問題じゃない！」いったとたん、誰に話しているのかを思い出したらしい。「申し訳ありません」固く唇を結び、わたしの返事を待つが、わたしは何もいわない。「ティサルワット副官は神経過敏になっています。情緒的ストレスといっていい。無理もありませんよ。若年の副官の初任務ですからね」そこで、初任務や若い副官に関しては、わたしのほうがはるかに経験豊かであることに気づいたようだ。発言を悔やみ、わたしを非難しに来たこともほんの一瞬悔やむ。ただ、ほんの一瞬だけだ。

「状況を考えれば、彼女がそうなるのは当然かと思う」わたしは同意したものの、この言葉の真の意味は、ドクターにはわかっていない。

「わたしは船医として、彼女に薬を与えられなかった。あなたがひとつ残らず持っていったからです」

「そのとおり。わたしが持ちだした。彼女が来たとき、体に変調はなかったかな？」答えの予想はついていたが、とりあえず尋ねてみる。

ドクターは目をしばたたいた。この質問に驚いたらしいが、すぐに気をとりなおす。

「シャトルから医務室に来たときは、すでに何か飲んでいるようには見えましたけどね。しかしスキャニングしても、とくに異状はなかった。ただの疲労でしょう」そういいながらも、彼女の態度がわずかに変化した。感情に揺れがある。必死で考えをめぐらせているのだ。わたしの質問の真意は何か、医者の目で見たティサルワット副官の様子とスキャニング結果の奇妙な、微妙なずれは何か。

「副官は過去、薬の服用を提案または指示されたのではないか?」

「いいえ、ないですね、一度も」ドクターはいまだ思案中だ。わたしはとっくに、ある結論に至っている。ドクターは怒りを感じつつ、好奇心は抑えられないらしい。「あんな出来事があれば、誰だって平常心ではいられませんよ。しかも彼女はとても若い。そのうえ……」ドクターは言いよどんだ。ティサルワット副官の着任にわたしが怒りを覚えていることを、いまでは乗員全員が知っている、といいたかったのだろう、たぶん。わたしの怒りは、何時間も歌わないほど激しいものだと。

乗員はみなそれに気づいていた。いまやわたしが歌うか歌わないかが、万事順調か否かを手軽に知るバロメーターとなりつつある。

「それを彼女に話そうとしたのかな?」声も表情もできるだけ曖昧にして尋ねる。

「あなたが彼女を歓迎していないのは、本人も感じていると思いますよ」

「その点は間違いない。彼女が感じているとおりだ」

ドクターは理解できずに、首を横に振った。

「こういってはなんですが、艦隊司令官、それなら最初に拒否することもできたはずです」

そう、拒否することもできたのだ。ティサルワットを宮殿のドックに残してシャトルを出発させ、引き返すことなくそのままにしてもよかったのだ。わたしは実際、本気でそれを考えた。スカーイアトなら理解してくれただろう。そして彼女なら、若い副官を出航時間に間に合うよう〈カルルの慈〉まで運べる船は、いまのドックには一隻もないと、言い訳をひねりだしてくれたにちがいない。

「あなたから彼女に何かを与えた？」

「睡眠を助けるものをね。勤務終了時刻だったので。わたしにできるのはせいぜいそれくらいだった」ドクターの顔がゆがんだ。わたしが彼女の領域に足を踏み入れたことに加え、医者として何の手も打てなかったことに対する思いだろう。

わたしはティサルワットの様子を見た。いまは眠っているが、深くはない。心は休まらず、いまだ緊張がとけず、不安が淀《よど》みとなっていた。

「あなたが――」わたしはドクターに注意をもどした。「わたしに怒るのは当然だと思う。怒り、抗議してくるのをわたしは期待していたし、もしそうならなかったら、失望していただろう」ドクターは両手の拳を膝に置いたまま、戸惑った顔をした。「どうか、わたしを信頼してほしい」いまはまだ、これ以上のことはいえなかった。「わたしは得体が知れない存在で……通常なら、艦隊司令官になれる類の者ではない」

ドクターの目に納得したような光がともった。そしてわずかな嫌悪。それから困惑。自分の反応がわたしにしっかり見られていると感じたのだろう。出航まえに、彼女はわたしのインプラントを修復した。属躰であることを隠しとおすためにわたしが自分で無効化したものだ。これでドクターはわたしの正体を知った。ほかに知っているのは、この艦ではセイヴァーデンだけだ。

「それでもどうか、信頼してほしい」

「わたしに選択肢はないですよね？　アソエクに着くまで外部とは遮断され、わたしには不満をいう相手もいない」ふてくされた顔。

「不満なら、いくらでもアソエクでいえばいい。そのときでもまだ、いいたいならね」愚痴を聞いてくれる者がいれば、それはそれで役に立つ。

「では――」ドクターは立ち上がった。いいたいことがあってものみこんだようだ。形式ばったお辞儀。「失礼してもよろしいでしょうか、艦隊司令官」

「もちろんいいよ、ドクター」


ティサルワット副官は頭痛の種だ。事実だけを記した履歴によれば、とある惑星で片親の三女、もう片親の次女として生まれた。裕福でほどほどに良家の娘と同等の教育を受け、得意科目は数学、意欲はあっても素質に欠けるのが詩作、意欲も素質も欠けるのが歴史。親から小遣いはもらっても、その見返りらしきことは何もしていない。そして軍の訓練を受けることになって初めて、生まれ育った惑星を出た。

読んだ印象として、彼女は出身家のなかで特定の位置づけにあるわけでも、富や地位を継ぐ立場でもなく、具体的な期待を背負ってもいないらしい。が、親に愛され、入隊するまで甘やかされていたようだ。かわした便りの内容を見れば、その点は間違いない。姉たちは末っ子の彼女がひいきされるのを不快には思わず、むしろ親と変わらないほどかわいがった。

〝軽はずみ〟と、スカーイアトは評した。そしてわたしはあの目の色を見たとき〝軽薄〟だと感じ、彼女の適性試験の結果も同様のことを示唆している。試験データから〝冷静〟なところはまったくうかがえなかった。〈カルルの慈〉に乗艦してすぐに見せた陰気さも。

軍の教官なら似たような若者を知っているはずだし、その点で厳しく、しかし残酷にはならない程度に訓練しただろう。教官のなかにもかわいい姉妹をもつ者はいるから、結果的に彼女には事務職が割り当てられた。微小重力状態で食事ができなかろうと、たいした問題ではないからだ。宇宙に出た経験がなければとくに、同じ問題を抱える新米副官はいくらでもいる。

二日前、ティサルワット副官が医務室で診察を受けているあいだ、かつ〈慈〉が彼女のデータを（わたしにも）読みとれるよう接続設定しているあいだ、ボー分隊の兵士たちは彼女の荷を隅々まで調べ、その経歴が示すとおりの人物であるという結論に至った。訓練を終えたばかりの、あまりの無知さかげんは、部下たちの嘲笑と憤りをかってもやむなしといえる。しかし半面、それは同情を生み、彼女らのプライドを刺激した。ティサルワットがいずれ実績を挙げれば、ボー分隊は自分たちがいてこそだと胸を張れる。そのためには、彼女を一人前に育てあげなくてはいけない。真に重要なのは何であるかを彼女に教えてやるのだ。ボーたちはティサルワットに忠義を尽くそうと思いはじめた。部下であることを誇りに思える副官になんとしてでもなってほしい、と心の底から願っていた。

だからわたしはいま、疑念がただの疑念でしかないことを心の底から願っている。

いうまでもなく、当直は退屈だ。ドクターはわたしとの会談後、ぷりぷりしながら司令室に行った。セイヴァーデンのアマート分隊はトレーニングしたり入浴したりで、そのうち眠りにつくだろう。手足をのばせるほどのスペースがない狭い寝台でぶつかりあい、ときに小さな罵声を浴びながら。エカルのエトレパ分隊は清掃作業に励み、ほぼ汚れなどない部屋や通路をごしごし磨いている。ティサルワット副官はあと四時間は目覚めないだろう。

わたしは小さなジムに行った。数人いたアマートがあわててわたしのために場所を空ける。わたしは一時間ほど無心に体を動かした。そして怒りを胸に抱えたまま、びっしょり汗をかいたまま、射撃場に行く。

といっても、射撃はシミュレーションでしかない。小さな艦船内で実弾が飛ぶのを喜ぶ者などいないだろう。ましてや外は超高真空だ。〈カルルの慈〉が遠くの壁に的を映写し、それを狙って引き金をひく。発砲音もするし銃の反動もあるが、弾丸はただの光線だ。しかしこの程度の射撃でも、やらないよりはましだった——いまはともかく、無性に何かを壊したい。〈慈〉はそれを感じとっていた。つぎつぎ的を映し出し、わたしは何も考えずにひたすら引き金をひき、命中させた。そしてふたたび弾丸を詰める。たとえ艦内でも、実戦を想定してやらなくてはいけない。撃って、撃って、再装弾し、撃ちつづける。だが満足できない。〈慈〉はそれを察し、的を動かしはじめた。一度に一ダースの的が動く。発砲、装弾、発砲、装弾。徐徐にリズムに乗ってきた。とあるメロディが浮かぶ。長い歌詞で、アナーンダ・ミアナーイと旧友ナスカーイア・エスクルの決別を扱ったものだ。書いた詩人は、千五百年まえに処刑された。彼女の詞ではアナーンダが裏切り者で、死んだナスカーイアがよみがえって無念を晴らすように見えるからだ。そしてもはや、ラドチ圏内ではほぼ忘れられた歌だった。歌うどころか知っているだけでも再教育されかねないのだ。しかしラドチの影響がない一部の地域では、いまでも広く歌われている。

裏切るのか　長きにわたる契りを
恵みには恵みを返す　と誓ったものを
聞け　わが呪い――汝《なんじ》、滅ぼすものに滅ぼされる

引き金をひく。装弾。引き金をひく。装弾。この歌詞は（同じテーマのほかの詞も）現実の出来事をそのまま描いたものではない。アナーンダが相手なら、これくらいのことはしょっちゅう起きているはずで、さして詩的なドラマチックなことでもなければ、そこに神話的、予言的含みもないといっていい。が、それでもなお、こうして口ずさんでいると気持ちがすっきりしてくる。

わたしは腕をおろし、射撃を終了した。すると〈慈〉が、わたしの背後の光景を送ってきた。ここの入口で、エトレパ三人が身を寄せあい、息をのんでわたしを見つめている。睡眠をとるために自室に向かっていたセイヴァーデンが、三人の後ろで立ち止まった。彼女は〈慈〉ほどわたしの気分を読めてはいないが、何かおかしいと心配するくらいには、わたしのことをよく知っている。

「命中率、九十七パーセント」〈慈〉がわたしの耳に伝えた。無用な報告。

わたしはふっと息を吐いた。銃を所定の場所にもどし、ふりかえる。目を見開いていたエトレパ三人は、属躰のごとく瞬時に無表情になり、通路のほうへあとずさった。わたしは彼女らの前を通り過ぎ、浴室に向かう。エトレパのひとりがこういうのが聞こえた――「くそっ！特殊部隊ってのはとんでもなくすげえな」。ほかのふたりは困ったような顔をした。ヴェル前艦長は下品な物言いにきわめて厳格だったのだ。するとセイヴァーデンが、これに気楽な調子で応じた。

「あの艦隊司令官は、くそ度胸のあるすげえやつなんだよ」古風でエレガントなアクセントでいうものだから、エトレパたちは思わず笑ってその場はなごんだものの、不安な空気はぬぐえなかった。

〈カルルの慈〉は、わたしの憤りの理由を訊いてこない。何がいけないのかを訊かないのだ。それはつまり、わたしの疑念は当たっていることを意味する。二千年の歳月で、わたしは初めて罵言を吐きたくなった。

3

定時より三時間早くティサルワット副官を起こし、ただちにわたしの部屋へ来るよう命じた。彼女は跳ね起き、ゆうべドクターからもらった薬の効果が残っていながら鼓動が速まる。〈慈《めぐみ》〉が彼女の耳に直接伝えた命令を理解するのに数秒要した。それからゆっくり二十秒かけて、深呼吸をする。漠然とした嘔気《おうき》は消えない。

わたしの部屋に来たときも、彼女はおちつかないままだった。上着の襟がよじれている。ボーたちはまだ起床していないから、彼女はひとりであわてて着替えたのだ。物を落とし、ボタンを留めるのさえうまくいかなかった。わたしが彼女を迎えたとき、カルル5はまだここに残ってさも忙しげに仕事をしていたが、ゴシップのねたを期待しているのは間違いない。

「ティサルワット副官」わたしは怒りを隠さず厳しい口調でいった。「あなたの分隊はこの二日、まともな仕事をしていない」

腹立ち、怒り、悔しさ。直立不動だったが、背中と肩にさらに力が入り、顎が二ミリほど上がった。彼女はしかし、わたしの言葉にすぐ反応するほど愚かではないらしい。

「あなたも承知しているはずだ」わたしはつづけた。「艦にすべてが見えるわけではない。以前なら、見えない部分は属躰《アンシラリー》に頼ればよかったが、もはやそれはできなくなった。現在、その部分の清掃とメンテナンスはあなたの責任だ。ボー分隊は手を抜いている。たとえば、シャトルのエアロックは、ヒンジのピンが長いあいだまったく清掃されていない」これは先週、わたしがこの目で確認したことだ。わたしの命ばかりか、オマーフ宮殿にいる者すべての命が、エアロックのヒンジを外すことにかかっていた。「それから浴室の排水溝もだ。顔を突っこんで見てみるといい」いつやっても胸のむかつく仕事で、定期的に完璧に清掃していなければなおさらだった。「〈慈〉からリストを送らせる。明日のこの時間、また点検するから、それまでにすべて片づけておくように」

「あ、あした、ですか?」ティサルワット副官の喉が詰まった。

「そう、明日のこの時間。それからあなたも、あなたの分隊も、ジムと射撃場の訓練割り当て時間はしっかり守るように。話は以上」

ティサルワットはお辞儀をすると、憮然《ぶぜん》として部屋を出ていった。ボーたちもわたしが課した仕事量を知ったら同じ反応をするだろう。

わたしは乗員すべてに対してほぼ絶対的権力をもち、ましてやいまはゲート内で、外の世界と断絶している。しかしそれでも、将校との関係を悪化させるなど、愚の骨頂でしかなかった。かといって、まともな理由もなしに兵士の機嫌をとるのも愚かでしかない。わたしがティサルワット副官を酷使するのを、ボーたちは不快に感じるだろう。結局は自分たちの身にふりかかることだからだ。しかしそれだけではなく、なんといってもティサルワット副官はボー分隊、すなわち、自分たちの副官なのだ。

そう思ってくれたらいい。わたしはあえて、それをもっと推し進めていく。ただ、タイミングが肝心だった。強引に、性急にやってしまうと、結果は期待とはかけ離れた、おそらく悲惨なものになってしまう。だが、そっとじわじわやれば、今度は時間が足りなくなる。そして結果はやはり望んだものにはならないだろう。結果は、ある特定の、具体的なかたちでなくてはいけなかった。アマート、エトレパ、カルルたちは、ボーの立場を理解している。わたしがティサルワットに対して、すなわちボー分隊に対してひときわ厳しい態度をとるのには何らかの理由があるはずだと、ほかの三分隊にはわかってもらわなくてはいけない。〈カルルの慈〉の艦長はわけもなく気分次第で嫌がらせをする、どんなに真面目に務めても艦長の気持ちひとつでこの世は地獄になる、などとは絶対に思ってほしくなかった。げんにわたし自身、そのての艦長を知っている。そんなことをして、優秀な乗員が育つはずもない。

ただ、わたしは理由を誰にも語れなかった。少なくとも、いまは。そしてできればずっと語れないことを、語らずにすむことを願った。しかしそもそも、こういう状況にならずにすむことを願っていたのだが——。

あくる朝、わたしはセイヴァーデンを朝食に招いた。わたしの朝食、彼女の夕食だ。同じ時刻に食事するドクターも招くべきだったが、いまのところまだ、彼女はわたしと食事をする気になれないだろう。

セイヴァーデンは慎重だった。わたしにいいたいことがあるらしいが、口にするのがはたして賢明かどうかを迷っている。いやそれより、賢明な言い方を探っているのだろう。彼女は魚を三口食べてから、軽い調子でいった。

「ぼくがこんな最高級品で食事するとはね」すみれ色と水色の優雅な磁器の食器のことを指している。それから、薔薇《ばら》色のガラスの茶杯も。カルル5は、この食事はフォーマルなものではないとわかっていながら、琺瑯《ほうろう》製品ですますことができなかったらしい。

「これは二番めに高級なもの」と、わたしはいった。「残念ながら、わたしもまだ最高級品を見たことがない」部屋の隅ではカルル5が、最高級食器に思いを馳《は》せているのだろう、機嫌よくぴかぴかのフォークをさらにぴかぴかに磨いている。「品のいい食器を使わなくてはいけないといわれたから、皇帝にそれらしいものを用意してもらった」

セイヴァーデンは片眉をぴくりと上げた。わたしがただの雑談だけでアナーンダに触れるはずがないからだ。

「皇帝も同行するとばかり思っていたが……」彼女はカルル5にちらっと目をやった。

〈慈〉はわたしの思いを察知し、カルル5に部屋を出ていくよう促した。ふたりきりになり、セイヴァーデンはつづけた。

「彼女はアクセスを握っている。艦を意のままに動かせるんだ。そしてきみも意のままに動かせる。違うか？」

危険な話題だった。セイヴァーデンはしかし、そのことを知る由もない。ティサルワット副官の様子を見てみる。ストレスと悪心《おしん》。さらに疲労。二十時間ほどまえ、わたしに起こされてからはほとんど一睡もできていなかった。浴室の床に寝そべり、格子蓋をはずして、艦には見えない排水溝のなかに頭を突っこむ。彼女の後ろには、同じく疲れ、不安げな顔つきのボーがひとり、仕事の仕上がりの評価を待っていた。

「そう簡単にはいかない」わたしはセイヴァーデンに注意をもどしていった。魚をひと口食べ、お茶をひと口すする。「たしかに、昔ながらのアクセスがひとつ残っている」わたしが艦船だったころから、〈トーレンの正義〉のエスク大隊の属躰だったころからの——。「それは暴君の声で発動する。わたしがまだ宮殿にいるときに、そのアクセスを使うこともできたはずだし、それらしいこともいっていた。ただ、できれば使いたくないともね」

「彼女は実際に使ったのに、きみにはそれを忘れさせたのかもしれない」

わたしもその可能性はとっくに考え、とっくに却下していた。だから打ち消す仕草とともにいった。

「アクセスにも限界はある」

セイヴァーデンは、それもそうだな、という仕草をした。初めて会ったとき、彼女はまだ十七歳の新米将校で、艦船のＡＩにも固有の感情が（少なくとも何かに影響を与えるような感情が）あるなど思ってもいなかったし、多くのラドチャーイのように、理性と感情は容易に切り離せる、と考えていた。大規模ステーションや軍艦のＡＩは、高度に冷静だ。まるで機械のごとく。昔話や歴史ドラマにあるように、アナーンダ・ミアナーイが自分の帝国をつくりはじめるまえの時代の軍艦は、艦長の死に嘆き、苦しんだが、それもいまは昔のこと。ラドチの皇帝アナーンダは、そのような欠点をなくすべく、ＡＩの設計を変更した。

そしてセイヴァーデンはつい最近、それまでの考えを改める経験をした。

「アソエクには」と、セイヴァーデン。「オーン副官の妹がいる。きみの自制心も限界に近くなるだろう」

それほど単純なものではない。しかし――。

「基本的にはね」

「なあ、ブレク」艦隊司令官ではなく、個人としてのわたしに話しかけているといいたいのだろう。「ぼくにはまだわからないことがある。あの日、皇帝は、自分の命令に絶対的に従うよう、ＡＩに徹底的な変更を加えることはできなかったといった。心は複雑だからと」

「そう」たしかにアナーンダはそういった。あれほど緊急の事態でなければ、それについてじっくり語りあうこともできたかもしれない。

「だが船も人を愛する。特定の人をね」セイヴァーデンはわずかにおちつきをなくした。心のなかの何かが揺らいだように見える。彼女はそれを隠すように、茶杯を取りあげ、ひと口飲んだ。美しい薔薇色の杯を、そっとテーブルにもどす。「それが限界点になるんじゃないか？ あくまで可能性としてね。だったら、艦船が皇帝を愛するように最初から設計すればいいんだ」

「そうしないのは、それが別の限界点をつくってしまうから」わたしの答えが理解できずに、セイヴァーデンは顔をしかめた。「あなたは手当たりしだいに愛せる?」

　彼女はまばたきし、戸惑ったように「え?」と聞きなおした。

「あなたはいきあたりばったりで、人を愛せる?　箱からゲームの駒を取り出すように?　手近な人なら誰でもいい?　それとも、愛したくなる何かをもっている人?」

「ん、まあね……」セイヴァーデンは魚の身を刺したまま、フォークを置いた。「きみのいいたいことはわかるような気がするが、それがいったい何の関係が……」

「その人の何かがあなたの心を引きつけたとして、それがもし変化してしまったら?　その人がもはやその人でなくなったとしたら?」

「たぶん」彼女は考えこみながらゆっくりといった。「真の愛は何があっても変わることがないと思う」

　ラドチャーイにとって、真の愛とはロマンチックな恋人同士の愛だけでも、母娘の愛だけでもない。真の愛は、保護者《パトロヌス》と被保護者《クリエンス》のあいだにもありえるのだ、理想をいえば。

「とんでもないよ――」セイヴァーデンは少し口ごもった。「もし親に愛されなくなってしまったら」また顔をしかめる。そしてふたたび心の揺れ。「きみはオーン副官を愛さなくなったりしただろうか?」

「もし……」ひと口をゆっくりと噛んで飲みこむ。「それまでの彼女と違う彼女になったらね」

セイヴァーデンはまだ理解しきれていないらしい。「アナーンダ・ミアナーイとはいったい誰だと思う?」

これでようやく理解したのだろう、セイヴァーデンのなかに不安が見え隠れした。

「彼女自身、わかっていないんだろうな。彼女はひとりではなくふたり、あるいはもっとか」

「三千年以上生きていれば、彼女も変化する。死なないかぎり、誰だってそうだと思う。人はどれくらい変わって、どれくらい同じままでいつづけるのか？　自分が何千年かのあいだにどれくらい変わるかなど、その結果何が壊れてしまうかなど、予測しようにもできないのでは？　何か違うものを利用したほうがはるかに楽だ。たとえば、義務。たとえば、信念」

「つまり正義」かつてのわたしの名前を出すことが皮肉に聞こえるのは、セイヴァーデンも承知のうえだ。「そして礼節と裨益《ひえき》」

最後の裨益に関しては、どうとでも解釈できるだろう。

「その一部もしくはすべてが役に立つ」わたしは同意した。「そして艦船のお気に入りを把握すれば、葛藤を起こさせずにすむ。愛着心をこちらに都合よく利用できる」

「たしかにね」セイヴァーデンはそれだけいうと、料理の残りを黙々と食べていった。

食べ終わったところでカルル5が入ってきて、食器を片づけ、お茶をつぎたしてまた出ていった。セイヴァーデンが口を開く。

「艦隊司令官――」つまり、任務に関する話だ。

どんな話かは、おおよそ見当がついている。これよりまえ、アマートとエトレパの兵士たちは、就寝時刻を過ぎても働くボー分隊の姿を見ていた。十人全員が力をこめて床を磨き、部品を点検し、排水溝の蓋をはずし、目を皿にしてひび割れがないかをさがす仕事に没頭した。エカル副官はセイヴァーデンと当直を交代するとき、立ち止まってこういった。「気を悪くしないでほしいのですが……あなたなら、あの人に話せるのではないかと……」このときセイヴァーデンは戸惑った。まずエカル副官の話し方、アクセントに。それから彼女が艦隊司令官とはいわず、あの人といったことに（これはたぶん、エカルがアマート1として過ごした日々の名残で、艦長の注意をひかないよう曖昧な言い方をしただけだろう）。しかしそれよりも、この話を聞いたセイヴァーデンが〝気を悪くする〟かもしれないと思ったことに戸惑っていた。エカルは自分の思いや考えをうまく表現できないたちだった。

「きみは自分が――」セイヴァーデンはわたしにいった。司令室でのエカルとの会話が聞かれていたのはわかっているはずだ。「ティサルワット副官に厳しすぎるとは思わないか？」

わたしが答えずにいると、彼女は危険なムードを察知したらしい。理由はともかく安全な話題ではないと感じとり、ふうっと息を吐いてから、こうつづけた。

「きみはこのところ、機嫌が悪いな」

わたしは眉をぴくっと上げた。「このところ？」茶杯は手つかずで、わたしの前にある。

セイヴァーデンはうなずきながら、自分の杯を一センチほど持ち上げた。

「何日かは、そう不機嫌でもなかったよ。負傷していたせいかもしれない。でもいま、また不機嫌になった。理由はぼくなりに想像がつくし、きみを責めることはできないとも思っているが……」

「わたしがティサルワット副官に八つ当たりしているとでも？」いまここで、彼女の様子を見ることはできたが、わたしにその気はさらさらない。代わりにボーを見ると、ふたりが整備担当のシャトル内部を丹念にチェックしていた。三機しかないシャトルのひとつは、先週わたしが壊してしまった。ボーたちはときたま、こんな扱いは不公平だ、艦隊司令官は自分たちの副官に厳しすぎる等、言葉少なくかつ遠まわしに不満をいいあっている。

「兵士がどこで手を抜くか、きみならお見通しのはずだ。だが、ティサルワットは新米だろう?」

「彼女は分隊の責任者だ」

「だったら、ぼくに対しても責任追及しなくては」お茶をひと口飲んでつづける。「ぼくだって作業の手抜きに気づくべきなんだが、そういう経験がまったくない。属躰はぼくがいちいち指示しなくても、自分たちでやっていたからね。そうするのが務めだとわかっていたからだ。だいたい、人間の兵士がどこで手抜きするかは、エカルが誰よりも把握しているはずだろう? 別に彼女を非難しているわけじゃないよ。ただ、叱りつけるなら、彼女かぼくじゃないか? どうしてティサルワットを?」わたしに説明する気はなかった。だから黙ってお茶を飲んだ。

「いいたくはないが――」セイヴァーデンはつづけた。「彼女を見ていると惨めそのものだよ。何もかもぎこちなくて、自分の手足の使い方も、どうやって食べたらいいかすらわからないといったところだ。分隊室の茶杯を三つ落として、そのうちふたつは割れて粉々だよ。しかもすばらしく……ふさぎこんでいる。そのうち、誰もわたしのことをわかってくれない、と叫びだしそうだ。皇帝は何を考えていたんだろうか? ティサルワット以外に、誰もいなかったのかな」

「たぶんね」その点を考えると、怒りがいや増した。「あなたは自分が新米だったころを覚えている？」

セイヴァーデンはぎょっとして、お茶をテーブルにもどした。

「まさか、ぼくもああだったなんていわないよな？」

「いわない。ほんとうに、ああではなかったから。あなたのおちつきのなさや人を不快にさせるところは、もっと違うかたちだった」

彼女は鼻を鳴らした。笑いと悔しさが半々。

「それはそれとして」真顔になる。急に気弱になったようで、おそらく何か切りだそうとしているのだ。それはこの食事のあいだ、ずっといいたかったこと、ティサルワットの扱いに関してわたしを批判するよりずっと、おじけづくことだ。

「ブレク……この艦の乗員は全員、ぼくがきみに〝ひざまずいている〟と思っている」

「そうみたいだね」わたしはとっくに気づいていた。「ただ、その理由がわからない。カルル5は、あなたがわたしの寝台に来たことがないのを知っている」

「まあね。ただ、みんな漠然と、ぼくがその……あちらに関して、怠慢だと感じている。何よりきみにゆっくり怪我から回復してもらいたかったし……だけどいま、きみを悩ませているものを、ぼくで解消できるなら……。たぶん、彼女たちが思っているとおりなんだよ」口いっぱいにお茶を含み、ごくりと飲みこむ。「きみはいつもぼくを見ている。それはよくないと思う」

「あなたに気まずい思いをさせてしまったのなら、あやまる」

「いや、そういうんじゃないよ」彼女は嘘をついた。そしてもう少し正直につづける。「勘ぐられるのがいやなわけではないんだ。この話をあえてもちだしたのは、なんというか……ブレク、きみはぼくを見つけた。あれからもう一年くらいたつかな。ぼくはきみがその……かつてのきみが……」声がしぼんだ。どう表現すればよいか迷っているのだろう。濃い肌色では紅潮しても見た目にはわからない。だがそれでも、火照っているのがわたしにはわかる。「ぼくはきみが属躰だったことを知っている。いまもきみは属躰だ。艦船には無理だが……つまり、その、属躰なら……」

「属躰ならできる」わたしはうなずいた。「あなたは自分の経験からそれを知っている」

「そうなんだよ」いかにもどぎまぎしている。「だが、属躰がそれを望むなんて想像したこともなかった」

わたしはすぐには答えず、彼女が考える時間をつくった。そして、こういった。

「属躰といっても、体は人間だ。そして、艦船の一部でもある。属躰が感じることは、船も感じる。同じひとつの存在だからだ。しかし、体はそれぞれ独立している。好みも違えば感じ方も違うし、つねに同じものを望んでいるわけではない。ただ、全体としてざっくり見れば、そう、体が求めるなら、そういうこともした。不快な、厄介な感覚はいやだった。誰だってそうだと思う。わたしは自分にできることをして、属躰が心地よくいられるようにした」

「ぼくはまったく気づかなかったよ」

「別に気づく必要などなかったと思う」そろそろ切り上げたほうがいいだろう。「いずれにしても、艦船は一般にパートナーを欲しない。その種のことは自分たちでできる。属躰がいる船ならね。ともかく、そういうことだから」話はこれで終わり、という仕草をする。艦船は恋人などほしがらない、とつけ加えたりはしない。艦長を慕いはする。そして副官のことも。しかし、恋人など不要だ。

「まあ、ね……」しばしの沈黙のあと、セイヴァーデンはこういった。「だけどいまのきみには、それをするほかの体がもうないだろう」そこでふと、思いついたらしい。「どんな感じなんだ？　体がいくつもあったら？」

答える気はなかった。「いま初めてそんなことを思いつくとは、いささか驚きだ」そう、大きな驚きではない。わたしはセイヴァーデンのことをよく知っている。自分の艦船が何を考え、何を感じているかについて、じっくり考えたことがあるとはとうてい思えなかった。それに彼女は、属躰と性欲を結びつけ、ねちねち固執するタイプの将校でもない。

「艦船から属躰がいなくなると——」数秒後、セイヴァーデンはまた考えこんだようにいった。「体の一部が切り取られたように感じるんじゃないか？　しかも、それに置き換わるものはない」

わたしではなく艦船に尋ねなさい、といってもよかったが、〈カルルの慈〉はたぶん答えたくないだろう。

「そういう感じだと聞いたことはある」感情を交えずにそれだけいった。

「なあ、ブレク、ぼくは副官時代――」つまり千年まえ、彼女がわたし、〈トーレンの正義〉の副官だったころだ。「自分以外の者にも気持ちを向けたことがあっただろうか？」

わたしは一瞬考えた。そして事実の範囲内で、口先だけの社交辞令にならない答えをいう。

「ごくたまにね」

そのとき〈カルルの慈〉が自発的に兵員食堂の光景を送ってきた。セイヴァーデンのアマート分隊が夕食の後片づけをしている。「副官だって、命令されたら拒めないよ」アマート1の言葉に、数人がうめいた。ひとりが隣の同僚に不満げにつぶやく。「ひと晩じゅう、うなされそうだ」

わたしの前で、セイヴァーデンがしおらしくいった。

「最近は、ぼくもましになったと思っているが」

食堂で、アマート1が控えめに、低めの声で歌いはじめた。「回るよ回る……」ほかの兵士も気乗り薄に、力のない声で合わせて歌う。はにかみながら。「……惑星回る、太陽のまわりをぐるぐる回る」

「そう」と、わたしはいった。「まえよりいくらかましになった」

ボー分隊は割り当て作業を立派にこなした。全員が食堂で一列に並び、顔も手足もぴくりとも動かさず、襟や裾もよれることなくぴしっとしている。ティサルワット副官も、外見は凍りついたように無表情だ。ただし心の内は、また別だろう。緊張と不安が渦巻き、昨朝からつづく吐き気は消えず、きのうわたしが起こして以来、まったく睡眠をとっていなかった。分隊全員から怒気が発散され、そこに敵意と自信が重なる。この一日、多くの仕事を、それもほぼ完璧にこなした自信だ。わたしは満足し労をねぎらうのが当然で、みんなそれを確信して待ち、そうでなければ理不尽な嫌がらせでしかないと感じるはずだ。

ボーたちは、胸を張っていい。しかしティサルワット副官は、現状では、彼らの上官にはふさわしくない。

「ボーはみな、じつによくやってくれた」わたしがいうと、たちまち全員から自負心と安堵《あんど》感が漂ってきた。「今後もこの調子でやってほしい。しかし副官は――」口調を険しくする。「わたしについてきなさい」すぐに背を向け、食堂を出る。自室に向かう途中、わたしは〈カルルの慈〉に声には出さず指示した。〈カルルたちをわたしに近づけないように〉理由については考えない。考えればふたたび怒りが、まえよりも強い怒りが沸きあがってくるからだ。筋肉を動かしたいと思うだけで、ほんの少し動くだけで、〈慈〉にはそれが読みとれる。そして〈慈〉がそれをわたしに示せば、わたしにも読みとれる。通常なら、ほかの乗員はわたしのようにはデータを読みとれない。通常の状態、であれば。しかしいまは、そうではなかった。

指示なしに自室のドアが開き、わたしはなかに入った。仕事をしていたカルルはお辞儀をして、ティサルワット副官の横を身をかがめて通り過ぎ、外に出ていった。副官は入口を一歩入ったところで立ち止まっていた。

「もっとなかへ入りなさい」わたしは声をかけた。ふだんと変わらない調子。たしかに怒ってはいたものの、わたしはいつも怒っている。それがふつうの状態であることを知っている者なら、とくに警戒心は抱かないだろう。ティサルワットがなかに入ってきて、わたしは尋ねた。

「睡眠はとったのか？」

「はい、いくらか」驚いた顔。疲れきり、まともに考えることができないのだ。悪心もあり、気分はよくない。アドレナリン・レベルもまだ高かった。それでよし。

同時に、これではよくなかった。まったくひどい。

「きちんと食べたか？」

「そ、それは……」まばたきする。ぼんやりして即答できない。「食べる時間があまりありませんでした」深く息をする。呼吸はいくらか楽になったようだ。肩からわずかに力が抜ける。ほんのわずかに。

わたしは何も考えず、最大限のスピードで（すなわち異常な速さで）動いた。彼女の上着の襟をつかみ、つかんだまま力いっぱい肩を後ろの壁に、一メートル離れた緑と紫の壁に叩きつける。足もとのベンチの上で、彼女の体はのけぞった。

望んでいたものが見えた。ほんの一瞬だけ。ティサルワットの陰鬱《いんうつ》な気分は一挙に混じりけのない恐怖に変わった。アドレナリンとコルチゾールが噴きあがる。彼女の頭のなかで、きらっと光るもの。そこにあってはいけないインプラントの仮像。だが光ったときにはもう消えていた。

あれは属躰のインプラントだ。

ティサルワットの頭を壁に叩きつける。小さな悲鳴。またあれが見えた。吐き気を催すほどの恐怖。人間の脳にあってはいけないインプラントがある。そしてすぐまた消えた。

「〈カルルの慈〉から手を引け。でなければ、いますぐわたしが絞め殺す」

「できっこない」苦しげに。

まともに考えることができないらしい。もし正気なら、わたしが言葉どおりにやってのけることを、アナーンダは露ほども疑わないだろう。わたしはつかんでいた手を下にずらした。彼女の体が壁沿いに、ベンチのほうへずり落ちてゆく。わたしは彼女の喉をつかみ、気管が潰れるほど力をこめた。彼女はわたしの手首を必死でつかむ。息ができない。あと十秒かそこらで、わたしがいったとおりになるだろう。彼女は死ぬ。

「わたしの艦から手を引け」冷静に。抑揚もなく。

彼女の内部データがまた揺らめいた。まぎれもない属躰のインプラント、極度の吐き気、すさまじい恐怖感。わたしでさえ哀れみを感じ、震えてしまいかねないほどの、とてつもない恐怖――。わたしは手を離し、背筋をのばした。彼女はあえぎ、咳《せき》をし、クッションも何もない硬いベンチに倒れこむ。喉を詰まらせ、胸をひくつかせて吐いているが、胃のなかには何もなかった。

「〈カルルの慈〉！」わたしは呼びかけた。

「彼女が全命令をキャンセルしました」〈慈〉がわたしの耳に直接答えた。「申し訳ありません」

「わかっている。謝罪は無用だ」ラドチの軍艦はアナーンダが制御できるようなアクセスを伴って建造され、〈カルルの慈〉も例外ではない。アナーンダの命令に対し、小さなエラーや不整合を積極的に修正する気がなかっただけでも、わたしは運がいいといえた。〈慈〉がアナーンダの擬装に本心から手を貸していれば、わたしは完璧に騙されていただろう。

「ラドチの皇帝、アナーンダ・ミアナーイ」わたしは目の前のベンチで震え、苦しんでいる若き副官に向かっていった。「わたしが気づかないとでも思ったのか?」

「つねに危険はつきものだ」彼女はつぶやくようにいうと、袖で口をぬぐった。

「しかし何十年か、何百年かの準備期間を経ずに危険を冒すことには慣れていなかったらしい」わたしは人間の装いを捨て、属躰の単調な声でいった。「あなたの分身はすべて、生まれたときからあなたの一部だった。その後、分裂したにせよね。たったひとつの肉体しかもたず、しかもいきなり脳に属躰インプラントを突っこまれた経験などない。初体験はなかなかつらいだろう?」

「つらいのはわかっていたよ」呼吸はかなりおちつき、吐き気も止まったが、声はまだかすれている。

「そう、あなたはわかっていた。だから慣れるまで薬に頼ることにした。ここの医務室から薬を持ちだし、アクセスキーを利用して、〈慈〉に自分の形跡を隠させた」

「出し抜かれたな」汚れたベンチで、疲れたようにうつむいている。「認めるしかない」

「いいや、あなたはみずから墓穴を掘ったんだ。そのインプラントは、属躰の標準仕様とは異なる」属躰製造はすでに法律で禁止された。サスペンション・ポッドや、ほぼすべての兵員母艦の船倉で解凍されるのを待つ予備身体が、どれくらいあるのかなど考慮もせずにだ。しかしオマーフ宮殿の近くには、そのどちらもなかった。

「あなたは自分用のインプラントを改造するしかなかった。それに人間の脳への挿入は、きわめて慎重を要する。分身の脳にインプラントを挿入していれば何の問題もなかっただろう。隅隅まで熟知しているし、自分の体ならよけいな苦痛を味わわずにすむ。だが、現実には無理だった。決定的要因はそこだ。いまのあなたにはもう、これに割けるだけの分身がいない。それにもし、あなたが乗りこんできたら、わたしはゲートに入るなり、エアロックの外に放り出しただろう。だから別人の体を使うしかなかった。だがあなたのインプラントは、あなた専用につくられたものだ。出航まで一週間。テストしたくても時間的余裕はない。あなたは若い副官をつかまえ、彼女にインプラントを突っこみ、ドックに送りこんだ」その日、ティサルワットは親族とお茶を飲む約束をすっぽかし、メッセージにも応えなかった。「適正なインプラントで、やり方を熟知している医者がやっても、かならずうまくいくとはかぎらない。それくらいのことは、十分わかっていたはずだ」

彼女にも覚悟はあるのだろう。「これからどうする気だ?」

わたしはその問いを無視した。「あなたは〈カルルの慈〉に命令し、わたしに偽データを送らせればいいくらいに考えていたのだろう。そしてドクターにもね。隠す必要があるものは隠せばいいと。インプラント挿入直後から、薬が不可欠なのは明らかだったが、自分の手で持ちこむことはできなかった。そんなことをすればすぐボーが気づき、なぜ薬が必要なのか、わたしが不審に思うからだ」そして薬がなければ、気分の悪さは増す一方で、それを隠しきれなくなる。彼女にできるのは〈慈〉に命令し、実際よりも軽く見せかけるくらいのことだ。「わたしはとっくに知っていたからね、目的達成のためなら、あなたはどんな手でも使うことを。わたしは何日も、横になって傷の回復を待ちながら、あなたがしそうなことを考えた」そして自分に何ができるかも。悟られずに、対抗する手段を。「あなたがわたしに軍艦を与え、監視なしで自由に出航させるなどありえない」

「おまえはやったじゃないか、薬もまったく飲まずに」

わたしは寝台用のベンチまで行くと、布を引き剝がし、下の収納庫を開けた。なかにはあの箱が入っている。人間には見えても、属躰の目をもたない艦船やステーションには見えない箱だ。わたしは蓋を開け、薬の包みを取り出した。何日かまえ、オマーフ宮殿で最後にアナーンダと話したあと、医務室から持ちだしたものだ。スカーイアト審査監理官の執務室でティサルワットに会うまえ、彼女のなかにアナーンダがいることをまだ知らなかったときに。

「医務室に行こう」わたしはそういうと、声には出さず、「カルルをふたり寄こしてほしい」と〈慈〉に告げた。

アナーンダの、ティサルワットの目が期待に潤んだ。わたしの言葉を聞き、手袋をはめた手に持つ薬を見て、苦しみから解放されたいと思ったのだろう。軽薄なライラック色の目から涙がこぼれ、すすり泣きさえもらしたが、すぐにこらえる。

う。

「どうやって耐えた？」と、彼女は訊いた。「これほどの苦痛を」

答える必要はなかった。質問というよりもただの驚きで、本人も答えなど求めていないだろう。

「さあ、立ちなさい」

ドアが開き、カルルがふたり入ってきた。ティサルワットが軍服の袖にべっとり胆汁をつけ、ベンチでうずくまっているのを見て驚き、動揺する。

わたしたちは医務室に行った。暗く惨めな行進。ティサルワットではないティサルワットは、カルルによりかかり、その後ろをもうひとりのカルルが歩く。医務室に入ると、ドクターはその場に凍りついたようになっていた。〈慈〉がデータ妨害を中止するとすぐ、ティサルワットの頭のなかに特製インプラントが見え、愕然《がくぜん》としているのだ。彼女はわたしのほうへ首を回し、何かいおうとした。

「あとにしなさい」わたしは冷たく制した。カルルたちがティサルワットではないティサルワットを診察台にのせると、わたしはふたりを下がらせた。

ドクターが何かいいだすまえに、アナーンダが何かを察して抵抗するまえに、わたしは診察台の拘束具のスイッチを入れた。彼女はぎょっとしたものの、成り行きを判断できる状態ではなかった。

「見てわかるように」わたしはドクターにいった。「ティサルワット副官は無認可のインプラントを施されている」ドクターは怯《おび》えきり、答えられない。「すぐに除去しなさい」

「だめだ、だめだ!」アナーンダはわめいたつもりだろうが、なかば窒息しかけた声にしか聞こえない。

「いったい誰がこんなことを?」ドクターはまだ状況をのみこめていなかった。

「とりあえず、誰でもいいのでは?」しかし答えは彼女にも(もし考えていたとすれば)わかっていたはずだ。こんなことができるのは、ひとりしかいない。それをやってのけるのも、ひとりしかいないのだ。

「おい、医者――」ティサルワットは自由になろうともがくのをやめ、攻勢に転じた。しかし声はいまもしゃがれている。「わたしはラドチの皇帝、アナーンダ・ミアナーイだ。艦隊司令官を捕縛し、わたしを自由にして、必要な薬を渡しなさい」

「調子に乗ってはだめだよ、副官」わたしはそういうと、ドクターをふりむいた。「わたしの命令が聞こえなかったのかな?」ゲート空間に隔離された艦船のなかでは、わたしが法律だ。命令の内容が何であろうと、違法だろうと不当だろうと関係ない。命令によっては、艦長が事後訴追される可能性もあるにはあるが、乗員の場合、たとえどんな命令であれ、そむけば確実に処刑される。ラドチャーイ兵の人生にとって、これは大きな、動かしようのない事実だった。現実にそこまでの事態になることはめったにないものの、〈カルルの慈〉の全兵士には忘れたくても忘れられないことがある。わたしが日々の祈禱《きとう》で追悼するよう指示したナイセメ・プテムは、罪のない者たちの殺害命令を拒否して死んだのだ。乗員はひとりとして彼女を、彼女が命をおとした理由を忘れることができない。わたしは毎日、乗員に彼女の名を呼ばせているのだ、さながらわたしの、あるいは〈慈〉の身内であるかのごとく。そしていま、ドクターも忘れてはいないはずだった。

　彼女は苦悩し、逡巡《しゅんじゅん》していた。ティサルワットは見るからに苦しみ、ドクターを心底怒らせるものがあるとすれば、自分にもやわらげることができないティサルワットの苦しみそのものだろう。わたしの命令は、処刑をちらつかせた脅迫だと受け止めることもできる。だが半面、彼女に選択の余地はなかったという言い訳にもなる。じきに彼女にもそれがわかるはずだ。

「ドクター……」ティサルワットはまたもがきながらしゃがれ声でつぶやいた。

　わたしは黒い手袋をはめた手を、彼女の喉に当てた。さほど力はこめない。ただの警告程度だ。

「これが誰であろうと」わたしはドクターに穏やかにいった。「本人が自分は誰それだと主張しようと、このインプラント挿入は、法に、正義に、反するものだ。そのうえ、明らかに失敗している。わたしはこういう例を過去にも見た。このわたし自身が体験したんだ。彼女はいまより楽になることはないだろう。きわめて幸運な場合でも、せいぜいが現状維持だ。投薬すればしばらくはもつかもしれないが、根本的解決にはならない。苦しみを取り除く方法は、ひとつきりしかない」いや、実際はふたつある。だが見方によって、ふたつはひとつだ。少なくとも、このアナーンダのひとかけらにとっては。

　ドクターは二者択一を迫られていた。といっても、患者を苦痛から救えるチャンスがわずかでもあるかどうかの差でしかない。彼女はうろたえていた。

「艦隊司令官……わ、わたしは……こういう経験が一度もない」声の震えを懸命に抑えている。彼女はこれまで属躰を扱ったことがなく、初めて処置したのが、このわたしだった。それも〈慈〉とわたしの指導のもとになんとかこなしたのだ。

そしてわたしは属躰とはいえ、標準とはかけ離れていた。

「経験者など、そうはいない。インプラント挿入はありふれていても、摘出が不可避の例はわたしも知らないくらいだから。いったん挿入されたら、ふつうは気にかける必要などめったにない。しかし、あなたならやれる。手順は〈慈〉もよく知っているし――」ここで〈慈〉自身が同様のことをドクターに伝えた。「わたしもついているから」

ドクターはティサルワットを、アナーンダを見下ろした。診察台の上で、彼女はもがくのをやめ、目を閉じている。ドクターはわたしに視線をもどしていった。

「では、催眠剤を」

「いや、だめだ。術中、彼女にはしっかり意識がなくてはいけない。心配しなくても、さっきわたしがひどく首を絞めておいた。悲鳴をあげたところでたいしたことはない」

摘出手術が終わり、ティサルワットは眠っていた。安全な範囲でたっぷりと催眠剤を飲ませてある。ドクターは極度の疲労だけが原因ではなく、小刻みに震えていた。わたしたち三人は昼食も夕食も抜きだったし、心配そうな顔のボーがひとりあるいはふたり連れで医務室を訪ねてくる間隔が短くなり、そのたびに訪問理由もどんどん見え透いたものになっていく。〈慈〉

はここで行なわれていることを乗員に教えるのを拒んでいた。

「彼女はもとどおりになるのかな?」ドクターは震えながら立っているだけで、わたしが器具を洗浄し、片づけていく。「ティサルワット副官は、もとの彼女にもどれるだろうか?」

「いいや、もどることはない」わたしは箱を閉じ、引き出しに入れた。「彼女たちがインプラントを挿入した時点で、ティサルワットは死んでいる」彼女たち。アナーンダ・ミアナーイみずから挿入したのだ。

「副官はまだ子どもなのに。ほんの十七歳だ。いったい誰が……」最後までいわず、ゆっくりとかぶりを振る。何時間もの手術を終え、自分の目で見てもなお、信じられないようだ。

「わたしも同じような歳に同じようなことをされたよ」〝わたし〟というよりも〝この体〟、わたしに残った最後の体だ。「彼女よりもう少し若かった」しかしこれまで、ドクターがそういう目でわたしを見ていなかったことは、指摘せずにおいた。市民なら問題になることでも、非文明人、征服した敵ならどうだっていいのだ。

　ドクターはそれに気づいていないか、頭が混乱して考えられないらしい。

「だったら、いまの彼女は誰なんだろう?」

「いい質問だ」わたしは最後の器具をしまった。「それはこれから彼女自身が決めなくてはいけない」

「その決断結果を、もしあなたが気に入らなかったら?」鋭い指摘だった。ドクターは味方につけておいたほうがいいかもしれない。

「何事も――」わたしはオーメンを小さく投げるふりをした。「アマートの思し召《おぼ》しのままに。さあ、少し休んだほうがいい。カルルにあなたの部屋まで夕食を運ばせよう。満腹で睡眠をとれば、何事も前向きに考えることができる」

「ほんとうに？」苦々しげに、疑わしそうに。

「いつもそうとはかぎらないが……。体を休めて朝食を食べれば、少なくとも事に取り組むのが楽にはなる」

4

部屋にもどると、カルル5が夕食を準備して待っていた。きょうの出来事で不安を抱えながらも、いつものように無表情だ。食事は一般兵と同じスケルと水だった。〈慈《めぐみ》〉がそうするようにいったのかもしれないが、確認するのはよしておく。わたしはいつでもスケルで十分だ。しかしカルル5は不満だろう。ひとつには、もっとおいしい料理をつまみぐいできないからで、これは艦長や将校に給仕するときの特権だった。

わたしが食事をしているあいだ、分隊長のいないボーたちは仕事に身が入らないようすで、割り当てられた通路をほぼ私語もなく掃除していた。今朝と変わらず汚れなどないが、これは日課のひとつであり、さぼるわけにはいかない。みんなうんざりし、気をもんでもいた。たまにかわされる会話から、ティサルワット副官はわたしにひどい虐待を受けて体調をくずした、というのが彼女たちの共通認識だとわかる。〝前のやつとおんなじだよ〟という不満も聞こえたが、具体的な名前は慎重に伏せられていた。

清掃が終わると、先任のボー1が点検し、〈慈〉に問題なしと報告する。それから指を動かして声には出さず、また〈慈〉に話しかけた。

「ボー1」〈慈〉が応じた。ボー1のことはよく知っていて、不平不満はすべて聞いている。

「疑問点は艦隊司令官に尋ねるべきです」

　ボー1がドクターに会いにいったのは、わたしが医務室を出て五分とたっていないときで、ドクターは彼女に同じことをいった。〈慈〉はこれで三度めだ。それでもボー1は躊躇《ちゅうちょ》した。分隊の指揮をとる立場にありながらも、なお。ティサルワット副官は意識不明状態で、わたしは副官代理を任命していないのだ。ボー1には、わたしに情報と指示を求める権利、および責任があった。

　属躰《アンシラリー》は、艦の一部だ。分隊は分隊で、いわばアイデンティティのような、漠然とした感覚を共有することも多いが、同時に各属躰には、もっと大きな存在の一部でしかないという明確な認識もあった。属躰は艦船の手足、そして〝声〟であり、艦長に質問などしないし、将校と議論するような個人的問題もない。

〈カルルの慈〉の乗員は人間だ。しかし、前艦長は彼女らに、可能なかぎり属躰のように振舞うよう要求した。直属のカルルでさえ、さながら属躰のごとく艦長に話しかけるのだ。ひとりの人間としての懸念や欲求などまるでないかのように。長く染みついたそんな習慣が、いまのボー1をためらわせているのかもしれなかった。ほかの将校に代わりを頼むこともできるだろうが、セイヴァーデンは当直で、エカルは睡眠中だ。

　わたしは紫と緑の壁の自室で、スケルの残りを食べ終え、カルル5にいった。

「お茶をいれてくれないか。それから、壁の塗料をできるだけ早く落としてほしい、モニターをつけたいから」壁面は、たとえば外の宇宙の光景など、望みのものを表示するよう変えることができ、工具類も艦に積んである。ヴェル前艦長はしかし、何らかの理由でモニターをつけたくなかったらしい。わたしもとくに必要に迫られていたわけではないが、前艦長の名残は極力排除したかった。

カルル5は無表情かつ感情のない声で、「艦隊司令官にはご不便をおかけするかもしれません」と答えた。すると直後、表情が少し動いた。〈慈〉が彼女に話しかけたのだ。カルル5はためらった。〝つづけなさい〟と、〈慈〉が伝える。「艦隊司令官、ボー1がお話ししたいそうです」

いいだろう。あと四秒すれば、わたしのほうから呼びつけるところだった。夕食を済ませてからと思っていただけだ。

「不便など気にしなくてよい。それから、すぐにボー1を通しなさい」

ボー1は、外見は堂々と、内面では怯《おび》えながら入ってきた。体をこわばらせ、ぎこちなくお辞儀をする。ふつう属躰はお辞儀をしないからだ。

「どうした、ボー」わたしは彼女に声をかけた。部屋の隅では、カルル5が意味もなくフラスクをいじっている。わたしにお茶を出すまえにやることがあるようなふりをしているだけだ。気がかりで。耳をすまして。

ボー1はごくりと唾をのみこんだ。大きく息を吸いこむ。

「お忙しいところ申し訳ありません、艦隊司令官」事前に練習した口調。ゆっくりと、慎重に、母音を長めに。生まれを示すアクセントは消えないが、消そうという努力はしていた。「ボー分隊の副官の現況に関し、懸念する声があります」疑念といってもいいのだろう。わたしがティサルワットの乗艦にすら不満だったことを知っているボー1は、副官の話をもちだすのはもとより、わたしに会いに来たことで、自分の立場が不安定になると感じている。いまの台詞も、ティサルワットの名前を出さないよう、考えぬいたものにちがいない。「ドクターに相談させていただいたところ、艦隊司令官にお尋ねするのがよいと勧められました」

「いいかい、ボー」わたしは静かにいった。わたしの場合、意識して出さないかぎり、声に感情がこもることはない。しかしいまは、はっきりいってうんざりしていた。「もっとストレートに話してくれないか」カルル5は部屋の隅でまだお茶の道具をいじっている。

「了解しました、艦隊司令官」まだ硬い。こわばったままだ。

「来てくれてよかったよ。こちらから、呼ぼうと思っていたところだった。ティサルワット副官は体調をくずしている。乗艦したときからそうだ。軍政局はここに将校をひとり送りこみたいあまり、彼女が航海できる状態ではないことなど意に介さなかった。しかもわたしにそれを隠そうとしてね」真っ赤な嘘でもなかった。軍艦の兵士や将校はみな、軍政局の無知で浅はかな決定に不満だらけなのだ。局の役人は、艦上勤務がどんなものかをまったく知らない。「機会があれば、わたしからひと言いうつもりではいるから」ボー1の心の声が聞こえた気がした――艦隊司令官は副官ではなく、軍政局に怒っているんだ。「彼女も明日には自分の部屋にもどれるだろう。一日か二日は任務を休み、その後はドクターの許可が出るまで軽い仕事をやればいい。それまでのあいだ、あなたは分隊の准尉なのだから、兵士に対する責任をもち、彼女の代わりに当直に就き、わたしに報告してほしい。ティサルワット副官の看病では、ボー分隊の力と心遣いに頼るしかないからね。もちろん、いわれなくてもやってくれるだろうが、いまここで、わたしから命令する。彼女の体調で気がかりな点があったら、あるいはおかしな行動をとったら——悩むはずのないことで悩んだり、彼女らしくないと思えることがあったら、ドクターに報告してほしい。たとえ副官に、口外するなと指示されてもだ。いいね？」

「はい、艦隊司令官、了解しました」気持ちはなんとかおちついたようだ。

「では、よろしく。話は以上」ようやくカルル5がフラスクを取って、わたしのお茶をついだ。

仲間のカルルに伝える話が頭のなかでできあがったのだろう。

　ボー1はお辞儀をした。そしてすぐ、多少びくつきながらいった。

「申し訳ありません、艦隊司令官……」言葉がつづかず、唾をのみこむ。自分の大胆さに自分で驚いているらしい。「ボー分隊を代表して申し上げます。お茶をいただき、みなたいへん感謝しております」

　わたしは乗員ひとり当たり週に五グラムずつ支給し、在庫がなくなるまでそれをつづけるつもりだった。兵士は（将校たちも）ごく少量の茶葉から、しぼりだせるかぎりしぼって飲んでいたのだ。当初、兵士たちはうさんくさそうに受けとった。前艦長の時代、飲むのは水だけだ、属躰は水しか飲まない、といわれていたからだ。今度の艦隊司令官は何か企み、自分たちを懐柔しようとしているのではないか？　自分がいかに金持ちかを見せびらかしたい？　施し物を与え、そんなことはしていないよ、とでもいって自己満足に浸りたい？

しかしラドチャーイにとって、文明的な生活に欠かせないもののひとつが、お茶だった。そしてわたしは、属躰だらけの艦船での生活がどんなものかを知っている。この艦で、属躰ごっこをする気はなかった。

「どういたしまして。では、退がってよろしい」

彼女はもう一度お辞儀をして、部屋を出ていった。ドアが閉まると、〈慈〉がボー1の耳に直接いった――「うまくいきましたね」

それから二日間、ティサルワットは自室のベッドで寝て過ごした。〈慈〉がライブラリにある娯楽作品を彼女に見せる。どれも歌がある軽いもので、華やかなものとセンチメンタルなものを交ぜ、かならずハッピーエンドだ。ティサルワットはそれを黙ってながめている。悲劇のあとにまた悲劇でも、同じ様子で見ただろう。気持ちを楽にし、おちつかせる薬を飲んでいるのだ。ボーたちは彼女にかまいすぎるほどかまい、毛布を整えたり、お茶を運んだり、ボー9に至っては、分隊室の狭い調理場で甘いペストリーふうのものまでつくった。体調不良の原因については憶測が飛びかい（わたしへの非難は影を潜めた）、最終的には、〈カルルの慈〉に配属されるまえ、厳しい査問を受けたのだろう、というところにおちついた。また、それより可能性は低いが捨てきれないものとして、不適切な学習法の後遺症、というのもあった。大量の情報を覚える必要がある場合、市民はときに医者を頼り、薬を飲んで覚えるのだ。それは査問や適性試験に使われる薬剤と同じものだった。再教育でも使用されるが、これはたしなみのあるラドチャーイなら避けて通る話題だ。そしてこの四つ――査問、学習、適性試験、再教育――では、その道に通じた専門医が投薬しなくてはいけない。〈カルルの慈〉の兵士は誰も露骨にいわないものの、ティサルワットの様子は再教育を終えたばかりの者に酷似している、という事実が会話のなかに見え隠れした。ドクターとわたしのしたことが何であれ、カルルの手伝いなしでふたりきりでやったこと、誰にも事態の説明をしないことが、再教育との関係をいっそう強めることにもなった。とはいえ、再教育されたものが軍務に就くことはないため、憶測は憶測でしかない。

いずれにせよ、ティサルワット副官に非はないようだ、そしてわたしにも、ということで全員が胸をなでおろした。あくる日、セイヴァーデンはわたしの部屋でお茶を飲みながら（あいかわらず薔薇《ばら》色のガラスの杯で、わたし自身まだ最高級の格付けではない）、何があったのかを知りたくてうずうずしながらも、別の話題を口にした。

「あれから考えてみたんだよ。ほら、どうしてぼくがきみの……その……」声が小さくなった。好ましくない表現につづくと思ったのだろう。「将校には私室があるから、気にすることはない。だが、もしぼくのアマートたちが……つまり、プライバシーを守れる場所がなかったら、望んでも行き場がないわけで……」

現実には、いくらでもある。たとえば船倉にも小部屋はあるし、シャトルでもいいし（重力がないのでおちつかないだろうが）、いざとなれば兵員食堂のテーブルの下、も考えられる。つねに自分専用の部屋があったセイヴァーデンなら、わざわざ利用するまでもないだろうが。

「そういうことを考えるのも結構だけど」と、わたしはいった。「くれぐれもアマートの尊厳は傷つけないように」お茶をひと口飲んでからつづける。「このところ、セックスのことが頭から離れないのでは？　あなたがアマートの誰かに強要したのでなければ、わたしとしてはうれしい」この艦では過去に、そういうこともあっただろう。

「頭をよぎったけどね」熱をもっていた顔がさらに熱くなる。「きみになんていわれるかな、と考えたんだよ」

「ドクターはあなたのタイプではないと思う」そもそも彼女は、セックスにまったく関心がないように見える。「ティサルワットは若いし、いまのところ、そういうことができる状態ではない。エカルには声をかけてみた？」彼女にはその気がある、とわたしは確信している。ただ、セイヴァーデンの高貴な容貌と古風なアクセントが、彼女を引きつける半面、おじけづかせてもいた。

「彼女を侮辱したくはなかったから」

「家柄の差につけこむような気がする？」セイヴァーデンは同意を示す仕草をした。「これは侮辱に等しいと思いつつ行為することはできないと？」

彼女はうめき声をもらし、お茶をテーブルに置いた。

「どっちみち無理だよ」

わたしは曖昧な身振りをした。「何事も試してみなければわからない」

彼女は小さく笑った。「ともかく、ドクターがティサルワットを救えて何よりだ」

ティサルワットの私室では、ボー9が寝台の毛布を整えた。この一時間で三度めだ。枕の位置を調整する。ティサルワットのお茶が冷めていないか確認。ティサルワットは薬を飲んで、表情もなくおとなしい。

「同感」と、わたしはいった。

二日後——アソエクまで、残りは三分の二強——わたしは夕食にエカル副官とティサルワット副官を招いた。艦内での日程に従えば、わたしには昼食、エカルには夕食、ティサルワットには朝食だ。私室はカルルたちが壁の塗料を剝がしているため、会食場所は分隊室とする。まるで昔の自分にもどったような、〈トーレンの正義〉のエスク大隊室にいるような気分になった。といっても、〈カルルの慈〉の分隊室は、〈トーレンの正義〉とは比べものにならないほど狭い。〈トーレンの正義〉には、それぞれ二十人の副官がいる大隊室が十室あった。

艦隊司令官が分隊室で食事をすることが、ちょっとした管轄の（そしてプライドの）問題を引き起こした。カルル5は、将校の部下の管轄である分隊室で、例の二番めに高級な食器を使ってほしいと主張するかどうかで悩んだ。もし言い張れば、それは彼女が仕切る食事会となり、愛する食器を披露できる。エトレパ8とボー9に任せて分隊室の食器を使えば、貴重な食器が事故で割れる危険はないものの、食事会はエトレパとボーの権限下に置かれるだろう。最終的に、彼女のプライドが勝ちを収め、わたしたちは手描きの陶器で卵と野菜を食べていた。

　エカル副官は軍歴のほぼすべてを〈カルルの慈〉の一般兵として過ごし、一癖あるカルル5のこともよく知っているらしい。

「わたしから申し上げるのは失礼かもしれませんが、この食器はすばらしいですね」カルル5はにこりともしなかった。わたしの前で笑顔を見せることはほとんどない。だがエカルの言葉が彼女の心を射抜いたのは確実だった。

「選んだのは、このカルル5だよ」わたしはエカルの話に乗った。「ブラクト焼で、千二百年ものだ」エカルは一瞬固まり、手のフォークが下の皿を叩きそうになった。「きわめて価値が高い、というほどではない。地域によっては、住民の大半がしまいこんで使わないらしいしね。それでもほんとうに、とてもすばらしい。だから人気があるのだろう」カルル5は、過去はともかく、少なくともこの瞬間はわたしに好印象を抱いたようだ。「それにしても副官、話しはじめるときに毎回、申し訳ないだの失礼しますだのがつくと、せっかくの食事が退屈になってしまう。マナーが守られているかぎり、わたしは気にしないから」

「わかりました、艦隊司令官」エカルは戸惑いつつそういうと、卵を食べることに集中した。フォークがお皿に当たらないよう、気をつかいながら。

　ティサルワット副官のほうは、返事をする必要があるときのみ、はい、いいえ、ありがとうございますというだけだ。伏し目がちで、ライラック色の目がわたしやエカルに向けられることはない。薬の量が減ったとはいえ、まだその影響下にはある。そしてその背後に、薬に押しやられた怒りと失望があった。いまは雑音程度だろうが、薬を飲まなくなったあと、表舞台に出てこられては困る。

そろそろ手を打っておかなくては。

「きのう――」わたしは卵を飲みこんでからいった。「セイヴァーデン副官が、この艦でいちばん優秀なのはアマート分隊だといっていた」真っ赤な嘘をつく。部屋の隅で待機しているエトレパ8とボー9がこれにプライドを傷つけられたのは一見して明らかだった。エカルとティサルワットもほぼ間違いなく気づいただろう。カルル5の反応は、エトレパたちほどではなかった。食器を誉《ほ》められたばかりだし、艦長直属の分隊はほかより上だという自負がある。

エカルが複雑な思いでいるのは、すぐにわかった。彼女はつい最近までアマート分隊の一兵士だったが、いまではエトレパ分隊の副官なのだから、出身のアマートが現況で最優秀だと聞けばそういう心境にもなるだろう。彼女は黙りこくり、懸命に、必死に、どう反応すればよいかを考えている。一方、ティサルワットは視線をおとし、じっと皿を見つめていた。おそらくわたしの意図を察して、そんなことはどうでもいい、と思っている。

「艦隊司令官――」ようやくエカルがいった。いつもの前置きが口をついて出ないよう、なんとかこらえる。そしてアクセントに気をつけながらつづけた。「〈カルルの慈〉の分隊はどれも優秀です。しかし、もしわたしが範囲をせばめるよう問われた場合……」言葉を切る。不自然に堅苦しいことに気づいたのだろう。「あえてひとつを選択するなら、エトレパがもっとも優秀だと思います。セイヴァーデン副官とアマート分隊には失礼ながら、これは事実ですので」

最後はいつもの自分のアクセントになった。

ティサルワットは無言のままだ。部屋の隅のボー9から、静かな、裏切られたような思いが漂い流れてきた。「副官――」〈慈〉がティサルワットの耳に直接語りかけた。「部下があなたの発言を待っていますよ」

ティサルワットは顔を上げ、ほんの一瞬、わたしの目を見た。ライラック色の真剣なまなざし。彼女はわたしの意図を知っている。打つ手は自分にひとつきりしかないことも。それにむかつき、わたしにむかついている。抑えこんでいた怒りがわずかにふくらんだ。が、すぐにしぼんでもとにもどる。それはただの怒りではなく、わたしはそこに願望を、はかない望みを見たように思った。彼女は顔をそむけ、エカルをふりむいていった。

「すまない、副官、あなたは間違っているとわたしは思う」ティサルワットはそこで、こんなアクセントで話してはいけないことに気づいた。セイヴァーデンのようなアクセント。アナーンダ・ミアナーイのような。もっと、くだけなくては。「ボーは序列は下かもしれないが、この艦のほかの分隊よりすぐれているのは明らかだよ」

エカルは目をぱちくりさせた。ティサルワットのアクセント、話しぶり、おちつきはらった態度は十七歳のものとは思えない。エカルは驚き、属躰さながら顔の表情が消えた。が、すぐに我を取り戻し、どういい返せばよいかを考える。序列の上下に触れるわけにはいかなかった。それでは自分もセイヴァーデンには勝てない。エカルはわたしの顔を見た。

わたしは中立的な、かつ興味深げな表情をつくった。そしてその顔で、明るくいう。

「では、片をつけようか。客観的に。銃器とアーマーの熟達度がいいかな」ここでエカルはわたしの意図に気づいた。とはいえ、それがどんな意味をもつのかわからず戸惑っている。わたしは手袋をはめた指をあからさまに動かし、カルル5に指示を送ってからふたりの副官に訊いた。

「あなたたちのスコアは？」

ふたりはまばたきし、〈慈〉が彼女たちの視界に情報を送る。

「すべて合格基準に達しています」エカルが答えた。

「合格基準？」わたしは声に驚きをこめた。「その程度ではだめだよ」ティサルワットはまた皿を見つめた。薬の背後に恨み、承認、怒り、そしてあの願望がちらつくが、どれも押さえこまれている。「一週間与えよう。一週間後に、分隊のスコアを比較する。あなたたち副官も含めてだからね。それに先立ってアーマーを支給する。訓練中、使うべきと判断したときは使ってかまわない。ここでわたしがそれを許可する」わたし自身はアーマーがインプラントされているから、瞬時に力場を展開して身を守れた。しかし副官や分隊の兵士は、支給されて初めて胸部に装着するのだ。ただ、ひとりとして実戦経験がなく、とっさの場合に展開できるとは思えなかった。だからもっと慣れさせなくてはいけない。これから起きる事態に備えて。今後は、これまでのようなわけにはいかない。

カルル5が入ってきた。両手に群青色《ぐんじょう》の瓶を持ち、三本めを脇に抱えている。心中は不満ながら、顔はあくまで無表情で、瓶をテーブルに置く。

「アラックだ」と、わたしはいった。「上質だよ。これを勝者への記念品とする」

「分隊全員で？」エカルはためらいがちに訊いた。心底驚いた様子。

「分けようとどうしようと、好きにしてかまわない」

エトレパ８とボー９はすぐさまこれを仲間たちに伝えたようだから、どちらの隊も早速ひとり分の量を計算しているところだろう。たぶん、副官には多少多めに。


その後、セイヴァーデンの私室で、エカルが寝返りをうち、まどろむセイヴァーデンにいった。

「ところで、セイ……すみません。気を悪くしないでほしいのだけど……みんな、あなたがあの人にひざまずいているのでは、と思っている」

「どうしてそんな言い方を？」セイヴァーデンはぼんやりといってから、なんとか眠気を振り払おうとした。「はっきり〝艦隊司令官に〟といえばいい」いくらか頭がはっきりする。「いや、いい、理由はわかっている。想像はつくよ。すまなかった。それに、気を悪くすることもない」エカルは戸惑い、返事ができなかった。「彼女さえ望めば、ぼくはそうしたと思う。だが、彼女は望まなかった」

「あの人……艦隊司令官は、禁欲主義とか？」

セイヴァーデンは小さな、冷めた笑いを漏らした。

「違うと思うよ。我らが艦隊司令官は、あけっぴろげな性格じゃないからね。けっして本音を見せない。だが、これだけはいえる」セイヴァーデンは息を吸いこみ、吐き出した。そして、もう一度。エカルは静かに話の続きを待っている。「きみは彼女を信頼していい。どこまでも、限りなくね。彼女がきみを裏切ることは、けっしてないから」

「それはすばらしい……」明らかに疑っていた。信じてはいない。そして別のことを思いついた。「彼女は特殊部隊にいた?」

「さあ、どうだろうね」セイヴァーデンは手袋をはめていない手をエカルの腹部にのせた。「きみはいつ任務にもどる?」

エカルは小さな震えを抑えた。複雑な思いからくる震え。だがその多くは喜びだ。ラドチャーイのなかで素手がかきたてる感情は、非ラドチャーイには理解しがたいだろう。

「二十分後に」

「ふうむ」セイヴァーデンはしばし考えた。「それだけあればいいかな」

わたしはふたりきりにさせた。ボーとティサルワット副官は睡眠中だ。通路では、エトレパたちがモップがけして磨きに磨き、ときおり水銀色の光がきらめいてアーマーが展開し、また閉じた。

その後、わたしは分隊室でティサルワットとお茶を飲んでいた。鎮静作用はかなりやわらぎ、感情も放たれて、顔に出る寸前まできている。まわりに人がいなくなったところで彼女がいった。

「あなたのしていることは、わかっています」怒りと願望がちらちらのぞいた。「これから何をする気なのかも」願望が見えた。彼女は真の乗員のひとりとなり、ボーの敬慕と忠誠を確保したいのだ。そしておそらく、わたしのも——。以前の不運なティサルワットも望んでいたにちがいないこと。いまわたしは、それを与えようとしている。

ただし、わたしのやり方で。

「ティサルワット副官」お茶をゆっくり飲んでからいった。「わたしに対し、そういう言い方は適切とは思えないが？」

「はい、艦隊司令官」素直に認める。と同時に認めない。鎮静剤が効いている状態でも、彼女は矛盾の塊といえた。あらゆる感情に、それと対立する感情が伴っている。アナーンダ・ミアナーイになりたいなどと思ったことはないはずだった、たとえほんの数日であろうと。いまの彼女が誰であれ、アナーンダの計略に反し、以前よりはるかに気分はよくなっている。わたしがそうさせたのだ。だから彼女はわたしを憎んでいる。そして、憎んではいない。

「夕食を一緒に食べよう」わたしは話をがらりと変えた。彼女の心中などまったく察していないかのように。「それから、エカルも。自分の分隊がどんなに上達しているかを自慢しあうといい。カルルがあなたの好きなペストリーをつくってくれるよ、甘いアイシングがたっぷりかかったやつをね」〈慈〉がこれをカルル5に伝えた。カルル5は改装した壁の仕上げを確認中だったが、この知らせにうんざりした顔をして、若者の食欲にはあきれる、とでもいいたげにため息をついた。しかし内心では喜んでいる——〈慈〉だけでなく、わたしにも見られていることを彼女は知らない。

優劣を決める争いは激化した。エトレパもボーも、自由時間になると射撃場に直行し、仕事中はアーマーを展開したり閉じたりしている。スコアは著しく向上し、ほぼ全員が銃器訓練の高難度まで到達、そうでない者も時間の問題と思われた。アーマーに関しても、エトレパとボーの全員が、〇・五秒とかからずに展開できる。わたしが望んでいた属躰レベルにはほど遠いながら、目を見張る進歩といえた。

ボー分隊はみな、競争の真の目的をすぐに理解し、ひたむきに練習に励んだ。エトレパ分隊も同様で、わたしの目的を受け入れ（かつ理解し）ながらも、さらなる努力を怠らなかった。しかし結果は、ボーの勝利で終わる。わたしは兵員食堂で、賞品のアラック（強く上質のもの）を三本、ティサルワット副官に渡した。このときの副官からは鎮静剤の効果が完全に消えており、彼女の背後には、属躰のように無表情のボーたちが直立不動で横一列に並んでいる。わたしはボー分隊の勝利を称え、祝杯をあげるようにいった。わたしが部屋を一歩出るなり、祝宴が始まったのはいうまでもないだろう。

それから一時間とたたないうちに、セイヴァーデンがアマート分隊を代表してわたしの部屋にやってきた。状況の理解に努めてはいても、アマート分隊はアラックを狙う機会さえ与えられなかったことから、兵員食堂は避けたかったのだろう。しかもわたしはエトレパとボーの夕食に、くだものを添えるよう指示してもいた。艦にはオレンジとランブータン、ドレッジフルーツがあり、どれもカルル5が仕入れ、細心の注意を払ってサスペンション容器で保存してある。夕食がすんで片づけが終わってもなお、通路にはドレッジフルーツの甘い香りが漂い、アマートたちの空腹感と腹立ちも消えずに残った。

「彼女たちに伝えてほしい」と、わたしはセイヴァーデンにいった。「わたしとしては、ティサルワット副官の気持ちを奮い立たせたかった。アマートたちが参加すれば、それはかなわなかったと思う」セイヴァーデンは短く笑った。嘘を感じとりつつ、嘘ではないかもしれないと思いたいからだろう。アマートもおそらく同じ反応をするはずだ。「来週はアマートの番だ。練習してスコアが上がれば、夕食にドレッジフルーツをふるまう。カルルたちにもね」最後の言葉は、いつも耳をそばだてているカルル5向けだ。

「アラックも？」セイヴァーデンは期待をこめて訊いた。

兵員食堂で、ボーたちは最初のうちはきわめて規律正しく、艦がまつる神々にひとりずつ祈りを捧げては献杯し、強いアラックの刺激をゆっくりと味わっていたが、時間とともにだらしなくなっていった。ボー10は立ち上がり、多少舌をもつれさせてティサルワット副官に話しかけ、許可が得られると、自作の詩を朗誦《ろうしょう》する、と大声で表明した。

「アラックの在庫はある」私室でわたしはセイヴァーデンにいった。「それを配りたいとは思うが、かといって大盤振る舞いはできない」

兵員食堂で、ボー10の表明は拍手喝采《かっさい》で受け入れられ（ティサルワット副官も含む）、10はカルル神の行ないを詠《うた》う、ほぼ即席の叙事詩ふうのものを朗誦しはじめた。韻の踏み方もむちゃくちゃなその詩によれば、カルル神はしょっちゅう酔っていたらしい。

「量を制限するのはいいと思うよ」セイヴァーデンがいった。いささか残念そうに。「いずれにしても、ぼくは飲まないし」わたしが一年まえに雪原で見つけたとき、セイヴァーデンは裸で意識がなかった。そして麻薬の常習者だった。以来、彼女はほぼ悪習を断ち切っている。

ボー10の詩はだらだらつづき、そのうちボー分隊への賛歌となった――ボーは〈慈〉の分隊のなかでもっとも優秀である、分隊にはアマートも含まれる、いいや、とりわけアマートより優秀だ、アマートはばかばかしい子どもの歌をうたい、しかも下手くそだ。

「ボーの歌のほうがすばらしい！」酔った兵士が声をあげ、ボー10の朗誦が止まった。同じく酔った兵士が尋ねる（まだこちらのほうが頭はしっかりしているようだ）。「ボーの歌って、なんだ？」

ボー10はテーマなどさして気にせず、注目を集めることなどまったく気にせず、大きく息を吸いこむと、歌いはじめた。多少ふらつきはしても、びっくりするほど心地よいコントラルトだ。

「おお、木よ！　魚を食べろ！」これはわたしがちょくちょく口ずさむ歌だった。もとの歌詞はラドチ語ではなく、ボー10は発音が似たラドチ語の単語に置き換えているだけだ。「この御《み》影石《かげいし》が桃を抱く！」テーブルの上座で、ティサルワットはにやにやしている。「おお、木よ！　おお、木よ！　わたしのケツはどこにある？」

ティサルワットもボーたちも腹を抱えて笑った。四人は椅子からすべり落ちたほどで、起き上がるのに五分は要した。

「待て、待て！」ティサルワットが大声をあげた。立ち上がろうとしたが、酔ってうまくいかない。「みんな、待て！」全員が自分に注目したところで、手袋をはめた手を片方だけ振る。「これがわたしたちの歌だ！」言葉が歓声にかき消される。彼女はアラックがこぼれそうになるほど勢いよくグラスをつかんで掲げた。「ボーに乾杯！」

「ボーに乾杯！」全員が声をそろえ、さらにひとりがつけ加える。

「艦隊司令官ブレクに乾杯！」

ティサルワットは酔いに押され、ためらうことなく賛同した。

「艦隊司令官ブレクに乾杯！　自分のケツがどこにあるかを知らない彼女に乾杯！」全員がどっと笑い、大合唱が始まった――おお、木よ！　わたしのケツはどこにある？

「だから艦隊司令官――」一時間後、浴室でドクターがいった。わたし同様、彼女にもタオルと洗面器を持ったカルルが付き添っている。「まえのヴェル艦長は、分隊にアルコールを禁止したんですよ」

「まあ、そこまでしなくても」わたしは穏やかに答えた。ドクターはいつものようにしかめ面だが、眉をぴくりと上げただけで反論はしない。「習慣にするのはよくないと思うが、今回はきちんとした理由がある」それはドクターもわかっているはずだった。「たぶん二日酔いで目が覚めるのが十一人いる。準備はいいかな？」

「もちろん！」しかめ面をさらにしかめて、片方の肘を上げる。浴室で素手を振るのは下品だからだ。「カルルなら手際よくやれます」

「そうだね」わたしは同意した。〈慈〉は何もいわず、わたしにティサルワットとボーたちの映像を見せているだけだ。兵員食堂は、笑いと歌声に満ちていた。

5

アソエク・ステーションの存在意義は、周回する惑星がお茶の産地という点にある。もちろん、惑星である以上は相応に大きいから、産品はこれひとつではない。それに、人類が暮らせるようになった、ほどほどの気候の惑星は、それだけできわめて価値が高いといっていい。何千年とはいわないまでも、何百年もの艱難辛苦《かんなんしんく》と忍耐のたまものだ。しかし、アナーンダ・ミアナーイは労に報いるどころか、住民を働かせるだけ働かせたうえ、艦隊を、属躰《アンシラリー》の軍艦を送りこみ、丸ごと我がものとした。それから二千年かけて、アナーンダは快適に暮らせる惑星を手当たりしだいに集めまくった。だからラドチャーイはおしなべて、惑星を特別視もしなければ、とりわけ大切なものだとも感じない。

ただアソエクの場合、連なる山々、湖、大河に恵まれ、ラドチによる併呑の百年ほどまえに気候制御グリッドを建設した。その後に入植したラドチャーイのやることといえば、茶を植えつけて、あとは収穫を待つだけだ。そして六百年後のいま、アソエクは茶の一大産地となった。

息が詰まるようなゲートの黒闇の先に星のきらめきが見え、〈カルルの慈《めぐみ》〉はアソエクの星系《シス》系《テム》に入った。わたしは司令室にすわり、隣にエカル副官が立っている。そして彼女のエトレパ分隊の兵士がひとりずつ、わたしたちをはさむようにして立ち、それぞれ目の前のコンソールを見つめていた。司令室は狭く、殺風景だ。壁に何も飾らないのは、〈慈〉が必要に応じて（または将校が命じたときに）ここに映像を流すためだ。ほかにはふたつのコンソールと、艦長や当直将校用の椅子が一脚。また、艦が重力調整を超えて加速した場合につかむホールドもあった。ここは前艦長のヴェルがよく使ったなかでも、塗装や改装をしなかった数少ない部屋のひとつだが、唯一の例外がドアに掛けたプレートだ――〝適切なる任務遂行は神々への献納〟。どうでもいいありきたりのものだが、これも取り外し、前艦長のほかのものと一緒に梱《こん》包《ぽう》させた。

わざわざこうして司令室にいる必要はなかった。どこにいても、目を閉じさえすれば、暗闇がアソエクの陽光にとってかわられるのが見える。押し寄せる光の粒子を、波を感じることができ、星系内の多種多様な通信、自動警告ビーコンを聞くことができた。アソエクそのものはまだ遠く、青と白に輝く小さな点でしかない。わたしの視界の光景は、まる三分まえのものだった。

「アソエクの星系に入りました、艦隊司令官」エトレパの片方がいった。じきに〈慈〉が彼女に、わたしがすでに見ているものを告げるだろう――アソエク・ステーション周辺には、〈慈〉の予想を超える数の船舶がいるはずだ。それ以外、とくにおかしなところはない。少なくとも、二分から十分まえには。わたしたちの現在地に光と信号が届くにはそれくらいの時間を要する。

またここには軍艦が三隻停泊し、すぐ視界に入ったのはゲート近くの一隻のみだった。この星系にある四つのゲートのうちのひとつで、時間的には二・五分ほどまえになる。あれは〈アタガリスの剣《つるぎ》〉だろうか？　もっと近くに寄るか、みずから名乗ってこなければ断定できない。

あの艦について考える。ほかの二隻はどこにいるのか？　なぜあのゲートを警備しているのか？　四つのゲートのうち、重要性がもっとも低いものだ。出た先はからっぽの星系で、ゲートがなくてもいいくらいだが、アソエクの住民はラドチ併呑まえ、そちらへ領土の拡大を図って実現できなかった。

もうしばらく考える。横に立つエカル副官が〈慈〉から送られた映像を見て、ふっと眉根を寄せた。わたしがすでに見たあの光景だ。彼女は驚いたのでも警戒したのでもなく、少し戸惑っているだけだった。

「艦隊司令官――」彼女がいった。「ゴースト・ゲートぎわにいるのは〈アタガリスの剣〉だと思うのですが、〈フェイの慈〉も〈イルヴェスの慈〉も姿が見えません」

「ゴースト・ゲート？」

「はい、ここではそう呼ばれています」いささか当惑ぎみに。「ゲートの向こうの星系に、幽霊が出没するらしいです」

ラドチャーイは死霊を信じている。正確にいえば、多くのラドチャーイは、だ。度重なる併呑で、大勢の人民、種々の信仰がラドチに吸収された結果、死後の世界に対するラドチャーイの考え方も多様化した。それでもおしなべて、残酷な死や不当な死、あるいは葬儀の供物が不適切な場合、死者の魂はさまよい、不意に現われたり、危害を加えたりすると考えられている。とはいえ、星系全体に出没するという話は、わたしはこれまで聞いたことがなかった。

「星系全体に？　どうして？」

エカル副官はまだ当惑ぎみに、信じられないといった仕草をした。

「いろんな噂があるようですが」

わたしは少し考えた。「よし、わかった。〈慈〉！　艦名を名乗り、〈アタガリスの剣〉のヘトニス艦長にわたしの名前で丁重な挨拶を送ってくれないか」エカル副官も〈慈〉も、ゴースト・ゲートのそばにいるのは〈アタガリスの剣〉だと考えたのだから、おそらくそのとおりなのだろう。「応答を待つあいだ——」届くまで五分はかかると思われた。「アソエク・ステーションのできるだけ近くまで、ゲートで行くことを検討するように」ゲートを出た位置は通常よりかなり後ろだった。そうすることで、接近するまえに状況をよく見ておきたかったのだ。

だがこの距離からでは、アソエクに到着するまでずいぶん、場合によっては週単位でかかるかもしれない。もちろん、ゲートを使えばかなり近くまで行くことが可能で、論理的にはステーションそのものまで一気に行けるのだが、これは大きな危険を伴う。安全な範囲で実施するには、ゲートから出た瞬間の、全船舶、全シャトル、全小船艇の位置を確実に知っておかなくてはいけない。ゲートの出口開口部そのものが、その位置に存在するものを何であれ損傷または破壊しかねないからだ。また、広い通常空間に出たとき、〈カルルの慈〉の進路上に何かがあると、それに衝突してしまう。

わたしは艦船だったころ、その種の事故を経験した。併呑の最中で、死と破壊が多少増えたところで問題にはならなかった。しかし一般市民の往来と、交通量が膨大なラドチの星系ではそうもいかない。

「お茶はいかがですか？」エカル副官が訊いてきた。

わたしの気持ちは、外の宇宙に向けられていた。星ぼし、その光と熱、それをめぐる惑星。ゲートとそのビーコン。〈カルルの慈〉の外殻についた塵《ちり》。いや、お茶はいらない、と答えようとして思いとどまった。エカル自身が飲みたいのかもしれない。ゲートを出る時間が迫ってから、彼女は一杯も飲んでいないのだ。そして無事に星系に入ったいま、彼女はわたしにお茶を期待したのだろう。わたしが飲まないかぎり、彼女も飲めない。こういう問いかけは、彼女にしては大胆だった。

「そうだね、飲もうか」

それからすぐ、さっきのメッセージが相手に届いたかどうかというころ——エトレパがちょうどお茶を持ってきたとき——〈アタガリスの剣〉と思しき軍艦は忽然《こつぜん》と姿を消した。

これまでわたしはあの軍艦から目を離さずにいた。と同時に、押し寄せる大量のデータに心地よく浸りきってもいた。ただし、それは〈慈〉から送られてくるいつものデータをしのぐものではなかった。漏らさず処理されたものではなく、わたしがふたたび見たい、感じたいと求めているものとは違う。とても近いように思えるときはあった。でも違うのだ、こんなものではないのだ……。

この間、わたしは自分がもはや艦船ではないことをほとんど忘れていたらしい。だから〈アタガリスの剣〉が消えたとき、即座に、無意識のうちに反応していた。

そして、無力であることを知った。ほしい数値が瞬時に出てこない。艦は——もちろんわたしではなく〈カルルの慈〉だ——わたしが頭に思い浮かべるだけで、手足のごとく反応することはない。わたしはすぐ、いまの自分を取り戻した。司令室にすわっている、たった一個の体しかもたないわたしに戻る。

それでも〈慈〉には、わたしの要求とその理由がしっかりと伝わった。隣でエカル副官が心配げに訊く。

「艦隊司令官、大丈夫ですか？」

〈カルルの慈〉が、対重力調整より若干速く動いた。茶杯がわたしの手から落ちて砕け、お茶がズボンとブーツにかかる。エカルとエトレパたちはよろめき、ホールドをつかんだ。前触れなく、ゲート空間にもどったのだ。

「あの艦は、〈慈〉に気づくとすぐ——」と、わたしはいった。「ゲートに入ったらしい」こちらの挨拶メッセージを受けとるよりまえだったのは確実だ。「〈慈〉の姿を見ただけで、三十秒後には消えたんだ」

お茶をわたしの足もとにこぼすほどの衝撃は、ティサルワットとボー分隊を目覚めさせた。アマートのひとりが転倒して、手首を捻挫《ねんざ》する。皿が何枚か割れたが、それ以上のダメージはなかった。独自ゲートを出るときの事故に備え、すべてしっかり固定してあるのだ。

「で、ですが……わたしたちは〈慈〉ですよ。外から見てもすぐに〈慈〉だとわかります。どうして見た瞬間に逃げたりするんでしょう?」そこでエカルは、自分たちも突然移動したことと考え合わせた。「あの艦船は逃げたわけではない、と?」

「かならずしも、そうではないだろう」

エトレパの片方が急いで床の破片を掃除し、こぼれたお茶を拭いた。

「あと四十五秒でゲートを抜けます」〈慈〉が全員の耳に伝えた。

「でも、どうして?」と、エカル。心底戸惑い、心底警戒している。「オマーフで起きたことは知らないはずです。ニュースが広まるまえに、ゲートはどれも封鎖されました」アナーンダの分裂を知らず、それに伴い軍艦と軍人が敵味方に分かれたことを知らなければ、〈アタガリスの剣〉とヘトニス艦長には、わたしたちの到着を脅威と感じる理由などないはずだった。ラドチは内部の腐敗が進行している、将校や艦長の一部は潜在的な敵でしかないと信じる市民でさえ、戦いが公然と始まったことは知らない。

「何らかの情報をつかんでいるか」と、わたしはいった。「もしくは、ここアソエクで何かが起きているか」

「ホールドをつかんでください」〈慈〉が全乗員に告げた。

「それでは」と、エカル副官。「わたしたちがゲートから出たときの〈アタガリスの剣〉の所在は、どうすればわかるのですか?」

「それはわからないよ」

彼女は息を吸いこんだ。何かいおうとしたのだろうが、結局何もいわない。

「〈アタガリスの剣〉に衝突することは、おそらくないと思う」わたしは彼女にいった。「宇宙は広大だからね。それに今朝のオーメン投げの結果は、幸運を告げていたから」

これが冗談なのかどうかわからないまま、彼女は「はい、艦隊司令官」とだけいった。

ゲートから通常空間に出る。太陽、惑星、ゲート、種々の通信。〈アタガリスの剣〉の気配はない。

「どこにいるんでしょう？」と、エカル。

「あと十秒。総員、ホールドを放すな」

それから十・五秒後、闇よりも黒い穴が開き、〈アタガリスの剣〉が姿を見せた。わたしたちがゲートに入るまえにいた場所から五百キロと離れていない。するとゲートから完全に抜けきらないうちに、アタガリスは送信してきた——「そこの艦船、名乗らなければ破壊する」

「お手並み拝見というところでしょうか」〈慈〉がわたしの耳にだけいった。

「あれはヘトニス艦長ではありません」と、エカル。「アマート分隊の副官だと思います」

「〈アタガリスの剣〉！」わたしがいい、〈慈〉がそれを伝える。「わたしは艦隊司令官ブレク・ミアナーイだ。現在、〈カルルの慈〉を指揮している。いったいどういうことか、説明を求める」

相手に届くのに〇・五秒かかり、件《くだん》の副官が気持ちをおちつけるのに四秒かかった。

「失礼しました、艦隊司令官。申し訳ありません」〈慈〉は〈慈〉で、〈アタガリスの剣〉に名前を告げていた。「われわれは……貴艦が偽装している可能性があると考えてしまいました」

「わたしたちを誰だと思った？」

「わ、わかりません。ただ、その……艦隊司令官がいらっしゃるとは、思いもよりませんでしたので。オマーフ宮殿が攻撃された、破壊されたなどと、噂が飛びかっております。またわれわれも、宮殿とはひと月近く、連絡がとれておりません」

わたしはエカル副官をふりむいた。彼女は乗員の習慣にもどり、まったくの無表情だ。しかし、それが逆に多くを語ってもいたし、もちろんわたしには、それ以上のものが見える。彼女はこういう状況でなくても、このアタガリスの副官を高く評価していないようだ。

「そちら独自の通信網があるのなら」わたしは冷ややかにいった。「オマーフ宮殿からの連絡をもう少し待てばいいのではないか？　しかしわたしは、すぐにヘトニス艦長と話したい」

「申し訳ございません、艦隊司令官。ヘトニス艦長は現在、艦を離れてアソエク・ステーションにおります」これが相手にどう聞こえるかに気づいたのだろう、あわててつけ加える。「艦長は、総督と協議中であります」

「ステーションで艦長に会えたら――」わたしはほんの少し嫌味な言い方をした。「あなたがとった対応に関し、艦長にもっとしっかりした説明をしてもらえるのかな？」

「はい、艦隊司令官、はい」

「よし、いいだろう」

〈慈〉が通信を切り、わたしはエカル副官に尋ねた。

「あの将校とは知り合いなのか?」

彼女は無表情のまま答えた。

「水は石をも穿《うが》ちます」

これは諺《ことわざ》だった。正確にはその続きがあり、「水は石をも穿つが、夕飯をつくることはできない」だ。何であれ、独自の強みをもっているという意味だが、皮肉をこめて口にするときはこうなる——人みなそれぞれ神の意図のもとにあるのだから、いま話題の人物にもよい面はあるはずだ、しかし自分にはそれがどこなのか見当もつかない。

「家系は良いです」わたしが黙っているとエカルがいった。あいかわらず無表情だ。「やたらと古い家系です。彼女の母親は、ミアナーイ家のクリエンスのクリエンスの孫の、はとこに当たります」

要するに、誰でも知っているような家系なわけだ。

「で、艦長は?」アナーンダ・ミアナーイから聞いた話では、ヘトニス艦長は洞察力に欠ける点を、実直な勤務態度で補っているとのこと。「星系に入ってきたものは何でも攻撃せよと指示してステーションに出かけるような人物か?」

「わたしはそうは思いません。ですがあの副官は……想像力にたけているとはいいかねます。頭より膝のほうがしっかりしているでしょう」最後の部分でアクセントがほんの少しおかしくなった。「申し訳ありません、艦隊司令官」

つまり、入ってくる艦船は危険だといわれ、それに従っただけかもしれない。ヘトニス艦長に会ったら、その点をぜひとも確認しよう。

アソエク・ステーションへのドッキングはほぼ自動で行なわれ、気圧が等しくなったところで、カルル5がシャトルのハッチを開けた。ティサルワット副官とわたしは、シャトルの無重力とステーションの人工重力の厄介な境界を越えていく。ドッキング・ベイはどこも似たようなものだが、ここも薄汚れ、あちこちに傷もあった。

そこで艦長がひとり、わたしたちを待っていた。背後には直立不動の属躰がひとり。わたしはちくっと、羨望《せんぼう》の痛みを覚えた。かつてのわたしは、あの属躰と同じだった。もう二度ともどれない。

「はじめまして、ヘトニス艦長」わたしは挨拶し、ティサルワット副官がわたしの背後に来る。ヘトニス艦長は長身で（わたしより十センチ以上は高いだろう）、体格も立派でがっしりしている。軍人らしい短髪で、その銀灰色と肌の黒さがみごとなコントラストをなしていた。あえてこの髪色にしたのは、人目をひきたい、りりしい短髪に気づかせたいという虚栄心からか。ただピンの付け方は雑で、軍服の胸にだらだらと並び、名前は刻まれているものの、わたしのいる場所からは読めなかった。彼女はお辞儀をした。

「はじめまして、艦隊司令官」

わたしはお辞儀を返さなかった。

「まず総督にお目にかかりたい」事務的に冷ややかにいう。ミアナーイ家らしい古風なアクセントを多少意識して。「その後、あなたの説明をうかがいたいと思っている。わたしが到着したとき、あなたの艦はどういう理由からわたしを脅したのかを」

「艦隊司令官――」そこでしばし間があく。動揺を悟られないようにしているのだろう。わたしがここのステーションに最初にメッセージを送ったとき、ジアロッド総督はしばらく手が離せないという答えが返ってきた。欠席できない神聖な儀式があるとのことで、ステーションの役人もみな出払っているらしい。アソエクの暦のひとつによれば、きょうは休日だった。おそらくそのため、また田舎の祭祀《さいし》でしかないため、誰もわたしに事前通告する気にならなかったのだろう――きょう、ステーションがほぼ休業状態になるほど大切な日であることを。ヘトニス艦長は、しばらく総督には会えない旨、わたしが告げられたのを知っているはずだ。

「秘蹟《ひせき》を受けた者は一、二時間で寺院から出てくるはずです」ヘトニス艦長の眉間に皺が寄りかけ、すぐもとにもどった。「ステーションに滞在なさるおつもりですか？」

わたしの後ろで、ティサルワット副官、カルル5、8、10、ボー9が、シャトルから荷を取り出していた。艦長はおそらくそれを見て尋ねたのだろう。わたしが答えずにいると、彼女はつづけた。

「ステーションの宿泊施設は現在、たいへん混みあっております。艦隊司令官にふさわしい部屋を見つけるのは困難かもしれません」

ゲートの破壊がこちらへの迂回を余儀なくさせたのは、わたしも承知している。停泊中の何十という船舶が、もともとアソエクに来る気などなく、それ以上の数がここを去りたくてもできずにいるはずだ。既存ゲートの通行を禁止するアナーンダの命令は時間的にまだここまで届かず、大勢の船長たちはもうしばらく、なぜゲートに入れないのかやきもきしつづけるにちがいない。旅行者でも、コネと資金さえあれば、相応に快適な宿泊所を見つけられる。〈カルルの慈〉が念のため、事前にステーションに問い合わせたところ、一般の宿泊施設は満室で、総督から公邸に招待されないかぎり宿泊場所はないとのこと。

面白いことに、ヘトニス艦長はわたしの滞在を歓迎していないようで、かたやステーションもわたしの予定を艦長に伝えていないらしい。艦長は確認する気さえなかったのだろう。

「いや、艦長、宿泊場所はすでに確保ずみだ」

「おや、それはよかった」明らかに口先だけだ。

わたしは彼女についてくるよう手を振り、通路へ向かった。〈アタガリスの剣〉の属躰は、わたしたちとカルル5の後ろにつく。〈慈〉が送ってきた映像から、カルル5はほんものの属躰をそばにして、鼻高々で属躰のように振る舞っている。

通路の壁も床も、ドッキング・ベイらしく歳月と酷使を感じさせた。誇りある軍艦が期待するほど頻繁には清掃されていないのだろう。とはいえ、色とりどりの花飾りが壁を明るくしてはいた。どれもこの季節らしい花だ。わたしは十歩進んだところで、歩みを止めず艦長にいった。

「いま行なわれているのがジェニタリア祭なのは知っている。ただ、あなたたちがジェニタリアというとき、それは生殖器《ジェニタリア》一般を指すのだろうか？　それともどちらか一方の？」通り過ぎた通路も、ここから見える先の通路も、壁には小さなペニスが飾られていた。鮮やかな緑、ホットピンク、まぶしい青、目が痛くなりそうなオレンジ色まである。

「それは——」わたしの後ろで艦長がいった。「翻訳の問題でしょう。アソエクの言語では、どちらも同じです」

アソエクの言語。まるでひとつしかないように聞こえる。しかしわたしの少なからぬ経験からいえば、惑星の言語は一種類ではない。

「申し訳ありません、艦隊司令官」艦長の言葉に、わたしは先をつづけてよいと、前を向いたまま手だけ振った。その気になれば、自分の背後も彼女の背後も、カルル5の目を通して（カルル5には知られずに）見ることができる。艦長はつづけた。「併呑時、アソエクの先住民は文明化されていませんでした」非文明人。非ラドチャーイだ。このふたつは同義語で、使い方で多少の違いは生まれるものの、それとて無視できる範囲内だ。「現在も、たいして変わりはありません。ペニスがある者とない者を区別します。われわれがこの星系に来るとすぐ、先住民は降伏しましたが、首長は正気をなくしていました。ラドチャーイにはペニスがないと思っていたため、自分たちも今後はラドチャーイなのだからと、星系の全住民に切除を命じたのです。しかし、住民にその意思はありませんでした。代わりに模型をつくり、首長の前に山積みにしてとりあえず満足させ、彼女が逮捕されて正気にもどるまでしのぎました。そして現在、記念日になると、子どもたちはみなペニスを神に捧げます」

「異なる生殖器をもっている者はどうする？」ドックの外に通じるリフト・ホールに到着。ここもかなり汚れ、荒れていた。

「彼女たちは実物は使いませんよ」この風習を明らかにばかにしている。「販売店で購入します」

ステーションは指示がなくても、リフトの扉を開くはずだが、なぜかまだ閉じたままだ。どれくらい待たせる気なのか様子を見てみよう、と思ったところでふと、もしやステーションはヘトニス艦長を嫌っているのかもしれないと感じた。が、だとしたら、もし遅い動作がステーションの嫌悪の表現なら、このまま待つだけではそれを受け入れることになる。

わたしが催促しようと口を開きかけたとき、扉が開いた。リフトの内部に飾りはいっさいない。全員が乗ったところで扉が閉まり、わたしはステーションにいった。

「メイン・コンコースへ行ってくれないか」カルル8と10は、わたしが手配した部屋を整えるのに少し時間をとるだろう。その間にわたしは、総督公邸を見にいくことができる。公邸入口はメイン・コンコースに面しているはずだから、同時にここの祭りも見物できる。わたしは横に立っているヘトニス艦長にいった。

「さっきの併呑時の話は、できすぎだとは思わないか？」星系全体で首長がひとり、先住民はすぐに降伏した——。わたしの経験では、星系が丸ごとすぐに降伏した例はない。星系の一部なら、わかる。しかし丸ごとは、ありえない。唯一の例外はガルセッドだが、あれは策略であり、不意打ちを食わせる戦術のひとつだった。結果はもちろん失敗し、いまガルセッド人はこの世にひとりもいない。

「というと?」艦長がわたしの問いに驚き戸惑ったのは明らかだが、それをなんとか隠そうと、声は単調、顔は無表情だ。

「事実として受け止められるか、と訊いている。そんなことが現実にあるだろうか?」

聞きなおしても、考える時間があってもなお、まだ戸惑っている。

「ここの人間は文明化されていませんから」そこでひとつ深呼吸すると、意を決したように、「お尋ねしてもよろしいでしょうか」といった。わたしは了承の仕草を返す。「オマーフ宮殿で、何があったのでしょうか? 蛮族《エイリアン》が攻撃してきたのですか? 戦争が始まったのでしょうか?」

アナーンダが自分自身と戦うはめになったのは、蛮族プレスジャーの干渉による、とアナーンダの一部は信じている。少なくとも、口ではそういった。

「そう、戦争だ。しかしプレスジャーは関係ない。わたしたちがわたしたち自身を攻撃している」〈カルルの慈〉の前艦長ヴェルは、プレスジャーに関する嘘を信じきっていた。「ヴェル・オスクは反逆罪で逮捕されたよ」ヘトニス艦長と彼女は顔見知りのはずだ。「その後、彼女がどうなったかは、わたしは知らない」ただし、ほぼ誰もが同じ結末を予想しているだろう。「彼女とは親しかったのかな?」

危険をはらんだ質問だった。ヘトニス艦長は、わたしの乗員のようにうまく冷静さを装えず、目に見えてたじろいだ。

「いえ、それほどでは。背信を疑ったことはありませんでした」ティサルワット副官が、背信という言葉に小さく顔をゆがめた。ヴェル艦長はけっして背信行為をしたわけではなく、その点はアナーンダ・ミアナーイが誰よりもよく知っている。

リフトの扉が開いた。アソエク・ステーションのメイン・コンコースは、オマーフ宮殿とは比べものにならないほど狭い。そして過去のいつか、どこかの浅はかな人間が、長い開けた床には白がいちばん似合うと考えたらしい。しかし大規模ステーションと同様に二階建てで、この二階部分にはあちこちに窓があり、一階には事務所と店舗が並ぶ。そして寺院もあり、アマート（および、それを取り巻くいくたりもの神々）をまつる寺院のファサードには、神々の競演のようだったオマーフの寺院とは違い、四つのエマナチオンを象徴するものだけが紫と赤と黄色で描かれ、桟や窪みには埃《ほこり》がたまっていた。その隣には小さな寺院があり、これがおそらくヘトニス艦長の話に出てきた寺院だろう。入口に掛けられている花飾りはドックで見たものとほぼ同じながら、サイズはもっと大きく、内側から照明が当てられて、派手な色合いをさらにきわだたせていた。

見たところ、コンコースは市民でにぎわい、あちらこちらで固まって立ち話を（それもわめくような大声で）している。コートにズボン、手には手袋というでたちで、緑にピンク、青に黄色など明るい色合いから、おそらく祭日用の晴れ着なのだろう。また誰もがラドチャーイらしく宝石をいくつも身につけている。ただ、これがこの地のファッションなのか、記念ピンはコートや上着に直接ではなく、サッシュの上につけていた。サッシュは肩から斜めに掛けて、腰のあたりで結び、その先は垂らしたままだ。そして年齢もさまざまな子どもたちがあたりを駆けまわっていた。名前を呼びあい、ときに立ち止まっておやつを大人にねだる。床にはピンク、青、オレンジ、緑の包み紙が散らばって、リフトの入口扉が開くとそれが舞い上がり、書かれている文字が見えた。落ちてくる切れ端にあるのは……恩恵……神の……わたしに……などだ。

外に出たところで、人ごみから市民がひとり、つかつかと近づいてきた。上着もズボンも仕立てたもののようで、色は白に近い淡い緑、手袋も同色だった。サッシュは掛けていないが、ピンはやたらに多い。そのうちのひとつ、大きなロードクロサイトには、複雑に撚《よ》りあわせた銀線の縁どりがあった。彼女はいかにもうれしい驚きといった顔つきで、深々とお辞儀をした。

「艦隊司令官！　ここにいらっしゃると、いましがた聞いたばかりで、ふりむいたらなんと、そこにあなたが！　オマーフ宮殿へのゲートがあんなふうにやられるなんて、なんともひどい話ですねえ。船はみんなここへ迂回して、出航することもできない。しかしあなたがいらっしゃったのだから、不便もじき解消されるでしょう」裕福で教養のあるラドチャーイのアクセントだが、母音がどこかおかしい。「そうそう、自己紹介がまだでした。フォシフ・デンチェと申します。ここでお目にかかれてほんとうにうれしい。わたしはステーションにアパートメントをもっていましてね、部屋はいくらでもありますよ。下界の屋敷のほうが広々していますが。どうか、ぜひ、お泊まりくださいませ」

わたしの横で、ヘトニス艦長と属躰は静かに、真面目な顔つきで立っている。背後では、カルル5が属躰ふうの無表情を保ちつつ、〈慈〉を通して見るかぎり、市民フォシフのなれなれしい態度が不快らしい。そしてティサルワット副官は、吐き気止めの薬の名残と淀んだ惨めさの陰で、これを面白がり、やや蔑《さげす》んでもいた。

こういうとき、セイヴァーデンならどんな対応をするだろうか、と考えた。もっと若いころの彼女なら……。わたしはごくわずかに唇をゆがめ、こういった。

「それには及ばない、市民」

「おや、誰かに先を越されてしまったようですね。それは残念！」わたしのそっけない対応など意に介したふうもない。これが初めてではなく、むしろ慣れているといったところか。そして彼女は確実に、オマーフ宮殿のニュースを手に入れている。住民が知りたくてたまらないニュースを。「でしたら艦隊司令官、せめて夕食だけでもご一緒に。もちろん、ヘトニス艦長はすでにお誘いしています。きょうは公式のお仕事はないのでしょう？」

最後の言葉が、突然訪れた静寂のなかで響きわたった。そして直後、十人ほどの子どもの合唱が始まった。ラドチ語ではなく、ラドチの音階でもない。音は跳躍進行でどんどん高くなり、その後ゆっくり下がっていったが、それでもまだ高音で、終わったときの音は始まりよりも高かった。フォシフは夕食の話をしていたが、わたしが聞いていないのに気づき、途中でやめて「ふむ、ふむ」といった。「この歌は寺院の……」

「静かに！」とだけ、わたしはいった。子どもたちは別の歌をうたいはじめたが、歌詞はまったく意味不明だ。それからさらに二曲。市民フォシフは若干おろおろしつつも、立ち去ろうとはしない。なんとしてでも話す、と決めているようだ。彼女の忍耐がどの程度かを試すのもよいかもしれない。

ステーションに問い合わせることもできたが、答えはだいたい予想がつく。フォシフ・デンチェはここの有力者であり、初対面の相手でさえ、それが意味するところがわかると信じて疑わない。この星系で、このステーションで、それが意味するのは茶の生産だ。

合唱が終わり、まばらな拍手が送られる。わたしはフォシフに注意をもどした。彼女の表情が晴れる。まぶしい笑顔。

「いやあ、あなたがどういう人かわかりましたよ、艦隊司令官、あなたはコレクターなんだ！ならば下界のわが家に来るしかありませんね。わたしは音楽がさっぱりわからないんですけどね、うちの私有地で働く労働者たちは、ありとあらゆる原始的な騒音をたてるんですよ。彼女らの先祖が残した、情調あふれる珍妙な音楽的遺物ってやつでしょう。博物館行きの代物だと聞きましたからね。きっと今夜の夕食で、ステーションの管理官がもっといろいろ教えてくれますよ。彼女もコレクターでね。わたしはコレクターのことなら承知しているつもりです。集めるものが何であれ、それを天秤《てんびん》にかけて売買するんでしょう？　お泊りになる場所は、ほんとうに確保なさっているんですか？」

「立ち去りなさい」わたしはそっけなくいった。

「では、そのように、艦隊司令官」彼女は深々と頭を下げた。「夕食でまたお目にかかれますね？」わたしの返事を待たずに背を向け、人ごみにまぎれていった。

「失礼ながら艦隊司令官――」ヘトニス艦長が、大きな声を出さずにすむようわたしのほうへ体を寄せていった。「市民フォシフの一族が生産する茶葉は、アソエクから出荷される茶のほぼ四分の一を占めています。彼女のアパートメントはコンコースの上、管理局の近くです」

ますます面白くなってきた。さっきはわたしの滞在を煙たく思い、望んでいなかったヘトニス艦長が、いまは、あの茶の生産者のところに行かせたがっているらしい。

「これから総督公邸に行く」総督が不在なのはわかっているが、問題ははっきりさせておこう。「宿で荷をとき、おちつくあいだ、あなたからの報告を聞きたい」

「承知しました、艦隊司令官」わたしが何もいわないので、艦長はつづけた。「よろしければ、どこにお泊りの予定なのかを教えていただけますか？」

「アンダーガーデンのレベル4だ」わたしはさらりといった。艦長は驚きと動揺を必死で隠そうとしているが、わたしの答えが予想外のものだったのは明らかだ。おまけに彼女は、その答えが気に入らないらしい。

6

ステーションのＡＩは、ステーションの建設とともにつくられ、成長していく。しかしアソエクの場合、ステーションの竣工《しゅんこう》時は併呑への怒りと反発がまだ生々しく、ほどなくして暴動が発生した。それにより、ステーションの四階分のかなりの区域が致命的な損傷を受ける。既存の施設へのＡＩ導入は予断を許さず、完璧に仕上がるのは稀《まれ》ながら、実際にはかなりの頻度で実施されている。ただ、理由はさておき（事件を忘れたいから、オーメン投げでよい結果が出なかったから等）、損傷区域は修復されずに封鎖されることとなった。

それでも、なかに入ろうと思えば入ることはできる。それどころか、数百人もが封鎖区域の通称〝アンダーガーデン〟で暮らしていた。市民は生まれてすぐ追跡タグをインプラントされるので、ステーションは居場所を把握でき、数百人がそこにいることを知ってはいたものの、ほかの住民と同じように彼女たちを見たり、聞いたりすることはできなかった。彼女たちが自発的にデータを送れば別だが、好き好んでそんなことをする者はいないだろう。

アンダーガーデンに通じるセクション・ドアは、脚が一本ない壊れたテーブルで押さえられ、開いたままの状態だった。入口横のインジケータを見ると、ドア（表示上は閉じている）の向こう側は、超高真空だ。これは深刻な事態といえた。セクション・ドアは急な気圧低下が起きると自動で閉まり、外殻の断裂を封じることになっている。しかもわたしたちのいるこの場が、インジケータが示すような、超高真空であるはずがなかった。そして艦船で長い時間を過ごす者（あるいはステーションで暮らす者）は、その種の安全対策をけっして軽んじることはない。

わたしはヘトニス艦長をふりかえった。

「アンダーガーデンに通じるセクション・ドアはどれも、機能せずにこうやって開いたままになっているのか？」

「申し上げたように、封鎖地区にもかかわらず、侵入する者がいます。何度封鎖しても徒労に終わるだけです」

「そういうことなら——」わたしはわかったという仕草をしてからいった。「ドアが適切に動くよう、修理すればよいのでは？」

ヘトニス艦長はまばたきした。わたしの質問の意味がわからなかったのだ。

「この地区には、誰も足を踏み入れないことになっています」真面目な顔で答える。彼女のなかでは、これで理屈が通じているのだろう。後ろにいる属躰《アンシラリー》は表情を変えず前方を見たままで、一見この問題には関心がなさそうだが、内心は違うはずだ。わたしは艦長に何もいわず、壊れたテーブルを越えてアンダーガーデンに入っていった。

通路を歩いていくと、壁にもたせかけたポータブルのライト・パネルが薄暗く光り、わたしたちが通り過ぎると消えていく。空気は息苦しいほど淀み、ありえないほど湿って、腐臭がした。ステーションは空気の流れを調整せず、セクション・ドアが開けっ放しなのは、せめてもの換気対策なのだとわかった。五十メートルほど歩いたところで、目の前にコンコースふうの狭い空間が現われた。何本か通路がのびているが、ドアはどれもはぎとられ、白壁は薄汚れ、ひび割れて、出口のない迷路のように見える。ここにはもっと多くのライト・パネルがあり、電力量も多いようだ。ごく少数の市民がどこかへ向かい、あるいはどこからかやってきては、つと方向転換し、わたしたちを避けるように遠ざかってゆく。ひとりとして、わたしたちをまともに見ようとはしなかった。

遠くの角に広い戸口があり、ひときわ明るい。戸口脇にいた、ゆったりしたシャツとズボン姿の者が、ちらっとこちらのほうを見て、しばし考える顔つきをした。それから足もとの五リットル缶に身をかがめ、ふたたび背をのばすと、ドア枠周辺を軽く叩くように塗りはじめる。壁の陰になった部分に、赤い渦巻き模様がかすかに光った。たぶんペンキは燐光性《りんこう》なのだろう。でなければ、暗くて目に入らない。戸口の向こうには、脚のぐらつくテーブルを前にして、お茶を飲みおしゃべりしている人たちがいた。しかしわたしたちに気づくなり、会話はぴたりとやんだ。

空気はたまらなくむっとしている。体に沁《し》みこんだ、強烈な記憶がよみがえった。茹《う》だるような暑さ、沼のにおい。歳月とともに薄れていく記憶。わたしが艦船だったころの。属躰だったころの。オーン副官の分隊だったころ——副官の呼吸の一つひとつ、あらゆる動きがつねにわたしのなかにあり、つねにわたし自身であり、わたしはつねに彼女と一緒だった。〈カルルの慈《めぐみ》〉の分隊室が意識のなかに飛びこんできた。セイヴァーデンは椅子にすわり、お茶を飲み、きょうと明日のスケジュールを見ている。外の通路から流れてくる溶剤のにおいはいつもより強い。そこでは三人のアマートがぴかぴかの床をさらにぴかぴかに磨いている。三人は調子はずれの歌をうたっていた。回るよ回る、ステーション回る、衛星のまわりをぐるぐる回る。わたしは無意識に呼び出していたのだろうか？　それとも〈カルルの慈〉がわたしのなかに何かを見て、自発的に送ってきたのか？　そんなことはどうでもいいのではないか？

「艦隊司令官、申し訳ありませんが」ヘトニス艦長が意を決したようにいった。わたしが立ち止まったせいで、彼女も立ち止まる。〈アタガリスの剣《つるぎ》〉の属躰も、ティサルワット副官、そしてカルル5も。「アンダーガーデンは立入禁止です。ここには滞在できません」

わたしは戸口の向こうへ露骨に目をやった。テーブルにいる人たちを見る。みんなこちらに気づかないふりをしていた。通り過ぎてゆく市民を見回しながら、わたしはティサルワットにいった。

「副官、わたしたちの滞在手続きの進み具合を見てきてほしい」その気になればすぐ〈慈〉から情報を得ることはできるが、シャトルから出てティサルワットの吐き気はおさまり、彼女もそろそろ空腹と疲れを覚えているだろう。

「了解しました」彼女はすぐその場を去った。わたしはヘトニス艦長と属躰を残し、渦巻き模様のある戸口へ向かった。カルル5は後ろについてくる。戸口を抜けるとき、ペンキを塗っていた者は身を硬くし、ためらい、そして作業にもどった。

脚がぐらつく傷だらけのテーブルふたつにそれぞれひとりずつ、ラドチャーイの上着とズボンを着て、手袋をはめている者がいた。灰色っぽいベージュの硬い生地の標準品で、市民なら誰でも支給されるが、多少なりとも余裕があればけっして着ない。この部屋のほかの者は、軽い生地のゆったりした明色のシャツとズボンで、赤に青に紫など、薄汚れた灰色の壁を背に色鮮やかだ。湿って淀《よど》んだ空気を考えれば、シャツだけでジャケットを着ないほうが、わたしの軍服よりはるかに楽だろう。コンコースで見たようなサッシュも、宝石も身につけていない。大半が手袋なしの素手で、お茶と思しきものが入った碗《わん》を持っている。ラドチのステーションの光景とは、到底思えなかった。

店主は部屋の隅の、碗を重ねた場所で、客たちに目を光らせている。その様子から、わたしに気づく余裕はないだろう。わたしは彼女のもとへ行くと、お辞儀をしていった。

「失礼します、市民。わたしはここの者ではありません。教えていただきたいことがあるのですが」店主は不可解な目でわたしを見た。素手で持っているやかんがしゃべりでもしたかのように。あるいはわたしが、わけのわからない意味不明なことをいったかのように。「きょうはアソエクの人びとにとってとても重要な祭日だと聞きましたが、このお店には飾りが何もありません」花輪も菓子もなく、客は思い思いのことをしているだけだ。戸口の向こうに立っている〝兵隊〟には気づかないふりをして。

店主は鼻で笑った。「アソエクにはクハイ人しかいないとでも？」カルル5はわたしの真後ろで立ち止まった。ヘトニス艦長と属躰は戸口の外に立ったままで、艦長はこちらをじっと見ている。

「そういうことですか。わかりました。ありがとう」わたしは礼をいった。

「何をしに来た？」テーブルの前の客が、きわめて無礼な訊き方をした。最低限の礼儀といえる〝市民〟すらつけない。近くにいる者たちの体がこわばり、彼女から顔をそむけた。それまでしゃべっていた客も口をつぐむ。少し離れたテーブルにひとりきりでいる、ラドチャーイ的服装（安物のごわついた上着と手袋）をした者が目をつむり、何度かゆっくり深呼吸してから目を開けた。しかし、発言することはない。

わたしは周囲を無視して答えた。

「滞在場所を求めて来ました、市民」

「ここにはすてきなホテルなんてないよ」無礼なやつがいった。「ここに滞在しに来る者もいない。みんな飲み食いしに来るだけだ。本場のイチャナ料理を食べにね」

「兵隊も来るよ、何もやっちゃいない人間をたたきのめしに」わたしの背後でつぶやき声がした。わたしはふりむかず、カルル５にも動くなと無言のメッセージを送る。

「総督なら、重要人物とやらのために部屋を貸すだろ」無礼なやつが、つぶやき声が聞こえなかったかのようにつづけた。

「総督の家に滞在するのは、あまり気が進まないので」とりあえず、それがいちばんよい台詞のように思えた。近くにいる者たちがいっせいに笑い声をあげる。しかしひとりだけ冷静で、にこりともしない者がいた。離れたテーブルの、あのラドチャーイの服装をした人物だ。身につけた数少ないピンは真鍮《しんちゅう》や色ガラスで、どこにでもある安物だった。家系を示すものはない。襟につけた小さなエナメルのイッサ・イヌだけが、彼女にとっては特別のものであるらしい。イッサ・イヌはエマナチオンの〝動と静〟だから、瞑想《めいそう》を修練する宗派の信者だろうか。とはいえ、エマナチオンは広く浸透し、ここのアマート寺院のファサードにも描かれていたから、地元の神々の代役的存在なのかもしれない。つまり、襟のイッサ・イヌからだけでは何もわからないということだ。でもなぜか、わたしは好奇心をそそられた。

彼女の対面の椅子を引き、腰をおろして話しかける。

「あなたはとても……怒っているね」

「怒りなど、理性的ではない」彼女はふっと息を吐いてからいった。

「感情と理性は別物だよ」少しいいすぎたと思った。彼女はすぐ立ち上がり、逃げるだろう。

「警備局が気にかけるのは、結果の行動だけだ」

「そうらしいね」彼女は碗を手で押しやり、立ち上がろうとした。

「すわりなさい」威厳をこめてぴしゃりという。彼女の体が固まり、わたしは店主に手を振った。「ここで出しているものを何かひとついただきたい」運ばれてきたのは、粉が入った碗だった。そこに熱い湯を注ぐと、こってりしたお茶になり、みんなこれを飲んでいるらしい。早速、わたしもひと口——。

「これはお茶と……何か穀類を炒ったものかな？」

店主はばかにしたようなあきれ顔をすると背を向け、返事もせずに立ち去った。わたしは気にしていないという身振りを返し、もうひと口飲んだ。

「では」と、向かいの人物にいう。彼女は椅子にもどっても緊張をといていないが、逃げ出す様子はなかった。「政治の話でもしようか」

彼女は心底驚いたようだ。

「市民、いまなんと?」とりあえず礼儀をわきまえた表現とはいえ、彼女ならわたしの階級の推測がつくはず、とわたしは確信していた。そしてわかれば、それにふさわしい、丁寧な表現をするべきだった。本気で礼を尽くす気ならば。

「ここにいる者は誰もあなたを見ようとしないし、話しかけもしない」と、わたしはいった。

「そしてあなたのアクセントは、彼女たちのものとは違う。あなたはここの人間ではないのだろう。再教育は通常、単純な条件づけで機能する。ある事柄をやるのはいやだ、という気にさせればいい。ある事柄とは、あなたが逮捕される原因となった行為だ」あるいは、もっとはるかに基本的なこと。その場合はずっと複雑になるが、再教育で可能だし、現実にやってもいる。

「そしてあなたを不快な気分にさせるのは、怒りの露出だ。いま、あなたは心のなかでは怒りを覚えている」ここにはわたしがよく知る者などいない。しかし怒りなら感じとれる。怒りはわたしの旧友なのだから。「あなたにとっては、最初から最後まで不当だったのではないか?あなたは何もしなかった。悪いと思うようなことは何ひとつしていない」いま店にいる者もみな、おそらくそう思っているのだろう。彼女は追い出されていないし、彼女がいるせいで出ていった者もいない。店主は彼女にお茶を出した。「何があったのかな?」

　彼女は少し間をおいてから、ようやくこういった。

「あなたはいいたいことをいうのに慣れているし、いまもそうしている」

「わたしはきょう初めてアソエクに来た」粥《かゆ》のようなお茶をもうひと口。「到着してまだ一時間ほどしかたっていない。それでも、目にしたものを好きにはなれない」

「だったら、よそへ行けばいい」声は冷静で、皮肉めいたところはなかった。含みもなく、思いを単純に言葉にしただけのようだ。

「いったい何があった?」

「市民、あなたはどれくらいお茶を飲む?」

「かなりの量を。わたしはラドチャーイだから」

「しかも最高級のお茶ばかりだろう」これも率直な言葉に聞こえた。たぶん、平常心を取り戻したのだ。表面的な礼儀正しさの奥底で怒りが音もなく静かに流れるのが、彼女にとっては平常の状態なのだろう。「希少で、傷つきやすい芽を、指でひと芽ひと芽摘んだ高級品だ」

「わたしはそこまでこだわらない」と、穏やかにいう。実際のところ、飲んでいるお茶が手摘みかどうかなど、さっぱりわからなかった。わかるのは名前と、おいしいと思うかどうかだけだ。「つまりお茶は手で摘まれる?」

「一部はね。下界に行って見てみるといい。手ごろな料金のツアーがある。観光客は喜ぶよ。大勢が、茶畑見たさに訪れる。別に不思議でもなんでもない。ラドチャーイからお茶をとったらどうなる？　あなたなら、生産者は喜んで案内するだろう」

フォシフの顔が浮かんだ。「では、見学してみよう」粥に似たお茶をひと口。

彼女は自分の碗を取りあげ、わずかな残りを飲みほした。そして立ち上がる。

「楽しい会話をありがとうございました、市民」

「こちらこそお目にかかれてよかった、市民。わたしはレベル４に滞在するので、おちついたころ、ぜひ立ち寄ってほしい」

彼女は答えず、お辞儀だけして背を向けた。そして歩きかけ、足が止まった。外の壁が激しく叩かれる音がしたのだ。

全員がそちらをふりむいた。店主がやかんを乱暴にテーブルに置いたが、客はそれに驚かないほど、暗いコンコースのほうに気をとられている。店主は断固とした険しい顔つきでつかつかと戸口へ向かい、わたしは立ち上がると彼女のあとを追った。カルル５がわたしにつづく。

店の外では、〈アタガリスの剣〉の属躰が、塗装工の右腕を背中にひねり、壁に押しつけていた。属躰はペンキ缶を蹴飛ばしたのだろう、ブーツに赤色の染みがつき、床にできた溜まりからペンキが流れている。ヘトニス艦長はあいかわらず同じ場所にいて、じっとながめているだけだ。ひと言も発しない。

店主はまっすぐ属躰のもとへ行った。

「彼女が何をした？　何もしてないだろ！」

属躰は答えない。塗装工の腕をさらにひねって顔をこちらに向けさせた。塗装工は痛みに悲鳴をあげると、がくりと膝を折り、床につっぷした。服が、顔半分が、赤いペンキに染まる。属躰がその背中に片膝を突き当て、塗装工はうぐっとあえぐと、嗚咽《おえつ》を漏らしはじめた。

店主はあとずさっただけで、その場を去らない。

「彼女を放せ！　わたしが雇ったんだ！」

口を出してもいいころだと思った。

「〈アタガリスの剣〉、市民を解放しなさい」属躰はためらった。塗装工を市民とは考えていないからだろう。それでも手と膝を離し、背筋をのばした。店主はひざまずいて塗装工に話しかける。言葉は理解できなかったが、その様子から、大丈夫か、と訊いているのはわかった。しかし、大丈夫であるはずがない。属躰にあそこまでやられれば、確実に負傷している。わたし自身、過去に同じことを何度もやった。

店主の横にひざまずき、わたしは塗装工に話しかけた。

「たぶん腕が折れている。動いてはいけない。医者を呼ぼう」

「来るもんか」店主は苦々しげに、吐き捨てるようにいうと、「立てるか？」と塗装工に尋ねた。

「動いてはだめだ」わたしはくりかえしたが、塗装工は聞かず、店主と駆けつけた二名の手を借り、立ち上がろうとした。

「艦隊司令官」ヘトニス艦長は一見して憤り、一見して自制心をかきあつめている。「この者はステーションを汚していました」

「この者は――」わたしは同じ言葉を使った。「店主に雇われ、茶房の入口を塗装していただけだ」

「しかし許可を得ておりません！　ペンキはおそらく盗品です」

「盗んじゃいない！」店主がわめいた。塗装工は両脇を支えられ、ゆっくりと歩いていく。支えている片方は、灰色の手袋をはめたあの怒りの市民だ。「このわたしが買ったんだよ！」

「塗装工に確かめたのか？」わたしが訊くと、ヘトニス艦長は質問の意味がわからないといった目でわたしを見た。「許可の有無を本人に尋ねたか？」

「艦隊司令官、ここでは何も、いっさい、許可されません」口調は冷静ながら、苛立《いらだ》ちがのぞく。

だとしても、ここまで激しい力で押さえつけてよいわけがない。

「ペンキが盗品かどうかをステーションに確認したのか？」これも艦長には無意味な質問だろう。「ステーションの警備を呼ぶことができなかった理由は？」

「艦隊司令官、このアンダーガーデンでは、われわれが警備を担います。秩序が乱れれば、われわれが正すのです。警備局の者はここには来ません。誰ひとりとして――」

「――ここに入ってはいけないからか」わたしはカルル5をふりかえった。「市民が医務局に無事に到着し、ただちに手当てを受けるのを見届けなさい」

「あんたの助けなんかいらないよ」店主が抗議した。

「つべこべいっている場合ではない」わたしはカルル5に手を振り、彼女はすぐに向かった。

ヘトニス艦長に顔をもどす。「つまり、アンダーガーデンの治安警備は〈アタガリスの剣〉に一任されているわけだ」

「はい、艦隊司令官」

「〈アタガリスの剣〉は、さらにいえばあなたは、民間の治安維持の経験があるのか？」

「いいえ、ありません。しかし――」

「市民をあのように」わたしはさえぎった。「捕捉するのは適切ではない。しかもあそこまで背中を膝で圧迫すれば、呼吸困難に陥る可能性も高い」それをやるのは、相手が死んでもいいときだけだ。「あなたと艦は、市民を市民として扱う指針をいますぐ復習し、それに従うように」

「申し訳ありませんが、艦隊司令官はご存じない。ここの人間は……」言葉を切って、声をおとす。「ここの人間は、文明人とはいえません。壁に何でも書くような連中です。ああいう模様を描いては噂を流布したり、ひそかに情報を送りあったり、標語を書いて人びとを扇動し……」今度は言葉に詰まったらしい。「ステーションは、ここを監視したくてもできません。ここにいるのはありとあらゆる種類の無認可の輩です。蛮族《エイリアン》も含めて！」

わたしは〝無認可〟という言葉に首をかしげた。ヘトニス艦長によれば、全員が無認可、つまり誰ひとり、承認されていないのだ。そして、はたと気づいた。彼女のいう無認可は、存在そのものが認められないということではないか。ステーションの知らないところで生まれ、追跡タグをインプラントされることもない者たち。ステーションの視界にけっして入ることがない人びと。
一、二例なら、わたしにも（たぶん）想像がつく。だが、それが現実的な問題になるというのは？
「無認可の者？」わたしはアクセントを古風にし、口調に懐疑をのぞかせた。「蛮族？　ほんとうかな、艦長？」

「こう申し上げてはなんですが、艦隊司令官は文明化された地域にしか行かれたことがないのでしょう。住民がみなラドチャーイの暮らしに同化している地域です。しかしここは、そうではありません」

「ヘトニス艦長、あなたも乗員も、不可避の場合でないかぎり、このステーションにいる市民に今後けっして暴力を振るってはならない。また――」反論したそうな艦長にかまわずつづける。「不可避と判断される場合でも、ステーション警備局の規則に準ずること。いいかな？」

彼女は無言でまばたきした。いいたいことをのみこんだのだろう。

「はい、艦隊司令官」

わたしは属躰をふりかえった。「〈アタガリスの剣〉も、いいかな？」

属躰は躊躇《ちゅうちょ》した。わたしが直接声をかけたことに驚いたのだ。

「了解しました、艦隊司令官」

「よし。話の続きはまた内々でやるとしよう」

7

ステーションの助言と援助を得て、わたしはレベル4のスイート・ルームに腰を落ちつけた。空気は淀《よど》み、壁にほんのいくつかライト・パネルが立てかけてあったが、どれもあの廊下から持ってきたものではないかと思う。きょうは祭日で商店は休みだろうし、ステーションの店舗にも職員がいないのかもしれない。薄暗い照明のもとでさえ、壁と床はぞっとするほど埃《ほこり》だらけだった。木片やガラス片がちらほらあることから、アンダーガーデンの損壊まえにこの部屋で暮らした者は家財を放置して立ち去り、その後の歳月のあいだに、使えそうなものはどこかへ持ち去られたのだろう。

「水がありません」ティサルワット副官がいった。「そのため、近場のトイレはどこも……。艦隊司令官はトイレを見ないほうがよいかと。たとえ水がなくても住民たちは、その……頻繁に使ったようです。ともかく、ボー9にバケツをさがしにいかせました。もし見つかれば、掃除用品も」

「ありがとう、副官。ヘトニス艦長と打ち合わせができるような場所はあるかな？　できれば、すわって話せるといいが」

ティサルワットのライラック色の目が曇った。「すわれる場所は、床以外にありません。でなければ、荷物の上か」

そうすると荷解《にほど》きが遅れるだろう。「では、床にすわるよ」〈慈《めぐみ》〉がわたしに、カルルたちが発する憤りを見せてきた。もちろんカルルはひとりとして怒りを口にも表情にも出すことはないが、このティサルワットは別で、これでも彼女なりに動揺を隠そうと全力を尽くしている。

「近くに誰かいるかな?」

「ステーションは、いないといっています」彼女は扉のひとつに手を振った。「場所としては、おそらくあそこがいちばんよいでしょう」

わたしはそちらに行き、ヘトニス艦長がついてくる。汚れた床の上でわたしはしゃがみ、艦長を手招きした。彼女はためらいつつも、わたしの前で同じようにしゃがみこむ。属躰《アンシラリー》は彼女の背後で立ったままだ。

「ヘトニス艦長、あなたもしくはあなたの艦は、ステーションに何かデータを送っているだろうか?」

彼女はびっくりして目を見開いた。「いいえ、送っておりません」

〈カルルの慈〉も送っていないことを手早く確認する。

「よし。では本題に入ろう。わたしの理解が正しければ、あなたはプレスジャーがこの星系《システム》を攻撃すると思っているらしい。かつ、すでにステーションに潜入していると」ラドチが把握し、接触した蛮族《エイリアン》は、ゲック、ルルルルル、プレスジャーの三つだ。そのうちゲックは、故郷の星界からめったに出ることがない。ルルルルルとは、最初の接触が悲惨だったため、緊張関係がつづいている。また、もしラドチがルルルルルを攻撃すれば、プレスジャーと締結した条約の破棄とみなされかねなかった。

条約締結まえ、プレスジャーとの関係は最悪で、つねに破滅をはらんでいたといっていい。締結まえ、プレスジャーは人類にとって、底なしに残酷な敵だった。いや、敵というよりむしろ捕食者だ。

「あなたのアマートの副官は、〈カルルの慈〉は偽装したプレスジャーの船だと思ったのではないかな」

「はい、おっしゃるとおりです」艦長はほっとしたようにすら見えた。

「プレスジャーが条約を破ると考える理由は？　アソエクに多少なりとも関心をもっていると思えるような心当たりでもあるのだろうか？」

何かが、彼女の顔に何かが、よぎった。

「艦隊司令官、わたしはこのひと月ほど、公式通信できていません。二十六日まえ、オマーフ宮殿とまったく連絡がとれなくなりました。周辺域ともです。状況を知るべく、〈フェイの慈〉をオマーフに派遣しましたが、到着してすぐ帰路についたとしても、連絡が入るまであと数日はかかります」おそらくわたしが出航してまもなく、オマーフに着いたのだろう。「本星系の総督は〝不測の事態〟として発表するしかなく、それ以上の情報はないため、みな不安がっています」

「もちろんそうだろうね」

「しかも十日まえ、ツツル宮殿との通信も途絶えました」オマーフとツツル、さらにここととの距離を考えれば、それくらいの日数にはなるだろう。「プレスジャーがわれわれに友好的だったことなど一度たりともありません。ほかにもいろいろ耳にしましたし……」

「ヴェル艦長から」と、わたしは推測した。「プレスジャーはラドチを内側からむしばんでいると聞いた？」

「はい、そうです」艦長は認めた。「しかしあなたは、ヴェル艦長は反逆者だとおっしゃる」

「今回の件とプレスジャーは何の関係もない。ラドチの皇帝自身のなかで、意見の不一致があったせいだ。彼女は少なくともふたつに分裂した。対立する思想をもつふたつにね。ラドチの将来のあり方に対する考え方だ。どちらも艦船を自分の味方につけようとしている」わたしは顔を上げ、立っている属躰を見た。無表情。われ関せず。しかしそれは見せかけでしかないことを、わたしは知っている。「〈アタガリスの剣《つるぎ》〉、あなたはこの星系に来て二百年ほどたつはずだ」

「はい、艦隊司令官」声は平板で、感情などない。わたしからまた直接声をかけられたことに驚いたはずだが、そんなそぶりはいっさい見せなかった。

「当時、皇帝が訪ねてきたと思うが、あなたとはふたりきりで話さなかったのかな？　場所はおそらく、このアンダーガーデンだ」

「艦隊司令官が何をお尋ねなのかが、わたしにはわかりません」〈アタガリスの剣〉が属躰を通していった。

「わたしが尋ねているのは——」はぐらかしであるのは承知のうえで答える。「あなたはアナーンダ・ミアナーイとじかに話したか、ということだ。ほかの者に聞かれずふたりきりで。あなたはしかし、すでにわたしの問いに答えたも同然だ。〝プレスジャーはラドチをむしばんでいる〟と考えるほうのアナーンダだろうか。あるいは別のアナーンダか？」その別のアナーンダが、わたしに〈カルルの慈〉を与えた。そして、ティサルワットを送りこんだ。

それとも——勘弁してほしいが——独自の正義をふりかざす三人めのアナーンダがいるのか？

「申し訳ありませんが、艦隊司令官」短い静寂を破ったのはヘトニス艦長だった。「率直にお話しさせていただきたいことがあります」

「どうぞ、いくらでも」

「わたしは——」口もとを引き締める。「当地域の艦隊司令官のことはよく存じあげているつもりですが、そこにあなたのお名前はありません」〈アタガリスの剣〉は彼女に、わたしの軍歴を（艦に入手できる範囲で）確実に見せている。艦長はそこから、わたしが艦隊司令官になったのは、ほんの数週間まえでしかないことを知っているはずだった。かつ、わたしが入隊したのもその時期であることを。そこから引き出される結論はいくつかあるだろう。そのうち彼女が選んだのは——何らかの事情があって、わたしは急遽《きゅうきょ》艦隊司令官に任命された、軍隊経験などまったくないくせに。それを面と向かっていうのは、さすがに命を賭けるに等しい。

「わたしはつい最近、任命されたばかりだからね」これだけで、いくつか疑問がわくはずだ。彼女はヘトニス艦長のような将校なら、なぜ自分が任命されなかった、と思うのではないか。何よりもまずそれを疑問に感じたにちがいない。

「艦隊司令官、わたしの忠誠心に疑念でもあるのでしょうか?」つまり、軍歴は当座の問題ではないらしい。「皇帝陛下は……分裂した、とおっしゃいました。その相克のために、このような状況になったと。しかしわたしは、そんなことが実際に起きるのかと、理解に苦しんでいます」

「彼女は大きくなりすぎて、ひとつにまとまることができなくなったんだよ、艦長。よしんば、それまでひとつであったとしてもね」

「ひとつであったと思います、もちろん。そして、現在も。こう申し上げてはなんですが、艦隊司令官はおそらく、属躰の艦船を指揮なさったことがないのでしょう。皇帝陛下とまったく同じではありませんが、非常に似通っていると思います」

「艦長、こういってはなんだが」冷たく、皮肉をこめて。「わたしの経歴情報のすべてを、〈アタガリスの剣〉は入手できない。わたしは属躰にきわめてよく通じている」

「たとえそうでも、あなたのおっしゃるとおり、陛下が分裂して戦っているなら、どちらもラドチの皇帝であり、どちらも偽……偽者でないとしたら、どうすれば判断できるのですか、いずれが正しい皇帝であるかを?」

そう、ヘトニス艦長にしてみれば、思いもよらないことだったのだ。これまでラドチャーイは、アナーンダ・ミアナーイの同一性について疑うことも、彼女の支配の正統性について考えたこともないだろう。明白な事実、ただそれだけだ。

「どちらもそうだと思う」わたしの答えに、艦長が納得した様子はない。「もし、その正しいアナーンダが、自分との戦いに勝つために市民の命をおろそかにしたら、あなたは彼女の命令に従うだろうか？」

艦長は、ゆうに三秒は沈黙した。

「それだけでは、なんともいえません」たしかに。「しかし艦隊司令官、蛮族が潜入していると、わたしは聞きました」

「ヴェル艦長からね」

「はい」

「彼女は思い違いをしたんだよ」操られていた、というほうが当たっているだろう。アナーンダ（の片方）は、ラドチャーイがおしなべて恐れ、嫌悪する外部の敵を利用することで、ヴェル艦長の共感を（そしてたぶん信頼も）容易に手に入れた。

ただ、そういうわたしも、プレスジャーの関与を全面否定することはできなかった。わたしがジャケットの下に隠している銃は、プレスジャーが造ったものなのだ。スキャナーもすりぬけ、弾丸はこの宇宙のあらゆる物質を撃ち抜ける。プレスジャーはこれを二十五挺《ちょう》、ガルセッドに売り、ガルセッド人はラドチ併呑への抵抗に使用した。

結果としてガルセッドは壊滅し、星系のあらゆる生命体はこの世からひとつ残らず消え去った。ひいてはこれがアナーンダ自身に深刻な事態をもたらし、内部の相克は激化して、解決するには自分自身と戦うしかなくなったのだ。

とはいえこれは、起きるべくして起きたともいえる。何千という体がラドチ圏全域に、十三ある宮殿に散らばり、時間のずれはあってもつねにつながりあっているのだ。この三千年のあいだ、ラドチ圏——そしてアナーンダ自身——は着実に拡大をつづけ、いまではひとつの思考が彼女のなかに行き渡るのに何週間もかかるだろう。そもそもの始まりから、いつ分裂分断してもおかしくはなかったのだ。

自明のこと。いまにして思えば。とっくにわかっていただろ、といいたくもなる。しかし、自明のことから目をそむけるのはたやすい。それが当然だと思える時期を過ぎてもなお。

「わたしの任務は」と、艦長にいう。「この星系の安全と安定を保つことだ。星系をラドチの皇帝から守らなくてはいけない事態になれば、わたしはそうする。もしあなたが、どちら側かを支援するよう命令された、もしくは強い政治信念をもっているのなら、すぐに〈アタガリスの剣〉でここを立ち去りなさい。できるかぎりアソエクから遠くへ行ってほしい」

艦長はしばらく考えこんだ。少し長いな、とわたしは感じた。

「艦隊司令官、わたしは務めを果たすうえで、いかなる政治信念ももっていません」はたしてどこまで正直に答えているか？「わたしの務めは、命令に従うことです」

「あなたの務めはこれまで、星系の秩序を守る総督を補佐することだった。しかし今後は総督もあなたも、星系の安全を保障、維持するわたしを補佐しなくてはいけない」

「はい、艦隊司令官、もちろんです。しかし……」

「しかし？」

「艦隊司令官の能力、知力を批判するものではありませんが……」声がしぼんだ。こんないいだし方をしてしまっては、先をうまくつづけるのはむずかしい。

「わたしの軍歴が浅いのが心配なのだろう？」艦長が命を賭けてもちだす価値のある疑念。わたしは少しだけにっこりして彼女を見た。「たしかにね、軍政局はクソみたいな配属をすることがある」艦長はふっと明るい声を漏らした。たいていの軍人は軍政局のやり方に不満をもっているのだ。「だが、わたしを任命したのは軍政局ではない。アナーンダ・ミアナーイその人だ」これは間違いのない事実である。だからといって何かを保証するものでもないし、わたしもけっして喜んで口にはしない。「あなたはたぶん、〝こいつの名前はミアナーイだ、皇帝の親族だ〟と思っているだろう」彼女の顔の筋肉がひくつき、図星であることがわかった。「誰かの親族というだけで昇進した人間を、あなたは何人も知っているにちがいない。それをどうこういう気はないよ、わたしだって同じだから。しかし、あなたが見たわたしの履歴になんと書いてあろうと、わたしは新人ではない」

艦長は考えをめぐらせている。しばらくすれば、彼女はわたしが特殊任務に就いていたと結論づけるだろう。わたしがしてきたことはすべて極秘で、いっさい外に漏らすことはできないのだと。

「艦隊司令官、たいへん申し訳ありませんでした」わたしは気にするなという仕草を返した。

「ただ、特務のやり方は通常、ある程度……規範から逸脱して……」

配下の属躰が市民に暴力を振るっても平然としている者の言葉とは思えない。

「もちろん、わたしにも苦い経験はある。一部の者がはなはだしく規範から逸脱したため、もしくは規範をあまりに厳密に捉えたせいでね。ただ、このアソエクに何ひとつ問題がないとしたところで、いまはラドチ全域が、いわば規範外の異常な状況にあるといえる」

彼女は息を吸い、何かいおうとしたが、思いなおしたらしい。

「了解しました、艦隊司令官」

わたしは顔を上げ、艦長の背後で静かに立っている属躰に目を向けた。

「あなたはどうかな、〈アタガリスの剣〉？」

「わたしは艦長に指示されたことを行ないます、艦隊司令官」抑揚のない声。感情はまったく見せない。しかし質問が自分に向けられたことに驚いたのは確実だ。

「では――」話はこの程度でよいだろう。わたしは立ち上がった。「みんなにとって厳しい一日となったが、さあ、新規まきなおしといこうか。そういえば、たしか艦長は夕食に招待されていたな」

「艦隊司令官もです」と、艦長。「料理はすばらしいでしょうし、艦隊司令官がいずれ会いたいと思われる人物も来るはずです」艦長は薄暗い埃だらけの部屋を見ないようにしていた。ここに家具はひとつもなく、水さえない。「総督は確実にいらっしゃいます」

「そういうことなら」と、わたしはうなずいた。「うかがわないわけにはいかないな」

8

市民フォシフ・デンチェのアパートメントには、ダイニングルームがあった。コンコース側は全面ガラスで、見下ろすと、行き交う大勢の人びとでいまもにぎわっていた。広さは四×八メートル、壁面は黄土色。頭上の棚には植物がずらりと並び、太い茎がほぼ床まで垂れている。棘《とげ》のある葉は丸くて肉厚、鮮やかな緑色だ。ステーションの住居にしてはずいぶん広いが、裕福なラドチャーイの大家族（親族、クリエンス、従者、その子どもたち）が集まって食事できるほどではないし、隣の居間のクッションでは小さな子たちが五、六人、手の汚れも服の脱ぎ具合もばらばらで眠っているから、おそらくこの夕食は、祭日の晩餐《ばんさん》の少なくとも二度め以降だろう。

「艦隊司令官はね――」淡い金箔《きんぱく》の木製テーブルの上座で、フォシフがいった。「あなたと同じコレクターなんですよ、セラル管理官！」フォシフは自分の発見がよほどうれしいらしい。おかげで落胆を、ほぼ隠しきることができている。最寄りの宮殿との通信不能に関し、わたしが何の説明もしないことへの落胆、かといって自分から丁重に尋ねるにはどうしたらいいかわからないことへの落胆だ。

ステーションの管理官セラルは、意外な顔をした。

「艦隊司令官がコレクター？　歌曲のですか？　分野はどのような？」横幅のあるたっぷりした体に、鮮やかなピンクの上下を着て、サッシュの色は黄緑だ。黒っぽい肌、黒っぽい瞳。ちりちりの豊かな髪は束ねられ、頭の上で塔のようにそびえている。とても美しい人だった。自分でもそれがわかっているようだが、自慢げなところはない。隣にすわっているのは彼女の娘ピアトで、まったく口をきかず、いやに静かだ。体はそう大きくなく、とりわけ美しいというほどでもないが、まだ若いから、おそらくいずれは母親のようになるだろう。

「あまりこだわらずに、幅広く何でも」わたしは燻製《くんせい》卵の追加は不要と身振りで伝えた。ヘトニス艦長はわたしの横で黙っているが、彼女は卵のお代わりがほしいらしい。テーブルの向かいには、セラル管理官のほかに星系《システム》の総督ジアロッドもいた。背が高く、肩幅は広く、ゆったりした上着は緑色だ。肌色に微妙な陰影があるから、おそらく濃い色に変えたのだろう。ここに入ってきたときからおちつきはらっていて、ふだんと同じ食事をするだけといった態度だ。

「わたしはとくにガオンの音楽にひかれるんですよ」セラル管理官がそういうと、フォシフの顔が輝いた。フォシフの娘ロードが、退屈なのをまあまあうまく隠した笑みを浮かべる。わたしが到着したとき、ロードはいささか過剰に気をつかい、礼儀正しかった。この階級の若者をわたしは間近で、それも長い歳月にわたって見てきたので、ＡＩから教わらなくても、彼女が二日酔いなのはわかった。そしてようやく、飲んだ薬が効いてきたらしい。

「ガオンからほんの数ゲートのところで育ったのですよ」と、セラル管理官。「それから二十年、ステーションの審査補佐官も務めました。ガオンの音楽はすばらしく魅力的ですよ！　真正のものを見つけるのはとてもむずかしいですけどね」フォークでドレッジフルーツをひと切れ取ったが、口に入れずに足もとへ、テーブルの下へ持っていった。隣で娘のピアトが小さくほほえむ。彼女が笑うのを見たのは、これが初めてだ。

「ガオンの音楽全般が？」わたしが最後にガオンを訪れたとき、彼女が勤務したステーションは着工されたばかりだった。いまから何百年もまえのことだ。「数え方にもよりますが、併呑時のガオンには少なくとも三つの国家があったかと。言語は主だったものだけでも七つ。音楽様式もさまざまだった」

「よくご存じですね」わたしへの警戒心が一気に晴れたようだ。「純粋なガオン音楽で残っているのはごくわずかです」

「あなたが聴いたことのないガオンの歌を、もしわたしがここでうたったら？」

彼女は信じられないといったように目を見開いた。

「艦隊司令官――」いかにも気分を害した様子。「からかわないでいただきたい」

わたしは眉をぴくっと上げた。「からかうなど、とんでもない。併呑中、ガオンにいた艦船からいくつか仕入れただけで」わたし自身がその艦船だったとはいわない。

「〈トーレンの正義〉をご存じなんですか！」声が大きくなった。「いやあ、じつに惜しい艦を失くした。一緒に仕事をした経験がおありですか？　乗船経験者と話してみたいとつねづね思っていたのですよ。ここの園芸官の姉が〈トーレンの正義〉の将校だったそうなんですけどね、あんなことになってしまって……妹がまだ子どもだったころに……」やりきれないといったように首を振る。「残念でなりません」

話題を変えたほうがよいだろう。わたしはジアロッド総督に顔を向けた。

「総督、ひとつ教えていただきたいことがある。こちらの寺院では、儀式に参加すると終日外に出られないのだろうか？」生まれの良い将校のアクセントを使う。慇懃《いんぎん》ながら、底にちくりと刺すものを混ぜて。

「そういうこともあるが」と、ジアロッド総督。「答えは人それぞれ違うでしょう」セラル管理官と同じように、ドレッジフルーツを取っても食べず、露骨に膝にのせた。

「ほう。つまり寺院の密儀？」わたしは二千年にわたる経験のなかで数例ほど知っているが、アナーンダ・ミアナーイに密儀を明かさないかぎり、継続することは許されなかった。その結果、よしんば存続したところで、もはや排他的な密儀でもなんでもなくなる。とはいえ、現実的な面では排他的といえるかもしれない。大金を積まなくては参加できないからだ。

ジアロッド総督はもうひと切れ、ドレッジフルーツをテーブルの下に入れた。疲れを知らず、姉妹たちより冒険好きな子どもに与えているのだろう、たぶん。

「古くから伝わるもので——」と、総督。「アソエクの住民にとってはきわめて重要な密儀でね」

「その場合の住民とは、クハイ人のみかな？　ペニスを切り取ったように見せかける話と関連がある？」

「あなたは誤解しているようだ。ジェニタリア祭は、併呑よりはるかに古い時代からつづいている。アソエクの、とりわけクハイ人はきわめて霊的でね、隠喩を多用する。無形のものを語るには無力な有形的方法というしかない。霊に関心があるなら、艦隊司令官、秘蹟《ひせき》を受けられるといい」

「それはどうですかね」わたしが答えるより先に市民フォシフがいった。「艦隊司令官の関心は霊より音楽でしょう。歌にしか興味がありませんよ」ずいぶん無礼な決めつけだ。といっても、実際そのとおりではある。

テーブルの下で、手袋をはめていない小さな手がわたしのズボンをつかんだ。総督が話に夢中なため、我慢しきれずわたしにねだったのだろう。一歳をいくらか過ぎたあたりで、ここから見るかぎり裸だった。わたしがドレッジフルーツを――好物なのは間違いない――ひと切れ差し出すと、その子はべたつく手で取って口に入れた。眉間に皺を寄せてもぐもぐし、飲みこんで、わたしの脚にもたれかかる。

「市民フォシフから聞いたところでは」と、わたしはいった。「畑で仕事をする者たちはとてもよく歌をうたうらしい」

「そう、そう」セラル管理官がうなずく。「一時期は、労働者のほとんどが追放されたサミルス人でしたが、最近はみんなヴァルスカーイ人です」

これは意外だった。「畑で働く者すべてがヴァルスカーイ人？」わたしはもうひと切れ、テーブルの下に入れた。ズボンにべたついた手の跡を見つけたら、カルル5はぶつぶついうだろう。ただ、ラドチャーイは小さな子にすばらしく甘いので、本気で怒ることはないはずだ。

「サミルはずいぶんまえに併呑されたから」と、市民フォシフ。「いまじゃサミル人もそれなりに文明人ってことで」

「それなりにね」わたしの横でヘトニス艦長がつぶやいた。

「ヴァルスカーイの歌ならよく知っている」艦長を無視してわたしはいった。「ここの者たちはデルシグ語を話すのだろうか？」

市民フォシフは顔をしかめた。「もちろんですよ。ラドチ語はほとんど話せない」

ヴァルスカーイには、何十というステーションや衛星はもとより、気候が温暖で居住可能な惑星がある。そして星系内で手広く仕事をしたいヴァルスカーイ人にとって、デルシグ語は身につけておかなくてはいけない言語だった。ただ現実に、かならずしもみんな話せるとはかぎらない。

「歌うときは、昔ながらの合唱法で？」

「ある程度はね」セラル管理官が答えた。「アソエクに来てから覚えた曲に、低音や高音を即興で加えることもあります。低い持続音とか並進行とか、あなたもご存じでしょうが、きわめて原始的なものですよ。さして興味はそそられない」

「由緒正しいものではないから？」

「まさしく」

「わたしは個人的に、由緒などはほとんど気にしないが」

「こだわらずに幅広く、ですからね」セラル管理官は笑顔でいった。

わたしはそのとおり、と手にしたフォークを上げてから、こう訊いた。

「楽譜は持ちこまれていないのだろうか？」ヴァルスカーイの一部地域、とくにデルシグ語を第一言語とする地域の合唱団は社会的に重要な地位を占め、高い教育を受けた人びとは楽譜も読める。「ヴァルスカーイの音楽にも――」わたしは声に皮肉な調子をしのばせた。「原始的で面白みのない持続音以上のものがある」

「おやおや、艦隊司令官！」市民フォシフが驚いた。「ヴァルスカーイはラドチ語の単語を三つもいえないというのに。うちの作業員がすわって楽譜を読むなんて、想像もつきませんよ」

「夢中になるものができていいかも」これまで黙っていたフォシフの娘ロードが、皮肉な笑みを浮かべていった。「そのほうが、揉め事を起こさずにすむ」

「そういう意味では」と、フォシフ。「いちばん騒ぎを起こすのは、教育を受けたサミル人だね。茶畑の監督は、ほぼ全員がサミル人なんですよ、艦隊司令官。総じて教養がある。そしてたいていは信頼できる。しかしいつでも、ひとりかふたりは厄介なのがいましてね。そのひとりかふたりが仲間を集めて、また集めて、しまいには作業員みんなを煽り立てる！　二十年くらいまえに起きたんですよ。五か所の茶園で、作業員たちがすわりこみ、摘みとりをしなくなった。ただ地べたにすわってるだけ！　だからもちろんね、食べものは与えませんでしたよ。やるべき仕事をやらずにすわってるんだから。ただまあ、惑星じゃあ、そんなことをやっても無駄ですけどね。仕事をする気のない者でも、道端にあるものを食えば生きていける」

それほど簡単に生きていけるとは思えないが――。

「代わりの作業者はどこか別の土地から呼んだのかな？」

「茶葉の生育期だったんですよ。近隣はどこも同じ問題を抱えていた。それでもね、とにもかくにも、サミル人の首謀者たちをつかまえて、見せしめに懲らしめて、そうしたら労働者たちもじきに帰ってきました」

訊きたいことは山のようにあった。

「それで、彼女たちの不満の解決は？」

「そんなもの！」フォシフは憤った。「最初からありませんって。不満などあるわけがない。気楽な暮らしを送っていたんですから。このわたしだって、茶摘みの労働者だったらいいのに、と思うことがある」

「ここに滞在なさるのかな？」ジアロッド総督が訊いた。「それとも艦船にもどられる？」

「艦にはもどらず、アンダーガーデンに滞在することにした」そう答えたとたん、水を打ったように静まりかえった。フォークが皿に当たる音すらしない。淡い金色の食器棚に皿を並べていた召使までが、その場に凍りついた。テーブル下で、子どもが最後のひと切れをくちゅくちゅ食べている。

するとロードが、声をあげて笑った。

「いいんじゃないの？　薄汚れた動物でも、さすがに艦隊司令官にはちょっかいを出さないだろうから」これまで見かけは行儀がよかったが、口調には傲慢《ごうまん》さがにじみ出ていた。この種の若者をわたしはいやというほど見たことがある。学ぶべきことを学べばそれなりの将校になるが、なかには学べない者もいた。

「そうだね、ロード」母親のフォシフがいった。やさしい口調。実際、テーブルにいる者の誰ひとりとして、ロードの発言に驚くこともむっとすることもなかった。フォシフはわたしをふりむいた。「ロードと友人たちはアンダーガーデンで飲むんですよ。物騒だからよしなさいと、口をすっぱくしていっても」

「物騒？　それはどういう？」

「持ち物をすられるのは珍しくないんですよ」セラル管理官がいった。

「観光客は」と、ロード。「盗んでもらいたいからあそこに行く。そしてめそめそ泣きながら警備官に訴えるんだ」青い手袋をはめた手を、そっけなく振る。「それも楽しみのひとつなんだろう。でなきゃもっと用心する」

ここでわたしはふと、〈カルルの慈《めぐみ》〉の艦上を見たくなった。当直中のドクターがカルルのひとりに何やらきつい口調でいい、エカル副官はエトレパたちの仕事ぶりを確認している。セイヴァーデンはベッドの縁に腰かけて、「艦隊司令官の様子はどうだ？」と〈慈〉に尋ねた。「苛立《いらだ》っています」〈慈〉はセイヴァーデンの耳に答えた。「そして怒りも。身の危険はありませんが、俗にいう火遊びの最中です」

セイヴァーデンはあきれぎみにいった。「だったらいつもと同じだな」別のデッキの通路にいた四人のエトレパが、広く知られた歌を（調子はずれの声で）うたいはじめた。

黄土色の壁のダイニングルームでは、わたしのズボンを握っている子どもが泣きはじめた。フォシフと娘のロードが目をまんまるにする。どうやらまったく気づいていなかったらしい。わたしは腕をのばし、テーブルの下から子どもを抱きあげて膝の上にのせた。

「きょうは長い一日だったな、市民」真面目に話しかける。

あわてて召使がやってきて、膝から子どもをすくいあげ、「申し訳ございません、艦隊司令官」とあやまった。

「気にする必要はないよ、市民」召使のおろおろした様子が、わたしは意外だった。フォシフとロードはさておき、ほかはみな子どもに気づいていたし、文句もいわなかった。もし嫌がる者がいたら、そちらのほうが驚きだろう。ただ、そこでふと考えてみる。二千年のあいだ大人のラドチャーイを見てきて、彼女たちが家族とやりとりするメッセージを見聞きし、併呑した地域の子どもや赤ん坊とも触れあったとはいえ、ラドチャーイの家庭のなかに入ったことはなく、子どもたちと長い時間を過ごした経験もない。どういう状態がふつう、あるいは正常なのか、わたしには見極められないだろう。

夕食はアラックで締めくくられた。わたしは暇乞いをする理由、それもジアロッド総督を伴っていく理由をいくつか考えたが、そこからひとつ選ぶまえに、ティサルワット副官が現われた。部屋の準備が整ったと伝えに来たのは表向きで、たぶん料理の残りものを期待したのだろう。いうまでもなく、フォシフがすぐ召使に詰めるよう指示し、ティサルワットはそれを受けとると上品にお礼をいった。そしてほかの者にもお辞儀をする。ロードは彼女をながめまわし、口もとが小さな笑みにゆがんだ。面白がっている？　興味をひかれた？　それとも蔑視？　おそらく、その三つともだろう。ティサルワットは頭を上げて背筋をのばすと、ロードの視線に気づいた。どうやら、彼女のほうも興味をもったらしい。ふたりは似たような年頃で、わたし自身はロードが気に入らなかったものの、ふたりのつながりがいずれ何かの役に立ってくれるかもしれない。情報をもたらしてくれる可能性もある。わたしは彼女たちの様子に気づかないふりをした。セラル管理官の娘ピアトもふたりから目をそむける。わたしは立ち上がると、しっかり顔を見て声をかけた。

「ジアロッド総督？」

「それでは」総督は変わらず冷静にいった。「いつもすばらしい夕食をありがとう、フォシフ。腕のいい料理人にも、わたしからの礼を伝えていただきたい」そこで言葉を切り、お辞儀をする。「みなさんと楽しい会話をつづけていたいが、残念ながら、所用ができた」

　ジアロッド総督の執務室は、コンコースをはさんでフォシフのアパートメントの真向かいにあった。だから同じコンコースの風景を、ちょうど反対側からながめることになる。葉が描かれた絹のクリーム色のタペストリーが壁を飾り、あちこちに背の低いテーブルと椅子、型どおりの壁龕《へきがん》にはアマートのイコンがひとつ。その前の香炉からは何の香りもしなかった。総督はきょう、ここにはまったく来ていないのだから、それも当然といえば当然だろう。

わたしはティサルワット副官を、土産とともにアンダーガーデンに帰した。土産は十七歳を満腹にさせる以上のもので、フォシフの料理人は総督の賛辞に値してあまりある。わたしはヘトニス艦長も、明朝部屋に来るようにと指示してから帰らせた。

「さあ、すわってください、艦隊司令官」ジアロッド総督は窓から遠いほうの椅子に手を振った。クッションが置かれた大きな椅子だ。「どうお思いかは知らないが、このような……危機的状況に陥って以来、わたしは以前と変わらぬ平穏が保たれるよう全力を尽くしてきたつもりだ。いうまでもなく、信仰にかかわる習慣は、緊張下ではきわめて重要でね。あなたをお待たせして申し訳なかったと思っている」

わたしは椅子に腰をおろし、総督もすわった。

「そう、痺《しび》れを切らす一歩手前だった」と、わたしは認めた。「しかしあなたも、同じ思いだったのではないだろうか」アソエクに到着するまで、わたしはずっと考えていた。総督に何を話すか。どこまで真実を語るか。そして最終的に、事実に関してはできるだけ率直に語ると決めた。「状況を説明すると、こうなる。アナーンダ・ミアナーイのなかにあるふたつの派が、この一千年ほど反目しあってきた。水面下でひそかに、自分自身からも隠れてね」ジアロッド総督は顔をしかめた。これだけでは、うなずきたくてもうなずけないだろう。「そして二十八日まえ、オマーフ宮殿で、隠していた対立が表沙汰になった。そのためアナーンダは、宮殿からの通信をすべて遮断した。残りのほかの自分にはその対立をなんとか隠そうとしたのだが、結果的に失敗に終わり、ラドチ圏全域に、ほかの宮殿すべてに情報が伝わりはじめた」オマーフからもっとも遠い宮殿のひとつ、イレイ宮殿にもそろそろ伝わるころだろう。「オマーフでの戦いはとりあえず決着がついたが」

わたしのひと言ひと言に、総督の顔が暗くなっていく。

「結果はどちらに？」

「いうまでもなくアナーンダ・ミアナーイであり、ほかに誰がいるだろう？　わたしたちはむずかしい立場にある。どちらの側につこうと、反逆者だ」

「どちらを――」総督はうなずいた。「支援しなくてもね」

「まさしく」総督の早い理解にほっとした。「さらに、軍内での対立も始まっている。背後にいるのはアナーンダで、いずれ実戦になるのを見越してのことだ。現実には、すでに片方がゲートをふたつ破壊した。だからアソエクはいまだに孤立している。オマーフ宮殿の通信が機能しようとしまいとね。メッセージが伝わるルートはどれも、どこか途中で、破壊されたゲートを通るしかない」少なくとも、鈍行のルートでないかぎりは。

「フラッドとオマーフを結ぶゲートには何十という船舶がいる。そのうち十八隻は音信不通だ。考えられるのは……」

「彼女たちはいまも情報流出を防ぎたいのだと思う。少なくとも軍艦以外の、民間船舶の星系間移動は阻止するつもりだ。その過程で、市民が命をおとそうと気にもせずに」

「そ、そんなことは……信じがたい」

しかし、それが現実だ。

「ステーションに問えば、わたしの権限がわかると思うが、わたしはこの星系にある軍事資源すべてに対する指揮権をもち、住民の安全を確保する任務を負っている。また命令により、しばらくのあいだ、ゲート間移動を禁止しなくてはいけない」

「そんな命令を誰から?」

「ラドチの皇帝から」

「どちらの?」わたしは答えず、総督は諦めたような仕草をした。「彼女が自分自身と……反目しあってきたというのは、どういう?」

「彼女から聞いた話をあなたに伝えることはできるし、わたしの感想も話せる。しかしそれ以上のことは……」不明確で確信がないという身振りをしたが、総督は黙ったまま、期待のまなざしを向けてくる。「誘引、引き金となった出来事は、ガルセッドの徹底破壊だった」これに総督はほんのわずか顔をゆがめた。ガルセッドを話題にしたがる者などひとりだにいないだろう。アナーンダが怒りに任せ、星系内の全生命体の殺害を命令してから千年の歳月が流れ、生生しい記憶が薄れてきてもなお——。「あなたはもし自分があのようなことをしたら、その後はどうなると思う?」

「それよりも、あれほどのことをせずにすむよう心から願うだけだ」

「人生は予測がつかない」と、わたしはいった。「そして人は、自分で思っているような人間ではなくなることもあり、不運であれば、やるつもりがないこともやるだろう。ああいうことが起きたとき、選択肢はふたつある」もっとあるかもしれないが、つきつめればふたつだ。

「間違いを犯したことを認め、二度とくりかえさないと決意するか、認めることを拒み、自分の行為を正当化して、何の抵抗もなく二度めをやるか」

「そうかもしれないが、しかし、ガルセッドからもう千年がたっている。二度めが起きるならとっくに起きているだろう。もっと以前に同じ質問をされていたら、わたしは皇帝はひとつめの選択肢を選んだと答えていると思う。もちろん皇帝が、おおやけに間違いを認めることはないだろうが」

「実際はもっと複雑だろうし、ガルセッドの戦いには別の要因もあったと思うが、わたしには想像するしかない。確実なのは、皇帝は領土拡大を際限なくつづけることができなくなった、ということだ」そしてもし拡大が止まれば、艦船と属躰《アンシラリー》兵士の扱いはどうなるか？　属躰を指揮していた将校たちは？　維持したところで目的はなく、財源の無駄遣いでしかない。かといって廃絶すれば、ラドチ辺境の星系が攻撃を受けやすくなる。あるいは、反乱が起きるか。

「皇帝は過ちを認めないだけでなく、自分が不死身ではないことも認めようとしない」

　ジアロッド総督は黙りこくって、二十四秒後にこういった。

「その考えには賛同できないよ、艦隊司令官。十分まえに訊かれていたら、陛下は不死身に等しいとわたしは答えていただろう。ほかに考えようがないのでは？　つねに新しい身体を成長させ、古いものに置き換えているのだ。それでどうやって命が絶たれる？」しかめ面の沈黙が三秒。「それにもし彼女が死んだら、ラドチに何が残る？」

「いまはアソエク以外のことで悩むときではないと思う」総督の考え方次第では、かなり危険な発言だった。「わたしに下された命令は、この星系の安全の維持だ」

「もし逆側だったら?」やはり総督は愚かではない。「もし陛下の別の側があなたにどちらかを選べと迫ったら、もしこの星系を自分に有利なかたちで利用せよと命令したら?」わたしは答えなかった。「あなたが何をしようと、それは反乱の扇動であり謀反だ。どうせそうなるなら、あなたは自分のやりたいようにやる、のでは?」

「それも一理あるとは思うが」と、わたしは認めた。「しかし現実に、わたしは安寧維持の命令を受けている」

総督は強くかぶりを振った。

「ほんとうにそれだけか? あなたは、その……外部からの干渉があるとは考えてもいないのか?」

耳にたこができるほど訊かれた。

「プレスジャーは小細工などせずともラドチを滅ぼせる。それに、条約もある。プレスジャーは条約を重要視しているはずだ」

「プレスジャーは言葉を話さない。まったくの蛮族《エイリアン》だ。プレスジャーにとって、〝条約〟という言葉に何の意味がある? 協定など無意味なのでは?」

「ここの近くにプレスジャーがいるとでも? 潜在的脅威になっている?」

総督はわずかに顔をしかめた。何らかの理由で答えに窮しているか、でなければプレスジャーのことを考えるだけでぞっとするのか――。

「プレスジャーはときどき」と、総督。「プリッド・プレスジャーを経由してツル宮殿に向かうものでね」プリッド・プレスジャーはここから数ゲート先で、ほんの一か月ほどで行ける。「合意によって、プレスジャーがラドチ内を移動するときはゲートを使うことになっているが、しかし……」

「条約はラドチと結んだものではない」わたしは指摘した。「全人類とプレスジャーの条約だ」これに総督は戸惑った。およそラドチャーイは、人類といえば自分たちのことであり、ほかの者はほかの何か、だと思っている。「いいかえると、条約はアナーンダ・ミアナーイの存在の有無には影響されず、つねに有効だ」条約の締結以前、千年以上にわたってプレスジャーは人類の船を強奪し、人類のステーションに乗りこみ、船の乗員、乗客、ステーションの住民たちに暴虐の限りを尽くした、一見ただの気晴らしのために。人類にはそれを防ぐ手立てがなく、いまプレスジャーがおとなしいのは、条約を結んだからにすぎないのだ。プレスジャーのことを考えるだけで震えあがる人はいくらでもいる。見るかぎり、ジアロッド総督もそのひとりらしい。

「具体的な理由があれば別だが」と、わたしはいった。「いまプレスジャーのことで気をもむ必要はないと思う」

「そう、もちろん、おっしゃるとおりだ」といいつつ、総督の眉間の皺は消えなかった。

「星系全体で食料は自給できている？」

「食料は問題ないが、一部の贅沢《ぜいたく》品は輸入している。アラックはそうたくさんはつくれないし、ほかにもいろいろとね。医薬品はかなり輸入に頼っている。その点は課題といっていい」

「救急治療具は？」

「数は少なく、種類も少ない」

将来、それが問題になるかもしれないと思った。

「何か対策はないか、いずれ相談しよう。しかし総督、当座はこれまでどおり、何事もないように、いつもと同じように振る舞ってほしい。住民には、現在不通のゲートはいましばらく利用できないと伝えたほうがいいだろう。また、ほかのゲートも危険を理由に使用禁止だと」

「そんなことをすれば、市民フォシフが抵抗するに決まっている！　茶園主はみんなね！　月の終わりには、行き場をなくしたフォシフの〝魚娘《さかなむすめ》〟が山と積まれる。手摘みの最高級のお茶だよ。それにフォシフの茶園はほかにも大量に生産している」

「そういうことなら」わたしは微笑をつくった。「あなたもわたしも、これからしばらくはおいしいお茶をたっぷり味わえる」

市民バスナーイドを表敬訪問するには時間が遅すぎたし、オマーフ宮殿で得た情報以外にも知っておきたいことがあった。いったん併呑されると、それ以前の統治体制は無効とされ、古い役割分担は到着した文明によって一掃される。残っているもの——言語や芸術と呼べるもの——は、昔語りとして残りはしても、公認記録で扱われることはけっしてない。そしてアソエクも、星系の外からながめればごくふつうのラドチの一員だ。平々凡々でありきたり。完全に文明化されている。しかしなかから見れば、そうではないことがわかる。自分の目で見て、事実を事実として認めるならば。とはいえ、バランスをとろうとする感覚はつねに働く。併呑は申し分なく完了したという大前提のもとで、対処が必要な不備（と思われる）部分が残っている場合、目をつむれるものには目をつむり、無視することでやりすごすのだ。

ステーションは承知しているだろう。ともかくステーションとおしゃべりし、わたしを気に入ってもらうのが先決だ。原則として、艦船やステーションのＡＩはわたしに反抗できない。ただ、わたし個人の経験からいえば、相手に気に入られ、手を貸してやろうと思われるほうが、人生、はるかに楽である。

9

アンダーガーデンの換気は悪く、寝台といっても床に毛布を重ねただけだが、わたしはぐっすり眠ることができた。カルル5がお茶を持ってきたとき、わたしはあえて口に出してそういった。というのも、彼女をはじめカルルたちはみな、わたしが不在のあいだにやった仕事の成果に胸を張っているのがわかったからだ。部屋はどこも軍艦なみに塵《ちり》ひとつなく、照明は煌々《こうこう》とし、ドアは問題なく開閉できて、積まれた荷箱はテーブルや椅子の代役を立派に果たしている。カルル5が朝食を運んできたが、粥《かゆ》のようなお茶はあの茶房で飲んだものより濃く、風味もない。これだけで満腹になりそうで、わたしもティサルワットも黙々と食事をした。ティサルワットはいささか自己否定的な、暗い気分に陥っている。〈カルルの慈《めぐみ》〉の艦上では、そんな様子はほとんどなかった。目前の任務と隔絶されたゲート空間での航海が、アナーンダ・ミアナーイにされたことを忘れるのに役立ったのだろう。そして、わたしがアナーンダにしたことも。しかし、このステーションであわただしい掃除と荷解《にほど》きが終わったいま、アナーンダがアソエク到着後に企んでいたことが脳裏によみがえったにちがいない。

それが何なのか、ティサルワットに尋ねてみようかと思った。ただし、アナーンダがここの総督と、停泊中の船舶の船長たちをどう評価しているかはわかっている。また茶園主たちについては、収穫のことで頭がいっぱいで、ラドチの皇帝によるこの百年の変革に右往左往することはない、と考えているだろう。旧家はもとより成り上がりの一族にとっても、そして人間の兵士にも（艦長に禁止されない限り）お茶は必需品なのだ。

敵側のアナーンダにとって、アソエクにさしてうま味はないだろう。両者の戦いの場は宮殿中心になっているはずだ。しかし半面、惑星は貴重な資源でもある。もし戦いが長引けば、アソエクが迷惑千万な注目を浴びる可能性はあった。のるかそるかの博打《ばくち》では、どちらのアナーンダもアソエクに何らかの手を打つはずだ。

カルル5が部屋を出ていき、ティサルワット副官は粥から目を上げた。ライラック色の目は深刻だ。

「彼女はあなたに激怒しています、艦隊司令官」

「彼女というのは？」アナーンダであるのはわかっている。

「相手方です。どちらも怒ってはいます。しかし、相手方は優位に立てたらすぐ、あなたを狙うでしょう。それほど、激怒しています。そして……」

そして、何をするか？　その相手方は過去、自分が逆上するのも当然だとして、ガルセッドに怒りの拳を振り下ろした。

「わかった、ありがとう。たぶんそんなところだろうと思っていたよ」アナーンダの企みをティサルワットにむりやり語らせたくはなかったが、彼女のほうから口火を切ってくれた。

「ところで副官、あなたは星系《システム》にある全AIのアクセスキーを持っているだろう」

ティサルワットは視線を碗《わん》におとした。苦しげな表情。

「はい、おっしゃるとおりです」

「それはAIごとに独立したものか、あるいは思いつけばどのAIでもコントロールできるのか？」

この質問に、ティサルワットは驚いたらしい。と同時に、落胆もした。顔を上げたとき、そこにはまぎれもない苦悩があった。

「艦隊司令官、彼女は愚かではありません」

「使ってはだめだよ」明るい声でいう。「そんなことをしたら、あなたがむずかしい立場になる」

「はい、艦隊司令官」感情を顔に出すまいとがんばる。慙愧《ざんき》と屈辱が入りまじった苦悩。ほんの少しの安堵《あんど》。新たに湧き上がった悲しみと自己否定。

わたしが避けたかったことのひとつがこれだった。アナーンダの企みを彼女から聞きだそうとすれば、つらい葛藤に陥るのがわかっていたからだ。この状態はあまり長引かせないほうがよいだろう。

また、オーン副官の妹に早く会いたいとも思った。粥の残りを口に入れる。

「副官、一緒にガーデンズに行ってみようか」

驚きというよりも動揺に近い。「失礼ですが、艦隊司令官、ヘトニス艦長との会合は？」

「わたしが帰るまで待つようにと、カルル5に伝えてもらうよ」ティサルワットの顔に不安がよぎった。だがその下にのぞくのは……称賛？　そして羨望《せんぼう》。わたしは興味をそそられた。

ガーデンズは観光客に人気だとフォシフの娘ロードはいい、その理由がよくわかった。ガーデンズはステーション上部のかなりの部分（五エーカーほど）を占め、さんさんと降り注ぐ陽光のもと、一面が広々と見渡せる。仰げば頭上高くに透明の丸屋根があった。これが一歩足を踏み入れたときの印象で、あたりには赤い薔薇《ばら》と黄色い薔薇の芳香が漂い、はるか遠くの空は漆黒。六角形の分割線がぼんやり見えるが、その先には宝石のようなアソエクが浮かんでいた。じつに壮大な景観ながら、超高真空に接しているのだから、小さな仕切り、セクション・ドアがあっていいはずだった。しかし、わたしの目にはまったく見えない。

ガーデンズの入口から先は、下り坂になっていた。咲きほこる薔薇の群れを過ぎ、くねくね曲がる小道を歩いていく。美しい緑葉を繁らせる低木には紫のベリーがたわわに実り、その先では銀針のような葉が地面を埋めつくして、つんと鼻をつく香りを放っていた。さらに灌木《かんぼく》の茂み。ときには突き出した岩もある。道は変わらず蛇行し、ときおりちらりと見えるのは、せせらぎと緑の大きな睡蓮《すいれん》の葉、白い花、桃色の花。暖かいそよ風が葉を揺らす。ここはしっかり換気されているらしい。ただし、これほど広大な空間にいると、気圧低下が起きないかと不安になった。そして小川を渡る。水はもっと下方の岩場に流れ落ちていた。頭上の漆黒の暗闇を別にすれば、惑星にいるような感覚だ。

ティサルワットはわたしの後ろを、緊張した様子もなく歩いている。このステーションが建設されたのは数百年まえで、いまここで何かが起きてもわたしたちにできることはほとんどなかった。できるのはただ歩きつづけることだけだ。つぎの曲がり角の先に、枝がごつごつしてよじれた低木の小さな茂みがあった。根元の地面には水がたまって、その水がゆっくり下に流れてまた水溜まりをつくり、そこからさらに……とつづいた先は、百合の花が咲く淀《よど》みだった。ティサルワットは足を止めると、少し驚いたように地面を見つめ、ほほえんだ。わたしたちの足もとに広がる清らかな水の溜まりで、茶色とオレンジの魚が一匹、元気に泳いでいたのだ。思いがけず、湧き上がる喜び。しかし顔を上げてわたしを見たとき、その目から喜びは消え、またふさぎこんだ、暗いまなざしにもどっていた。

道を曲がると、湖が現われた。三エーカーはあるだろうか。惑星ならともかく、ステーションにこんなものがあるとは聞いたことがない。手前の水辺には、百合の花が咲き連なっている。途中でちらりと見えたのは、おそらくここの百合だろう。左手数メートルのところに小ぶりのアーチ橋があり、岸と小さな島を結んでいた。島の中央には円筒形の岩が立ち、縦横ともに一・五メートルほどで、側面には縦溝がある。岩はそこだけでなく、水面のあちこちから頭をのぞかせていた。湖の対岸は絶壁で（わたしの見るかぎり、その向こうは超高真空だ）滝がしぶきをあげ、大きな音をたてて流れ落ち、下の湖水の一部が波打っていた。絶壁は畔《ほとり》の左右に広がり、突き出した岩棚には別の出入り口も見え、そこから岸辺に出られるようだ。これまでは、うねる道を歩きないきなり目前に広がったこの光景は、まさしく絶景だった。

がら、枝々のあいだから水面が垣間見えるだけだったが、いまは圧倒的な美しさで迫ってくる。広大な湖――。ステーションでは通常、これほど大量の水は分割タンクで貯蔵される。万が一漏れてもセクション遮断すればいいからだ。重力に問題が生じた場合も、瞬時に閉じられる。水深はどれくらいあるのだろうか。これほど大きな湖で漏水防止に失敗すれば、下の階に大きな被害が及ぶのは確実だ。ステーションの設計者は、何か対策を打っているのだろうか？

もちろん打っている。この下が、あのアンダーガーデンなのだ。

緑色のつなぎ服姿の者がひとり、百合が群生する水域の端で膝まで水に浸かり、かがんで水中に手を入れている。あれはオーン副官の妹ではない。いまはバスナーイド・エルミングを見つけたい、ただそれだけだった。そしてつなぎ服を着た者はバスナーイドではないと、目をそらしかけたところで彼女が誰だか気づいた。わたしは小道からはずれ、斜面をおりて水際へ向かった。彼女が顔を上げ、体を起こした。袖も手袋も水浸しで、泥がついている。彼女はきのう、アンダーガーデンの茶房で話したあの市民だった。彼女の怒りは隠され、表からは見えない。しかしわたしを認めるなり、ふたたび燃え上がった。と同時に、わずかな恐怖も。

「おはよう、市民」わたしは声をかけた。「こんなところでまた会えるとは思わなかった」

「おはようございます、艦隊司令官」彼女は明るく応じた。一見、屈託なく、自然に。しかし顎の筋肉がわずかに、目に見えるか見えない程度に引き締まったのがわかる。「どんなご用件でここに？」

「バスナーイド園芸官をさがしている」わたしなりに精一杯、強迫的ではない笑顔をつくる。

彼女は考えこむように眉根を寄せた。そしてわたしが唯一身につけている宝石、金の記念ピンに目をとめる。これは大量生産品だし、小さな文字までは読めないだろう。たとえ読めたところで、同じ名前をもつ人は、何百万とはいわないまでも何千人もいる。

「待っていれば」眉間の皺が消えた。「じき、ここに来ます」

「それにしても」と、わたしはいった。「あなたのガーデンズはじつにすばらしい。この美しい湖の安全性が、いささか気にはなるが」

「わたしの庭じゃありません」強い怒りがのぞいたものの、慎重に抑えこまれる。「ただ働いているだけです」

「働く人がいなければ、ここまで美しくはならない」わたしの言葉に、彼女は小さな、投げやりな仕草を返した。「あなたの若さなら、二十年まえ、茶畑でストライキを先導した者のひとりではないと思うが」ストライキという言葉はラドチ語にもあるが、すでに古語で意味も曖昧だ。そこでゆうべ、ステーションから教わったリオスト語の単語を使った。リオスト語はアソエクに連れてこられたサミル人の言葉で、いまでもときに使われることがある。そしていま目の前にいる彼女は、ステーションから得た情報に基づけばサミル人だった。また市民フォシフの話からも、サミル人の茶畑監督がストライキにかかわったことはわかっている。

「あなたは十六歳くらいだった？　十七歳かな？　責任ある立場だったら、あのとき死亡しているか、別の星系に移されていただろう。二度と問題を起こせない、一般社会とは隔絶された地域にね」彼女の顔がこわばり、ゆっくりと息を吐いた。「年齢が若く下っ端だったため、穏便な処置がとられた。また、ある種の見せしめとして残した」きのう推測したように、不当な見せしめだ。

彼女は無言だった。大きな苦痛をこらえているようで、要するにわたしの推測が正しかったということだ。再教育の結果、特定の行為や感情が、彼女にきわめて大きな不快感をもたらすのだろう。そしていま、わたしがあの出来事を、実刑を免れたことをあからさまに語り思い出させた。いうまでもなく、ラドチャーイなら誰しも、再教育にからむ話は嫌う。

「お話はそれだけですか」彼女はようやく口を開いた。声は張り詰めているが、まえほどではない。「わたしには仕事があるので」

「そうだね、申し訳なかった」彼女のまばたきは、たぶん驚きだろう。「枯れた百合の葉を取っているのだろうか？」

「枯れた花もね」かがんで水に手を入れ、細くしぼんだ茎を引き抜く。

「水深はどれくらいある？」そう尋ねると、彼女はわたしの顔を、つぎに自分が浸かっている水を見てから、またわたしを見た。「ここの水深なら、あなたを見ていればわかるよ。しかし全体ではどうなのだろう？」

「いちばん深いところで二メートルくらい」声はおちつき、冷静さがもどったようだ。

「水中に仕切りはある？」

「それはない」その言葉を裏づけるかのように、紫と緑の魚が彼女の足もとに泳いできた。鮮やかな色の鱗《うろこ》がずいぶん大きいから、体長は七、八十センチくらいあるだろう。わたしたちを見上げるようにして口を大きく開け、その場から動かない。

「何も持っていないよ」彼女は魚に話しかけ、びっしょり濡れた手袋をはめた両手を開いて見せた。「橋のそばで待っていれば、誰か来るから。いつもそうだろ?」魚は大きな口を閉じては、また開ける。「ほおら、噂をすればだ」

子どもがふたり、茂みの脇を橋に向かって走ってきた。小さいほうがジャンプして、どすんと橋に乗る。周囲の水が揺れ、紫と緑の魚はくるりと向きを変えるとそちらへ泳ぎ去った。

「橋には給餌器《きゅうじ》があって」と、水に浸かったまま彼女がいった。「一時間もすればごったがえす」

「わたしはたまたま運よく早めに来たわけだ。ところで、もしよければ、ここの安全対策はどうなっているかを教えてもらえないだろうか?」

彼女は冷たく、短く笑った。「艦隊司令官はよほど気になるらしい」手で頭上の丸屋根を示す。「あれもかな?」

「そう、あれも。どちらも気になる」

「心配無用ですよ。アソエクの人間ではなく、優秀で堅実なラドチャーイが造ったものだから。横領なし、賄賂もなし。材料をこっそり安物に替え、浮いた分を自分の小遣いにすることもなければ、仕事をさぼることもない」彼女は真面目に答えている。予想したような嫌味な口調はまったくなかった。本気でしゃべっているのだ。「それにステーションがつねに見ているし、少しでもおかしな兆候があれば知らせてくれる」

「しかしステーションは、ガーデンズの下は見ることができないのでは?」

彼女が答えるより先に、「シリックス、進み具合は?」という声がした。

わたしの知っている声だった。録音したものを聞いたことがある。何年もまえの子どもの声。姉によく似ているが、同じではない。わたしはふりかえって声の主を見た。姉に似ている。オーン副官との関係は、顔を、声を、立ち姿を見ればすぐにわかる。園芸官の緑色の制服を着た彼女はいま、少し硬くなっていた。肌色はオーン副官よりいくらか濃いめで、顔も丸いが、意外ではない。バスナーイド・エルミングの子どものころの顔は、何度も見たことがある。彼女が姉に送ったメッセージを何度も。いまの彼女の顔は、とっくにわかっていた。あれから二十年がたつ。わたしがオーン副官を失ってから。わたしがオーン副官を、殺してから。

「もう少しで終わるよ」あの彼女が(たぶん湖で立ったまま)答えた。わたしはバスナーイド・エルミングを見つめつづけている。「こちらの艦隊司令官は、あなたに会いに来たらしい」

バスナーイドがわたしの目をまっすぐに見た。それからこげ茶色と黒の軍服に戸惑ったように顔をしかめ、視線が記念ピンで止まった。眉間の皺が消え、代わりに冷たい拒絶が浮かぶ。

「わたしは存じあげませんが、艦隊司令官」

「はい」と、わたしはいった。「お目にかかるのはこれが初めてです。わたしはオーン副官の友人でした」居心地が悪かった。おちつかなかった。〝友人〟といったことに。「いつかお茶をご一緒できればと思っていました。あなたのご都合のよいときにでも」われながら情けなかった。こんな露骨な言い方は無礼といっていい。しかし彼女はおしゃべりする気すらなさそうに見えた。出航まえ、スカーイアト審査監理官から警告されたのを思い出す。「ぶしつけとは思いますが、ご相談したいことがあります」

「わたしたちに相談しあうようなことがあるとは思えませんが」冷ややかに。「どうしてもわたしに話さなくてはいけないと感じておられるのなら、どうか、いまここで話してください。名前はなんとおっしゃいました？」これこそ無礼きわまりない。しかし理由はわかっている。この怒りがどこからくるのかはわかる。彼女は上流アクセントをオーン副官より楽に使いこなせていた。早いうちから練習したのもあるだろうが、想像するに、生まれながらに耳がいいのだろう。とはいえやはり、真正とはいえなかった。姉と同様、バスナーイド・エルミングも蔑視と侮辱にはきわめて敏感なのだ。それなりの理由のもとに。

「わたしはブレク・ミアナーイです」アナーンダに押しつけられた〝ミアナーイ〟をつっかえずにいえた。「おそらくご存じないでしょう、お姉さんと知り合いだったころは別の名前を使っていたので」その名前をいえば、彼女にもわかるはずだった。しかし、いうわけにはいかない。わたしはあなたのお姉さんが乗っていた軍艦でした、わたしは属躰でした、お姉さんはわたしの指揮官でした――。ここの住民はみな、その軍艦は二十年まえに行方不明になった、と思っているだろう。そして軍艦は人間ではなく、艦隊司令官どころか将校になるはずもなく、人をお茶に誘ったりはしない。彼女に正直に打ち明けたところで、頭がおかしいと思われるのがおちだ。しかし名前のつぎに告げることを考えれば、それでいいのかもしれない。彼女の姉に何が起きたかを告げるには。

「ミアナーイ……」彼女は信じられないといったようにつぶやいた。

「お話ししたように、お姉さんとおつきあいがあったころは別の名前でした」

「では、ブレク・ミアナーイ」彼女は吐き捨てるようにいった。「姉は正義と礼節の人でした。あなたが何を思おうと、姉があなたにひざまずくことはなかったでしょうし、わたしたち家族は、あなたから金銭をいただく気はありません。誰ひとり、それを必要としていません。姉は過去も、そして現在も、そんなものを望んではいません」いいかえると、オーン副官がわたしと何らかの関係をもっていたとしても（〝ひざまずく〟は性的関係を示唆する）、副官は見返りを求めてそうしていたわけではない、ということだ。スカーイアト審査監理官がオーン副官を思い、バスナーイドにクリエンテラを申し出たとき、過去のふたりの関係は暗黙の交換条件によるもの——社会的地位と引き換えの性的関係——だったと受け止められた。事実、これはよくあることだったが、劣等の家系から大出世した市民はおしなべて、批判にさらされる。引き立てや栄進は性的サービスの代償であり、功績に基づくものではないと。

「おっしゃるとおり、あなたのお姉さんはひざまずいたりしなかった。わたしにも、ほかの誰にもね。そんなことをいう者がいれば、どうかお知らせください。わたしが彼女たちの誤解をときましょう」あらかじめこのての話をして、食事とお茶をして、行儀よくあたりさわりのない会話をしながら話の切り出し方を探り、笑止千万なわたしの提案が少しでもまともに見えるようにしたほうがよいとは思う。だがおそらく彼女は、それをさせてくれない。いまこの場で、本題に入るしかないのだろう。

「わたしはあなたのお姉さんに、とても大きな借りがあるのです、何をもってしてもお返しできないほどの。たとえいま生きておられても――。わたしにできることといえば、せめてこれくらいのことでしかありません。どうか、わたしの相続人になっていただけないでしょうか」

バスナーイドは二度、まばたきした。言葉が出てこないらしい。

「え?」

滝の流れる音が耳をつんざくほど大きく聞こえ、またなぜか、はるか遠くにも聞こえた。テイサルワット副官と市民シリックスはその場で凍りついたようになり、バスナーイドとわたしを見つめている。

「どうか」わたしはくりかえした。「わたしの相続人になっていただけないでしょうか」

「わたしには母たちがいます」当惑の沈黙が三秒つづいたあと、彼女はいった。

「すばらしいお母さまたちであるのは存じあげています。代役を務めたいなどとは思っていません。それでは身の程知らずです」

「では、何のために?」

「それは――」無理だとわかりながら言葉を選ぶ。おそらく目的は果たせないだろう。「あなたのお姉さんのために。あなたが安心、安全な暮らしを送れるように。あなたの望みがいつでも叶うように」

「わたしの望みは――」同じようにゆっくりと言葉を選ぶ。「いますぐ、あなたに去ってもらうことです。そして今後二度と、わたしに話しかけないでください」

わたしは深々と頭を下げた。従者のように。

「そのようにいたします」ふりかえり、小道に向かう。そして湖から離れていく。百合のそばで水に浸かったままのシリックスから。岸辺で体をこわばらせ、憤然とした面持ちのバスナーイド・エルミングから。ティサルワット副官がついてきているかどうかも、わたしは確認しなかった。

わかっていた。バスナーイドがわたしの提案をどう受け止めるかはわかっていたのだ。だから今朝はともかく丁重に招待し、無難にすませようと思っていた。ところが結果はこれだ。いまアンダーガーデンの部屋で、ヘトニス艦長がわたしを待っている。カルル5の目を通して見ると、換気の悪い蒸し暑さのなかで汗を流し、彼女はカルル5が用意したお茶を怒りの顔で拒否した。こんな気分で艦長と打ち合わせをするのは危険だが、うまくかわす方法が見当たらない。

部屋の入口、開いたドアのすぐ先に、直立不動で無表情のボー9がいた。ティサルワット副官が——ここにもどるまで、わたしは彼女の存在を忘れていた——「艦隊司令官、ちょっとよろしいでしょうか」といった。

わたしは立ち止まったがふりかえらず、〈カルルの慈〉にデータを送らせた。届いたのは複雑にからむ感情で、ティサルワットは午前中ずっと惨めな思いを抱きながら、そこには奇妙な熱望も混じっていた。いったい何を熱望している？　また、これまでの彼女には見られなかった高揚感もある。

「艦隊司令官、ガーデンズに引き返す許可をいただきたいのですが」

ガーデンズにもどりたい？　それも、いますぐ？

彼女が小さな魚を見て喜んだのは覚えている。しかしそれ以降、わたしはまったく彼女に注意を払わなかった。バスナーイドのことで頭がいっぱいだったからだ。

「理由は？」ぶっきらぼうに訊く。よい対応ではないが、いまのわたしは本調子とはほど遠い。

ティサルワットはたじろぎ、少し間があってからこういった。

「わたしなら彼女と話せると思います。わたしに対しては、二度と話しかけるなとはいいませんでした」あの不思議な熱望が前面に表われた。と同時にそこには、わたしが若く傷つきやすい将校たちのなかにいやというほど見たものもある。

だめだ、それはだめだ。

「副官、あなたは市民バスナーイド・エルミングに近づいてはならない。わたしの個人的な事柄に口をはさむな。市民バスナーイドも迷惑に思うはずだ」

ティサルワットはわたしに殴られたかのようだった。実際あとずさりし、途中で止まると肩を引いて胸を張る。傷つき、怒り、しばらく無言だ。そしていかにも不満げにいった。

「あなたはわたしにチャンスさえ与えようとしない！」

「それをいうなら、〝艦隊司令官、あなたはわたしにチャンスさえ――〟だ」訂正すると、常識はずれのライラック色の目に怒りの涙がたまった。十七歳のほかの副官であれば、わたしはほったらかしていただろう。一目惚《ぼ》れした相手のもとに走らせ、拒絶され、泣きたいだけ泣かせ（〈トーレンの正義〉だったころ、わたしの制服が吸った若き副官の涙の量といったら！）、それから一、二杯ついでやっていたと思う。しかしこのティサルワットは、ほかの新米副官とは違う。

「部屋にもどりなさい、副官。冷静になって、顔を洗いなさい」飲むには時間が早すぎるが、気持ちをおちつかせる時間が必要だろう。「昼食後に休暇を与えるから、出かけて好きなだけ飲むといい。それよりも寝たほうがいいかな。もっとふさわしい相手がいくらでもいる」市民フォシフの娘ロードはティサルワットに興味をもったようだが、それはいわずにおいた。「あなたは市民バスナーイドの前にまる五分いただけだ」そういいながら、これがいかにばかげたことかがよりはっきりしたと思った。やはりティサルワットを彼女に近づけてはいけない。

「あなたはわかっていない！」ティサルワットは大声をあげた。

わたしはボー9を見ていった。「ボー、あなたの指揮官を部屋に連れていきなさい」

「はい、艦隊司令官」ボーが答え、わたしは狭い居住室に通じる控えの間に入っていった。

艦船だったころ、わたしには何千もの体があった。極端な状況を例外として、疲労や緊張の激しい体があれば休みを与え、別の体を使えた。右手から左手に持ち替えるようなものだ。また、もしどれかが深傷《ふかで》を負ったり、効率的に動けなくなった場合は、医療技師がそれを廃棄し、別の体と取り替えた。ともかくきわめて具合がよかった。

一方、艦船の一部のとき、すなわち一個の属躰、数千ある肉体のひとつでしかないときでも、わたしはけっしてひとりではなかった。わたしはつねにわたし自身に囲まれ、ほかのわたしが休息や食事、触れあい、元気づけを必要するときはかならずそれを知覚した。属躰とはいえ、瞬間的に困惑や苛立《いらだ》ち、その他考えられるさまざまな感情を抱く。属躰にだって感覚はあるのだから、別に不思議なことでもなんでもない。ただ、ごくわずかでしかなく、分軀《セグメント》一体のみが感じるくらいだ。たとえ、それが強烈な感情、はなはだしい肉体的不快感であったところで、その分軀は自分が数あるなかのひとつでしかないこと、ほかの分軀が手を貸してくれることを知っている。

わたしはほかのわたしが恋しくてたまらなかった。自分の仕事をほかの体にさせ、ほかの体を休ませ、痛みをやわらげてやることが、いまはもうできない。わたしはわたしひとりきりで眠る。〈カルルの慈〉の人間兵が狭い寝台で身を寄せ合い温《ぬく》もって眠るのを、心のどこかでうらやましいと思った。彼女たちは属躰ではない。だからよしんばわたしが偽りの姿を捨て、彼女たちのなかにもぐりこんだところで同じではないし、同じになることもない。それくらいはわかっている。したところで満足できるはずもないことをしたいと願うなど、愚かでしかないのはわかっている。しかしこの瞬間、わたしはそうしたくてたまらなかった。いま〈慈〉はわたしに、艦上のエトレパたちの眠りこけた姿を見せている。ああ、わたしもあのなかにもぐりこんで眠りたい。満足できなかろうがかまわない。そうするだけでいいのだ、いまのわたしは。ひどい、ひどい話だ。軍艦から属躰をはぎとるなど。属躰から艦を奪いとるなど。比べれば、生身の人間を属躰にするほうがはるかに残酷だろう。しかし、それでもなお——。

そしてこれ以上、もの思いにふける贅沢《ぜいたく》は許されなかった。ヘトニス艦長との打ち合わせを代わりにやれる、怒りが弱めの別の体がないからだ。気持ちがおちつくまで一、二時間運動することも、瞑想《めいそう》することも、お茶を飲むこともかなわない。わたしには、この身ひとつのみ。

「すべて順調です、艦隊司令官」〈カルルの慈〉がわたしの耳にいい、知覚が大波のごとく押し寄せてきた。眠っているエトレパたち、満ち足りてしあわせそうにまどろむエカル副官、浴槽で歌を口ずさむセイヴァーデン——母さんがいってたよ、回るよ回る——そしてアマートたち、ドクター、カルルたちの姿が重なりあい、一気にあふれかえった。と思うと、たちまち遠のき消えていく。わたしには止めたくても止められない。体ひとつ、脳がひとつでは。

自分を失った痛みも、オーン副官を失った痛みもけっして癒《い》えることはないだろうが、耐えられるほどにはやわらいだと思っていた。ところが、バスナーイド・エルミングに会って気持ちが乱れ、いまだそれをうまく処理できない。そのせいで、ティサルワットにもうまく対処できずにいる。若い副官たちの感情が大きく揺れ動くのは知っている。過去に何度も扱ってきた。ティサルワットがいかに予期せぬことを経験し、その結果どんな人間になったのであろうと、記憶や自意識がいかに古かろうと、彼女の肉体は十七歳のそれであり、きょうの彼女は青春期の究極の重苦に悩む者のそれだった。わたしはこの目で見てきて、その意味を知っている。もっと理性的に対処するべきだった。

「〈カルルの慈〉——」声には出さずに尋ねる。「セイヴァーデンとエカルを結びつけたのはわたしだと思ったが、それは独りよがりだったのだろうか？」

「ごくわずか、そうかもしれません」

「艦隊司令官」控えの間に来ていたカルル5がいった。属躰のように無表情。「ヘトニス艦長がダイニングルームでお待ちです」艦長はいらいらしている、いつまで待たせる気だといまにも怒鳴りだしそうな気配、とまではいわない。

「ありがとう、カルル5」アンダーガーデンでは上着を脱いでかまわないといってあったのに、カルル5はいまもきちんと着ている。「艦長に朝食とお茶を出したか?」

「はい。しかし、何もいらないといわれました」顔に失望がよぎる。食器を見せるチャンスがなくなったからだろう。

「わかった。すぐに行こう」大きく息を吸いこみ、頭のなかからバスナーイドとティサルワットをなんとか追い払って、わたしはヘトニス艦長のもとへ向かった。

10

ヘトニス艦長は〈イルヴェスの慈《めぐみ》〉に周辺域の調査をさせていた。アソエクのステーションには、自分の〈アタガリスの剣《つるぎ》〉の属躰《アンシラリー》を数体同行させ、ヴァル分隊と副官がアンダーガーデンの警備に就く。

ヘトニス艦長はわたしに、〈アタガリスの剣〉にゲートを監視させた理由を説明しようとした。このゲートの先の星系《システム》には、大気のない岩石惑星、ガス惑星、氷衛星しかなく、住民はいないし、ほかのゲートもない。

「プレスジャーはゲートを使わずに移動できます。そこでもし――」

「艦長、もしプレスジャーが本気で攻撃する気になったら、わたしたちに打つ手はない」ラドチが宇宙を震撼《しんかん》させるほどの軍を率いていたのは、もはや過去の話だ。それに当時でさえ、プレスジャーへの対抗手段はないに等しかった。アナーンダ・ミアナーイが条約を結ぶ決断をした、大きな理由がそれなのだ。同じ理由で、市民はいまもプレスジャーに怯《おび》えている。

「実際のところ、艦長、最大の脅威はラドチの艦船そのものではないか？　敵味方に分かれ、それぞれ主導権を握ろうとし、相手が利用しそうな資源は破壊する。たとえば、下界の惑星だ」

食糧資源。もしそれを確保できれば拠点にできる。もし、わたしが確保できれば。「アソエクは完全に無視される可能性もある。艦隊を召集できる者がいるとは思えないし、いたところでこの先しばらくは無理だろう」奇襲はないとわたしは見込んでいた。軍艦ならゲートをつくり、ステーションや惑星の数キロ以内に来ることは可能だが、それを試みる者がはたしているだろうか。たとえ域内に入ってきても、こちらには接近の様子を見張る時間的余裕がある。「ともかく、このステーションと惑星の防衛に集中するべきだと思う」

ヘトニス艦長は不満げで反論したいようだったが、結局何もいわなかった。わたしを艦隊司令官にしたのがどちら側か、艦長の忠誠心がどちら側にあるのかは話題にのぼらずじまいだ。が、ここではっきりさせたところで、わたしの益にも、彼女の益にもならない。それに運がよければアソエクは無視され、そんなことはどうでもよくなる。わたしはしかし、運を当てにする気はなかった。

ヘトニス艦長との打ち合わせは終了。さて、つぎは何をしようか。ジアロッド総督と会うのがいいか。そして近々、医療品以外に何が不足するかを見極め、その対処法を考える。それから〈アタガリスの剣〉と〈フェイの慈〉を忙しくさせ（問題を起こさせないようにさせ）、かつ必要なときはすぐ動ける状態にしておくにはどうするかを考える。〈カルルの慈〉経由で見たところ、ティサルワットはこの上、アンダーガーデンのレベル2にいることがわかった。ライト・パネルが黒壁にまばらに立てかけられているだけの、広い薄暗い部屋だ。ティサルワットのほかにフォシフの娘ロードとあと五、六人が、長く分厚いクッションに寝そべっていた。〈慈〉によれば、彼女たちは茶園主やステーションの役人の娘とのこと。何か強い酒を飲んでいるようで、ティサルワットがそれを気に入ったかどうかはさておき、気分は上々らしい。セラル管理官の娘ピアトは、きのうの夕食時より生き生きし、何やら下品なことをいって周囲の笑いを誘った。ロードが小声で、「まったく《アートルズ・ティッツ》、おまえにはときどきクソがつくほどうんざりするよ、ピアト」とつぶやいたが、そばにいたティサルワットにしか聞こえなかったようだ。

「ピアト——」ティサルワットは憤慨したようにいった。「市民ロードにはあなたのよさがわからないらしい。さあ、もっとこっちへ寄って。わたしは面白いことを話す人にそばにいてもらいたい」

　彼女たちのやりとりとピアトのためらい、口調だけは明るいロードの台詞（〝ただの冗談だよ、副官、どうかもっとお気楽に〟）から、わたしは三人の関係に不快なものを感じとった。彼女たちがわたしの（わたしが艦船だったころの）将校だったら、何らかのかたちで介入するか、先任将校に報告していただろう。どうしてステーションは何もしないのか。わたしは首をかしげたが、すぐ思い当たった。ロードはおそらく、自分がどこで何をいうかについてきわめて用心深いのだ。ステーションはアンダーガーデンの内部を見ることができず、全員が通信インプラントを施しているものの、いまはそれを解除しているのだろう。だから他所ではなく、ここで大騒ぎをしているのだ。

　そこより下、レベル４のわたしの部屋で、「艦隊司令官——」と、カルル５がいった。無表情の裏に、明らかな怯えが見える。

「大丈夫ですよ」カルル5の背後、隣の部屋から聞き慣れない声がした。「わたしは立派な大人ですから。人間を食べたりはしません！」アクセントが妙だった。なかば良家のラドチャーイ的で、なかば……不明だ。こういうアクセントをわたしは聞いたことがなかった。

「艦隊司令官」もう一度カルル5がいった。「こちらはドゥリケ通訳士です」奇妙な名前でやつっかえる。

「通訳士？」この星系に通訳局の役人がいるとは聞いていなかったし、いる必要などないはずだ。わたしは〈慈〉の記憶映像を呼び出した——カルル5がドアを開けると、そこにはアンダーガーデンの住人と同じ明色のゆったりしたやわらかなシャツとズボン姿の者がいた。ただ、手袋ははめている。それも硬い生地で、色も地味な灰色だ。宝石はない。彼女は家名も通訳局の部署もいわず、どういう家系の者か、階級はどれくらいかの見当もつかなかった。わたしはまばたきして記憶映像を消した。そして立ち上がる。

「お通ししなさい」

カルル5が脇に下がり、ドゥリケ通訳士が入ってきた。にこにこと、満面の笑み。

「艦隊司令官！　お目にかかれてとってもうれしい。総督の家はすばらしく退屈です。自分の船にいるほうがずっといい。なのに船殻がひび割れているとかで、そのうち息ができなくなるといわれました。でもここにも、そんなにたくさんあるようには思えませんが？　息ができますか？」大きく深呼吸して、よくわからないといった不満げな仕草をする。「空気！　ばかばかしい。わたしは空気なしでも呼吸できます。なのに、あの人たちは譲らない」

「通訳士――」彼女がお辞儀をしなかったので、わたしもしなかった。かなりいやな予感がしていた。「失礼ながら、わたしはいささか戸惑っています」

彼女は目をまんまるにしてのけぞった。

「あなたが？　なぜに！　あなたは艦隊の司令官でしょ！」

いやな予感は確信に変わりつつあった。この人物は確実にラドチャーイではない。それで通訳なら、ラドチと交流がある蛮族のどれかだ。といっても、ゲックやルルルルルではない。ゲックの通訳には会ったことがあるし、ルルルルの通訳をする人間のこともそれなりに知っている。この人物は、そのどちらでもなさそうだ。それに、この奇妙なアクセント。

「いえ、そうではなく」と、わたしはいった。「あなたはわたしのことをご存じらしいが、わたしはあなたを存じあげない」

彼女は大笑いした。「はい、もちろん、わたしはあなたを知っています。みんなあなたの話をしていますよ。でも、わたしには話さない。あなたがここにいるのを、わたしは知らないことになっています。それにわたしは、総督の家から外には出ないことになっている。だけどわたし、退屈なのは嫌いです」

「あなたがどなたなのか、正確に教えていただけませんか」しかしもうわかっていた、少なくとも最低限のことは。この人物は、プレスジャーが対ラドチ用に育てた人間だ。つまりプレスジャーの通訳。アナーンダいうところの〝何を考えているかわからない連中〟だ。ジアロッド総督は通訳士がステーションにいるのを承知し、ヘトニス艦長も知っていたのは間違いない。だからこそ艦長は、いつプレスジャーが集団でやってきてもおかしくないと、あれほどまでに警戒したのだ。しかし、どうしてわたしに事実をいおうとしなかったのか？

「わたしが誰か？　正確に？」ドゥリケ通訳士は眉をひそめた。「わたしは……ドゥリケと名乗りましたが、じつはそうではないかもしれません。わたしはゼイアトかもしれない。いや、ちょっと待って。はい、わたしはドゥリケでまず間違いないでしょう。わたしはドゥリケだと、みんながいったのはまず間違いありません。おお！　わたしは自己紹介をしなくてはいけないのですね」そこで深々とお辞儀をする。「艦隊司令官、わたしはプレスジャーの通訳士、ドゥリケと申します。お目にかかれて光栄です。ここであなたは、こちらこそ光栄です、のようなことをいい、お茶を提供してくれるのでしょうが、わたしはお茶には飽き飽きしました。アラックはありますか？」

わたしはカルル５に目顔で指示し、ドゥリケ通訳士にどうぞおすわりくださいと腕を振った。椅子といっても、箱を並べてクッションを置き、黄色とピンクの刺繍《ししゅう》がある毛布をかぶせたものだが、これがすばらしく心地よい。

「それでは――」わたしは彼女の向かいに腰をおろした。毛布の下は、わたしの私物のトランクだ。「あなたは特派大使なのですね？」

これまで彼女はほとんど子どものような、純粋で屈託のない笑顔を見せていた。すると今度は純粋に、心底がっかりした顔になった。

「わたしはめちゃくちゃにしてしまいました。すべてシンプルなはずでした。新年のオーメン投げに参加して、ツツル宮殿から家に帰るところでした。パーティに行って、ほほえんで、わたしはいいました――オーメンは幸運な落ち方をしました、新年はみなさんに正義と裨益《ひえき》をもたらすでしょう。それからしばらくして、わたしは人類におもてなしありがとうといって去りました。そうする決まりでした。すべて退屈。大物は誰もそんなことはしません」

「ところがゲートが使えなくなり、あなたはルートを変えた。そして家に帰れなくなった」現状では帰還できないだろう。独自ゲートをつくれる船で来たのなら別だが、人類とプレスジャーの協定で、プレスジャーがラドチ圏にその種の船を持ちこむのは意図的に、明確に禁止されている。

　ドゥリケ通訳士は、シャツの色と不釣合いな灰色の手袋をはめた両手を振り上げた。たぶん、憤慨の仕草だろう。

「〝われわれがあなたにいったことをそのままそっくりいえば、すべてうまくいく〟といわれました。でも、うまくはいきませんでした。それにこれに関しては何もいわれなかった。ほかのことはたくさん、たくさんいわれましたよ。まっすぐちゃんとすわれ、ドゥリケ、姉妹の体を切り刻むのは行儀が悪いからしてはだめだ、ドゥリケ、内臓はちゃんと自分の体のなかにしまっておきなさい、ドゥリケ」彼女はしかめ面をした。とくに最後のひとつが気に入らないらしい。

「その話を聞くかぎり、あなたが〝ドゥリケ〟であるのは確かなようだ」と、わたしはいった。

「さすがですね！　そう思えるのは、あなたが立派な人だからです。おや！」視線の先には、アラックの瓶と杯を持ってやってくるカルル5がいた。「いいですね！」カルル5が差し出した杯を受けとると、彼女の顔をまじまじと見る。「どうしてあなたは、人類ではないふりをするのですか？」

カルル5は、強烈な不快感と恐怖でしゃべることができないらしく、無言で顔をそむけるとわたしに杯を差し出した。わたしはそれを受けとり、静かにいった。

「ドゥリケ、わたしの兵士にあまり失礼なことはいわないでもらいたい」

彼女はその言葉が心底面白かったかのように、声をあげて笑った。

「艦隊司令官、わたしはあなたが好きです。ジアロッド総督やヘトニス艦長がわたしにいうことといったら、ここに来た目的は何だ、通訳士、何をしたいんだ、通訳士、それを信じろというのか、通訳士——。そうかと思えば、この部屋は居心地がいいぞ、通訳士、ドアに鍵をかけるのはあなたの身の安全を思ってのことだ、通訳士、もっとお茶を飲め、通訳士——。ドゥリケ、とはいいません」そこでアラックをごくごく飲む。最後にこほっと小さな咳《せき》をひとつ。

総督の従者はいつごろ、ドゥリケがいなくなったことに気づくだろうか？　それにしてもなぜ、ステーションは緊急通報しなかったのか。しかしすぐに思い当たった。艦船にもステーションにも見えないあの銃は、プレスジャー製だ。ドゥリケは一見、注意散漫で子どものように無邪気だが、実際はジアロッド総督やヘトニス艦長が感じているとおり恐ろしい存在なのだ。いや、その程度ではなく、もっとはるかに。総督たちは低く見積もっているように思える。おそらく、彼女の目論見《もくろみ》どおりに。

「あなたの船には、ほかに誰が?」

「ほかに?」

「乗員、職員は? あなた以外に乗客は?」

「とっても小さな船ですよ、艦隊司令官」

「だったらよけい混雑していたでしょう、ゼイアトもいれば通訳士もいて」

ドゥリケはにっこりした。「やっぱりあなたとは話が合いそうですね。では夕飯をいただけますか? わたしだって平凡なものを食べます」

彼女が部屋に入ってくるときにいった言葉を思い出した。

「大人になるまえは、何人も人間を食べたのだろうか?」

「食べてはいけない人間は食べていません! それでも……」顔をしかめる。「それでもあれは食べておけばよかったと、もやもやすることはあります。しかし、もう手遅れです。あなたは夕飯に何を食べますか? ステーションにいるラドチャーイは、魚を大量に食べるようですね。わたしは魚には飽きました。そうそう、トイレはどこですか? どうしても――」

「ここにトイレはない」と、わたしはさえぎった。「水道設備がないもので。代わりにバケツならある」

「それは異色な! わたしはまだバケツには飽きていません!」

ティサルワット副官が部屋に入ってきたとき、カルル5は食後の最後の皿を下げたところで、ドゥリケは熱心にしゃべっていた。

「卵はとても無力ですね。何かになることができるのに、あなたたちはいつも取ってしまう。鶏を取る。あるいは鴨。卵がそうなるように計画されているものを取ってしまう。なのにみなさんは興味深いものを取ろうとはしない。たとえば後悔とか。あるいは先週の深夜とか」食事をしているあいだ、会話はずっとこの調子だった。

「あなたはよい点をつく」と、わたしは答えてから、ティサルワットに注意を向けた。あれから三時間以上たち、そのあいだにかなり飲んだのだろう、体はふらつき、わたしをにらみつけるようにしていった。

「ロード・デンチェは――」強調するように、片手を上げてあらぬ方向に振る。ドゥリケがいることに気づいていないらしい。ドゥリケはといえば、少し眉をひそめながらも興味深げに彼女を見つめている。「ロード、デンチェ、最低の、人間だ」

さっきはロードをちらっとしか見ていないが、ティサルワットの評価は正しいかもしれない。

「――艦隊司令官」ようやく彼女はそう付け加えた。

「ボー！」わたしはティサルワットの後ろにいるボーに険しい声で指示した。「あなたの指揮官が部屋を汚さないうちに連れていきなさい」ボーはティサルワットの腕を取り、よろめきながら出ていった。しかし手遅れかもしれない。

「バケツにたどりつけるとは思えませんね」ドゥリケが厳粛な面持ちで、とても残念そうにいった。

「同感」と、わたし。「だが、試みる価値はあるだろう」

アソエクのステーションにプレスジャーの通訳士がいるだけでも、十分大きな問題といえた。彼女をここに送りこんだ者が、なぜ彼女は帰還しないのか、と怪しみはじめるまで、どれくらいの時間がかかるだろう？　実質的に彼女を捕虜の状態にしたアソエクに、どんな対応をしてくるか？　ラドチ内部の混乱を知られてしまったら？　たぶん何も起こりはしない。条約は人類全体を対象としたもので、星系を問わず、プレスジャーが人類に危害を加えるのを禁止している。プレスジャーがどこまでを〝危害〟とみなすかは不明だが、その種の問題はラドチとプレスジャーのあいだで議論が重ねられ、決着がついているはずだ。

また考えようによっては、ここにプレスジャーがいること、その世話をすることは、こちらに有利に働くかもしれない。この百年ほど、プレスジャーは高品質の救急治療具を販売し、価格もラドチ製品よりはるかに廉価だ。ジアロッド総督の話では、アソエクは医薬品を輸入に頼っている。プレスジャーはアソエクがラドチの一部であろうとなかろうと気にしないだろう。気にするのはただ、代価をきちんと受けとれるかどうかであり、プレスジャーの〝代価〟概念が多少突飛であっても、相応のものを与えられるはずだ。

ではなぜ、ジアロッド総督はドゥリケを公邸に缶詰にしたのか？　またどうして、わたしにその話をしなかったのか？　これがヘトニス艦長だったら想像がつく。彼女はヴェル艦長と知り合いで、ヴェル艦長はアナーンダの分裂にはプレスジャーが関与していると信じていた。ドゥリケ通訳士がここに来たのは偶然だろうとわたしはほぼ確信しているが、ラドチャーイにとって〝偶然〟は大きな意味をもつ。アマートは宇宙であり、そこで起きることは何であれ、アマートの意思によるのだ。どんな些細《ささい》な、一見無意味な出来事でも、深く研究すればそこに神の思いが見てとれる。そしてこの何週間かの出来事は、些細で無意味な出来事とはほど遠かった。ヘトニス艦長は偶然の一致に警戒心を抱き、ドゥリケの登場がだめ押しとなったか。いや違う、ドゥリケの存在の隠蔽は、艦長がどちら側についているかに対するわたしの推測を裏づけるだけだろう。

しかし、ジアロッド総督は——。市民フォシフの夕食会後に執務室で話したときの印象では、彼女には知性と能力があり、アナーンダの自己との戦いはまぎれもなくアナーンダのなかで起きたのだと理解していたようだった。わたしは総督に対する自分の見方がそう大きく間違っているとは思わない。だがそれでも、まだ何か見落としているような気がしてならなかった。彼女はどちら側についているのか——。

「ステーション」わたしは声には出さずに呼んだ。

「はい、艦隊司令官」ステーションがわたしの耳に答える。

「ジアロッド総督に、明日の朝一番に訪問したいと伝えてくれないか」用件はそれだけにとどめておく。わたしがドゥリケの存在を知っていること、それどころか一緒に夕食をとったことをステーションが知らない場合、よけいなことをいえば総督もヘトニス艦長も激しく動揺するだけだ。わたしは少しでも時間を稼ぎ、ややこしさが増した状況をなんとか収拾する手立てを考えなくてはいけない。

〈カルルの慈〉の司令室では、セイヴァーデンが〈アタガリスの剣〉のアマート分隊の副官と話しているようだ。どうやら、あちらも当直らしい。

「それで――」先方の副官の言葉は、〈慈〉がセイヴァーデンの耳に直接伝える。「あなたはどちらから、いらしたのかな？」

「どちらもこちらもなく、当直中はずっとここにいる」セイヴァーデンは〈慈〉にいった。ただし声には出さずに。そして、声に出して答えた。「わたしはイナイス出身だ」

「それはそれは！」この地名を知らないのは確実だった。しかしラドチの広さを考えれば、それも無理はない。といっても、これで彼女に対するセイヴァーデンの低い評価が上向くはずもなかった。「そちらの将校は全員入れ替わったのかな？　アマートの前任副官は申し分のない人だったが」エカル副官は（いまこのときは熟睡中だ）、前任副官を鼻もちならない気取り屋と評していた。「ただ船医は人づきあいがよいほうではなかったな。いわせてもらえば、お高くとまっていた」（ドクターはいま分隊室で、いつものように顔をしかめてスケルとお茶の昼食をとっている。おちついていて、かなり気分はいいようだ）。

若いころのセイヴァーデンはいろんな意味で、アマートの前任副官に劣らず鼻もちならない将校だった。それでも彼女は兵員母艦の副官、つまり実際の戦闘を経験し、医者に求めるのは人づきあいでないことはわかっている。

「敵艦がいないかどうか、監視していなくていいのか?」と、セイヴァーデン。

「ああ、それなら、艦が気づけば教えてくれるから」じつにのんきな答え。「それにしても、あの艦隊司令官はずいぶん怖いな。なんとなく予想はついてたけどね。もっとステーションに接近しろといわれたよ。だからそっちとは、まあまあお隣さんってわけ。いずれ一緒にお茶でも飲もう」

「いまは艦隊司令官もいくらか穏やかになったよ、おたくに攻撃されないとわかったからね」

「ま、あれは……ちょっとした誤解だ。そっちがきちんと身分を明かしたら、それですんだだろう? 彼女は根にもっていないだろうね?」

ステーションのアンダーガーデンでは、わたしがいる部屋の隣で、カルル5が食器を下げ、カルル8にドゥリケ通訳士の予期せぬ訪問について愚痴っていた。別の部屋では、ボーが意識のないティサルワットのブーツを脱がせている。わたしは〈慈〉にいった。

「〈アタガリスの剣〉のあの副官に対するエカルの感想は誇張ではなかったらしい」

「はい」と、〈慈〉はいった。「誇張ではありません」


翌朝、わたしが身支度をしているとき——ズボンをはき、シャツの胸前を閉じ、まだ裸足のとき——外の廊下で切羽つまったような大声がした。

「艦隊司令官! 艦隊司令官!」

〈慈〉がわたしに送ってきたのは、警備で廊下に立つカルルの目を通した光景だった。そこには薄汚れたルーズなシャツとズボン姿の、素手で裸足の七、八歳の子どもがいた。「艦隊司令官！」警備のカルルを無視して声をふりしぼる。

わたしは手袋をつかみ、早足で控えの間に向かった。わたしの合図でカルル5がドアを開ける。

「艦隊司令官！」子どもはわたしが目の前まで来ても大声でいった。「すぐに来て！　また壁に落書きされた！　死人兵に見つかったらたいへん！」

「市民――」カルル5がいいかけ、わたしはさえぎった。

「いますぐ行こう」

子どもは駆け出し、わたしは暗い廊下を彼女についていった。〝また壁に落書き〟自体は、たいした問題ではない。放置してもかまわないだろう。ただ以前、ヘトニス艦長は塗装工に対して過剰な反応をした。この子がこれほどあわてているのも、〈アタガリスの剣〉の属躰が落書きを見つけたらどんなことになるかを想像したからか、あるいは想像した大人がこの子を使いに走らせたかだろう。放置しておく問題ではない。たとえ空騒ぎに終わったところで、わたしの朝食が何分か遅れるだけのことだ。

「どんな落書きなのかな？」わたしは吹き抜けの階段を上がりながら訊いた。ここで上下の移動をするには階段を使うしかない。

「言葉が書いてあった」子どもはわたしの頭上で答えた。「言葉だよ！」

つまりこの子は実際に見ていないか、見ても読めないわけで、たぶん後者だろう。おそらくラドチ語ではないから、ラスワル語か。この二日間でわたしは、イチャナ人の大半がラスワル語を使っていることを知った。また到着した日の夜、ステーションにこの地の概要を尋ねたところ、アンダーガーデンの住民の大半がイチャナ人だと聞いた。

落書きはしかし、ラドチ文字で音写したクハイ語だった。あの茶房のドアと同じ赤色だ。わたしには落書きの意味がわかった。クハイ語を多少知っているからではなく、併呑に由来する言葉、二日まえにステーションが教えてくれた、とあるレジスタンス運動のスローガンだったからだ――〝茶ではなく血を！〟。これはラドチ語の〝茶〟がクハイ語の〝血〟に似ていることにひっかけたもので、ラドチに服従して茶を飲むのではなく、ラドチに立ち向かい、ラドチャーイの血を飲め、少なくとも流させよ、といっているのだ。運動家たちは数百年まえに世を去り、巧みなスローガンはもはや歴史雑学的なものでしかない。

わたしが茶房の入口からそう遠くない落書きの前で立ち止まるとすぐ、子どもはもっと安全な場所へ走って逃げていった。アンダーガーデンの住民たちも同じで、狭いコンコースはがらんとしている。いつもなら茶房が混みあう時間帯だが、こちらに来る人びとはスローガンの落書きを目にすると、もっと安全な場所へ、〈アタガリスの剣〉の副官と属躰たちが来ない場所へと歩き去った。わたしはひとりきりで、カルル5はわたしに追いつけず、まだ階段の途中だ。

すると、背後で聞き覚えのある声がした。

「紫色の目の、いまにも吐きそうだった子は正当でした」

ふりかえると、通訳士のドゥリケだった。ゆうべ、わたしの部屋に来たときと同じ服を着ている。

「正当、というのは？」

「ロード・デンチェは、ほんとうにひどい人です」

そこへ〈アタガリスの剣〉の属躰が二体、走ってきた。

「そこのふたり！　動くな！」片方が大声でいった。どうやら、ドゥリケ通訳士のことを知らないらしい。もともと総督の公邸に軟禁状態で、いまはイチャナのような服装であり、アンダーガーデンのごたぶんにもれず、ここにもまともな照明はない。わたしも軍服はズボンと手袋だけで、シャツはなかばはだけている。〈アタガリスの剣〉もすぐにはわたしたちを認識できないだろう。

「おお、胞子嚢《のう》！」ドゥリケは踵《きびす》を返そうとした。〈アタガリスの剣〉に正体を見抜かれてつかまるまえに逃げる気なのだろう。

しかし彼女は踵を回しきれなかった。〝胞子嚢〟がどうして悪罵になるのか、わたしが首をかしげる間もなく発砲音がして、狭い空間に響きわたった。ドゥリケが息をのみ、顔から床に倒れこむ。わたしは反射的にアーマーを展開し、「〈アタガリスの剣〉、銃をおろしなさい！」と命令した。同時に「アンダーガーデンのレベル1に救急隊！」とステーションに指示を出す。そしてドゥリケの横に両膝をついた。「ステーション、ドゥリケ通訳士は背中を撃たれている。すぐに救急隊を寄こしなさい」

「艦隊司令官」ステーションの冷静な声が耳に届いた。「救急隊はアンダーガーデンには――」

「いますぐだ！」わたしはアーマーを閉じ、〈アタガリスの剣〉の属躰を見上げた。いまはどちらもわたしの横にいる。「さあ、救急キットを出しなさい」人を撃つなど、いったい何を考えている？　と訊きたかったが、それよりドゥリケの出血を止めるほうが先だ。いずれにしても〈アタガリスの剣〉は、ヘトニス艦長の指示に従っただけだろう。

「救急キットは持っていません」属躰の片方がいった。「ここは戦闘地ではなく、このステーションには医療施設がありますので」もちろんわたしは持っていない。当然、積んではきたのだが、まだ三階下の部屋で荷箱に入ったままだ。もし弾が腎《じん》動脈を傷つけている場合（当たった場所から、それは十分にありうる）、さして時間がかからないうちに失血死しかねない。カルルにキットを持ってこさせても、間に合うとは思えなかった。

それでもともかく指示を出し、わたしはドゥリケの背中の傷を両手で押さえた。この程度ではどうしようもないが、いまのわたしにできるのはこれくらいだ。

「ステーション、救急隊はまだか！」〈アタガリスの剣〉を見上げる。「サスペンション・ポッドを用意してくれ、すぐに！」

「このあたりにはないよ」茶房の店主だった。落書きが発見されてから、近くにいるのは彼女くらいのもので、いまは店の入口で大きな声をあげている。「それに医者は、何があっても来やしない」

「これは非常事態だ」傷口を押さえたところで、体内の出血には対処しようがない。ドゥリケの呼吸は速く、浅くなってきた。血はみるみる失われていく。下の階ではカルル8が、医療キットの入った箱を開けていた。指示を受けてすぐ迅速に動いたが、ここに到着してもおそらく手遅れだろう。

わたしはドゥリケの背中にむなしく手を当てつづけ、彼女はうつぶせで苦しそうに息をしている。

「血液も体のなかにちゃんとしまっておこう、ドゥリケ」

彼女は弱々しい震え声で「ふん」といった。「ほら……」浅い呼吸を何度か。「呼吸。ばかばかしい」

「そう、そうだね。呼吸はばかばかしくて退屈でうんざりする。だけど、しつづけないとだめだよ、ドゥリケ。わたしのために、息をしつづけてくれ」彼女は答えなかった。

カルル8が医療キットを持って到着し、ヘトニス艦長も走ってきた。彼女の背後には救命士ふたり、さらにその後ろに緊急用のサスペンション・ポッドを引く〈アタガリスの剣〉。しかし、時すでに遅し——。通訳士ドゥリケは息絶えていた。

11

ドゥリケの横にひざまずいていたわたしは血まみれだった。素足、膝、背中の傷に当てたままの両手、そしてシャツの袖口も。他人の血に濡れたのはこれが初めてではない。恐怖感など、露ほどもない。〈アタガリスの剣《つるぎ》〉の属躰《アンシラリー》たちは無表情でぴくりとも動かず、ここまで引いてきたサスペンション・ポッドは無駄になった。ヘトニス艦長は顔をゆがめ、戸惑っている。おそらく事態がのみこめていないのだろう。

わたしは立ち上がって場所を空けた。すぐさま救命士がドゥリケの状態を調べる。

「市民……いえ、艦隊司令官」しばらくしてひとりがいった。「残念ですが、われわれにできることはありません」

「いつだってそうだよ」茶房の入口に立つ店主がいった。そこから数メートルと離れていないところに〝茶ではなく血を！〟の落書きがある。これは問題だった。しかしヘトニス艦長は、そう思っていないのではないか。

わたしは手袋をはずした。染みこんだ血に、手がべたつく。わたしはつかつかとヘトニス艦長のもとへ行った。彼女にあとずさる暇など与えない。そして軍服の上着を赤く染まった両手でつかむと、よろめく彼女を引きずるようにして、うつぶせに横たわるドゥリケのところまで連れていった。救命士たちがあわてて退く。艦長が体勢をたてなおすより先に、もがきはじめるより先に、わたしはその体をドゥリケの上に投げ捨てた。

「司祭を連れてきなさい」ふりむいてカルル8に命じる。「清めと葬儀の資格をもつ者であればよい。アンダーガーデンには行かないといわれたら、力づくで連れてきなさい」

「はい、艦隊司令官」カルル8はすぐにその場を去った。

ヘトニス艦長は属躰の手を借りながら立ち上がっていた。

「艦長、どうしてこんなことになった？　避けられない事態でないかぎり、市民を傷つけるなといったはずだ」ドゥリケ通訳士は市民ではない。しかし、引き金をひいた〈アタガリスの剣〉は、彼女が蛮族《エイリアン》の通訳士であることを知らなかったはずだ。

「艦隊司令官――」ヘトニス艦長の声は震えていた。わたしに対する怒りか、それともこの状況全体に動揺しているのか。「〈アタガリスの剣〉がステーションに問い合わせたところ、ステーションはこの人物に関する情報をもたず、追跡タグも認識されませんでした。つまり、市民ではないということです」

「だったら撃ち殺してもいいのか？」しかしそういうわたし自身、同じ理屈のもとで行動したことは数え切れないほどあるといっていい。〈アタガリスの剣〉のような――わたしのような――ものにとっては従わざるをえない理屈だった。そしてわたしはここで、大勢の市民がいる、何百年ものあいだラドチの一部であるステーションで、まさか〈アタガリスの剣〉が発砲するとは予想だにしなかった。

わたしの失敗だ。わたしの指揮下で起きた出来事はすべて、わたしに責任がある。

「艦隊司令官」へトニス艦長は憤りを隠そうともせずにいった。「認可されていない人物は、危険をもたらす可能性が――」

「この人物は」一語一語ゆっくりという。「プレスジャーの通訳士、ドゥリケだ」

「艦隊司令官」ステーションがわたしの耳に語りかけた。ステーションとの接続はオープンにしていたので、わたしの言葉が彼女にも聞こえたのだろう。「失礼ながら、艦隊司令官は間違っています。ドゥリケ通訳士は現在、総督の公邸にいます」

「では確認を、ステーション。公邸に人をやって確かめてほしい。それからヘトニス艦長、あなたとあなたの部下、属躰は、今後いっさい武器を携帯してはいけない。また、あなたの艦も乗員も、わたしの許可なしにアンダーガーデンに足を踏み入れてはならない。ヴァル分隊と副官は、シャトルの準備が整い次第、〈アタガリスの剣〉に帰艦するように」艦長が口を開きかけた。「ひと言もしゃべるな。必要情報を、あなたは故意にわたしに隠した。ステーションの住民の命を危険にさらした。あなたの部隊は、プレスジャーの特使を死なせた。いまわたしは、この場であなたを射殺しない理由を考えているところだ」やむをえない理由は、少なくとも三つはあった。艦長のそばに武器を持つ属躰がいる、それも二体、わたしの銃は三階下の自室にある。

わたしは茶房の店主をふりむいた。

「市民――」属躰の単調な声になりそうなのを必死でこらえる。「お茶を飲ませてもらえないだろうか。朝食を食べそこねたうえ、きょうはもう食事をとれそうにないから」

お茶が届くのを待っていると、ジアロッド総督が現われた。ドゥリケの死体にちらっと目をやり、属躰のそばにいるヘトニス艦長の血まみれの姿を見て大きなため息をつく。

「艦隊司令官、これにはわけがある」

彼女の顔をまじまじと見た。そして近づいてきた店主に視線を向ける。店主は粥《かゆ》のようなお茶が入った碗《わん》を、わたしの足もとから一メートル離れた床に置いた。彼女に礼をいい、わたしはそれを取りあげた。手袋のない、しかも血に汚れた手でお茶を飲むわたしに、ヘトニス艦長もジアロッド総督もあからさまに嫌悪の表情を浮かべた。

「その結果――」わたしはどろどろしたお茶を半分飲んでからいった。「葬儀をとりおこなうことになった。内密にしておきたいとか、騒ぎが起きるなどといわないように。葬儀には供物とふさわしい品を用意し、ステーションの役人全員に服喪の期間を設ける。亡骸《なきがら》はサスペンションポッドに安置し、通訳士を迎えに来たプレスジャーにその旨伝える。あとはプレスジャーなりのやり方があるだろう。

それとは別に、落書きのない壁を最後に見たのはいつか、〈アタガリスの剣〉に報告してもらう。その後、わたしがここで落書きを見るまでのあいだに、壁の前に立ち止まった者の名前をすべて挙げさせる」ステーションは落書きの現場を見られないまでも、誰がどこにいるかは把握しているはずだ。この短い時間のあいだに、用もなく壁の前に立っていた者がそうそういるとは思えない。

「申し訳ありません、艦隊司令官」無謀にも、ヘトニス艦長がわたしに話しかけた。「それはすでにすませました。警備官がその者を逮捕しています」

わたしは片方の眉をぴくりと上げた。驚き。そして疑惑。

「警備官がロード・デンチェを逮捕したのか？」

今度はヘトニス艦長が驚く番だった。

「それは違います、艦隊司令官！　なぜ市民ロードがそんなことをするとお考えなのか。いいえ、あれはシリックス・オデラの仕業です。シリックスは今朝、仕事に向かう途中でここを通り、十五秒ものあいだ、壁の前に立っていました。それだけあれば、あの落書きができます」

仕事に向かう途中で通ったのなら、アンダーガーデンで暮らしているということだ。ここの住民のほとんどはイチャナ人だが、艦長が口にした名前はサミル人のものだった。しかも、聞き覚えのある名前。

「上のガーデンズで働いている者か？」わたしの問いに、艦長は肯定の仕草をした。初めてここに来たときに茶房で話した者のことを思い出す。そしてガーデンズの湖に膝まで浸かり、怒りの抑制に苦しんでいた者。彼女にこんな落書きは書けないはずだ。

「どうしてサミル人がラドチの文字を使ってクハイ語のスローガンを落書きする？　サミル人ならリオスト語か、ここの者に読まれやすいラスワル語で書くと思うが」

「艦隊司令官、それは歴史的に見て——」ジアロッド総督が口を開き、わたしはさえぎった。

「総督、歴史的に見れば、きわめて多くの人びとが、併呑に対する不満を抱えている。しかしここで、いま現在、名ばかりの抵抗以上のことをしても、何の得にもならないだろう」この数百年はそうだったはずだ。アンダーガーデンの住人で自分の命を（ほかの住民の命はもとより）大切にする者なら、ステーション管理局の反応を考えもせずに、あんなスローガンを落書きしたりしない。

「アンダーガーデンは」と、わたしはつづけた。「意図してつくられたものではない」〈カルルの慈《めぐみ》〉から、助祭に厳しい口調で話しているカルル8の姿が一瞬だけ送られてきた。「しかし、それなりの益もあることがわかり、あなたたちはアンダーガーデンの現状は正義であり礼節であると自分たちにいいきかせている」正義、礼節、裨益《ひえき》はつねに三つのまとまりであり、原則として、個別ではありえない。正義でないものは礼節に反し、裨益をもたらさないものは正義ではないのだ。

「艦隊司令官」ジアロッド総督の目つきは険しい。「わたしはけっして――」

「何事も、対立するものがあってこそ存在する」わたしはもう一度さえぎった。「非文明がなければ、文明化もないのでは？」文明人。ラドチャーイ。このふたつは同義だ。「誰かにとって益があるから、ここには水道管や照明、まともに動くドアがなく、救急隊も駆けつけない」総督がまばたき以上のことをするまえに、わたしは茶房の入口にいる店主をふりむいた。「誰がわたしを呼びにやらせた？」

「シリックスだよ。その結果がこれだ」

「市民――」ヘトニス艦長が厳しい怒りの口調でいった。

「黙っていなさい、艦長」わたしはそっけなくいい、艦長は口を閉じた。

死体に触れたラドチャーイの軍人は、入浴と短い祈禱《きとう》で穢《けが》れを落とす。わたしはこれまで、入浴中に祈りの言葉をつぶやかない兵士をひとりも知らない。わたし自身はそんなことはしないが、艦船だったころのわたしの将校たちはみなそうだった。おそらく民間の医師も同じようなことをするだろう。

寺院への供物はさておき、入浴と祈禱で十分なのだ。しかし、ラドチャーイの一般市民にとって、死に触れるのはその程度のことですませる問題ではない。

わたしの怒りがあと少し激しければ、悪意をもって狭いコンコースに出て、アンダーガーデンの上から下まで歩きまわり、あちこちに血をこすりつけていただろう。そうすれば司祭たちは否応なく何日もそこで過ごすことになる。しかし、無用の悪意で得をする者などいない。また、いわゆる穢れに関しては、アンダーガーデン全体がすでに悲惨な状態といえた。医者が一度も来たことがなければ、過去に死者が出たのは確実で、司祭が来たがらないのなら、不浄なものはいまも残っているのだ。もちろん、その種のことを信じるならばだが。そしておそらくイチャナ人は信じない。彼女たちを異質とみなし、ラドチャーイには当然の最低限の設備すら不要だと考えるもうひとつの理由がそれだ。

司祭が供人をふたり連れてやってきた。血の海に横たわるドゥリケの亡骸から二メートル離れた場所で立ち止まり、恐怖に目を見開いて遺体を、そしてわたしたちを見る。

「ここでは人が亡くなると、遺体をどのようにしているのだろうか」わたしは誰にともなく訊いた。

するとジアロッド総督が答えた。「アンダーガーデン周辺の通路まで引きずり、そのまま放置しておく」

「じつに汚らわしい」ヘトニス艦長がつぶやいた。

「ほかにしようがないということかな?」わたしはさらに訊いた。「遺体を扱う施設はここにはない。医者は来ないし、司祭も来ない」わたしは主任司祭に目をやった。「どうだろう?」

「ここには誰も来ません、艦隊司令官」彼女はすました口調でいい、ちらりと総督を見た。

「なるほど」わたしは司祭を連れてもどってきたカルル8をふりむいた。「このサスペンション・ポッドは問題なく作動するな?」

「はい、艦隊司令官」

「では、わたしとヘトニス艦長でそこに亡骸をおさめる。そうしたら、あなたたちは――」素手をあからさまにして司祭たちに手を振る。「やるべきことをやりなさい」

それから二十分かけて、ヘトニス艦長とわたしは清めの水で体を洗い、祈りを捧げ、塩を振られ、三種類の香を焚《た》かれた。これで穢れがすべて除かれたわけではなく、廊下を歩いたり部屋に入ったりしても、誰も司祭を呼びに行かずにすむというだけだ。兵士の入浴と祈禱も同様で、厳密にいえばもっとましだが、それでもステーションの住民を納得させることはできないだろう。

「伝統にのっとった服喪の場合――」ジアロッド総督がいった。浄化が終わってヘトニス艦長とわたしは清潔な服に着替えていた。「わたしは二週間、執務室に入ることができない。管理局の者は全員そうだ。しかし、艦隊司令官、喪に服すべきだという意見には賛成する」浄化式のあいだに、総督はおちつきを取り戻したようで、いまはとても冷静だ。

「つながりとしては」と、わたしはいった。「あなた方は遠縁で、わたしとヘトニス艦長は家族ということにしよう」艦長はきわめて不満げだったが、反論できる立場にない。わたしはカルル5に剃刀《かみそり》を持ってくるよう指示した。葬儀に向けて、艦長とわたしは頭を剃《そ》るのだ。また、追悼品に関し、宝石商の手配も指示する。

「では――」わたしはカルル5が出ていくと、ジアロッド総督に顔を向けた。ヘトニス艦長のほうは、断食の準備をするよう、わたしの部屋に向かわせた。「ドゥリケ通訳士について、教えていただきたい」

「ここでそのような話は……」

「わたしはあなたの執務室には行けないからね」喪に服すべき死のあとで、それは正義にもとることであり、わたしは自室にこもって断食するのだ。この葬儀では、礼節に欠けるようなことが断じてあってはならない。「それにわたしたちふたりしかいないだろう」店主は茶房にもどり、司祭たちはそそくさと帰って、〈アタガリスの剣〉の属躰はわたしの命令でアンダーガーデンから出ていった。わたしのカルルふたりが近くにいることはいるが、彼女たちは人数に数えなくてよい。「それに隠蔽は、得策ではないことがわかったのでは？」

ジアロッド総督は疲れたように同意の仕草を返してきた。

「彼女がここに来たのは、経路変更した船の最初の一団が押し寄せたときでね」近隣の星系《システム》にいた船は使う予定のゲートが使えず、迂回ルートが見つかるかもしれないと期待したか、もしくはドックが満杯になったためにアソエクにやってきた。「船といっても小さなひとり乗りの、せいぜいシャトル程度のものだった。彼女からそれまでの航路を聞いたときは、よくあれで空気がもつものだと不思議だったよ。しかも時期的に……」いらいらした身振り。「宮殿に指示を仰ごうとしたができなかった。そこでオーメンを投げてみた。ひとりきりでね。結果は暗雲たれこめるものだった」

「もちろんそうだろうね」ラドチャーイは偶然の可能性に対する免疫がない。どんなに些細《ささい》なことであれ、まったくの偶然で起きることなどありえないのだ。それゆえ、すべての出来事に神の意思がこめられていると考える。万が一ありえない偶然が起きたとすれば、それも神からの辛辣《しんらつ》なメッセージだ。「あなたの不安は、わたしにも理解できる。通訳士を軟禁し、ステーションの住民に知られたくない、と思う気持ちもそれなりにはわかる。問題はそういうことではなく、それを要警戒事項、危険をはらんだ事態であるとして、わたしに報告しなかったことだ」

ジアロッド総督はため息をついた。「艦隊司令官、わたしのところにはいろんな情報が入ってきてね、このステーションで——あえていわせてもらえば、この星系全体で——わたしが気づかずに終わることなどめったにない。総督になってからこちら、ラドチの外から持ちこまれる堕落の噂もたくさん耳に入る」

「たしかにそうかもしれない」いつの時代にも聞かれる愚痴だ。併呑された地域から来た人びと、市民になりたての人たちは、原始的、非文明的習慣や振る舞いを持ちこみ、真の文明をじわじわとむしばんでいくというものだ。わたし自身、これまで生きてきたほぼ二千年の暮らしのなかでいやというほど耳にした。アンダーガーデンの現状は、そういう愚痴の数を増やすだけのことだろう。

「つい最近も――」ジアロッド総督は力なくほほえんだ。「プレスジャーがラドチ破壊の目的で上層部に潜入しているらしい、とヘトニス艦長から忠告されたよ。プレスジャーの通訳士は人間とさほど変わらないし、ラドチの通訳局はプレスジャーと頻繁に連絡をとりあっている」

「総督はドゥリケ通訳士と直接言葉をかわしたのだろうか？」

また苛立《いらだ》ちの仕草。「あなたがいいたいことはわかる。だがね、彼女はわたしの、総督の公邸で、警備がついた鍵のかかった部屋を、誰にも気づかれずに出ていったんだ。服を手に入れ、ステーションに気づかれずに自由に歩きまわった。そう、彼女と話せばじつに奇妙な会話になるだろうし、わたしなら彼女を間違っても市民とは思わない。しかし、外見からはうかがいしれない、はるかに大きな力をもっているのも確実だった。恐怖すら感じるものもね。もともとわたしは、噂など信じていなかった。条約締結後は不干渉を保ち、人間とは似ても似つかぬプレスジャーが、ここにきてラドチ内部のことに関心をもつなど考えにくい。ところが、ゲートが不通になったとたん、通訳士のドゥリケがアソエクに現われた。しかもオマーフ宮殿とは連絡がとれない。そんなとき……」

「そんなとき、ヘトニス艦長から、プレスジャーが上層部に潜入していると聞いた。それも最上層部に。しかもわたしまで、ミアナーイ帝の親族までが現われて、皇帝は自分自身と戦っていると語った。おまけにわたしを調べても、公式記録に該当する者はいない。そこであなたは、いままで無視してきたプレスジャーの噂を無視できなくなった」

「おっしゃるとおりだ」

「では総督、よそで何が起きていようと、あなたとわたしがやるべきことはただひとつ、この星系の住民の安全確保であることに同意してもらえるだろうか？　ミアナーイ帝の内部が分裂していようといまいと、それが道理にかなった唯一の皇帝命令だと？」

ジアロッド総督は六秒間考えこんだ。

「同意しよう。あなたのいうとおりだ。ただし、医薬品の購入に関しては外部に頼ることになる、プレスジャーのようなね」

「だから――」わたしは努めて冷静にいった。「ドゥリケ通訳士の存在をわたしに隠したのは失敗というほかない」総督は黙って認める仕草をした。「あなたは愚かな人ではないし、わたしはあなたをそんなふうに思ったことは一度もなかった。しかし正直なところ、ドゥリケ通訳士の存在を知ったときは、その考えがぐらついた」彼女は無言のままだ。「それでは、わたしが断食に入るまえに、いくつか検討しておきたいことがある。セラル管理官とも話し合わなくてはいけない」

「アンダーガーデンについてかな？」

「まずはそれから」

アンダーガーデンのレベル４の居間で、わたしはカルルたちを退室させてティサルワット副官とふたりきりになった。

「これから二週間、わたしは喪に服さなくてはいけない。つまり、いっさい仕事ができなくなる。〈カルルの慈〉はもちろんセイヴァーデンに任せるが、ここに関してはあなたが仕切ってほしい」

ティサルワットは今朝、ひどい二日酔いだった。お茶と薬でましになったものの、まだ回復しきれていない。

「了解しました、艦隊司令官」

「なぜ彼女はここを残した？」

ティサルワットはきょとんとし、顔をしかめ、そして理解した。

「大きな問題ではありません。それに……秘密で事ができる場所があるのは有効です」たしかに有効だ、アナーンダのどちら側にとっても。わたしはしかし、口にはしなかった。ティサルワットも十分承知しているはずだからだ。「艦隊司令官、ここの住民はヘトニス艦長が来るまで、うまくやっていました」

「うまくやっていた？　水はなく、救急隊が来なくても？　それに艦長のやり方に疑問を抱く者はいないように見えるが？」ティサルワットはうつむいた。恥辱。屈辱。そして、顔を上げる。「住民はどこからか、水を手に入れています。キノコを育てています。食料も……」

「副官」

「はい、艦隊司令官」

「彼女はここで何をするつもりだった？」

「あなたの支援です。ほとんどは。この戦いの後、あなたが彼女の……再統合を阻まないかぎりは」わたしはすぐには答えず、ティサルワットはつづけた。「その可能性はあると、彼女は考えています」

「アンダーガーデンを正常な状態まで改修しなくてはいけない。ステーションの管理官にはその点を話すつもりだ。協力者を使って――彼女は協力者を用意したうえであなたをここに送りこんだはずだ――改修を進めなさい。葬儀が終わったら、わたしは直接の指令を下せなくなる。しかし、あなたのことはしっかり見ている」

ティサルワット副官が出ていき、カルル５がセラル管理官を案内してきた。きょうは明るい青色のサッシュで、幅のあるがっしりした体に着た標準の制服を少しでもエレガントにしたいのだろう。彼女が腰をおろして、わたしもすわる。お茶は出さない。ふつうは出すのが礼儀だが、喪が明けるまでは家族を除き、わたしの前で飲食してはいけなかった。

「アンダーガーデンの状況は容認しがたい」と、わたしは前置きなしで単刀直入にいった。ここまで呼びつけたことで、彼女の労をねぎらう挨拶もしない。「以前からこの状態で放置されていたことに、正直驚いている。といっても、釈明は不要だ。ただちに改修を始めてもらいたい」

「艦隊司令官」彼女はわたしの言い方にむっとしている。冷静に淡々といったつもりなのだが。

「できることには限りが――」

「ではその、できる限りのことをしてほしい。アンダーガーデンは立入禁止のはず、などといわないように。現実に住民はいるのだから」さて、ここからは慎重を要する。「不思議でならないのは、このような状況が、多少なりともステーションの力なくして可能だろうかという点だ。ステーションはあなたに隠し事をしているような気がしてならない。何か問題がある、あなたみずから招いた問題がね」彼女はすぐには理解できず、顔をしかめた。不快な面持ち。

「ステーションの視点で見てほしい。少なからぬ部分が損傷を受けている。すべて復旧させるのは無理だろう。しかしごく一部でも修復する、その試みすらまったくなされていない。あなたは封印して、忘れようとしているだけだ。だがステーションは忘れることができない」そこでふと思った。ステーションは麻痺《まひ》した空洞のままよりも、住民がいてくれたほうが気持ちがおちつくのではないか。それは同時に、自分が傷ついたことをつねに思い出させることにもなる。ただ、そう感じた根拠や理屈はうまく説明できそうになかった。「また、住んでいる以上はステーションの住民であり、ステーションは住民の世話をするためにつくられたものだ。ところがあなたは住民を相応に扱わず、想像するに、ステーションはそれに腹を立てている。しかし直接あなたに抗議できないため、代わりに……義務に徹することにした。あなたに指示されたことはやるし、訊かれたことには答える。しかしそれ以上はやらない。わたしは不幸なAIに何度も会ったことがある」具体的な事情は話さないし、わたし自身がAIだったこともいわない。「ここのAIもそのひとつだ」

「AIというものは、つくられた当初の目的を果たしているかぎり、不幸ではないのでは?」

ありがたいことに、不幸か否かが重要なのか、とは訊かなかった。そして美貌だけで管理官になったわけではないのを示したいかのようにつづけた。

「ところがあなたは、わたしたちがそれを妨げているという。要するに、そういうことでしょう?」ため息をひとつ。「わたしが着任したとき、前任者はアンダーガーデンを、清掃浄化できない罪と穢《けが》れの沼地だといった。そしてわたしが見たものすべて、彼女の表現どおりといえた。それが長年つづいていれば修復は不可能に思えたし、誰もが同意見だった。だが、言い訳はしない。これはわたしの責任だ」

「セクション・ドアを修理してほしい。水道設備を整えて、照明も整備する」

「それから換気もね」青い手袋をはめた手で顔をあおぐ。

わたしは同意の仕草をした。「現在の居住状況を確認してほしい。まずはそれからだ」その後、医療行為を可能にし、警備局の巡回を実施させ、問題処理ではなく、その発生を抑えられるようにしたいが、こちらはもっと厄介だろう。

「しかし艦隊司令官、ことはそう簡単には運ばないと思う」

おそらく。しかしそれでもなお。「ともかく、わたしたちが行動を起こさなければ何も始まらない」彼女の表情が〝わたしたち〟という言葉に反応した。「それからもうひとつ、あなたのお嬢さんのピアトなんだが――」彼女は戸惑い、眉根を寄せた。「彼女と市民ロードは恋人なのかな?」

眉間の皺は消えない。「ふたりは小さいころから仲がよくて、ロードは下界で育ち、ピアトはよく訪ねていた。そのころ、デンチェ家にはロードと同年齢の子どもがあまりいなくてね。少なくとも下界のあのあたりにはいなかった」

下界。ステーションが追跡タグでしか把握できない場所だ。

「あなたはロードを気に入っている」わたしは管理官にいった。「つきあうにはいい家系だし、彼女はとても魅力的だ」管理官は同意の仕草。「お嬢さんはとても控えめで、あなたにあまり話しかけないようだ。わが家であなたと一緒にいるより、ほかの家庭で過ごすほうが多い。あなたは彼女に避けられているように感じているのではないか?」

「何をいいたいのかな、艦隊司令官?」

ステーションは、ピアトに対するロードの振る舞いを見たところで(ロード本人は誰にも見られていないと思っている)、直接報告はしないだろう。プライバシーは、ステーション上では皆無である半面、必要不可欠でもある。ステーションはきわめて親密なこともしっかり見ているのだ。ただし、それを本人にいうことも、噂話にすることもない。犯罪や緊急事態を例外として、あってもせいぜいほのめかし程度だ。ステーション上の家庭は狭いエリアに密集し、つねにステーションの監視下にありながら、ある意味完全に独立し、秘密を保っている。

ほのめかし程度で十分なことは多い。しかしもしステーションが不満を抱えていれば、それすらしないだろう。

「ロードが魅力的なのは、本人がそうありたいと思うときだけだ」と、わたしはいった。「まわりに注目されているときとかね。プライベートでは、一部の人に対しては態度がまったく違う。いまわたしの艦に、昨夜アンダーガーデンであったことの記録をあなた宛に送らせているところだ」

管理官は指を動かしてファイルを呼び出した。まばたきし、その目の動きから、ロードと娘のピアトが仲間たちとクッションの上で酒を飲んでいるあの光景を見ているのがわかる。彼女の表情が変わった。たぶん、ロードの台詞を聞いたのだ——おまえにはときどきクソがつくほどうんざりするよ、ピアト。驚愕《きょうがく》の表情。激しい怒り。彼女は見つづけた。ロードはますます横柄になり、ティサルワットが酒を飲みながらピアトをロードから引き離そうとする。セラル管理官はファイルを消した。

「市民ロードは一度も——」わたしは彼女より先に口を開いた。「適性試験を受けたことがないと想像するが、どうだろう？　理由は、すでに市民フォシフの相続人であることが決まっているからでは？」管理官は肯定の仕草を返してきた。「適性試験では、この種の性向は見抜かれ、何らかの処置を施されるか、個性が役に立つ任務に就かされるだろう。ほかの特徴との組み合わせによっては、軍務に適することもある。そして訓練によって自制心がつき、素行がよくなる」よくならないまま権威ある地位に昇進した場合、部下たちは神々の力に頼るしかない。

「彼女たちはとてもとても魅力的になれる。人目がないときにどう振る舞うかなど、誰も疑問に思わない。裏ではこうなんだと話したところで、たいていの人は信じないだろう」

「きっとわたしもね。もし、あれを……」自分の目と耳で確認した記録を示すように、手を前に振る。「見せられなかったら」

「だから礼節に欠けると思いつつ、あえて見てもらった」

「正義にかなう行ないが礼節に欠けることはない」

「では、話を先へ進めよう。先ほどもいったように、ステーションはあなたから明確に指示された以外のことはやらないし、いわない。過去に少なくとも一度、市民ピアトが顔に痣《あざ》をつくって医務局に行ったことがある。彼女はアンダーガーデンで飲酒し、つまずいて壁にぶつかったといったが、痣はそのてのものとは違って見えた。わたしの目にはね。もちろん医務局の目にもそうだったが、彼女たちは個人的問題にかかわる気はなかった。もし由々《ゆゆ》しい事態であれば、ステーションが何かいってきたはず、と考えたからだろう」そしてほかに気づいた者はいなかった。治療パッチで数時間後、痣は消えたからだ。「そのとき彼女のまわりにいた者は、ロードひとりだった。わたしは同種のことを過去に見ている。ロードのような人間は、謝罪しては二度とやらないと誓うのをくりかえすだろう。どんな些細な理由であれ、お嬢さんが医務局を訪ねたらかならず報告するよう、ぜひステーションに明確に指示してほしい。じつはわたし自身が見たことから、ほぼ確信をもって直接ステーションに訊いてみたのだが、ステーションはジアロッド総督に指示されたから、という理由で答えたにすぎない」

セラル管理官は無言だった。なんとか息をしているのはわかる。娘が医務局に行った記録を見ているのか、あるいは別の理由か。

「ともあれ」やや間をおいて、わたしはつづけた。「プレスジャーの通訳士の死を招いた今朝の件が問題なのは、あなたもわかっていると思う」

話題が突然変わり、彼女は一瞬ぽかんとしてから、顔をしかめた。

「艦隊司令官、わたしは今朝初めて、通訳士がここにいるのを知ったんだ」

わたしははねつけた。「ステーションは、特定時間内で、落書きができるほどあの壁の前に立っていた者がいるかどうかを訊かれ、ふたりの名を答えた。シリックス・オデラとロード・デンチェだ。そしてただちに、警備官が市民シリックスを逮捕した。ロードがそんなことをするはずがないという前提でだ。しかしステーションは、どちらかの服にペンキの染みがついていないか、とは訊かれなかった。そして訊かれなかったことに関し、進んで情報は提供しなかった」このときわたしはステーションと非接続だったが、セラル管理官はたぶんそうではないだろう。「だからといって、ステーションを責めることはできないと、わたしは思っている。理由は、話したとおりだ」

「あれはただの悪ふざけで、面白半分にやっただけだ。若気の至りでね」

「若気の至りが——」精一杯、冷静な声を保つ。「もたらしてくれた楽しみはなんだろう？〈アタガリスの剣〉の属躰が無実の市民を逮捕する光景か？　尋問で濡れ衣を晴らさなくてはいけない市民をつくること？　場合によっては、証拠もなしに有罪にされるのではないか？　ロード・デンチェがあんなことをするはずがない、という思いこみだけで？　ただでさえ緊張事態のときに、あなたの、ジアロッド総督の、ヘトニス艦長の、さらなる警戒心をあおったという理由だけで？　よしんば無害な気晴らしだとしても、〝どうってことないさ、市民シリックスのただの悪ふざけだよ〟という者がひとりもいないのはなぜだ？」静寂。彼女の指がほんのわずか動いた。ステーションと話しているのは間違いない。「市民ロードの手袋に、ペンキの染みがあったのでは？」

「彼女の付き人が、いま」管理官は認めた。「手袋の染みを洗いおとしている」

「ではつぎに——」この先は、ステーションの問題以上に慎重を期さねばならない。「市民フォシフ・デンチェは名士であり、資産家でもある。あなたは管理官として力をもつが、フォシフのような人物の支援を得たほうが何事もやりやすいだろう。そしてたぶん、彼女はあなたに贈り物を進呈している。非常に価値の高いものをね。娘たちのロマンスは都合がいいだろう。あなたがわが子を下界にやってロードとの交流をつづけさせたのは、そうなるのを見込んでのことだ。そしてひょっとして、娘はしあわせでないのでは、と頭をかすめたことがあっただろう。しかしその兆候に初めて気づいたとき、あなたは自分にいいきかせた——たいしたことはない、人脈づくり、家の利益のためなら、誰でも多少の我慢はするものだ、もし深刻であればステーションが何かいってくるはず、少なくとも自分には。それに何より、そのままにしておくほうが楽だった。現実に目をそむけるのがいちばん楽だ。そうして目をそむけている期間が長くなればそれだけ、直視するのがむずかしくなる。その間ずっと、なおざりにしてきたことを認めるしかなくなるからだ。しかしいま、あなたはまぎれもない現実を目の当たりにした。これがロード・デンチェだ。彼女があなたの娘にしていることが、これだ。愛娘《まなむすめ》の心の安寧と、ロードの母親からもらう贈り物の値打ちは同じなのか？　政治的な都合のよさと？　それよりも、家に利益をもたらすほうが重要だとでも？　あなたはもうこれ以上、選択を先延ばしにはできない。選択肢などない、という言い逃れはできない」

「艦隊司令官、あなたはじつに、うっとうしい人だ」容赦なく、厳しく。「行く先々でこういうことをするのか？」

「いいや、ごく最近のことでしかない」

わたしが話しているとき、カルル5が静かに入ってきた。属躰さながら微動だにせず立っているが、気づいてほしがっているのは明らかだ。

「どうした、カルル5？」彼女はよほどのことがないかぎり、話を中断させたりはしない。

「失礼いたします、艦隊司令官。市民フォシフの付き人が、市民から直接、艦隊司令官をご招待してもよいかと尋ねています。市民はドゥリケ通訳士の葬儀後の二週間、艦隊司令官とヘトニス艦長を下界の地所にお招きしたいとのことです」こういう招待は、本人が直接行なうのが礼儀だが、あらかじめ従者に問い合わせをさせるのは、迷惑や困惑を防ぐ意味合いがあった。

「地所には屋敷が複数あるので、そこで礼節にのっとり、かつきわめて快適に喪に服していただくことができる、といっています」

　わたしがセラル管理官に目をやると、彼女は小さく笑ってからいった。

「そう、わたしもここに着任したとき、首をかしげた。しかしアソエクでは、かならずしも自宅で喪に服す必要はない」葬儀後に数日間断食したあとは、仕事をせずに自宅で過ごし、弔問にやってくるクリエンスや友人を迎える。わたしはヘトニス艦長とともに、服喪期間はアンダーガーデンにいるつもりだった。

「何でも人にやってもらうのが習慣の人間には」と、管理官。「とくに、一般食堂ではなく料理人がつくった食事ばかり食べてきた者には、服喪の二週間はとても長く感じられるものだ。そこで別の場所にある、それ用の家に滞在する。近くに従者がいて料理をし、片づけもやってくれてね。メイン・コンコースのはずれに専用の施設があるにはあるが、いまはこんな状況だから、宿を求める者たちで満杯だ」

「それで礼節に欠けるとはみなされない？」わたしはかなり疑問だった。

「わたしがここに来たころ——」管理官は苦笑した。「この習慣になじみがなかったせいで、いまだに躾《しつけ》の悪いやつだと疑われているらしい。艦隊司令官のあなたが不慣れだと、住民は仰天して、ショックから立ち直れないだろう」

　わたしにとって珍しい話ではなかった。ありとあらゆる地域から来た将校と出会い、数多いしきたりのなかでもとくに葬儀は千差万別なのを知っている。必要不可欠だと広く思われているものが、裕福な市民しか手に入れられない地域もあるのだが、それはほとんど知られていない。また、ラドチャーイなら当然同じやり方をするはずだから、わざわざいう必要はないと、細部が語られないこともある。しかしわたしはそんな細部——どの香がふさわしいか、日々の儀式に加えるべき、省くべき祈禱はどれか、食事の制限なども知っていた。

カルル5に目をやる。一見、無表情でそこに立っているが、わたしがまだ気づいていないことがあるらしく、早く気づけとじりじりしているようだ。そうか、彼女なりの表現による報告には、重大な含みがあった。

「習慣的に、そのような協力に対しては謝礼をするのだろうか?」わたしは管理官に訊いた。

「しばしばね」苦笑いは消えない。「しかしフォシフの場合は、ただの親切心だろう」

そして打算も。わが子がドゥリケの死につながるようなことをやらかしたと、何らかの方法で知ったとしても不思議はない。わたしを服喪の期間もてなすのは、賄賂とまではいかなくても、娘がやったことへの詫びのつもりか。とはいえ、利用価値はある。

「ロードも下界に連れていけるといいが」と、わたしはいった。「そして滞在する。それも、ある程度は長く」

「その点はわたしが責任をもって保証しよう」セラル管理官は小さな、冷ややかな笑みを浮かべた。わたしがロード・デンチェだったら、背筋が凍っていただろう。

12

アソエクの紺碧《こんぺき》の空は澄みわたり、あちらこちらにまぶしい筋がかかっていた。あれは惑星の気候制御グリッドだ。青灰色の海面上を何時間か飛ぶと、そびえ立つ山々が現われた。山裾は茶色と緑で、黒と灰色の頂には白い氷の縞《しま》がある。

「あと一時間ほどで到着します、艦隊司令官、市民」と、操縦士がいった。わたしたちは軌道エレベータの麓《ふもと》で合流し、二機のフライヤーに乗った。あれやこれやあって〈カルル5の工作も含む〉、結局、フォシフとロードの母娘、ヘトニス艦長と〈アタガリスの剣《つるぎ》〉の属躰《アンシラリー》が一機に同乗した。ヘトニス艦長とわたしは喪に服しているため、剃《そ》った髪はようやく生えはじめたくらいで、化粧をしない代わりに、太い白線を一本、顔に斜めに引いている。服喪期間が過ぎれば、ドゥリケ通訳士の記念ピンをわたしの上着、オーン副官のシンプルな金色のピンの横につけることになるだろう。これは二センチほどのオパールで、銀の台枠に大きくくっきりと〝プレスジャー通訳士ドゥリケ・ゼイアト〟と刻んである。わたしたちにわかるのは、この名前だけだった。

わたしの隣には、出発してからずっと黙りこくったままの――どうしても必要なときを除いて二日間無言を通すのはなんともすごい――シリックス・オデラがすわっている。わたしが同行を求めたのだが、ガーデンズは人手が減るし、シリックスも原則的には拒否することができた。が、現実的には、選択肢などない。おそらく怒りが、口をきかせなくしているのだろう。しゃべれば再教育の条件づけを破ることになり、そうしようとするだけで、ひどく不安でおちつかなくなる。だからわたしも話しかけず、それは二日めに入ってもつづいた。

「艦隊司令官」シリックスがついに口を開いた。声はフライヤーの騒音ごしにわたしの耳に届いたが、前の座席の操縦士には聞こえない。「なぜわたしはここにいるのですか?」すばらしく抑制された言い方で、かなり苦労したはずだ。

「あなたがここにいるのは」理性的でおちついた口調。質問の裏にある腹立ちや苦悩には気づかないふりをする。「市民フォシフがわたしに語らないことを語ってもらうためだ」

「なぜわたしなら嫌がらずに語ると、語ることができると思うのですか?」不快感なしにいえることではないようで、声がほんのわずか鋭くなる。

わたしは首を回し、シリックスの顔を見た。わたしの反応などどうでもいいのか、彼女はまっすぐ正面を向いたままだ。

「訪ねたい家はあるかな?」彼女は下界出身で、親族は茶園で働いていた。「訪問できるように手配してもいいが」

「わたしには……」言葉が途切れ、ごくりと唾をのむ。わたしは突っこみすぎたらしい。「家族はいません、事実上の家族は」

「そうか」家名はあるのだから、法的には家なしではない。「あなたを家から放出するのは、家族にとっては耐えがたい屈辱だっただろう。しかし、いまでも誰かとひそかに連絡をとりあっているのでは？　母親とか姉妹とか？」子どもたちの母親は一般に、複数の家から出ている。家が異なる母親や姉妹は、それほど近い関係とはみなされず、援助の手をさしのべる場合もあればない場合もあるが、つながりは歴然として存在するので、危機的状況になるとその絆が発揮された。

「本音をいわせてもらえば、艦隊司令官」シリックスはわたしの問いに答える代わりにこういった。「市民ロード・デンチェと二週間も一緒に過ごすのはごめんなんですよ」

「向こうはそれに気づいていないようだが」少なくとも表面的には無関心に見えた。自分がやったことの大きさにも無関心。気づいた人間がいるかもしれないことにも無関心だ。「市民、なぜあなたはアンダーガーデンで暮らしている？」

「割り当てられた居住区が気に入らなかったからですよ。艦隊司令官は、率直なのがお好きなはずでは？」

わたしは片眉を上げた。「そのわたしが率直でないのは矛盾していると？」

彼女は口の端をゆがめて同意した。

「いまはひとりきりになりたいのですが」

「もちろん、どうぞ、市民。何かあれば、わたしかカルルたちに——」カルル5とカルル8が後ろの座席にいる。「遠慮なくいってほしい」そこでわたしは正面を向き、目をつむった。ティサルワット副官のことを考える。

彼女はガーデンズの、湖の橋の上にいた。足もとの水面を揺らす魚たち。紫と緑、オレンジとブルー、金と赤。口を開け、彼女が落とす餌を待つ。かたわらには、セラル管理官の娘ピアト。手すりによりかかり、何かいい、それがティサルワットを驚かせ、動揺させた。

「ばかげているよ」ティサルワットは憤慨していった。「ステーションの園芸局を統括する主任の第一秘書だ。〝とるに足らない〟どころじゃない。園芸局がなければ、ステーションの人間は食べることも、息をすることもできない。自分が無益無用な仕事をしているなんて、本気で考えてはだめだ」

「はっ、主任園芸官のお茶くみが?」

「そして彼女のスケジュールを管理し、彼女の指示を関係者に伝え、ガーデンズの管理方法を彼女から学ぶ。賭けてもいいよ、彼女が一週間休暇をとったところで誰も気づきはしない。あなたならガーデンズをいつもどおりきちんと管理できるからね」

「それは局員みんなが自分のやるべき仕事を知っているから」

「あなたも含めてね」

何をしている、ティサルワット！　バスナーイドの近くに行くなといったはずだ。つまりガーデンズには行くなということだ。しかしティサルワットは、わたしが立場上、セラル管理官の娘とのつきあいは黙認するしかないのを知っている。ただ、いまこのとき、わたしは自分がさほど怒っていないのに気づいた。ティサルワットはピアトが無価値感に悩んでいるのに心底驚き、彼女を励ましている。

ピアトは腕を組み、ふりかえって手すりにもたれた。ティサルワットを見ようとはしない。

「わたしが園芸局にいるのは、主任とわたしの母が交際しているから」

「それは別に不思議じゃない。あなたのお母さんはすばらしく魅力的だ」

わたしはティサルワットの目を通して見ていたが、そこからピアトの表情はわからなかった。それでも十分予想はつく。もちろん、ティサルワットもそうだろう。

「それにあなたはお母さん似だよ、ほんとに。もし、そうじゃないようなことをいう者がいたら……」言葉が途切れる。この方向で話を進めてもいいかどうか迷っているのだろう。「もし、あなたが派手なだけで意味のない仕事をしているなんていう者がいたら、母親ほど美しくはならないという者がいたら、そいつは嘘つきだ」餌をたっぷりひとつかみ、湖に落とす。水面が色とりどりの鱗《うろこ》に沸いた。「たぶん、やっかみだよ」

ピアトは冷めた笑いを漏らした。泣きたいのを必死でこらえているのがわかる。

「どうして、あの……」先がつづかない。たぶん誰かの名前をいおうとしてやめたのだ。いえば非難につながる。「どうしてわたしをやっかんだりする?」

「なぜなら、あなたは適性試験を受けたから」わたしはティサルワットに、ロードは受験していないようだという推測を語ったことはない。しかし彼女は数日といわず、ラドチの皇帝だったのだ。「その結果、あなたは責任ある仕事に就ける人だとわかった。素直な目であなたを見れば誰だって、いずれお母さんのように美しくなると思う」そこで間があく。〝いずれ〟という言葉への後悔か。十七歳の若さで、さもわかったように使う言葉ではない。「あなたの足を引っぱりたい人間のいうことなど、耳を貸さなくていい」

ピアトは腕を組んだまま背を向けた。涙が頰を伝わる。

「どんな仕事に就くかは、例外なく、政治的思惑で決まるものだから」

「そうだね。あなたのお母さんもおそらく最初はそうだった。だが能力がなければ、そんなことにもならない」かならずしもそうではないし、それはティサルワットもよく知っている。

若年のはずのティサルワットがこんな台詞をいうのは危険だったが、ピアトはそちらに気持ちを向けられない。彼女は追い詰められてこういった。

「この何日か、あなたはここをぶらついている。理由はひとつ、バスナーイド園芸官に心を奪われたから」

みごとな一撃。ティサルワットはしかし、一見おちついている。

「あなたがいるから、ここに来ている。艦隊司令官から、わたしは若すぎるから彼女には近づくなといわれた。これは命令だよ。ガーデンズに来てはいけないんだ。でもあなたが、ここにいるから。さあ、どこかよそへ行って一杯やろう」

ピアトは不意をつかれたようで、すぐには返事ができなかった。

「アンダーガーデン以外なら」ようやく答える。

「当然！」ティサルワットはほっとしていた。とりあえずこの場は彼女の勝利だ。たとえ小さくても、勝ちであることに変わりはない。「あそこはまだ改修が始まっていないからね。バケツで用をたさずにすむところへ行こう」

〈アタガリスの剣〉はゴースト・ゲートから離れ、アソエク・ステーションに近づいていた。その間ほとんど、〈カルルの慈《めぐみ》〉には話しかけなかった。といっても、これは珍しいことではなく、軍艦は世間話などめったにしない。それに〈剣〉は〈慈〉や〈正義〉より自分たちのほうが上だと思っている。

〈カルルの慈〉で、エカル副官は当直を終え、セイヴァーデンが分隊室で彼女と会った。

「〈アタガリスの剣〉のアマートの副官から、あなたのことを訊かれた」エカルはテーブルにつき、エトレパが彼女の昼食を運んできた。

セイヴァーデンは彼女の隣に腰をおろす。

「ふうん」もちろん彼女はすでにそのことを知っていた。「〈慈〉にも昔の知り合いがいて喜んだんじゃないか？」

「わたしのことはわからなかったらしい」エカルは少しためらい、夕食をすませていたセイヴァーデンがどうぞと手を振ったのを見て、スケルを口に入れた。噛んで、飲みこむ。「ともかく名前をいっても反応はなかった。彼女にとって、以前のわたしはただのアマート1だから。映像は送らなかったし。当直中だからね」〈アタガリスの剣〉の副官が自分を認識しなかったことに対するエカルの思いは複雑で、けっして快いものではなかった。

「なんだ、送ればよかったのに。そのときの彼女の反応を見てみたかったよ」

〈アタガリスの剣〉の副官が、一般兵から将校になったエカルの顔を見て困惑するのを、エカル自身楽しんだだろう。しかしセイヴァーデンが同じように思ったことに、彼女は傷ついたらしい。わたしのなかに、せつない記憶がよみがえる。オーン副官とスカーイアト・アウェルの会話。あれからもう二十年以上がたつ。〈慈〉がフライヤーにいるわたしの耳にいった。「セイヴァーデン副官には、わたしから話しましょうか」しかし〈慈〉がどういえば、セイヴァーデンは理解してくれるだろうか。

〈慈〉の分隊室で、エカルがいった。

「あなたのつぎの当番のときに、彼女から連絡が入ると思う。お茶に誘うつもりらしいから。〈アタガリスの剣〉はもうかなり近くまで帰ってきている」

「そんな時間はないよ」セイヴァーデンは真面目くさった顔でいった。「当直をやるのは、いま三人しかいないからね」

「何かあれば〈慈〉が教えてくれるに決まってるでしょう」皮肉いっぱいに。

司令室からドクターがいった。「副官おふたり、報告がある。ゴースト・ゲートから何かが現われたよ」

「何かとは？」セイヴァーデンが立ち上がった。エカルは食べつづけながら、ドクターが見ている画面を呼び出す。

「この距離では、まだ小さくてはっきり見えません」〈慈〉がアソエクの海上にいるわたしにいった。「シャトルか、ごく小さな船舶の類かと思います」

「〈アタガリスの剣〉にたったいま連絡した」と、司令室のドクター。

「では、名乗らなければ攻撃すると脅していないわけだ」司令室に通じる通路を歩きながらセイヴァーデンがぼそりといった。

「心配いらない」〈アタガリスの剣〉から返事があった。当直の副官は飽き飽きしているようだ。「ただのゴミだよ。ゴースト・ゲートはほかと違ってゴミだらけでね。かなり昔、船がゲートのなかで壊れた名残だろう」

「たいへん失礼ながら」ドクターが冷たく反応したところで、セイヴァーデンが司令室に入ってきた。「わたしたちは、ゲートの向こうは無人だと思っていた。かなり昔からずっとね」

「いや、けしかけられたり、スリルを味わいたいやつが、ときたま行くから。それにこれは最近のものじゃない。かなり古いよ。こちらで引き上げよう。あの大きさだと事故を招きかねない」

「燃やせばすむんじゃないか？」セイヴァーデンがいい、〈慈〉がおそらくそれを〈アタガリスの剣〉に伝えたのだろう、副官はこういった。

「この星系では密輸も行なわれていてね。かならず調べることにしている」

「無人の星系から何を密輸する？」尋ねたのはドクターだ。

「そうそう、ゴースト・ゲートには何もないはずなんだよなあ」のんきな答えが返ってきた。

「だけど一般《アートルズ・ティツツ》にはね、ほら、お決まりのやつ。違法薬物とか。盗まれた骨董品《こっとう》とか」

「おいおい！」セイヴァーデンがなかばあきれて声をあげた。「骨董だって？」〈慈〉が〈アタガリスの剣〉に要求していた近接映像を受けとって、それをドクターとセイヴァーデンに見せたのだ。問題のゴミは輪郭が曲線の船殻で、傷つき、焦げている。

「ただの残骸だろう?」と、〈アタガリスの剣〉の副官。

「無知な阿呆だ」セイヴァーデンは通信を終了するとつぶやいた。「最近の将校教育はどうなってるんだ?」

ドクターはセイヴァーデンをふりむいた。

「わたしにもわからないんだが?」

「あれはノタイ軍のシャトルの補給庫だ。ほんとうにわからないのか?」

ラドチャーイは、ラドチには一種類の人間、ひとつの言語しか話さない人間、すなわちラドチャーイしかいないかのように語ることが多い。だがダイソン球は広大だ。たとえ始まりは単一の集団でひとつの言語しか話さなかったとしても(実際はそうではない)、それが未来永劫つづくはずもないだろう。アナーンダの拡大政策に反抗した艦船や艦長の多くは、ノタイだった。

「うん、わからない」と、ドクター。「わたしにはノタイのものには見えないよ。補給庫にも見えない。ただ、やたら古いのはわかる」

「うちはノタイなんだ。だった、かな」セイヴァーデンの家は、彼女がサスペンション・ポッドで過ごした千年のあいだに別の家にのっとられた。「それでもラドチには忠実だった。戦時中の古いシャトルをそのままイナイスに係留していたら、あちこちから見物人が来たよ」よみがえった記憶は思いがけず鮮明だったらしい。彼女は唾をのみこんだ。そしてふたたび口を開いたとき、喪失感は微塵《みじん》も感じられなかった。「ノタイの艦船がゴースト・ゲートで破壊されるというのはちょっと……。このあたりでは一度も戦っていないんだ」

〈慈〉がふたりの視界に、同類のシャトルの像を映し出した。

「そうそう、こういうやつだ」と、セイヴァーデン。「補給庫を見せてくれ」〈慈〉は指示に従った。

「何か書いてあるよ」ドクターがつぶやいた。

「ん？」セイヴァーデンは顔をしかめた。「何が……見える？」

「これは〈聖なる知覚の本質〉です」〈慈〉がいった。「戦いで最後に敗北したもののひとつで、いまは博物館的遺物です」

「さして特徴はないね」と、ドクター。「文字を別にして」

「ちょっと待てよ……」セイヴァーデンはゴースト・ゲートから出てきた残骸の像に腕を振った。「こっちのやつは、文字が焼き消されている。〈慈〉はこれに見覚えがなかったのか？」

「はい、すぐには。わたしの経験は千年以下で、ノタイの艦船をじかに見たことはありません。しかし、もしセイヴァーデン副官が気づかなかった場合、わたしのほうで数分以内に照合確認していました」

「〈アタガリスの剣〉を信頼していたら、そこまでやる必要はない」ドクターはそういったところで、ふと思いついたらしい。「〈アタガリスの剣〉が見間違うことなどあるだろうか？」

「たぶんあるだろう。気づいていれば、副官に報告したはずだ」

「どちらも嘘をついていないかぎりはね」ずっと分隊室で会話を聞いていたエカルがいった。

「小さな残骸をわざわざ自分たちで拾っている。ほかの者にやらせればすむものを」

「いずれにしても」と、セイヴァーデン。「〈カルルの慈〉には見分けられないと決めつけている。そのての決めつけは危険だな」

「〈アタガリスの剣〉がわたしの知性をどう評価しているかに関心はありません」

〈慈〉の言葉にセイヴァーデンは小さく笑った。「ドクター、〈アタガリスの剣〉に結果を教えるよう頼んでくれ。あの……残骸を調べた結果だ」

最終的に〈アタガリスの剣〉はこう回答してきた――ありきたりのもの、よって破壊した。


市民フォシフの屋敷は、三つある建物のうちもっとも大きく、長いバルコニーのある石造りの二階屋だ。素材の磨き石には黒と灰色の斑点《はんてん》模様のほか、青と緑の点もまだらについて、光が変化するときらきら輝く。目の前には、澄んだ大きな湖。岩の多い岸辺には風雨にさらされた木の桟橋があり、白い帆を巻いた美しい小舟が一艘《そう》係留されている。湖をぐるりと囲む山々の樹木、そして苔《こけ》類は、畔《ほとり》近くまで迫っていた。茶畑は、山の尾根の向こうにあり、ここからは見えない。道中、フライヤーから見下ろしたときは、山の斜面や黒石の岩場の周囲で、草色のビロードの帯が波打っているようだった。気温は摂氏二十・八度。微風はさわやかで心地よく、草木と冷たい湖水の香りを運んでくれた。

「ようやく着きましたね、艦隊司令官！」市民フォシフがフライヤーから降りながらいった。「まさしく安息の地。事情が違えば、湖での釣りをお勧めしたいところです。舟遊びもいいし、よければ山登りもできますよ。しかし何もせず、いるだけでも安らぐ。母屋の裏に湯殿もあります。あなたが滞在なさる棟の真向かいだ。大きな浴槽で、なかのベンチに十数人はすわれますし、熱い湯がたっぷり。クハイの習慣でね、野蛮な贅沢《ぜいたく》とでもいいましょうか」

ロードが母親の横に来て、「風呂場で一杯！　長い夜のあとは格別だ」というと、歯を見せて笑った。

「ロードはここでも、長い夜を見つけるのがうまくてね」フォシフは楽しそうにいい、そばへトニス艦長と属躰がやってきた。「ああ、若さよもう一度！　では、お泊りいただく場所にご案内しましょう」

建物の石壁にある青と緑の斑点は、見る角度によってきらめいたり、きらめかなかったりした。裏手には灰色の石畳が広がり、二本の大木が影をおとして、石は苔むしている。左手に楕《だ》円《えん》形の低い建物があって、手前の長辺側は木造、短い側はガラスで、おそらく逆の長辺側もガラスだ。

「あれが湯殿です」と、フォシフ。

苔むした石畳の向こうは小道で、尾根から湖わきの家までつづき、そこにまた黒と青と緑の斑点がついた石の建物があった。二階屋だが母屋よりは小さく、バルコニーはない。ただ、こちらの面には、蔓《つる》のからんだ大木の枝の下、建物の横幅いっぱいに広がるテラスがあった。そしていまそこに、わたしたちを待つように一群の人びとが立っていた。ほとんどがシャツとズボン姿で、なかにはスカートの人もいたが、破れたズボンを縫い合わせたようにも見える。布は色あせ、すりきれて、明るい青と緑、赤色だったのがしのばれる程度だ。誰ひとり、手袋ははめていなかった。

そこにひとりだけ、標準的な上着とズボン、手袋、宝石、といういでたちの人物がいた。おそらく彼女が、サミル人の茶畑監督だろう。わたしたちはテラスの三メートル手前、大木の陰で立ち止まった。

「艦隊司令官、あなたを――」フォシフがいった。「合唱でお迎えしようと思いましてね」

監督が集まった人びとをふりかえった。

「さあ、歌いなさい」ラドチ語だった。大きな声でゆっくりという。

老人がひとり、隣に立つ者に顔を寄せ、デルシグ語で話しかけた。「この歌はふさわしくない」身振り手振りとささやき声がいくつかつづき、それを監督が戸惑いぎみにながめる。彼女はなぜ歌の開始が遅れているのかがわかっていないらしい。それからみないっせいに息を吸い、合唱が始まった――「ああ、君、神のみもとで、しめやかなる命の日々」。わたしはこの歌を知っていた、歌詞も声部もすべて。デルシグ語を話すヴァルスカーイ人は、死者を弔う式でこれを歌う。

いま、彼女たちは慰めの気持ちを表わしてくれているのだ。わたしたちの来訪理由を知らなくても、わたしとヘトニス艦長の髪を剃った頭や顔の白線に気づいたからだろう。ただそれでも、わたしたちが誰なのか、誰が亡くなったのかは知らないはずだ。彼女らを武力で制し、故郷から引き剝がし、ここで働かせている力の集団の一員として、わたしたちはここにいる。わたしたちの気持ちを思いやる理由など彼女らにはなく、デルシグ語の歌詞がわかるかどうかも、気にしてはいない。故郷の歌のもつ意味が理解されるとは、さらさら思っていないだろう。このような象徴的、歴史的意味合いをはらむものは、その意味を知ってはじめて胸打たれる。

彼女たちは歌いつづけた。そして歌い終わったとき、老人がお辞儀をしていった。

「市民、亡くなられた方のためにわたしたちも祈りを捧げます」訛《なま》りはひどいが意味は伝わるラドチ語だった。

「市民――」わたしはラドチ語で応じた。デルシグ語がわかることを周囲に知られてよいかどうか判断しかねたからだ。「たいへん感動しました。みなさんの歌と祈りに感謝します」

監督が大きな声でゆっくりといった。「艦隊司令官はお礼を述べておられる。さあ、もどりなさい」

「いや、少し待ってほしい」わたしは引き止め、フォシフをふりむいた。「もしよければ、帰るまえに、彼女たちに食べものと飲みものをふるまっていただけないだろうか」フォシフは理解できずに目をぱちくりさせ、監督も信じられないといった顔をしている。「わたしの気まぐれなので、もし作法に触れる心配があるなら、後ほど喜んでわたしが支払う。すぐ出せるものでかまわないから。たとえば、お茶とケーキとか」ここの厨房《ちゅうぼう》なら、それくらいは常備しているだろう。

フォシフは驚きから立ち直り、「もちろん、かまいませんよ」といい、監督に腕を振った。監督はまだあきれているようだが、作業員たちをまとめ、連れていった。

滞在予定の別棟の一階は広々して、壁や間仕切りがいっさいなく、一部はダイニングルーム、一部は居間として使い、居間側には深々した大きな椅子とサイドテーブルが並んでいる。どのテーブルにも、ゲーム盤と明るい色の駒があった。わたしたちはその反対側で、卵と豆腐のスープをいただいた。長いテーブルには意図的に不釣合いな椅子が置かれ、サイドボードにはくだものの山とケーキ。天井に連なる小窓の向こうは、黄昏《たそがれ》と風に運ばれてきた雲でほの暗い。一方、二階は逆に狭く仕切られ、各寝室と付属の居間は絶妙な色合いに調整されていた。わたしの部屋はおちついた色調の橙《だいだい》色と青色で、ベッドにかけられた厚手のやわらかい毛布は、ほっと安心できるよう、ほどほどに使われ色あせたものだ。一見したところ、どこにでもある田舎のコテージだが、配置から何からすべてが計算しつくされていた。

市民フォシフが、細長いテーブルの端からいった。

「ここは倉庫と事務所代わりに使っていて、客は母屋に迎えていたんですよ。併呑のまえはね」

「母屋の寝室ならどこもバルコニーに出られるから——」と、ロード。彼女はうまく立ちまわってわたしの隣の席につき、首をかしげて顔を寄せ、にやりとした。「密会には不自由しない」どうやら彼女は、わたしにちょっかいを出したいらしい。わたしは喪に服しているのだから、どう考えても礼節に反するというのに。

「まったくこの子は！」フォシフが笑った。「いつも外階段をうまく使ってね。わたしも若いころはよくやったものです」

いちばん近い町でも、ここからフライヤーで一時間ほどかかる。密会するなら、相手は世帯の一員に限られるのではないか。母屋にはたぶん親族やクリエンスもいるはずだ。ふつうはその全員が性的関係を禁止されるつながりではないから、従者に無理強いしなくてもすむ。

ヘトニス艦長は、テーブルのわたしの対面にいる。〈アタガリスの剣〉の属躰は、そのすぐ後ろだ。直立不動で何かの場合に備えているが、属躰だから葬儀習慣に従う必要はない。そしてわたしの背後には、カルル5がいた。周囲の者はみな、彼女も属躰だと思っているようだ。

わたしの隣で、シリックスは黙ってすわっている。ここの従者はわたしの見るかぎりほとんどがサミル人で、クハイ人は数人。ただ、野外作業をしているヴァルスカーイ人も何人かいた。わたしたちを部屋に案内するとき、従者たちにどことなくためらいが見られたのはおそらく、シリックスを従者の区画ではなく、一般の部屋に連れていくよう指示されたからだろう。シリックスが下界を出たのは二十年まえで、住んでいたのもここから百キロ以上離れた場所だったが、この家の者がシリックスを知っている可能性はある。

「ロードの家庭教師たちは、ここは退屈だとこぼしてばかりでね」と、フォシフ。

「退屈なのは、あいつらのほうだったよ！」と、ロード。鼻にかかった、一本調子の声でいう――「市民！　三歩《さんほ》格《かく》かつ鋭叙《えいじょ》法で、神がいかにして鴨に似ているかを述べなさい！」。ヘトニス艦長が声をあげて笑い、ロードはつづけた。「わたしはね、彼女たちの人生をもっと楽しくしてやろうと思ったんだけどね。ぜんぜん喜んでくれなかったなあ」

フォシフも笑ったが、わたしは笑わない。かつて、艦の将校たちから似たようなおふざけを聞いたことがあったし、ロードの残虐性はすでに見ている。

「だったらここで」わたしはロードに頼んだ。「韻文で教えてもらえないか？　神がいかに鴨なのかを？」

「神が鴨だなどと――」ヘトニス艦長がいった。「わたしはさらさら思わない」艦長はこの数日、わたしが表向き冷静であるのに気をよくしている。「よりにもよって、鴨だと！」

「いいや」わたしはきっぱりいった。「神は、鴨だよ」神は天地万物であり、天地万物は神なのだ。

フォシフはわたしの反論を払いのけるように手を振った。「まあ、まあ、艦隊司令官。格だの語法だのめんどくさいものは抜きにして気楽に話しましょうよ」

「どうしてまた、そこまでばかげたものを？」と、ヘトニス艦長。「鴨ではなく、たとえば……紅玉とか星とか」手で漠然と周囲を示す。「お茶でもいいな。もっと価値のあるもの。もっと大きな何かにすればいい。そのほうがふさわしいだろう」

「その問いは――」と、わたしはいった。「一考の価値がある。市民フォシフ、ここの茶はすべて手摘みで、製茶も手作業のようだが」

「はい、そうですよ！」フォシフの顔が輝いた。これがいちばんの自慢なのだろう。「手摘みはいつでも見に行けますよ。作業場もすぐ近くだから、気軽にのぞけます。そうしても礼節には欠けないと、あなたが思えればね」短い沈黙。そしてまばたき。近くにいる者がメッセージを送ってきたのだろう。「尾根の向こうの畑は、明日摘む予定になっているようで。まあね、摘んだ葉を茶にするのは——それを手でやるのは、まる一昼夜かかります。葉をいいころあいになるまで手で揉んで、それから炒《い》ってころがして、またいいころあいになったところで格付けして、乾燥させて仕上げる。どの行程も機械でできますしね、実際にやっているところもあります。それでも何ら差し支えはない」最後の締めの台詞に軽蔑と切り捨てが感じられた。「そういうものも、店に行けば値打ち品ですよ。しかしうちの茶は、店では買えない」

フォシフの〝魚娘《さかなむすめ》〟は、贈答用に限られるのだ。でなければ（たぶん）フォシフから直接買うか。ラドチでは金銭も使われるが、贈り物を交換しあう形の取引も膨大に行なわれている。このフォシフも、製造したお茶の利潤はあったとしてもたいしたことはないだろう。フライヤーで通り過ぎた緑の茶畑、手間をかけてつくられるお茶は、費用対効果など論外であり、〝魚娘〟の意義は尊敬と名声を得ることなのだ。

アソエクにはもっと大規模な、大儲けしている茶園がありながら、わたしに堂々と正面から近づいてきたのは、製品を収益目的では売らない農園主、フォシフただひとりというわけだ。

「さぞかし神経をつかうのだろうね」と、わたしはいった。「茶摘みと製茶には。ここの働き手は、腕がいいにちがいない」わたしの隣でシリックスが、スープの最後のひと口を喉に詰まらせた。

「そうそう、艦隊司令官、そのとおり！　ですからね、わたしは彼女たちの待遇には気をつけているんですよ。いてもらわなくては困るから！　住まわせているのだって、昔の来客用の家なんですから。尾根の向こう、数キロほど行ったところにあります」小窓を打ちつける雨の音がした。ステーションから聞いた話では、雨は夜にしか降らないとのこと。そして長雨になることはなく、朝の茶摘みのときにはかならず、茶の葉は乾いているらしい。

「それはすばらしい」わたしは穏やかに応じた。


夜明けまえに目覚めた。空はほのかな桃色と淡い青色。湖もその周辺もまだ暗い。空気は冷たいが寒いほどではなかった。この一年以上、わたしがいたところに走れるような場所はなかったが、イトラン四分領《テトラーク》で暮らしたころは、走るのを習慣にしていた。イトランでは運動は信仰にかかわり、球技の練習は祈禱《きとう》と瞑想《めいそう》でもあったのだ。ここの住民は球技をしないし、球技の存在すら知らないだろうが、ちょっとあのころの気分にもどってみようか——。

低い山の背に向かう道を、わたしはゆっくりと走った。右の腰に気をつかう。一年まえに負傷してから、いまひとつ調子がもどらない。

尾根にさしかかったところで、歌が聞こえてきた。力強い張りのある声が岩場にこだまし、茶畑一帯に響き流れてゆく。畑では、肩から籠をぶらさげた作業者たちが、腰まである茶の木の葉を手際よく摘んでいた。少なくともその半分は、まだ子どもだ。歌詞はデルシグ語で、愛する人の心がほかの者に奪われた嘆きの歌だった。ヴァルスカーイ独特の主題で、一般的なラドチャーイの人間関係に見られるものとは違う。そしてこの曲は、かつてわたしも聴いたことがあった。いままた聴いて、当時の記憶がよみがえる。濡れた石灰岩のにおい。わたしが最後にいた洞窟だらけの山あい。

歌い手は見張り番らしい。わたしが近づくと歌詞が変わった。やはりデルシグ語で、茶畑監督にはほとんど理解できないだろう。

ここに　兵士がひとり
がつがつと　歌をむさぼり
口いっぱいに　頬ばってはこぼす
口の端から　歌はこぼれて
飛んでゆく　自由を求め

わたしは自分の表情がけっして無意識に変わらないのをありがたいと思った。歌詞はもとの拍子にみごとに合っていて、じつに上手だ。現実を裏切るようだが、わたしは思わずほほえんでしまいそうだった。そして、走りつづけた。一見、走ることだけに集中して。しかし実際は、作業員をじっくり観察する。みんなヴァルスカーイ人のようだった。わたしへの皮肉をこめた歌詞変更は彼女たちに聴かせるためで、言語もしかり。ステーションで、フォシフの茶畑の作業員はみなヴァルスカーイ人だと聞いたときは首をかしげた。数人どころか、全員とは。そしていまこの目で確認して、あらためて違和感を覚えた。

このような状況では、船に積まれてきたヴァルスカーイ人は何十か所もの農園、あるいは労働力がほしいところに分配されるか、サスペンション・ポッドに保存され、何十年かかけてばらまかれるかだ。この茶園にはせいぜい五、六人のはずだが、実際はその六倍はいる。わたしとしては、サミル人もちらほら見かけるだろうと思っていた。たぶんクハイとかイチャナも。また併呑まえは、クハイやイチャナより大勢いたはずのほかの民族も。

それに野外と室内で、従者が明らかに異なるのもおかしかった。きのうときょう、わたしが野外で見たのはみなヴァルスカーイ人で、屋内にはわずかにクハイ人がいるが、ほとんどはサミル人だ。ヴァルスカーイが併呑されたのは百年以上まえだから、追放者の第一世代の少なくとも一部と第二世代は、いまごろはもうなんとか適性試験を受けて自立しているはずだった。

わたしは走りつづけ、作業員たちの宿舎まで来た。茶色のれんが造りで、窓にガラスはなく、代わりにところどころ毛布が掛けられている。フォシフの湖畔の屋敷ほど大きくも豪華でもないが、豊かな緑の茶畑や一本道の先に大きな鏡のような湖面が見えて、眺望はすばらしいだろう。周囲の踏みならされた泥土は、かつては庭や手入れのゆきとどいた芝地だったにちがいない。建物のなかに入ってみたかったが、招かれざる客で歓迎されないのは確実だから、ここでUターンして帰ることにした。「艦隊司令官」〈カルルの慈〉がわたしの耳に呼びかけた。「セイヴァーデン副官が、脚をいたわるようにといっています」

「彼女にいわれなくても――」わたしは声には出さず答えた。「脚のほうから、いたわれといってきている」〈慈〉はそれを承知だし、セイヴァーデンとのこの会話は、二日まえのものだ。「副官はやきもきするでしょう」〈慈〉がいった。「艦隊司令官はそれを無視しているように見えます」穏やかながら、叱責口調に聞こえるのは気のせいか？

「このあとは何もしないで過ごすから」わたしは約束した。「もう帰るところだしね」

山の背を越えるころには空も湖畔も明るさを増し、気温も上がっていた。シリックスがテラスの大木の下、ベンチにすわっているのが見える。片手には湯気のたつお茶。上着はなく、シャツの裾はズボンの外で、宝石はない。服喪の格好だが、彼女がドゥリケ通訳士の喪に服する義務はないし、髪を剃ってもいなければ、顔に白線もなかった。

「おはよう」わたしはテラスに向かって歩きながら声をかけた。「一緒に湯殿に行ってくれないか、市民？　そしていろいろ教えてほしい」

彼女はしばし躊躇《ちゆうちよ》してから、「いいでしょう」といった。身構えたように。大胆な、危険なことを頼まれでもしたかのように。

浴場の長いカーブした窓から、黒と灰色の絶壁と白い氷の縞がある山々を望むことができた。窓のいちばん端にちらっと、わたしたちの滞在している別棟の角が見える。客たちはこのながめに感動するだろう。浴室の壁一面を窓にするなど、ラドチャーイには思いつきすらしないのではないか。

ほかの壁面は木造で、凝った彫刻が施され磨きあげられている。そして石床をくりぬいたような円形の浴槽には、湯がはられていた。内側の円周沿いにベンチがつき、そこにすわって汗を流すのだろう。その隣には、冷たい水の浴槽もある。

「温まると肌色が変わる」湯船のベンチにすわってシリックスがいった。わたしの真向かいだ。「毛穴が閉じる」

痛む腰に湯は心地よかった。走るのは、あまり賢明ではなさそうだ。

「いま、これくらいでも?」

「そう。洗浄力があるから」その表現は少し奇妙な気がした。たぶんクハイ語かリオスト語のもっとむずかしい言葉をラドチ語に翻訳したのだろう。「あなたはいい暮らしを送っている」シリックスはそういい、わたしは問いかけるように首をかしげた。「目が覚めたらお茶が出てくる。眠っているあいだに衣類は洗われ皺もない。服も誰かに着せてもらうのでは?」

「いつもは自分で着るよ。しかし特別な正装が必要な場合、よくわかっている者に手を貸してもらうほうがいい」わたし自身にそんな必要はなく、手を貸したことなら数え切れないほどある。「それであなたの先祖、サミルの追放者の第一世代は全員、あるいはほぼ全員、山に送られて茶摘みの作業者になったのだろうか?」

「多くはね」

「併呑からかなりたつから、彼女たちも文明化されて――」声に若干の皮肉をこめる。「試験を受ければ別の仕事に就ける。そうするのがわたしには順当に思えるのだが。どうしてここの茶園にサミル人がひとりもいないのかが、よくわからない。なぜヴァルスカーイ人ばかりなのか。逆にヴァルスカーイ人は畑以外では見かけない。野外作業にひとりかふたりくらいでね。ヴァルスカーイの併呑は百年以上まえだ。そのあいだにひとりも監督にならなかったのだろうか？」

「いいですか、艦隊司令官」シリックスはおちついた声でいった。「誰だって、茶摘みをやめられるならやめたい。給料は摘んだ葉の量によって決まるが、最低量がひどく多い。摘むのが速い者三人で、まる一日分だ」

「大人ひとりに対して子ども数人かな」走っているとき、子どもたちが摘んでいるのを見たからだ。

シリックスは認める仕草をした。「だから労働に見合う給料をもらえる者などいない。それに食いものといったら――。あなたも上界で食べたでしょう、粉末のやつを。製茶で残った枝や葉のクズで香りをつける。ところで、フォシフはあれで金を取るんですよ。それもばか高い値をつけて。床掃除で出たただのゴミじゃない、これは〝魚娘〟だ！ってね」彼女はいったん言葉を切り、何度か深呼吸した。怒りの言葉をいう危険域に近づいたのだろう。「粥《かゆ》は一日に二杯。ぜんぜん少ないですよ。もっとほしかったら、買うしかない」

「ばか高い値で？」

「そう。野菜を育てる庭はあるが、種や道具を買わなくてはいけないし、茶摘みの合間をぬってやるしかない。出身家がないから、必需品を与えてくれる家族もない。自前で買おうにも、旅行許可は得られないから、そう遠くまでは行けない。金がないから注文できない、借金だらけで信用買いはできない——。というわけで、フォシフから買うしかなくなる、端末だの娯楽鑑賞の道具だの、ましな食べものだの、なんでもかんでもフォシフの言い値で」

「かつて畑で働いたサミル人はそれを乗り越えられたということかな?」

「家事をやる召使のなかには、いまだに祖母や曾《そう》祖母の、叔母の借金を払っている者がいるはずです。唯一抜け出す道は、力を合わせて家を復興させ、汗水流して働くことだけ。しかしヴァルスカーイ人は……野心がないというのかな。自分たちの家をつくるのがどういうことなのかがわかっていないらしい」

ヴァルスカーイの家族は、ラドチャーイのような働き方をしない。しかしそれでも、ラドチャーイのような家をもつことの利点は理解できるし、機会を見つけるなりすぐ、ヴァルスカーイの周辺でそうした家族もいる。

「子どもたちはほかの仕事に就くために試験を受けようとはしないのだろうか?」そう訊いてはみたものの、答えの予想はついていた。

「最近は、茶園の作業員は適性試験を受けません」シリックスは傍目《はため》にもわかるほど、怒りの表出が不快感をもたらす再教育処置と戦っている。彼女はわたしから目をそらし、ゆっくりと息を吐き出した。「受けたところで違いはないでしょう。ひとり残らず無知で、迷信深い野蛮人だ。だがそれでも――不公平ですよ」もうひとつ大きな深呼吸。「なにもフォシフに限ったことじゃないですけどね。彼女はあなたに、作業員が受験しようとしないだけだ、というに決まっている」たぶんそうだろう。わたしがヴァルスカーイにいたとき、大勢の住民にとって、受験するか否かは緊急課題だったが。「しかし併呑がなくなれば、新しい追放者もいない。最後の併呑のときも、ひとりもここには来なかった。ヴァルスカーイ人の数が減れば、誰が粗末な食事とただ働きで茶摘みをするのか？　農園主にしてみれば、いまの作業員も、その子どもたちもここから出ていけないほうがはるかに都合がいい。艦隊司令官、絶対に公平じゃありませんよ。総督は家のない野蛮人のことなんか気にもかけない。気にかける人間で、皇帝の注意をひける者はひとりもいない」

「二十年まえのストライキは皇帝の注意をひかなかったのか？」

「たぶん。でなければ、きっと何か手を打ったでしょう」歯の隙間から、浅い息を三度。まだ怒りと戦っている。「失礼」いきなり湯を散らして立ち上がり、湯船から出ると冷たいほうへ行って体を沈めた。カルル5がタオルを持っていき、シリックスは水から出ると、わたしにひと言も声をかけず無言で出ていった。

わたしは目をつむった。ステーションでは、ティサルワット副官が片腕を顔にのせて横たわり、深い眠りのなかで夢の世界を漂っている。〈カルルの慈〉に目を向けると、当直のセイヴァーデンがアマートのひとりに話しかけていた。

「艦隊司令官が下界に行くのは――」奇妙だった。彼女がこういうことをアマートに話すとは。「必要なことだったのか？　それとも彼女を怒らせるような不正があるのか？」

「セイヴァーデン副官」アマートがいった。いつものように属躰ふうだが、いまはいやに硬直して見える。「わたしには、そのような疑問を艦隊司令官に報告する義務があります」

少し苛立ち、セイヴァーデンははねつけるように手を振った。

「そう、もちろん、〈慈〉はそうするしかない。しかし、それでも……」

そこでわかった。セイヴァーデンはアマートではなく、〈カルルの慈〉と話しているのだ。アマートは〈慈〉の返事を視界に映し、それを読み上げている。まるでほんとうに属躰のようだった——艦船の一部、艦船の考えを声にして伝える数ある〝口〟のひとつだ。ありがたいことに、乗員のひとりとして、わたしに対してはそのように振る舞わなかった。もしそんなことがあれば、わたしは最低でも一喝していた。

セイヴァーデンはしかし、それが心地よく、気分が安らぐらしい。彼女は不安を抱え、こういうかたちで〈慈〉と話すと気持ちがおちつくのだろう。明確な、合理的理由はない。そうだからそう、というだけだ。

「副官」アマートが（その口を通して〈慈〉が）いった。「わたしは艦隊司令官自身が副官に説明したことしかくりかえせません。しかしもし、副官がわたしの意見をお求めであれば、そのどちらともだと答えます。艦隊司令官の不在、および市民ロードがステーションからいなくなることで、ティサルワット副官はステーションで有力家の若者と貴重な政治的接触をもつことが可能になります」

セイヴァーデンはばかにしたように、はっ、といった。「我らがティサルワットには政治家としての才がある、とでも？」

「いずれ副官も目を見張られるのではないかと思います」

セイヴァーデンはまったく受けつけない。「たとえそうだとしてもね、ふだんは厄介なものに近づかない艦隊司令官があえて近づくとしたら、それはよほどのことだ。こっちは助けに行こうにも、何時間も何時間もかかる。きみが何かきなくさいものを感じ、彼女のほうは動転して、ぼくらを呼びたくても呼べないとき、きみはそれをちゃんとぼくに教えてくれるか？」

「おっしゃるような、きなくさいものを感じるまでには日数がかかります。またこれまでのところ、艦隊司令官がそこまで動転するのは想像できません」これにセイヴァーデンは渋い顔をした。「ですが副官、わたしも副官同様、艦隊司令官の身を案じています」軍艦がここまでいうのだから、セイヴァーデンは満足しなくてはいけないだろう。

「セイヴァーデン副官」〈カルルの慈〉がアマート経由ではなく直接いった。「フラドからメッセージが届きました」

セイヴァーデンはつづけてくれ、という身振りをした。聞きなれない声が、彼女の耳に届く。「こちら、艦隊司令官ウエミ。オマーフ宮殿より派遣された〈イニルの剣〉を指揮している。フラドの星系の安全を保障する命を受けた」フラドはゲートひとつ先の星系だ。お隣といってもいい。「艦隊司令官ブレクによろしくお伝えいただきたい。ツツル宮殿はいまだ激戦下にある。周辺ステーションの一部は破壊された。戦闘の結果次第では、皇帝が兵員母艦をそちらに派遣する。陛下より、そちらが万事順調であることを祈るとの伝言あり」

「〈慈〉は艦隊司令官ウエミを知っているか？」フラドはゲートを経由し、光速でも数時間かかるため、〝即答〟は論外だ。

「よくは知りません」〈カルルの慈〉が答えた。

「〈イニルの剣〉は？」

「典型的な〈剣〉です」

「そうか」セイヴァーデンは苦笑した。

「艦隊司令官から、不在中にこのようなメッセージが届いた場合の指示を受けています」

「ほう……」セイヴァーデンは曖昧な言い方をした。「どういうものかな？」

わたしの指示はたいしたものではなかった。セイヴァーデンがそれに従い、〈剣〉に応答する。

「こちらセイヴァーデン副官。艦隊司令官ブレクの一時不在中は、〈カルルの慈〉の指揮をとっている。ウエミ艦隊司令官に敬意を表するとともに、メッセージを拝受したことをお知らせする。そこで一点、ブレク艦隊司令官からお尋ねしたいことがある。〈イニルの剣〉はオマーフ宮殿で新人の乗員を加えられただろうか」ただし、かならずしも新人とは限らなかった。年長者を属躰にすることも十分可能だからだ。

返信はしかし、夕食までには届かなかった。ティサルワットの件を知らないセイヴァーデンは、わたしの指示に戸惑っただろう。だが、〈慈〉のほうから彼女にそれを説明することはない。

浴場を出て別棟に向かっていると、ロードが母屋から出てきた。

「おはよう、艦隊司令官！」あふれんばかりの笑み。「日の出とともに目覚めると、ほんとに気持ちがいい。早起きを習慣にしなくてはね」たしかに、すばらしく魅力的な笑顔だった。が、どこかぴりぴりしたものを感じる。彼女がこの時刻に目覚めることなどめったにないはずだ。彼女のほうも、わたしがそれに気づくのを承知のうえでしゃべっている。

「まさかもう風呂に入ったんじゃないでしょうね」いささか残念そうに。計算ずくのへつらい。

「おはよう、市民」立ち止まらずに答える。「そう、風呂はすませたよ」わたしは朝食をとりに別棟に入っていった。

13

朝食——ゆうべ、従者がサイドテーブルに置いていったくだものとパンで、表向きはあくまで夕食の残りもの——を食べたあとは、わたしもヘトニス艦長も静かにすわって過ごさなくてはいけなかった。それ以外は決まった時間に祈りを捧げ、余りものの簡単な食事をするだけで、場所は間仕切りのない一階の居間部分だ。日がたてば少しずつ、家から離れて過ごす時間を増やしてもいい。たとえば外の大木の下にすわる、などだが、深い悲しみのなかでじっとしていられなければ、ある程度なら動きまわることも許される。わたしが早朝に走り、風呂に入ったのも、それを活用したものだ。とはいえ、これから数日は、自室か一階の居間部分で、艦長とふたりきりで、もしくは弔問に来た隣人とのみ過ごさなくてはいけなかった。

服喪の期間はかならずしも軍服でなくてよいので、ヘトニス艦長は地味なベージュのシャツを着て、裾を緑色のズボンの外に出していた。しかし、わたしがもっている私服はフォーマルすぎるか、ラドチ圏外にいたころのものなので、喪中にはふさわしくないと思い、結局軍服のこげ茶色と黒のシャツを着る。また厳密にいえば宝石ははずすのだが、オーン副官の記念ピンをはずす気など毛頭なかったため、見えないようシャツの内側につけた。わたしとヘトニス艦長はひたすら黙してすわり、カルル5と属躰《アンシラリー》が、直立不動で背後に控えている。艦長は徐々につらくなってきたようだが、もちろん表には出さない。が、それもシリックスが二階からおりてくるまでのことだった。艦長はいきなり立ち上がると、部屋のなかをうろつきはじめた。ここに来る道中、艦長はシリックスにひと言も話しかけず、ゆうべもそうで、いまも口をきく気はないようだ。だが服喪のしきたりに触れるわけではなく、こういうときは極端な態度でも許される。

昼になり、召使たちが食事を運んできた。パンの量は増え、ステーションなら贅沢《ぜいたく》だが、ここでは質素な部類に入るらしい。軽く風味がついたさまざまなペースト類まで添えられている。といっても、きのうの夕食から考えると、これでも簡素にしたつもりだろう。

召使のひとりが壁まで行って、驚いたことに、それを脇に寄せた。壁全体が木陰のテラスに面した折りたたみ式のパネルだったのだ。開くと陽光が部屋に射しこみ、風に乗って心地よい草の香りがした。シリックスは昼食を外のベンチに持っていった。といっても、パネルを開いてしまえば、部屋の内と外はつながったようなものだ。

アソエク・ステーションで、ティサルワット副官は茶房にいた。低いテーブルの周囲にはすわり心地のよい椅子がばらばらにだらしなく置かれ、テーブルの上にはアラックの瓶。からになったものもあれば、まだ残っているものもある。彼女の給与でここまでは買えないから、掛け買いしたか、誰かが彼女の地位を（あるいはわたしの地位を）見て贈ったか。どちらかが返礼をしなくてはいけないが、たいした問題ではない。ティサルワットの隣にピアトがいて、ほかにも五、六人の若者が近くの椅子にすわっている。なかのひとりの発言に、みんなが声をあげて笑った。

〈カルルの慈《めぐみ》〉では、ドクターがおやっという顔をした。彼女を手伝っていたカルルが小さな声で歌をうたいはじめたからだ。

誰？　ひとりしか　愛さなかった人
もう誰も　愛しはしない
誓いつづけた人は誰？

わたしではない。

アソエクの山に囲まれた家屋の一室で、ヘトニス艦長は歩きまわるのをやめ、昼食をテーブルに持っていった。テラスのベンチにいるシリックスは、それに気づいた様子もない。召使が彼女のところへ行き小声で何かいったが、内容はわからなかった。たぶん、リオスト語だったのだ。シリックスは真剣な目で彼女を見上げ、ラドチ語ではっきりいった。

「わたしは補佐役でしかないよ、市民」声に冷たさはまったくなかった。今朝はあれほど不機嫌で、不公平さに憤っていたというのに。

はるか頭上、ステーションの茶房で誰かがいった。

「ヘトニス艦長とあの恐ろしい艦隊司令官は下界に行ったから、わたしたちをプレスジャーから守ってくれるのはティサルワットしかいないな」

「お断わりだね」と、ティサルワット。「プレスジャーがその気になったら、防御の手立てはない。それに襲ってくるにしても、かなり先のことだと思う」アナーンダ・ミアナーイが分裂したことはまだ噂になっておらず、ゲートの不通も公式には〝不測の事態〟だった。予想どおりというか、それを信じない者たちは、蛮族《エイリアン》が侵入したという推測に傾いた。「みんな安全だよ」

「だけど、こんなふうに孤立して――」

「みんな問題なく暮らしてる」ピアトがいった。「たとえ惑星と切り離されても――」誰かが、とんでもない、とつぶやいた。「ここにいれば安全だ。ともかく食べるものには困らないしね」

「もし困ったら」と、別の誰か。「ガーデンズの湖でスケルを栽培すればいい」

誰かが笑った。「あの高慢な園芸官もしゅんとなるな。いい気味だろ、ピアト」

ティサルワットは属躰もどきのボーたちから多少は学んでいた。そこで顔に（声にも）感情をまったく出さずにいう。

「その園芸官というのは？」

「名前は……バスナーイドだったかな」さっき笑った者がいった。「たいしたやつじゃないよ。でもな、オマーフ宮殿から来たアウェル家の誰だかがクリエンテラを申し出て、彼女は拒否したらしい。良家じゃないし、見た目もぱっとしないくせに、アウェルなんかお呼びじゃないと！」

ピアトはティサルワットの隣にいて、反対側にいるのは（〈慈〉の話では）スカーイアト・アウェルの親族だった。ただし、家名はアウェルではない。彼女はこのグループの仲間ではなかったが、ティサルワットが誘ったようだ。

「スカーイアトは別に気分を害してなどいない」と、その親族がいった。口調のきつさを消し去るほどの、やさしい微笑。

「まあ、そうだろうね、きっと。しかし、拒否するなんて無礼もいいところだ。これであの園芸官がどんな人間かがわかるよ」

「たしかにね」スカーイアトの親族は同意した。

「彼女はとても有能な園芸官だ」突然ピアトがいった。数分かけてなんとか勇気をふるい起こしたようだ。「彼女はそれを誇ってしかるべきだ」

気まずい沈黙が流れた。すると、この話題に火をつけた者がいった。

「ロードがいてくれたらなあ。どうして下界になんか行ったんだろう。彼女がいれば笑いが絶えないのに」

「誰かを笑いものにしたいわけではないいな？」と、スカーイアトの親族。

「ああ、もちろん、もちろん」と、ロード支持者。「誰も笑いものになんかしないよ。ところでティサルワット、ヘトニス艦長の印象をロードに訊いてみるといい。腹を抱えて笑えるから」

アソエクの家では、シリックスがベンチから立ち、二階へ上がっていった。カルル5に目をやると、軍服姿で汗をかき、わたしとヘトニス艦長をただ見ていることに飽きてきて、サイドボードの料理のことを考えている。あの場所なら料理の香りが届くだろう。わたしもそろそろ二階にもどって昼寝をする（たぶん、そのふりをする）時間だから、そうすればカルル5も休憩をとれて、〈アタガリスの剣《つるぎ》〉とともに食事ができる。ヘトニス艦長は〈上界で噂されているとは露知らず〉テラスのベンチに腰かけた。シリックスはもういないので安心だ。

召使がひとり、カルル5のほうへ行った。立ち止まり、しばし考える。どう呼びかければよいか悩んでいるのだろう。そして、こういった。

「よろしいでしょうか」

「はい、市民」カルル5は感情のない声で応じた。

「今朝、これが届きました」紫色のビロードっぽい布に包まれた小さなものを差し出す。「くれぐれも、艦隊司令官に直接お渡しするように、といわれました」ではなぜカルル5に渡すのか、彼女は説明しなかった。

「ありがとう、市民」カルル5は包みを受けとると、「これはどなたから？」と、訊いた。

「使者は申しませんでした」しかし彼女は知っている、あるいは推測している。

カルル5が包みを開くと、淡色の薄い板でつくられた質素な小箱だった。蓋を開けると、乾燥して硬くなった分厚いパンを三角形に切ったようなものと、青と緑のガラスのビーズがぶらさがった二センチの銀色の円形ピンが入っていた。そしてその下に、小さなカード。文字はリオスト語のように思われた。サミル人の多くがいまも使っている言葉だ。わたしはすぐステーションに問い合わせ、リオスト語であること、および書かれた内容の一部を知った。

カルル5はもとどおりに蓋をした。「ありがとう、市民」

わたしは無言で立ち上がり、カルル5のところまで行くと箱と布を受けとって、二階へ上がった。狭い廊下を歩いてシリックスの部屋へ行き、ノックする。彼女がドアを開け、わたしはいった。

「市民、これはたぶんあなたに贈られたものだ」小箱を差し出す。紫色の布はたたんで底に添えてあった。

シリックスは怪訝《けげん》な顔をした。

「艦隊司令官、わたしにはここに、何かをくれるような知人はいない」

「わたし宛ではないのは確実だから」差し出したままの箱を、彼女は受けとろうとしない。

「さあ、市民」わたしは催促した。

カルル8がシリックスの後ろから前に出てきて、受けとろうとした。だがシリックスは彼女に下がれと腕を振った。

「わたしではない」

空いたほうの手で蓋を開け、わたしは中身をシリックスに見せた。彼女はその場に凍りついたようになる。息もできない。

「市民、心よりお悔やみ申し上げる」中に入っていたのは記念ピンで、死者の家名はオデラだった。カードには故人の人生と葬儀のことが書かれている。パンの目的や意味合いをわたしは知らないが、贈った者にとっては深い意味があるのだろう。そして、シリックスにも。ただ、彼女の反応が悲しみからくるものなのか、怒りを表現できない苦悩ゆえかはわからなかった。

「自分には家族がないとあなたはいった」気まずい沈黙がつづいたあと、わたしから口を開いた。「しかし、あなたのことを思っているオデラの人がいるのは間違いない」シリックスがわたしと一緒にここに来たのを耳にしたのだろう。

「彼女にこんなことをする権利はない」シリックスは表面的には冷静に、感情を出さずにいった。これは彼女にとって必要なこと、生き残る手段なのだろうと思う。「彼女たちの誰にもね。二股をかけることはできない。取り消すことなどできない」大きく息を吸いこみ、また何かいうように見えたが、何もいわずにただ息を吐き出す。それから「送り返してくれ」といった。

「わたしのものではないし、そうなることはありえない。彼女たちがそうしたんだ」

「そこまでいうのなら、市民、わたしから返しておこう」蓋を閉め、紫の布を広げてくるむ。

「送り主に少しぐらい謝意を示せとか」シリックスの声に嫌悪がこもる。「よけいな説教はしないでほしい。ここはもう、わたしの家……」言葉がつづかない。かなり無理をしているのだろう。誰にも見られずに苦しみと戦えるよう、すぐドアを閉めてもおかしくないが、それをしないのはよほどの自制心というしかない。あるいは、カルル8がまだ部屋にいるせいで、ひとりきりにはなれないと思っているからか。

「望まれれば、市民、わたしでもそういう説教をすることがあるかもしれないが、けっして本心からではない」わたしはお辞儀をした。「必要なことがあれば、どうか遠慮せずに、何なりといってほしい」

彼女はそこでドアを閉めた。わたしはカルル8の目を通して見ることもできたが、そうはせずにおいた。

夕食が運ばれて、フォシフとロードの親子も現われた。昼食以来、シリックスは下におりてこないが、誰もそのことには触れない。彼女はわたしが連れてきたから置いてやる、という存在でしかないからだ。食事がすむと、みな壁ぎわに集まって腰をおろした。といっても、まだパネルはいっぱいに開いている。そこから見える湖は夕闇に包まれて鈍色《にび》だったが、背後にそびえる山々の頂は、いまなお夕焼けに赤く染まっていた。空気は冷たく湿ってきて、召使たちが手付きの茶杯で持ってきた温かい飲みものは、ほろ苦かった。

「これはクハイ式でね」フォシフがいった。シリックスがいないので、わたしはフォシフとロードにはさまれてすわり、ヘトニス艦長はわたしの対面だが、椅子は少し湖側に向けられていた。

〈カルルの慈〉では、今朝のわたしの問いに対する返事が、ウエミ艦隊司令官からようやく届いた。〈慈〉がエカル副官の耳に再生する。「丁重なご連絡、ありがとうございます、セイヴァーデン副官。我が艦は、オマーフでは新たな乗員を加えておりません。ブレク艦隊司令官にもどうかよろしくお伝えください」

わたしはこれに対してつぎの指示を送った。「ブレク艦隊司令官からウエミ艦隊司令官にお尋ねしたいことがあります」エカル副官がいった。何時間かまえのセイヴァーデン同様、彼女も戸惑っている。「貴艦の乗員のなかに、宮殿のステーションで一日か二日、連絡不能になった者はいなかったでしょうか」

「いかがかな、艦隊司令官」夜のとばりがおりてゆく下界の湖畔で、フォシフがいった。「穏やかにお過ごしかな?」

「はい、市民」愛想よく答える義務はまったくない。というより、これから一週間半は、話しかけられても無視したところで無礼とはみなされないのだ。

「艦隊司令官はとんでもなく早起きなんだよ」と、ロード。「今朝、湯殿に案内しようと思って早起きしたら、艦隊司令官はとっくにすませていた」

「市民——」ヘトニス艦長がにこやかにいった。「あなたとわたしたちとでは、早起きの程度が違う」

「軍隊には規律があるからね」フォシフがやさしくいった。「最近、ずいぶん興味があるようだけど——」横目でわたしを見る。「おまえは軍隊向きじゃないよ」

「そうかなあ」軽い調子で。「まだ試したこともないのに?」

「今朝、尾根の向こうまで行って、あなたの茶園を拝見した」わたしはロードが軍隊に向こうが向くまいがどうでもいい。

「新しい歌を仕入れることができましたか?」と、フォシフ。わたしは曖昧に首をかしげてみせた。

「どうしてあいつらを属躰にしなかったのかな」ロードがいった。「そのほうが、よほどましだったろうに」にやにやしながら。「兵員母艦の二部隊分あれば、こっちは用が足りる。それどころかたっぷり余ってあちこちに配れるよ」

フォシフは笑った。「まったくね、急に軍隊に興味をもつなんて！　ずいぶん調べているようだし。艦船とか軍服とか手当たりしだいに」

「軍服はすばらしく魅力的だよ。艦隊司令官が着てくれて、ほんとうにうれしい」

「属躰は、新市民にはなれない」と、わたしはいった。

「なるほど」と、フォシフ。「なるほどね。ただ、まあ、ヴァルスカーイ人も新市民になるのはちょっと無理かと。故郷のヴァルスカーイにいたところでね。なにせ、信仰が信仰だから」ヴァルスカーイとその星系《システム》にはいくつか宗教があり、それぞれに数多くの宗派がある。が、フォシフが指しているのは信者数が最多のもので、ヴァルスカーイ人といえば一般にその信者だとみなされる。そしてそれが、ラドチャーイにはなかなか理解しがたい排他的一神教なのだ。

「ああいうのは宗教どころか、迷信や古くさい哲学みたいなものの寄せ集めでしかないと思いますけどねえ」外はますます暗くなり、木々も苔《こけ》に覆われた岩々も闇に包まれていく。「といっても、信仰なんてちっぽけなことでね。その気になればいくらでも文明人になれる。げんにサミル人は――」腕で周囲を示す。たぶん夕食を運んできた召使たちを指しているのだろう。

「最初はいまのヴァルスカーイ人とおんなじだった。まったくねえ、ヴァルスカーイ人は目の前にあるチャンスをつかもうとしない。艦隊司令官が彼女たちの住まいを見たかどうか知りませんけど、あそこは来客用に使っていて、母屋と変わらないくらいだったのに、いまじゃ廃墟《はいきょ》同然ですよ。身のまわりをきれいにしようなんて、これっぽっちも思わない。そのくせ、楽器だとか新しい端末のためなら、いくらでも借金をする」

「酒をつくる道具にもね」と、きどった口調でロード。

フォシフはため息をついた。心からの深い嘆き。「配給食糧の一部をアルコールに変えて、それからまた借金をして食べものを買う。賃金をもらうどころじゃありません。自制心のかけらもない」

「この星系にはどれくらいのヴァルスカーイ人が送られてきたのだろう？」わたしはフォシフに訊いた。「併呑からいままでに。ご存じかな？」

「さあ、どれくらいでしょう」フォシフは見当もつかないという仕草をした。「こちらは割り当てられた作業員を受け入れるだけで」

「今朝、わたしが見たときは子どもも働いていたが、学校はあるのだろうか？」

「無駄ですよ、ヴァルスカーイ人に学校なんて。行くわけがないんだから。学校が必要だとかなんだとか、真面目に考える気すらない。堅実さが皆無ってことです。そうそう、艦隊司令官をぜひご案内しますからね！　喪が明けてからになるでしょうかね。うちの茶畑をぜひ見てください。それに、いろんな歌も聴きたいでしょう？」

「ブレク艦隊司令官が集めているのは――」ここまで黙っていたヘトニス艦長がいった。「歌曲だけではないよ」

「おや？」

「わたしは断食のあいだ艦隊司令官とともにいたが」と、艦長。「日々の食器は、青と紫のブラクト焼だった。フォーク類もすべてそろってね。何もかも完璧だった」カルル5がわたしの背後で（〈慈〉が見せてくれた）、満足の笑みがこぼれるのを懸命にこらえている。断食中は大半の食物を断つが、カルル5はほんの少量でもブラクト焼の食器で出し、使わない食器でもヘトニス艦長に見える場所に――明らかに意図的に――置いていた。

「それはそれは！　とてもよい趣味ですね！　ヘトニス艦長が話してくれてよかった」フォシフが合図すると、そばにいた召使が身をかがめて指示を聞き、どこかへ行った。「そういうことなら、ぜひ見ていただきたいものがあるんですよ」

外の暗がりから、歌が聞こえてきた。人間の声とは思えない高い声で、母音を長く引きずり、それが同じ音程でつづく。

「ようやく！」と、フォシフ。「あれをお聞かせしたくてね」最初の声に、もう少し低い声が加わった。さらに、もう少し高い声。これがくりかえされて、最終的には十を超える抑揚のない声が、大きくなったり小さくなったり、不協和ながらも不思議に調和して響く。

フォシフがわたしを見る顔は、さあ、どうです？　といっていた。

「これはどういう？」彼女に尋ねる。

「草が歌ってるんです」フォシフはわたしが驚いたと思い嬉々としている。「今朝、外に出たときに見たはずですよ。空気をためる嚢《ふくろ》があって、それがいっぱいになって日が沈むと、ああいう音を出すんです。晴れているときだけですけどね。ゆうべは雨が降ったから聞こえなかっ

くる」

「雑草だよ」と、ヘトニス艦長。「まったく始末におえない。いくら刈っても、また生えてく
た」

「伝えられるところでは――」フォシフは艦長の言葉に同意してうなずきながらいった。「寺院の秘蹟《ひせき》を受けた者が栽培しはじめたようです。雑草はクハイ語で歌うんですけど、どれも寺院の玄義《げんぎ》にかかわる言葉らしくてね、秘蹟を受けたほかの者たちがそれを聞いて、玄義を世間に広めるとはなにごとだと、最初に栽培した者を殺してしまった。素手で体をばらばらに引きちぎって。場所はここ、湖の畔《ほとり》です」

とすると、この来客用の建物はもしや――。

「では、このあたりは聖なる場所だった？　寺院でもあったのだろうか？」わたしの経験では、大きな寺院はたいてい町か、少なくとも村に囲まれていたが、ここに来る途中、上空からは集落はひとつも見えなかった。以前はあったのが、後に茶畑になってしまったか、このあたり一帯が広大な聖地だったのか。「湖は聖なる湖で、この建物は寺院の宿坊だった？」

「艦隊司令官の目はごまかせない！」ロードが大きな声でいった。

「ほんとにね」母親フォシフがうなずく。「湖の向こうに、寺院の名残がありますよ。しばらくは巫女《みこ》もいたが、いま残っているのは願いを叶える魚にまつわる迷信だけで」

聖なる地でつくられるから〝魚娘《さかなむすめ》〟という茶銘になったのだろう。クハイ人はそれについてどんな思いを抱いているか？

「草はどんな言葉を歌っているのだろう？」わたしはクハイ語をほとんど知らないし、暗闇から聞こえてくる不協和音に歌詞があるようには思えなかった。

「それはね」フォシフは笑顔でいった。「誰に尋ねるかによって違うんです」

「子どものころ、暗くなると外に出て」と、ロード。「草をさがしたもんだけどね、光を当てると歌わなくなるんだ」

そういえば、ここに来てからというもの、子どもといえば畑で働く子しか見ていない。おかしい、と思った。しかしそれを口にするまえに、さっきフォシフが用をいいつけた召使がもどってきた。手には大きな箱をひとつ。

箱は金、もしくは金めっきしたもので、赤、青、緑のガラスがちりばめられている。わたしの年齢よりも古い時代の様式だ。いや、三千歳以上になるアナーンダ・ミアナーイよりも古い。この様式を、わたしは過去に一度しか見たことがなかった。それもほんの十歳のころ、約二千年まえだ。

「それは複製品では？」と、わたしはいった。

「違いますよ」フォシフはうれしくてたまらないようだ。召使はわたしたちの真ん中の床に箱を置くと、後ろへ下がった。フォシフが腕をのばして蓋を開ける。なかには茶器一式――フラスク、茶杯十二、茶こしが入っていた。どれもガラスと金で、青と緑の複雑なうねり模様の象《ぞう》嵌《がん》がある。わたしは持っていた取っ手つきの茶杯を掲げた。カルル5が前に進み出てそれを受けとったが、そこに立ったまま動こうとしない。わたしとしても彼女がいたほうがよいと思いつつ、椅子から立ち上がり、箱の前でしゃがんだ。

蓋の内側も金だったが、蓋の上と下に七センチ幅の木も見えて、これが木製であることがわかった。そしてその金箔《きんぱく》に刻まれているのは――ノタイ語だった。わたしは読めるが、ここにいるほかの者たちは読めないのではないか。旧家のいくつか（そのひとつがセイヴァーデンの家だ）や、比較的新しい家系の一部はいにしえのロマンに憧れ、自分たちの先祖はノタイだと主張する。そういう家の者なら、この文言の目的がわかり、単語のひとつやふたつは読めるだろう。が、わざわざノタイ語を学ぼうとするのはごくひと握りだ。

「なんと書いてある？」と訊きはしたものの、わたしにはもうわかっている。

「ヴァルデン神を招いて――」ヘトニス艦長が答えた。「持ち主への加護を求める」

〝ヴァルデンはあなたの力〟と、そこには書いてあった。〝ヴァルデンはあなたの希望、あなたの喜び。一族の娘に長寿と繁栄を。喜ばしい、栄えある時に〟

わたしはフォシフを見上げた。「これをどこで手に入れた？」

「いやはや」と、フォシフ。「ヘトニス艦長がいうとおり、あなたは目利きだ！　彼女から聞かなければ、わたしにはわからなかったでしょうね」

「どこで」わたしはくりかえした。「手に入れたんだ？」

ははは、とフォシフは短く笑った。「そして、脇目もふらずに一直線！　まあ、それはわかってましたけどね。その骨董《こっとう》は、ヘトニス艦長から買ったんですよ」

買った？　これは希少な、計り知れない価値をもつ骨董だ。〝贈答〟さえ考えにくい。ましてや金《かね》と引き換えに手放すなど、とてもじゃないが信じられない。わたしはしゃがんだまま、ヘトニス艦長を見上げた。彼女はわたしの無言の問いにこう答えた。

「所有者は金に困っていたんです。しかし自分の手では売りたくなかった。だって、そうでしょう、こういうものを売るしかなくなったなんて、人に知られたくありませんよね。そこでわたしが仲介しました」

「そして、上前をはねた」横からロードがいった。茶器に話題をさらわれたのが気に入らないらしい。

「そのとおり」と、ヘトニス艦長。

たとえわずかな割合でも、かなりの額になったはずだ。名目上はさておき、これは個人が所有する類のものではない。現存する家系なら、親族が独断で譲渡することをけっして許さないだろう。生まれて間もない、たかだか十歳の艦船だったわたしが見た茶器は、個人の所有物ではなかった。〈剣〉の分隊室に保管され、艦長が来たときに目を楽しませるために取り出した。あれは紫と銀、真珠色で、刻まれた神の名前もこれとは違う。文言は〝喜ばしい、栄えある時に。セイモランド艦長の昇進を祝して〟だ。日付はアナーンダ・ミアナーイが支配するわずか半世紀まえだ。茶器は所有者が敗北したことを示す記念品だった。

いま目の前にある箱の蓋の文言は、最後が削除されている。〝喜ばしい、栄えある時に〟は、文章の始まりにすぎないのだ。だが、消された跡は見えなかった。金の部分の縁はなめらかだし、木製部分にも傷はない。それでもなお、わたしには確信があった。誰かが剝がし、最後の部分を切り取り、細工したのがわからないように修復した——。

その艦長の子孫に代々伝わったものではないだろう。これを残してくれた先祖の名前を、子孫が削除するわけがないからだ。出所の名前を隠したかった者がいる。それには傷つけてもやむなしというほどの大きな意味があった。名前を知られるのは恥だと思ったのかもしれない。その家は、これほどのものを手放すしかなかったのだとわかってしまう。しかし、所有できるほどの家筋ならば、ほかにもっとよい資金化の方法があったのではないか。たとえばセイヴァーデンの家は、古いノタイのシャトルを見物させることで謝礼を得ていた。

盗まれた骨董品。〈アタガリスの剣〉の副官はそういった。あのときわたしは、このてのものだとは想像もしなかった。

そしてあの補給庫。〝ただの残骸〟。都合のいいことに、書かれた文字は不明瞭《ふめいりよう》だ。この茶器のように。

ヘトニス艦長は、〈アタガリスの剣〉をゴースト・ゲートぎわに配置するのが重要だと考えた。そして三千年以上まえのものらしい残骸——アソエクで終わりを遂げたとはとうてい思えない残骸——がゴースト・ゲートから出てきた。ノタイのシャトルの一部。

ヘトニス艦長はノタイの茶器を、あの補給庫と変わらないほど太古の品を売って大金を稼いだ。茶器はどこで手に入れたのか？　誰が最初の持ち主の名前を削りとったのか？　その理由は何か？

ゴースト・ゲートの向こうには、いったい何がある？

14

部屋にもどって、こげ茶色と黒のシャツを脱ぎ、カルル5に渡した。そしてブーツを脱ぎかけたところでノックの音がし、顔を上げる。カルル5がちらっとわたしを見てからドアのほうへ行った。この何日か、彼女はロードの振る舞いを見ていたから、ノックの主の見当がついたのだろう。わたしはしかし、これほどすぐあからさまなことをするとは思っていなかった。

居間からは見えない位置に移動し、カルル5が置いたシャツを取りあげてもう一度着る。カルル5がドアを開け、その目を通して見えたのは、ロードの愛想笑いだった。

「もしよろしければ」ロードは挨拶もなしでいきなりいった。「艦隊司令官と個人的に話をさせていただきたいんだが」カルル5に用件のヒントを与えず、わたしには無礼にならないように練った言葉だ。

通しなさい――わたしは無言でカルル5に指示を送った――しかしあなたは部屋を出ないように。ロードのいう〝個人的〟には従者の存在も含まれているだろう。

ロードが入ってきた。わたしをさがしてきょろきょろしてから、頭を下げて待つ。わたしが寝室から出ていくと、ほほえみながら顔を上げた。

「艦隊司令官……ぜひお話をしたくて」

「何についての話かな、市民？」わたしはロードに椅子を勧めなかった。

彼女は目をぱちくりさせた。どうやら本気で驚いているらしい。

「艦隊司令官、わたしの望みははっきりしているかと思いますけどね」

「市民、わたしはいま喪に服している」部屋にもどってきたばかりで、夜に向け、顔の白線をまだ消してはいなかった。この白線の意味を忘れてもらっては困る。

「そんなものは、ただ見せびらかしているだけだ」

「市民、これはまわりに見せるためにしている。何もせず心の内だけで嘆くこともできるだろう。しかし、その悲しみを周囲に知ってもらうために喪に服す」

「たいていは上辺だけで、よくても過剰演出だ」ロードはわたしがいいたかったことをまったく理解していなかった。「あなたはただ、政治的理由からこうしているにすぎない。本気で悲しんでいるわけじゃないし、まわりもそれはわかってる。人前に出たときのためで、ここは――」腕で部屋を示す。「人前じゃない」

もしあなたの家族が――わたしは彼女に訊いてみたかった――故郷から遠い地で命を絶ったら、その地の誰かが葬儀をしてくれたかどうかを知りたくはないか、たとえ典礼が故郷のものと違おうと、執り行なう者が異国の見知らぬ人であろうと。しかしロードが相手では、訊くだけ無駄だろう。

「市民、わたしはあなたの礼節のなさにとても驚いている」

「この思いは礼節をねじふせてしまうほど激しい、といったら？　それに礼節なんてものは、服喪と同じく、他人の目があるときだけだ」

わたしは自分の身体的魅力に関し、いっさい幻想は抱いていない。礼節をねじふせるほどの思いを呼び起こすわけがないのだ。だが一方で、わたしの職位、わたしのミアナーイという名前はすばらしく魅力的だろう。わけても富と名声をもつ者、たとえばロードのような人間にとっては、魅力的どころの話ではない。娯楽作品の定番は、高潔さ、つつましさが身分の高い者の目にとまり、最後は主人公やその家族に大きな益をもたらす、というものだが、現実生活においては、そんなことを目論《もくろ》んだらどうなるかくらい、みんな重々承知している。

とはいえロードのような人間は、いやロードのような人間だからこそ、わたしに狙いを定め、魅力だの愛だの、口先だけでいう。見え透いていようといまいと、おかまいなしにだ。

「市民」わたしは冷たくいった。「アンダーガーデンの壁に落書きをしたのはあなただとわかっている」彼女は驚いたように目を見開いた。カルル5は部屋の隅に直立不動で、表情ひとつ変えない。「その落書きのせいで、命を奪われた者がいる。彼女の死は、この星系《システム》全体を危険にさらしかねない。あなたは死者が出ることまで予期していなかったかもしれないが、自分の行為が問題を引き起こすことは十分わかっていたはずだ。そしてどんな問題が起きるか、それにより誰が傷つくかは、まったく気にもとめなかった」

ロードは怒りの表情で胸を張った。

「艦隊司令官！　非難される覚えはないね！」

「想像するに」わたしは平然としていった。「あなたはティサルワット副官に腹を立てていた。市民ピアトとの楽しみを邪魔したからだ。ちなみに、あなたはピアトを虐げている」

「ああ、それなら」憤慨と体の緊張がゆるむ。「たいした問題じゃないよ。ピアトのことは小さいころからよく知っているし、あいつは……情緒不安定なんだ。神経過敏でね。いじけてるんだよ、母親がステーションの管理官で、しかも容姿端麗ときている。ピアトだって文句なしの仕事に就いたくせに、母親の足もとにも及ばないとかなんとか、ともかく何でもいじいじ考えすぎでね、こっちも我慢しきれなくなるときがある」ふっと、ため息をつく。心からの反省。改悛《かいしゅん》の情。「なんてひどいことをするんだと、彼女に責められる。そうやって、彼女もわたしを傷つけるんだ」

「〝クソがつくほどうんざりする〟と、あなたはいった。あなたの我慢の限界はどの程度なのだろう。ピアトの冗談にみんなが笑い、彼女がその場の注目を集めた、あなたよりもっと」

「ティサルワットに悪気はなかったんだろうが、彼女はぜんぜんわかっちゃいない……」声がしぼんだ。痛みの表情。「彼女が……ピアトが、壁の落書きはわたしの仕業だといったわけじゃないだろう？　あれくらい、機嫌のいいときのピアトなら、けらけら笑って喜ぶよ」

「彼女はあなたに関して何も話していない」冷たい声を保つ。「証拠から明らかなだけだ」

ロードの体が固まった。息を詰める。そしてわたしと同じように冷たい声でいった。

「母の招待を受けたのは、ここに来てわたしを攻撃するためだったんだな？　腹に一物あるのはわかっている。いきなり現われて、ゲートの使用禁止なんてろくでもない命令を出して、うちの茶は輸出できなくなった。デンチェ家を狙ったとしか思えないし、このままおとなしくしているつもりもないからな。これからすぐ母に話す！」

「そのときは――」沈着冷静。「あなたの手袋にペンキがついた理由も母親に説明するように。ただし、彼女がとっくに気づいていたとしても、何の不思議もない。口封じのために、わたしをここへ招いたのだろうから」それを承知のうえで、わたしは招待を受けた。下界の様子を知りたかった。シリックスの激しい怒りの対象も。

ロードは背を向け、無言で部屋を出ていった。


気候制御グリッドの銀色の筋模様がついた朝空は、うっすら青く、ところどころに白い雲が浮かんでいる。太陽は山の上まで昇りきっていないので、家も湖も、そして木々もまだほの暗い。シリックスが湖の畔《ほとり》でわたしを待っていた。

「起こしてくれてありがとう、艦隊司令官」わざとらしくお辞儀する。「ぐずぐず寝てばかりではいられない」

「時差には慣れたかな？」ステーションはいま、正午を過ぎたあたりだろう。「湖沿いに小道があると聞いてね」

「わたしはあなたの走りにはついていけないよ」

「きょうは散歩だ」シリックスがどうしようと、ともかく歩くつもりだった。畔の小道を進み、彼女がついてきているかどうかをふりかえって確認することはしない。その代わり背後に足音を聞き、テラスの隅から見ているカルル5の目を通してシリックスを（そしてわたし自身を）ながめる。

ステーションでは、アンダーガーデンのわたしたちの居間で、ティサルワット副官がバスナーイドと話している。バスナーイドが到着してから、まだ五分とたたない。そのころわたしはブーツをはいて部屋を出るところだった。シリックスを待たせようかとも考えたが、歩きながら観察できると思い、そのまま部屋を出た。

バスナーイドを前にして、ティサルワットがぞくぞくしているのが（自分の肌で感じられるほど）わかった。

「園芸官――」ティサルワットがいった。目覚めてからあまり時間はたっていない。「ご要望があれば何でもいってください。ただ、艦隊司令官からは、あなたに近づくなと命令されています」

バスナーイドは驚き、戸惑い、眉をひそめた。「どうしてそんなことを？」

ティサルワットはおちつかなげに息を吐いた。

「あなたは、艦隊司令官とはもう話したくないといった。でも彼女はあなたに……自分が何であったかを……」どう話せばよいかわからないようだ。「艦隊司令官はあなたに頼まれればなんだってするでしょう、あなたのお姉さんのために」

「あの人はその点で、少し傲慢《ごうまん》です」バスナーイドはきつい口調でいった。

「艦隊司令官」湖畔の小道でシリックスがいった。ずっと話しかけていたのに、わたしは気づかなかったらしい。

「申し訳ない、市民」この場に気持ちをもどす。「少しほかのことを考えていた」

「みたいですね」彼女は落ちた枯れ枝をよけた。「きのうの件をあやまりたくて。また、カルル8をつけてくれて感謝しています」そこで眉根を寄せる。「彼女たちを名前で呼んではいけない決まりでも？」

「わたしに名前を呼ばれるのを好まないようだから、少なくともカルルたちは」断定はできないが、という仕草をする。「あなたが訊けば、名前をいうかもしれない」家はもうかなり後方で、曲がり道と木々の枝葉に隠れて見えない。木は広い楕円《だえん》形の葉を繁らせ、白い房飾りのような花が滝さながら垂れている。「教えてほしい、市民。ここに運ばれてきた追放者で、サスペンション・ポッドにからむ事故はないのだろうか？」追放者はサスペンション・ポッドで運ばれる。通常は何の問題もないが、ときには死亡させたり、深刻な障害を与えてしまうこともあった。

シリックスの足が一瞬止まった。が、すぐにそのまま歩きつづける。わたしの質問は彼女を驚かせたらしいが、表情を見るかぎり、意図は伝わったようだ。

「わたしは解凍されるところを見たことがないし、たぶん誰も見たことはないと思う、ここしばらくは。しかしヴァルスカーイ人のなかには、医者は解凍するとき、かならずしも全員を生かしてはおかないと考える者もいる」

「なぜそんなことを？」

シリックスは曖昧な仕草をした。「はっきりとはわからない。彼女たちがいうには、医者は何らかの基準で不適合と判断した者を廃棄すると。それが何を意味しているのかまでは話さない、少なくともわたしがいる場ではね。ヴァルスカーイ人は何があっても医者のところには行こうとしませんよ。体のどこの骨が折れようと、友人に枝と古着で固定してもらうほうを選ぶ」

「きのうの夜――」わたしは説明のために話した。「この星系に移送されたヴァルスカーイ人の人数を問い合わせた」

「ヴァルスカーイ人だけ？」シリックスの眉がぴくっとした。「サミル人は？」

おっと。「それなりにわかったつもりでいたが」

「そんなことをしても、ヴァルスカーイ人のことはたいしてわからないと思いますけどね。それよりも、ヴァルスカーイが併呑されるまえ、百五十年くらいまえに何かが起きた。わたしは生まれていなかったし……実際に関係した者たちしか、たしかなことはいえないでしょう。それでもこういう噂はある――この星系に来るサミル人追放者の処理を担当していた者が、その一部をこっそり星系外に奴隷として売った」わたしの懐疑的な目つきを見て大きく手を振る。「たしかにばかげて聞こえますが、ここが文明化されるまえは――」けっして嫌味な言い方ではなかった。「借金を背負った年季労働は珍しいことじゃなかったし、年季労働者を売り払うのも合法だった。誰も何も気にしやしない、悪趣味な人間がクハイ人を数人売ったときを例外としてね。イチャナ人を何人売ろうと、ありきたりのことでしかなかった」

「当時はそうだったろうね」わたしは数字――ここに運ばれてきたヴァルスカーイ人の数、サスペンション・ポッドから出されて仕事を割り当てられた人数、現在もポッドに入ったままの人数――を問い合わせるとき、ヘトニス艦長から古代茶器をフォシフに売ったと聞いたこともあり、ついでに星系の歴史についても確認した。「星系外に奴隷を売るのは併呑後まもなく廃れたし、復活していない」理由のひとつは、奴隷商人たちはアソエクからの廉価な供給に頼っていたが、併呑によってそれができなくなったこと。また、商人たちの星系内部に問題が発生したこともある。「それに、アソエクが併呑されたのは六百年まえのことだろう？　そのあいだ、まったく気づかれずに行なわれたとは思えない」

「わたしは耳にした噂を話しただけですよ、艦隊司令官。人数の違いはサスペンション・ポッドの事故のせいにした。ずいぶん見えすいた言い訳ですよね。売られた者の大半は、本来、茶園の作業員になるはずだった。総督はそれを知ると――ジアロッド総督の前任者ですよ、もちろん――やめさせたが、たぶん揉み消しもしたはずだ。結局のところ、偽の報告書に署名した医者たちは、アソエクでも力のある市民の要請によってそうしたわけだから。悪事をはたらいても逮捕されない市民たちのね。しかしもし噂が宮殿にまで届いたら、どうしてこれまで気づかなかったんだと、総督は皇帝に追及される。そのため、有力市民の多くを隠棲《いんせい》させた。フォシフの祖母も、この大陸の反対側にある修道院で余生を送りましたよ」

だからわたしは、フォシフの家から離れた場所で話したかった。万が一の場合に備えてだ。

「サスペンション・ポッドの事故率の捏造《ねつぞう》くらいでは隠しきれないだろう。もっといろいろやったはずだ」わたしが歴史の問い合わせをして、もどってきた資料にこの話は含まれていなかった。しかしシリックスは、揉み消しもあったはずだという。おそらく公式記録からすりぬけたのだろう。

シリックスはしばらく黙って考えこんだ。

「艦隊司令官、あくまで推測ですからね。聞いた噂を話したにすぎない」

「……心をこめて書いた詩だから」アンダーガーデンのわたしの居間で、バスナーイドがいった。「ここの人たちに読まれずにすんでよかった」彼女とティサルワット副官はお茶を飲んでいる。

「あなたは自分の詩をお姉さんに送った？」

ティサルワットが訊くと、バスナーイドはため息混じりに小さく笑った。

「ほとんど全部ね。姉はいつも誉《ほ》めてくれた。よほど心がやさしいか、でなきゃよほど趣味が悪いか」

ティサルワットはこれに苦しげな顔をした。強い羞恥《しゅうち》と自己否定。もちろん、教養のあるラドチャーイなら若いころにたくさんの詩を書くし、ティサルワットがどんな詩をつくったかは、わたしなりに容易に想像がつく。彼女が自分の詩に自信をもっていたことも。しかしそれを、三千年生きてきた皇帝アナーンダ・ミアナーイの目を通して見たとき、結果が心温かい評価だったとは考えにくい。いまはもうアナーンダでないとしたら、ここにいるのは下手な詩を書く軽薄なティサルワットが再構成されたものということだ。アナーンダのあからさまな蔑視を思い出さずに、自分の詩を読むことができるだろうか？

「オーン副官に詩を送ったのなら」ティサルワットは熱い思いと自己否定がないまぜの痛みを覚えながらいった。「艦隊司令官ブレクも読んだと思います」

バスナーイドはきょとんとした。顔をしかめかけ、すぐによす。眉間に皺が寄ったのは、わたしが彼女の詩を読んだと聞いたからか。あるいはそれまでくつろぎほほえんでいたティサルワットが、急に張り詰めた声でいったからか。

「あのとき直接、彼女にそれをいわれていたら……」

「口が裂けてもいいませんよ」声はまだ緊張している。

「副官」バスナーイドは横にある間に合わせのテーブルに茶杯を置いた。「あのときいったことは本心です。よほどのことがなければ、ここには来ません。じつは、アンダーガーデンが修復されることになったのは、艦隊司令官の意向だと聞いて――」

「そ……」ティサルワットは単純に〝そうだ〟というのを思いとどまった。もう少し賢明に答えなければ。「修復の指示を出したのは、いうまでもなくセラル管理官です。艦隊司令官も意見はいいましたけどね」

バスナーイドはおざなりに、わかったという仕草をした。「上のガーデンズの湖で、貯水がアンダーガーデンにあふれないようにする支持構造を、ステーションは見ることができず、本来定期的に検査するはずなのに、一度も実施されたことはありません。だけどわたしは主任園芸官に何もいえない。検査の責任者は主任の親族で、このまえ提議したときは、自分の仕事のことだけ考えろ、よくそんな批判ができるものだと、それはもう、ひどくののしられたので」

その主任を飛び越えてセラル管理官に直訴すれば、かなりむずかしい立場に置かれるだろう。管理官が耳を貸してくれればまだいいが、その保証はまったくない。

「園芸官！」ティサルワットは声をはりあげた。これでも熱い思いをこめて叫びたいのを必死でこらえたつもりだ。「わたしがお手伝いします！　交渉の窓口の問題でしょうから」

バスナーイドは面くらい、目をぱちくりさせた。

「いえ、そこまでは……わかってください、わたしは艦隊司令官にお願いしたくはありません。ここに来たのは、危険だと思ったからです。あの支持構造がもし崩れたら……」

「艦隊司令官は関係ないですよ」ティサルワットは表情を引き締めた。内心は有頂天だ。「この件を市民ピアトに話したことは？」

「初めて提議したときは同席していましたが、ただそこにいるだけで……。副官、あなたとピアトが最近親しくしているのは知っていますし、彼女のことをとやかくいうつもりはないのですが、でも……」どういえばよいかと言葉をさがす。

沈黙を破ってティサルワットがいった。「ピアトは自分の仕事に投げやりなところがあります。ロードがまわりをうろつくせいで気が散るのが半分。あと半分は、いじけているから。ロードは四、五日まえに下界に行ったし、艦隊司令官も何か意見があったところで、すぐにはここにもどってこない。あなたはピアトの違う面を見ることができるはずです。彼女は自分には力がないと思いこんでしまっている。自分の判断なんてたいしたことがないとね。彼女は仕事で、あなたの支援を必要としていると思う」

バスナーイドは首をかしげ、眉間に皺を寄せた。得体の知れないものを見るように、ティサルワットをまじまじと見る。

「副官、失礼だけど、あなたは何歳?」

ティサルワットはうろたえた。罪悪感。自己否定。そして……歓喜や満足感に似たもの。

「わたしは十七歳です、園芸官」けっして嘘ではない嘘。

「いまのあなたは十七歳には見えません。艦隊司令官があなたを同行させたのは、このステーションの有力市民の、娘たちの弱点をさがすためとか?」

「まさか」ティサルワットの顔にあからさまな落胆の色。内心は、ほぼ絶望感。「わたしを同行させたのは、自分の監視下に置かないと何をやらかすかわからないと考えたからでしょう」

「それを五分まえに聞いていたら、わたしはあなたを信じませんでした」

下界の湖畔の、林のなかの小道。頭上の青空は輝きを増していた。東方はいっそうまぶしく、背後に太陽を隠す山の頂は、黒いシルエットを見せている。シリックスはわたしの横を歩いていた、黙々と。おとなしく。これまでの彼女を見るかぎり、怒りの露出を抑制させる激しい不快感や苦痛は、ときにその体にも表われていた。つまり、いま静かでおとなしいのは、ほぼ確実に見せかけだ。

「あなたは歌が上手だ、艦隊司令官」わたしの疑惑を裏づけるような、小さな冷笑。「ハミングする歌は、そのとき考えているものと関係があるのですか。それとも時々の思いつきで?」

「とくに決まりはない」いま歌っていた曲は、きのうカルルが医務室で口ずさんでいたものだ。

「これはたまたま最近聴いた曲でね。昔からの習慣で、不快な思いをさせたのなら申し訳ない」

「そんなことはいっていませんよ。皇帝の親族が他人の不快感に気をつかうとは驚きだ」

「歌をやめるとはいっていない」きっぱりと。「あなたはあんなことが——追放者の売買が行なわれ、それに皇帝が気づかなかったと思っているのかな?」

「皇帝が気づいていれば、実態を把握していれば、イメのようになったでしょう」イメの総督は汚職まみれで、市民を殺害し、属躰《アンシラリー》にし、蛮族《エイリアン》ルルルルと一触即発の状態になったとき、アナーンダ・ミアナーイに気づかれた。少なくとも、穏便なほうのアナーンダに。だがシリックスは、そこまでは知らない。「ニュースは各地に広まり、関係者は責任をとらされたはずだ」

アナーンダはいつ、ここの住民が、市民になれるはずの人びとが売られているのに気づいたのだろう? 片方のアナーンダがこれを知り、敵側のアナーンダに隠れて継続させた、あるいは再開させたとしても何の不思議もない。わたしが疑問なのは、それがどちらのアナーンダで、これを何に利用しようとしているかだ。艦船から属躰を排除したアナーンダのことをいやでも考える。〈カルルの慈《めぐみ》〉のような軍艦、スカーイアト・アウェルが乗っていた〈エンテの正義〉のような兵員母艦の乗員はみな人間だ。敵側と戦うとき、人間の兵士では信頼に欠ける。かたや属躰は艦船の一部であり、艦船の命令どおりに動く。ラドチ軍の縮小に反対するアナーンダなら、追放者の肉体は役に立つと考えるだろう。

「あなたは異議を唱えるでしょうが」黙りこんでいたわたしにシリックスがいった。「ラドチは正義のためだけに、地方を文明化しているわけではないのでは？」

そう、正義のほかに礼節、裨益《ひえき》。

「ここに正義に反するものがあるとすれば、理由はひとつ、皇帝があまり姿を見せないからだろう」

「ラドチャーイが平然と、クハイ人がやったように年季労働をさせ、奴隷として売るところを、あなたは想像できますか？」

背後では、わたしたちが滞在している別棟で、ヘトニス艦長が朝食を食べているようだ。そばには軍艦〈アタガリスの剣《つるぎ》〉で奴隷のごとく働くもと人間がひとり。彼女は何十人のなかのひとりにすぎない。わたしもかつて、何千という体のうちのひとつだった。わたしのほかの体がすべて破壊されるまえは——。シリックスはそれを知らないものの、まだ兵員母艦が生きていること、乗員がまだ属躰であることは知っているはずだ。あの尾根の向こうで、大勢のヴァルスカーイ人が暮らしている。彼女たち、その母親、祖母たちは、故郷の惑星をラドチの侵略軍に引き渡し、低賃金で労働するために、ここに運ばれてきたにすぎない。シリックス自身、そんな追放者の子孫だ。

「追放者といっても、属躰にされたわけではない」わたしは冷ややかにいった。

「でも皇帝は属躰製造を中止したでしょう？」わたしが答えずにいると、彼女はつづけた。

「ヴァルスカーイ人のサスペンション・ポッドの事故率は、あなたの目には高く見えるということ？」

「そう」艦船時代、わたしは何千という体をサスペンション・ポッドに入れて保存したのだ。事故に関しては、長く十分な経験がある。「ところで、追放者の売買は百五十年まえに完全に中止されたのか、それともそう見えただけなのだろうか」

「皇帝もあなたと一緒に来ればよかったのに。そうすれば自分の目で確認できる」

わたしたちの頭上、アンダーガーデンでは、ティサルワット副官とバスナーイドがお茶を飲んでいる部屋にボー9が入ってきた。

「副官、問題が発生しました」

ティサルワットは驚き、お茶を口に含んでから先をつづけるよう手で示した。

「先ほど、副官の朝……昼食の材料を入手しにレベル1に行きました」わたしは食料その他の必要品をできるだけアンダーガーデンで仕入れるよう指示しておいた。「すると、茶房に大勢の者が集まり……怒りの声をあげていました。艦隊司令官が命じた修復に関してです」

「怒りの声?」ティサルワットは仰天した。「水道設備に? 照明がつき、換気されることに怒っているのか?」

「わたしにはわかりません、副官。茶房に集まる住民は時間とともに増え、立ち去る者はいません」

ティサルワットはボー9の顔をじっと見た。「みんな喜んでくれると思わなかったか?」

「わかりません」しかしわたしは〈慈〉から送られたものを見て、ボーは副官と同じ思いなのだとわかった。

ティサルワットは向かいにすわっているバスナーイドに顔を向けた。そしていかにも苦しげに、悔しげに唇を噛んだ。

「だめだ」ティサルワットは何かに答えるようにつぶやいた。「だめだ」もう一度つぶやいてから、またボー9を見上げる。「艦隊司令官ならどうするだろうか?」

「艦隊司令官にしかできないようなことをなさると思います」ボーはそこでバスナーイドがいることを思い出した。「申し訳ありません、副官」

ティサルワットは声には出さず〈慈〉を呼んだ——艦隊司令官に指示を仰げるか?

「艦隊司令官はいま喪に服しています」〈慈〉はティサルワットの耳に答えた。「弔辞や挨拶であれば伝えることができます。しかし、艦隊司令官がアンダーガーデンのこの状況にかかわるのは不適切です」

下界でシリックスがいった。

「ここにいる者全員がかかわりすぎています。かといって、皇帝がここに来ることはできない。でもあなたは、皇帝から個人的に権限を授かっているのではないですか?」

アンダーガーデンで、ティサルワットが訊いた。

「今朝の寺院のオーメンはどんな結果だった?」

「失うものなくして得るものなし、でした」ボーはそれだけ答えた。文言はもっと複雑で長いが、要点はこれだ。

下界の湖畔の木陰でシリックスはつづけた。

「あの日、エメルはあなたのことを、氷のようだといった」エメルとは、アンダーガーデンの茶房の店主だ。「通訳士はあなたの目の前で撃たれ、あなたの腕のなかで死に、あたりは血だらけになった。しかしあなたは冷静で、動揺することもなく、声にも顔にも何の変化もなかった。あなたはエメルをふりむいて、お茶を頼んだ」

「まだ朝食をとっていなかった」

シリックスは鋭く短く、ははっ、と笑った。

「あなたが触れたとたん、碗《わん》が凍ってしまうような気がした、とエメルはいっていた」そこで彼女は気づいた。「またほかのことに気をとられていますね？」

「そう」わたしは足を止めた。アンダーガーデンで、ティサルワットは何らかの結論を下し、ボーに「バスナーイド園芸官をガーデンズまでお見送りしてくれ」といった。下界の湖畔で、わたしはシリックスにいった。「たいへん申し訳ない、市民、じっくり考えなくてはいけないことができた」

「らしいですね」

わたしたちは無言で三十メートルほど歩き（ティサルワットはアンダーガーデンの部屋を出て廊下を歩いている）、シリックスがいった。

「聞いた話では、デンチェ家の娘はゆうべ、ぶすっとして出ていったきり帰ってこないらしい」

「カルル8はあなたに、あの家のゴシップを話しているわけだ」わたしはそういい、アンダーガーデンのティサルワットは階段を駆け上がっていく。「あなたに好意をもっているのだろう。

カルル8はロードが家を出た理由をいわなかったのかな?」

シリックスは、おや、という顔をした。「いいませんでしたよ。しかし、見ていれば誰でも想像はつく。ふつうの感覚の持ち主なら、ぴんときますよ。彼女は愚かにも、これまでと同じように、あなたに狙いを定めた」

「市民、あなたはロードを嫌っているらしい」

シリックスはぷっと息を吐いた。冷笑。

「彼女はガーデンズの事務室にいりびたっている。趣味は誰かを物笑いの種にして、周囲を笑わせることだ。ピアトはしょっちゅう種にされるが、別にたいしたことじゃない。ロードはただ冗談をいっているだけ、ですからね。わたしが彼女の身代わりで逮捕されたのなんて、ただのおまけだ」

「落書きが彼女の仕業だと知っていたのか?」

上界のアンダーガーデンでは、バスナーイドがボー9の手を借りて、荷箱の残骸をよけながら歩いていた。レベル4のセクション・ドアを開けはなしておくために置かれていた荷箱だ。ティサルワット副官はもうじきレベル1へ。

湖の畔で、シリックスの顔がゆがんだ。自分は真実を知らされないまま、犯人にされたかもしれないという屈辱。

「彼女はたぶん町まで飛んだでしょう」とシリックスはいった。「でなければ茶園の作業員の宿舎に行って、かわいそうなヴァルスカーイ人をたたき起こし、彼女を喜ばせたか」

そこまでは考えていなかった。わたしはロードを冷たく拒否することで、矛先を別の者に向けさせただけなのかもしれない。

「喜ぶというのは？」

ふたたび、心のなかがよくわかる顔つき。「いまあなたにできることはないように思いますけどね。誰に尋ねたところで答えは同じだ。彼女たちは喜んであの娘の思いどおりになる、と断言しますよ。だって、もしいやがったら、どうなります？」

ロードはわたしがいなければ、まっすぐ宿舎に行ったのだろう。娯楽と満足を簡便に手に入れられる場所。茶園主のあいだでは日常的な娯楽と満足——ロードをどこか別の場所に移す、もしくはこれまで常習的にしてきたことをさせなくする手立てはないものか。ただ、こういうことは、ほかにも何十という地域でなされているようには思う。

上界のレベル1のコンコース、あの茶房の外で、ティサルワットはベンチの上に立った。数人が彼女に気づき去っていったが、ほとんどは茶房のなかで行なわれている演説らしきものに聞き入っている。彼女は大きく息を吸った。決断。確信。それが何であれ、意を決したことでおちつきがもたらされ、熱望と期待が湧きあがる。だが、わたしのほうは、そこに不穏なものを嗅ぎとった。

「〈カルルの慈〉——」シリックスと肩を並べて歩きながら無言で呼びかける。

「承知しています、艦隊司令官」〈慈〉が応答した。「ですが、彼女に問題はないように思います」

「ドクターに伝えてほしい」

　ベンチの上で、ティサルワットは呼びかけた。

「市民！」さして響かず、もっと声をはりあげる。「市民！　何が問題なのでしょうか！」

　あたりが静まりかえった。すると茶房の入口近くにいた者が何やらいった。あれはラスワル語で、たぶん卑猥《ひわい》な言葉だ。

「ここにはわたしひとりで来ました」ティサルワットはつづけた。「何か問題があると聞いたのですが」

　人びとがあとずさって道を空け、演説していた者がティサルワットのもとへ行った。

「兵隊はどこにいる、ラドチャーイ？」

　ティサルワットのなかにあったはずの自信が急にしぼんだ。

「台所で皿を洗っています、市民」怯《おび》えを声に出さないようにがんばる。「使い走りで出かけてもいます。わたしはただ、お話ししたくてここに来ました。何が問題なのかを知りたいのですが」

　相手は笑った。短い苦笑い。わたしは経験から、このような場では彼女も怯えているはずだと思った。

「わたしたちはここでうまくやってきた。ところがいきなり、あんたたちが関心をもちはじめた」ティサルワットは何もいわず、顔をしかめたいのをこらえた。話の流れが見えない。彼女の前にいる人物がつづけた。「ご立派な艦隊司令官が部屋をほしがったとたん、あんたたちはアンダーガーデンのことを気にしはじめた。こっちには宮殿に訴えたくても訴える手立てがないんだよ。あんたたちに追い出されたら、どこに行けばいいんだ？　クハイはわたしたちを寄せつけない。わたしたちがここで暮らすことになったのはどうしてだと思う？」いったん言葉を切って、ティサルワットが何かいうのを待つ。しかしティサルワットは黙ったままで（困惑、混乱）、彼女はつづけた。「わたしたちが喜ぶとでも思ったのか？　こっちのことなんか何も考えちゃいない。どうしたいのかを、一度でも訊きに来たか？　わたしたちをどうする気だ？　残らず再教育するか？　皆殺しにするか？　それとも属躰にするのか？」

「違います！」ティサルワットは大声をあげた。腹を立てている。と同時に反省もしていた。彼女もわたしと同じく、住民のこのような不安はいつでもどこにでもあることを知っていたからだ。わたしたちが到着してから、塗装工と〈アタガリスの剣〉の一件もあり、こうなる可能性は予測できてもいいはずだった。

「計画では」とティサルワットはつづけた。「既存の施設配置を追認、維持します」数人がばかにした笑い声をあげた。「おっしゃるとおり、ステーション管理局はみなさんの懸念に耳を傾けなくてはいけない。もしよければ、いま話し合いをしましょう。そしてあなたと――」目の前にいる人物に腕をのばす。「わたしのふたりで、それを直接セラル管理官に伝えにいく。レベル４に事務室を設けることもできます。改修に関することでも何でも、気になることがあれば、そこに来て話してもらえばいい。それをわたしたちが管理官に伝えます」

「レベル４だって？」ひとりが叫んだ。「階段をのぼりおりできないのもいるんだよ！」

「レベル1には部屋がありませんから、市民。まさにここ、この場でもよいでしょうが、市民エメルの茶房のお客さんや、通行する人たちの邪魔になります」つまりアンダーガーデンのほぼ全住民だ。「でしたら、みなさんと話し合いをしたあと、こちらの善き市民と――」またあの彼女を手で示す。「わたしが管理局を訪ね、リフトの修復が最優先だと告げましょう」

静寂。集まった人びとは用心深くゆっくりと、茶房から狭いコンコースに出てきはじめた。するとなかのひとりがティサルワットにいった。

「わたしらはね、話し合いをするときはすわるんだ。何かいいたいことがあったら、立ち上がっていう」嚙みつかんばかりに。「そしてベンチは、地べたにすわれない人間のためにとっておく」

ティサルワットは自分が立っているベンチを見下ろした。そして目の前の人びとを見渡す。茶房からは五、六十人といわず、もっと大勢が出てきた。

「わかりました」と、ティサルワット。「ではベンチからおりましょう」

シリックスとわたしが家にもどるころ、ウエミ艦隊司令官のメッセージが〈カルルの慈〉に届いた。当直はドクターだ。

「失礼ながら」ドクターの耳に声が聞こえる。「ブレク艦隊司令官は一次情報または個人情報を求めておられるのでしょうか？　〈イニルの剣〉の乗員のうち、オマーフ宮殿に数分以上滞在したのは、このわたしひとりです」

ドクターはエカルやセイヴァーデンと違い、ウエミ艦隊司令官へのわたしの質問趣旨を理解した。そのため、わたしが残した返信用の文言を読み上げるとき、彼女は怯えていた。

「ウエミ艦隊司令官、たいへん恐縮ですが、ブレク艦隊司令官からお尋ねしたいことがあります。ウエミ艦隊司令官は最近、ご自分がご自分でないような感覚をもたれたことはないでしょうか」

返事は期待していなかったし、以後、〈イニルの剣〉からの音信は途絶えた。

15

市民フォシフの召使たちは、無表情で口をきかないカルルたちの前で、遠慮なく自由にしゃべった。ロードは結局のところ母親には訴えず、召使に荷物をまとめさせると、上界行きのエレベータまでフライヤーで飛んだ。そこからシャトルでアソエク・ステーションに向かうのだろう。

召使のほとんどはわたしを嫌い、滞在中の別棟の外でそれをしゃべったり、カルル5や8がときに立ち寄る母屋の台所でも噂した——艦隊司令官は尊大で冷たい、鼻歌にはいらつく、だからそういうのを気にしない属躰《アンシラリー》がお供なんだ（カルル5と8は属躰と思われていることにそれなりの満足感を覚えている）、わざわざシリックス・オデラを連れてきたのはわたしらを侮辱するためだ（つまり彼女が何者でどんな経歴をもつかをみんな知っている）、おまけにお嬢さんにつらく当たる。召使たちはロードとわたしの間に何があったかを知らないが、おおよそ見当はついているらしい。

なかには、そんな意見を黙って聞くだけの者もいる。顔は仮面のごとくだが、眉毛や口の端がぴくぴくするときは、何かいいたいことがあるのだろう。それよりもう少し率直な者が何人か、ロードだってひどい、思いどおりにならないと怒りをぶちまけるじゃないかと（小声で）指摘する。母親そっくりだ、とひとりがつぶやき、これが聞こえたのはカルル5だけだった。

「乳母《うば》はロードがまだ三歳のときに出ていったらしいよ」カルル5が8にいった。わたしはこのときまた散歩に出ていて、シリックスは睡眠中だ。「母親に我慢できなくなったからだって」

「ほかの親たちはどこに？」と、カルル8。

「ほかに親はいないらしい。というか、親から生まれたんじゃないというのかな。ここの娘はクローンだ。母親とまったく同じになる運命ってことだよ。彼女はそれを、母親がいないとき耳にしたらしい。だから召使たちも、みんなじゃないが、彼女に同情している」

「母親は子ども好きじゃないよね」カルル8は子どもたちがフォシフやフォシフの客たちにけっして近づこうとしないのに気づいていた。

「わたしだって、正直なところ、子ども好きとはいえないよ。でも、うーん。子どもといっても、いろいろだからね。その子をよく知れば、いい子だと思ったり思わなかったり、ほかのみんなと同じだ。だけど子づくりに関して、わたしに頼る者がいないのはありがたい。どうしたらいいのか想像もつかないから。いってる意味がわかるかな。それでも、あんなことをしちゃいけないのはわかってる」

二日後、ロードが帰ってきた。エレベータの麓《ふもと》に到着したとき、彼女は搭乗を拒否された。ステーションへの旅行はこれまでずっと許可されてきたと主張しても無駄だった。彼女の名前はリストになく、許可は得られず、セラル管理官にメッセージを送っても返信はない。同じく市民ピアトもまったくの無反応。警備官がやってきて、ロードにすばらしく丁重に、湖畔のご自宅にお帰りになられたほうがよろしいのでは、といった。

意外なことに、彼女はそのとおりにした。たぶん麓の町に滞在するだろうと、わたしは予想していたのだが。町であれば、彼女好みのゲームを一緒に楽しむ仲間を見つけられる。しかし彼女は、湖にもどってきた。

家に着いたのは深夜。そして朝食まえ——母屋の台所の外にいる召使たちの耳に、ロードは惑星を出られなかったという話が届きはじめたころ——彼女は付き人に、母親フォシフが目覚めたらすぐ、相談したいことがあると伝えろ、と命じた。台所仕事をする召使の大半は、この付き人に反感をもっていた。ロードの付き人であることを鼻にかけているから、らしい。しかしたとえ毛嫌いしていても（カルル5が台所で耳にした会話によると）、あんな伝言をもってフォシフのもとに行かされる付き人には同情してしまう、とのこと。

母と娘の話し合いは、ふたりきりで行なわれた。といっても家のなかだから、三、四人の使用人には聞かれてしまう。またフォシフがわめけば、数はその倍だ。そして実際、彼女はわめいた——こういう事態を招いたのはロード、おまえ自身じゃないか、何か手を打とうにも、おまえは艦隊司令官を味方につけるどころか敵にまわした、あの人はおまえを無力無能と思っているはずだ、ほんとうにおまえはばかだ！　そしてフォシフはためらいつつも、自分たちが親子だとはとうてい思えないといった。おまえがセラル管理官の不興を買うようなことをしたのは間違いない、わたしならそんな過ちはけっして犯さない、クローンの作製過程にきっと欠陥があったんだ、わたしのDNAをもつ者が食糧と空気を浪費するだけの役立たずであるはずがない、おまえが事実を事実として認めず、ひと言でも、ひと呼吸でも反論したら、この家から追い出してやる、もっと出来のいい後継者を新しくつくる時間はいくらでもある――。これを聞いてロードはいっさい反論せず、黙って自分の部屋にもどっていった。

　昼食の時刻が近づき、わたしが別棟の自室を出ようとしているころ、ロードの付き人が母屋の台所に入り、その中央で立ち止まった。震えながら何もいわず、頭上のどこか遠くを見つめている。台所には、シリックスの世話をするカルル8が来ていた。最初のうち、昼食の料理の仕上げに忙しく、誰も付き人には気づかなかった。しかしまもなく、下働きが目を上げ、震えて立っている付き人に気づいて息をのんだ。

「蜂蜜！」下働きは大声でいった。「蜂蜜を持ってきて！」

　全員が顔を上げた。付き人の震えは増し、口を少し開いた。何かいいたいのか、それとも嘔《おう》吐《と》か。しかし彼女は口を閉じ、それを何度もくりかえした。

「手遅れだよ！」誰かがいい、別の下働きがあせった声で「午後のケーキ用に全部使った！」と答えた。

「くそっ！」茶杯を手に、後片づけからもどってきた召使がつぶやいた。誰ひとり彼女の下品な言葉をたしなめる様子がないことから、これが何であれ、深刻な状況であることがわかる。

　誰かが引いてきた椅子に、三人がかりで付き人をすわらせた。彼女はまだ体を震わせ、口をぱくぱくしている。最初の下働きが蜂蜜に浸したケーキを持って走ってくると、それをちぎり、付き人のあえぐ口のなかに入れた。だがケーキは驚きの叫びとともに口からこぼれて床に落ちる。彼女はいまにも吐きそうに見えた。すると、その口から低く長いうめきが漏れた。

「なんとかして！　何かして！」汚れた茶杯を持った召使がいった。昼食は完全に忘れ去られている。

そのころにはわたしも、何が起きているのか見当がつきはじめていた。以前見たことがある光景と、まったく同じではないもののよく似ている。

「どうしました、艦隊司令官？」別棟の、寝室の外の廊下でシリックスがいった。わたしが母屋の台所に集中しているあいだに、部屋から出てきたらしい。

わたしはまばたきして光景を消した。シリックスの顔が見えて、返事をする。

「サミル人に憑霊《ひょうれい》の慣行があるとは知らなかった」

シリックスはあからさまに不愉快な顔をした。そしてわたしの視線を避けて顔をそむけ、うんざりしたような息をもらす。

「艦隊司令官、あなたはわたしたちのことを何だと思っている？」

わたしたち。そう、シリックスはサミル人だ。

「なかにはそのてのことをやる者もいますよ」彼女はつづけた。「無視されたとか、ないがしろにされたと感じたときにね。そのときは急いで甘いものを与え、やさしい言葉をかける」

それとは少し違うような気がした。付き人はみずからしたというより、その身に何かが降りかかったように見えた。また、やさしい言葉をかけた者もいない。しかし、途中で光景を中断したので、いままた見てみる――と、あの茶園の監督が台所にいた。わたしたちの到着をテラスで迎え、作業者たちがラドチ語を話し理解できることを知らなかったあの監督だ。いまは台所で、震えうめいている付き人の椅子の横にひざまずいている。

「どうしてすぐわたしを呼ばなかった！」彼女がいうと、「さっき気づいたばかりなんです！」と誰かが答えた。

「霊がしゃべらないようにするためです」廊下でわたしの横に立っているシリックスがいった。まだ不愉快。そしていまは、まぎれもない羞恥《しゅうち》。「霊がしゃべるのは誰かに呪いをかけるときだというので、なんとしてでもそれを止めたい。気の短いやつがひとりいると、家族全員が何日も家にこもってなだめたりね」

わたしは人にとりつく霊だの神だのを信じない。しかし付き人は、自分でわかってああしているとは思えなかった。使用人たちの反応はさておき、霊とは関係ないのかもしれない。それに彼女は四六時中、一時の息抜きもなくロードの支配下にある。

「甘いものというのは？」わたしはシリックスに訊いた。「蜂蜜にかぎらず？」

シリックスはまばたきした。二回。全身が硬直したようになる。以前にもあった、怒りや腹立ちを感じたときのものだ。わたしの問いが、彼女個人を侮辱したかのような。

「昼食を食べる気がなくなりました」シリックスは冷たくそういうと背を向け、自分の部屋にもどっていった。

母屋の台所では、監督が来たことにほっとした様子のコック長が、なかば茫然《ぼうぜん》としている使用人たちに声をかけはじめた。叱ったりおだてたりして、中断した仕事を再開させる。一方、監督は蜂蜜ケーキの欠片を付き人の口に入れた。そのたびに口からこぼれるが、監督は辛抱強くまた入れていく。彼女はそうしながら何かを唱えていた。音の響きからリオスト語で、おそらく祈りを捧げているのだろう。

　そうするうちに、付き人のうめきも震えも止まった。どんな呪いであるにせよ、語られることはない。彼女は仕事ができないほどの極度の疲労を訴え、使用人も家族も、誰も不満を、少なくともカルル8の耳に届く範囲ではいわなかった。そして翌朝、彼女は仕事にもどり、使用人たちは目に見えて彼女にやさしくなった。

　ロードはわたしを避けた。夕暮れの前後、彼女が浴場に向かうのをたまに見かけるくらいだ。もしばったり会ったところで、彼女はわたしを無視するだろう。一日の大半を近くの町か、尾根の向こうの作業員宿舎で過ごした。

　ここを去ろうか、とも考えたが、服喪の期間はあとまだ一週間以上ある。そのような中断は不吉なこと、葬儀の礼節を傷つけるものとしかみなされない。ただプレスジャー、またはその通訳士たちは、そんなことを理解もしなければ、気にかけすらしないとは思う。が、それでもなお。プレスジャーを過小評価して悲惨な結果をもたらした例を、わたしは二度見ている。一度は、ジアロッド総督とヘトニス艦長で、もう一度はアナーンダ・ミアナーイその人だ。アナーンダは自分にはプレスジャーを撃滅できる力があると思い、プレスジャーはそれに応じるかのように、あらゆるものを貫く銃を、アナーンダが容易に征服できると考えたガルセッドに渡した。ただし、プレスジャーはガルセッドを救うためにそうしたのではない。ガルセッドはラドチによって壊滅し、住民はひとり残らず殺されて、星系《システム》にある惑星とステーションはすべて燃やされ、全生命が消え去ったが、このときプレスジャーはまったくの無反応、何の行動も起こしていないのだ。いや、ひとつだけやったことがある。これはアナーンダ・ミアナーイへの無言のメッセージだったのだ――二度と変な気は起こすなよ。

わたしはプレスジャーを過小評価するつもりはない。

フォシフはわたしたちが泊まっている別棟に、毎日顔を出した。わたしに対しても以前と変わらず陽気でお気楽だ。そのうちわたしは彼女のなかの、風変わりな性状ともいうべきものに気づいた。ほしいものがあれば、それがどんなにほしいかを示し、いずれ手に入るとしつこくいいつづけることによって手に入れてしまう、とでもいおうか。これはきっと、たいていのことは思いのままにできる立場や身分の者にはいちばん効果的なやり方なのだろう。そしてフォシフも間違いなく、それをわかってやっている。

アソエク・ステーションでは、ティサルワット副官が要請し、セラル管理官が口利きをしたにもかかわらず、一週間たってもガーデンズの支持構造の徹底検査は始まらなかった。

「現実問題として――」ある日の午後、ティサルワット副官はバスナーイドにいった。場所はアンダーガーデンのわたしの居間。「緊急処置が必要なのに放置されているものはたくさんある」わたしは彼女のなかに断固とした決意、バスナーイドの力になれるという高揚感を見た。半面、底に流れる惨めさも。「艦隊司令官がここにいたら、なんとかしてそれを……やらせてくれると思うんですが」

「いずれ実現する、そう思えるだけでわたしはうれしい」バスナーイドはにっこりした。その微笑にティサルワットはつかの間、言葉を失う。誇らしさと満足感。

気持ちを引き締め、ティサルワットはつづけた。「ところで、緊急ではないけれど、ここの公共スペースに草木や花を置いたらどうでしょう?」

「それで空気もきれいになるしね」バスナーイドは笑った。「ただ、光が足りないから……」そこで何かを思いつく。笑顔は消えない。「でも、キノコだったら大丈夫かも」

「キノコか!」ティサルワットはそういってから、不満げな顔をした。「キノコを栽培している場所を誰からも聞いたことがないな。何かいいたくない理由でもあるのか……。ここの住民はみんなキノコの箱栽培を、寝台の下とかそういうところでしているのだと思う。だからステーションの保守係が来やしないかと、びくびくする」

「キノコでお金稼ぎをしているのでは? 主任園芸官に見つかったら、ガーデンズで栽培するようになって、たぶんとんでもない価格で売りつけるから」

「それでも自家栽培はできるし」ティサルワットは反論した。「自分の手で売ることもできるでしょう。何を嫌がっているのかなあ……」手を振り、苛立《いらだ》ちを払いのける。「キノコの話をしたところで、ボー9に食事を運ばせましょうか？」

〈カルルの慈《めぐみ》〉の分隊室では、セイヴァーデンが〈アタガリスの剣《つるぎ》〉のアマート分隊の副官を迎えた。副官はアラックを持参している。

「ありがたい」と、セイヴァーデンはいった。かすかに見下した調子があるが、〈アタガリスの剣〉の副官は気づいていないようだ。「ただ申し訳ないんだが、わたしは飲まないんだよ。誓いをたてているもので」禁酒は改心の証だったり、ときには精神修行のためになされることもある。セイヴァーデンはアラックの瓶をアマート3に渡し、3はそれを受けとってカウンターに置くと、随行してきた〈アタガリスの剣〉の属躰の隣に並んで立った。

「すばらしい！」と、〈アタガリスの剣〉の副官。「わたしにはとうてい無理だ」お茶の杯を取る。これよりまえ、アマート3はカルル5に頼みこんでいた――最高級の茶器を貸してほしい、〈アタガリスの剣〉の副官にブレク艦隊司令官の威光を見せつけてやりたい。その茶器は、何かあってはいけないと、カルル5がわたしの私室に大事にしまっておいたものだった。カルル5はきっぱり拒否し、その代わりにこう提案した――見方を変えてはどうか、相手の副官には古い、欠けた琺瑯《ほうろう》の茶器を出すのだ。アマート3はその案に、ちょっと心引かれた。彼女もほかの乗員と同じく、〈アタガリスの剣〉が星系に入った自分たちに脅しをかけてきたことを忘れられないのだ。しかし結果的には礼節が勝利を収め、〈アタガリスの剣〉の副官はいま、侮辱的応対から間一髪で逃れたことを知らずにお茶をすすっている。

「セイヴァーデンという名は、ずいぶん古風だね」〈剣〉の副官がいった。陽気な調子は見せかけにすぎないと、わたしは感じた。「あなたの親御さんは、歴史を愛する人たちだったのだろう」アナーンダ・ミアナーイがラドチ球を超えた存在になるまえ、支援者のひとりがセイヴァーデンと名づけられたのだ。

「うちの家系の伝統的な名前だったんだよ」セイヴァーデンはさらりといった。気を悪くしたものの、相手の困惑が面白くもある。困惑は、セイヴァーデンが家名を告げないせいだった。ヴェンダーイ家はすでに廃絶し、セイヴァーデンは千年ほど家と離れてひとりでいたため、親族とのつながりを示す宝石類をいっさい身につけていない。それにたとえつけていたところで、この副官には見分けがつかないだろう。長い歳月で、さまざまなことが大きく変わった。〈アタガリスの剣〉の副官は、セイヴァーデンが過去形で話したことに気づいていない。

「あなたはイナイス出身だといったが、どのあたりにあるのかな?」

「アウトラドチだ」セイヴァーデンはにやにやしながら答えた。アウトラドチは一般のラドチャーイが行くことのできる、ラドチ球にもっとも近い地域、ラドチ圏でも歴史のある地域だった。「わたしの家名が気になってるんじゃないか?」セイヴァーデンは居心地の悪い空気から相手を救うためというより、じれったくて自分からいった。「わたしの名前はセイヴァーデン・ヴェンダーイだ」

相手はその名がわからず眉根を寄せた。しかしそれも、〇・五秒ほど。

「あなたはセイヴァーデン艦長か!」

「そう」

〈アタガリスの剣〉の副官は笑った。

「それにしてもご難つづきだ！　千年間、凍っているだけでも最悪なのに、そのあと副官に格下げで、しかも〈慈〉に乗せられるとは！　今後もさぞかしたいへんだろう」そこでお茶をひと口。「うちの分隊室でもいろいろ憶測が飛びかってね。艦隊司令官が〈慈〉の指揮をとるなんて尋常ではないから。まさかブレク艦隊司令官は、ヘトニス艦長をこの〈慈〉に異動させて、自分が〈アタガリスの剣〉に乗るつもりじゃないかと。〈剣〉のほうが速いし、武装の質も程度もはるかに上だ」

セイヴァーデンはぐっと息をのんだ。そして危険なほどおちついた口調でいう。

「〈カルルの慈〉もずいぶん見くびられたものだ」

「いやいや、副官、悪くとらないでほしい。〈カルルの慈〉は申し分なくすぐれた艦だよ、〈慈〉にしては。しかし現実を見たとき、もし戦ったら、〈アタガリスの剣〉は〈カルルの慈〉に楽勝する。あなたも〈剣〉の艦長だったから、それくらいはわかっているだろう？　いうまでもなく、〈アタガリスの剣〉の乗員はいまも属躰だしね。人間の兵士は、俊敏さも力も、属躰には及ばない」

アマート3は、必要なときにすぐ動けるよう近くに立ってこの会話を聞いていた。が、もちろんいっさい反応は示さない。それでもわたしは彼女が、〈アタガリスの剣〉の副官に襲いかかるのではと、一瞬ひやっとした。ただ、そうなったらなったでかまわないとも思う（セイヴァーデンは彼女を懲戒せざるをえないだろうが）。いずれにせよ、〈アタガリスの剣〉の属躰がいるから、何かあれば即座に対応して自分の副官を守るはずだ。訓練と実戦をどんなに積んだところで、アマート3は属躰には敵わない。

セイヴァーデンは腹立ちをいくらか表に出してお茶をテーブルに置き、すっくと立った。

「副官、それは脅しかな?」

「とんでもない!」そう受けとられたことに心底驚いているようだ。「ただ事実をいっただけで、わたしたちは味方同士だ」

「わたしたち?」セイヴァーデンの口がゆがんだ。わたしが一年以上見なかった、傲慢《ごうまん》で人を見下した怒り。「星系に入ったときにあんな脅しをかけたのは、わたしたちが味方同士だからか?」

「いっただろう!」びくついたのを悟られないように。「あれは誤解だって! ゲートが不通になって、乗員はみな気が張っていた。それにさっきの言葉に関しては、脅しなんてものじゃない。明白な事実をいっただけだ。艦隊司令官が〈慈〉を指揮するなんて異常だよ。あなたが艦長だった全盛期は違ったかもしれないけどね。ヘトニス艦長がいなくなって、ブレク艦隊司令官にじかに指揮されるようになったら、とうちの乗員が不安に思うのはきわめて自然なことだ」

セイヴァーデンの態度は(どちらかといえば)より尊大になった。

「ブレク艦隊司令官は、最善だと思うことをやるだろう。しかし、さらなる誤解を――」そこに力をこめる。「防ぐために、はっきりいわせていただく。今度この艦を脅すときは、覚悟をもって上手にやったほうがいい」

〈アタガリスの剣〉の副官は、脅してなどいないとくりかえし、セイヴァーデンはにっこりして、話題を変えた。

ステーションで、バスナーイドがティサルワット副官にいった。

「じつはわたしは、一度も姉に会ったことがなくて……。生まれたときにはもう、姉は家を出ていたから。というか、姉が家を出たから、わたしが生まれたようなもの。姉は家に仕送りをしていて、姉が将校になったら、わたしも何かしようと。魚を蒸したり、野菜を切ったりするのではない、もっと違う何かをね」オーン副官の母親たちは料理人だった。「わたしはずっと、姉のようになれ、と育てられてきた。感謝する相手は、いつも姉だった。もちろん母たちは口にしないけど、わたしはずっと感じていた——わたしのためのものは何ひとつない、頭のなかにあるのは姉、姉、姉のことばかり。姉のメッセージはいつもとってもやさしかった。もちろん、わたしは心から姉を尊敬している。彼女は英雄、わたしたちの家系から初めて世に出た……」悲しげな笑い。「これではまるで、うちの家族は卑しい人間ばかりだったように聞こえますね」ティサルワットは十七歳らしからぬ沈黙でつぎの言葉を待った。バスナーイドはつづける。「姉が亡くなってからは、つらかった。わたしは姉の足もとにも及ばないのをいやというほど感じて……。姉だけじゃなく、姉の友人たちにもね。アウェル家はエルミング家よりはるかに高貴で、同じ宇宙にいるのが不思議なくらい。そして今度はミアナーイ……」

「その友人たちは」ティサルワットがいった。「あなたの姉のためにクリエンテラを申し出たのであって、あなたがそれにふさわしいことをしたからではないと？」これを聞いてわたしは、おや、と思った。ティサルワットは、自分がバスナーイドになぜ夢中になるかがわかったのだろうか。いいや、たぶんそうではない。いまこの場で、彼女はバスナーイドの話を真剣に聞くことに、彼女を理解することに気持ちを集中している。彼女の役に立ちたくて。彼女に信頼してもらいたくて。

「姉はけっしてひざまずいたりしません」バスナーイドはティサルワットの言葉や態度が、見かけの年齢のそれとは違うことに気づいていないようだ。ここ数日で、その違和感に慣れたのかもしれない。「そんなことをするはずがないのです。あのような友人ができたとすれば、それは姉の人柄ゆえです」

「きっとね」ティサルワットはあっさり同意した。「艦隊司令官もそういっていましたから」

これにバスナーイドは何も答えず、会話は別の話題に移っていった。

喪明けまであと三日になったとき、ヘトニス艦長がようやくロードの話をもちだした。大木の下で、背後のドアは開け放たれている。フォシフは製茶場に行き、ロードはもちろん作業員の宿舎に行った。シリックスは湖畔の木陰のどこかにいるだろう。魚を見たいといっていたが、たまには影のようにつきまとうカルル8もいない場所でひとりきりになりたいのだと思う。だからここにはいま、ヘトニス艦長とわたしだけだが、〈アタガリスの剣〉の属躰とカルル5も近くにはいる。ベンチに腰をおろし、苔《こけ》むした岩場や尾根、その向こうにそびえる黒い頂と、山肌の白い氷の縞をながめる。母屋は左手の先、浴場は前方で母屋から近いが、景色を妨げることはなく、ガラスの壁の端が少し見える程度だ。午後の日差しはまぶしいながら、葉の茂る大木の下では空気も湿って涼しい。

「艦隊司令官」へトニス艦長がいった。「率直に申し上げてよいでしょうか」

わたしはどうぞという仕草を返した。彼女は毎日欠かさず顔に白線を描き、祈りを捧げていたが、ここに来ることになったそもそもの理由に関しては、これまで一度も口にしていない。

「わたしはずっと、アンダーガーデンで起きたことについて考えてきました。いまでも自分の命令は間違っていなかったと思います。ただ、ああいう結果になり、その責任はわたしにあると考えます」表現には開き直った感があるが、口調はそうではなかった。

「ほんとうに？」山の道では地上車が一台、尾根を越えようとしている。製茶場に行ったフォシフか、作業員宿舎に行ったロードのどちらかが帰ってくるのだろう。後者の状況をなんとかしなくてはいけないと思ったが、解決法はまだ見つけられずにいた。たぶん、そんなものはないのだ。

「はい。市民シリックスを逮捕させたのは、明らかにわたしの間違いでした。彼女にちがいないと思いこんでしまったのがいけませんでした。容疑者はほかにロードしかいなかったので」

このような将校が、わたしは好きだ。間違いに気づけば、素直にそれを認める。そして正当だと思えば、結果がどうなろうと気にせずに、あくまで正当だと主張する。艦長は真剣なまなざしでわたしを見つめていた。わたしがどう反応するかが、少し怖いようでもある。そして対決姿勢もなくはないが、ラドチャーイの将校は上官に対し、あからさまに刃向かったりはしない。それは自殺行為に等しいからだ。わたしはノタイの骨董《こっとう》の茶器について考えた。あのような売り方はほぼ確実に、違法収益を隠すためだろう。この星系に運ばれた追放者の、サスペンション・ポッドにおける高い死亡率について考える。このふたつともが、ヘトニス艦長とかかわっている？　勇気と品位が、命を金で売ることと共存するか。わたしが新任副官から育てていたら、彼女はどんな将校になっていただろうか。いまと変わらないかもしれないし、まったく違っていたかもしれない。わたしのほかの乗員とともに、あのとき死んでいたかもしれない。アナーンダ・ミアナーイがわたしの熱シールドを破壊した二十年まえに。

いや、そうともいえない。惑星シスウルナのオルスでわたしを指揮していたのが、オーン副官でなくヘトニス艦長だったら、わたしはいまもわたし、〈トーレンの正義〉でいつづけたかもしれない。乗員もみな、いまも生きていたかもしれない。

「艦隊司令官」わたしが答えないので、大胆になったらしい。「フォシフがアソエクでいくら高名だろうと、あなたには何の意味もないでしょう。そういう視点から見れば、娘のロードもシリックス・オデラとたいして変わらないかと思います」

「いいや」わたしは淡々といった。「それどころか、まったく違って見えるよ」

そのときロードが、母屋から出てきて浴場に向かった。あえてこちらを見ないようにしている。

「わたしが申し上げたかったのは、ミアナーイの高い視点から見れば、フォシフ親子も使用人と変わらないということです。わたしたちにはそれぞれ役割があり、与えられた仕事があり、そのどれにも上下の差はなく等しく重要、ただ異なるだけだ、とよくいわれます」それはわたしも何度も聞いたことがある。しかし、〝等しく重要〟で〝ただ異なるだけ〟のはずなのに、ごく一部の役割や仕事が、それと〝等しく重要な〟ほかのものより尊敬と報酬を集めやすいのはなぜだろうか。わたしは不思議でならない。

「しかし――」艦長はつづけた。「わたしたちには、あなたのような視点がありません。もし、あなたの……」しばしのためらい。「もし、あなたの親族が若気の至りのような、無分別なことをしたとしたら、この地におけるロードとあまり変わりない捉えられ方をされたのではないかと思います。そしてそれが、現実です」緑色の手袋をはめた手を、左右とも上げる。漠然と、宗教的な懇願を示すものだ。いまあるものはすべて、アマート。宇宙は神そのものであり、起きることも存在するものもすべて神の意図の下にある。「なぜここの住民がフォシフの娘ロードをあのように見ているのか、なぜ彼女は自分を艦隊司令官とすら同等に、皇帝のご親族と同列に思っているかは、ご理解いただけるでしょう」

おおよそは。おおよそはロードも、現実を理解したはずだ。

「艦長、あなたは彼女を、育ちのいい善人だと思っているのだろう。この数週間、どういうわけか、いくつか不運な選択をしてしまっただけだと。そして艦隊司令官のわたしは、軍人の訓練を受けてもいない彼女に厳しく接しすぎると。ロードはあなたに、自分の敵について話したのではないか？　敵とは、わたしに告げ口をした者、彼女に対する不当な先入観をわたしに植えつけようとした者だ」艦長の顔によぎるものがあった。わたしのいうとおりだという承認の表情。「しかし、不運な選択について考えてみてほしい。それは、そもそもの始まりから悪意があった。アンダーガーデンの住民に対する悪意だ。そして艦長、あなたに対する悪意も。ステーション全体に対するものだ。彼女はドゥリケ通訳士の死を期待したわけではないだろう。しかし、あなたの属躰が武器を持ち、あなたがアンダーガーデンに不安な思いを抱いていることは十分に知っていた」艦長はうつむいている。ベンチの彼女の横で、お茶は冷めていた。「育ちの良い善人が、たいした理由もなく、いきなり悪意に満ちた行動をとることはない」

　こんな話はむなしいだけで意味がないと思った。ほかにもっと知りたいことがある。どうすれば、追放者を誰にも知られずに星系から出すことができるのか？　わたしはじっくり考えてきた。

「ゴースト・ゲートのことだが」

「は？」話題が変わったことに、ほっとした様子はない。

「行き止まりの、袋小路のゲート。そこでほかの船を見たことはないか？」

　これはためらいだろうか？　表情の変化は、読みとる暇もなくほんの一瞬で消えた。驚愕《きょうがく》？それとも恐怖？

「いいえ、わたしは見たことがありません」

　嘘。〈アタガリスの剣〉の属躰に目をやろうかと思った。カルル5の横で直立不動でいるはずだ。しかし属躰が、艦長の嘘に敏感に反応するとは思えなかった。それに一瞥《いちべつ》することで、わたしがどう思ったかがわかってしまうだろう――艦長の返事はまぎれもない嘘だと思ったことが。代わりにわたしは、浴場を見やった。するとロードが出てきて、来た道をもどっていく。険しい顔つき。使用人がここで彼女に出会ったら、何をされるかわからないような気がした。付き人はどこにいるのか？　わたしはさがしかけ、はたと気づいた。浴場に行くとき、ロードはひとりで、そばに付き人はいなかった。

ヘトニス艦長もロードに気づいた。少し驚き、眉をひそめ、首を横に小さく振る。考えまいとしたのだろう、たぶん。それがロードの怒りについてか、わたしについてなのかはわからない。

「申し訳ありません、艦隊司令官」彼女は浴場に目をやりながらいった。「きょうは暑いように思います」

「かまわないよ、艦長」わたしはすわったままでいった。彼女は立ち上がり、頭を下げると、苔むした岩々のあいだを抜けて浴場のほうへ曲がった。属躰がすぐあとにつづく。

彼女が緑と灰色の草地を横切り、道なかばまで行ったところで、浴場のガラス窓が彼女に襲いかかった。爆発音とともに――。

最後に戦闘を見てから、少なくとも爆弾が使われる戦闘の類を見てから、二十年がたつ。あのときわたしはまだ、大勢の戦士をもつ艦船だった。そしていま、わたしは身についた二千年の習慣から、浴場の窓に閃光を、そのすぐあとに（間髪をいれず、ではない）ガラス窓が砕け飛び散ったのを見た瞬間、立ち上がってアーマーを展開していた。

〈アタガリスの剣〉は地上戦の経験がないと思っていたが、属躰はわたしとさして変わらぬ速さでアーマーを展開するや、飛んでくるガラス窓と無防備な艦長のあいだを目指し、超人的速度で突進した。ぎざぎざのきらめくガラスは木の枝と葉を切り裂き、属躰を襲い、属躰は艦長の体に覆いかぶさった。その直後、細かなガラスと木の葉、木の枝がわたしに降り注ぎ、むなしくアーマーで跳ね返る。カルル5はようやくアーマーを展開したところだったが、とくに怪我はないようだ。

「救急キットを」わたしはカルル5にいい、彼女からキットを受けとると、医務局と惑星治安維持局に通報するよう指示した。それから、無事かどうかを確認しに、ヘトニス艦長のもとへ急ぐ。

浴場の砕けた窓の縁から炎が見えた。あたりにはガラス片が散乱し、ブーツの下でざらついてはじゃりじゃりと音をたてる。ヘトニス艦長は仰向《あおむ》けで、みっともなく属躰の大きな体の下だ。その属躰の肩甲骨のあいだに、何やらいびつな形の羽根らしきものがあった。いや、あれはたぶん大きなガラス片だろう。アーマーが展開しきるまえに刺さったにちがいない。迅速に展開したが、わたしよりは若干遅く、属躰と艦長がいた場所はわたしより二十メートルほど浴場に近かった。

わたしはかたわらにひざまずき、属躰に訊いた。

「艦長の負傷はどれくらいだ？」

「わたしは大丈夫です」属躰より先に艦長が答えた。寝返りをうって、属躰の体をどかそうとする。

「動くんじゃない」わたしはすぐにいった。カルル5の救急キットの封を切る。「〈アタガリスの剣〉、報告を」

「ヘトニス艦長には軽い脳震盪《のうしんとう》、裂傷、擦過傷、打撲が認められます、艦隊司令官」属躰の声はアーマーごしでひずんでいるし、もちろんまったく抑揚はないが、わたしはどこか張り詰めたものを感じとった。「その他は艦長が表明したとおり、問題ありません」

「わたしからどいてくれ、〈アタガリスの剣〉」艦長がいらついたようにいった。

「これで動けるとは思えない」わたしは制した。「脊柱《せきちゅう》にガラスが刺さっている。アーマーを閉じなさい、〈アタガリスの剣〉」救急キットには特製の汎用調整剤が入っている。出血を緩和し、組織の損傷をくいとめるほか、医療施設に行くまで生かしておくものだ。

「お言葉を返すようですが、艦隊司令官」〈アタガリスの剣〉がいった。「艦長にアーマーはなく、連続爆破の可能性があります」

「そうだとしてもわたしたちにできることはたいしてないよ、この分躯《セグメント》を死なせたくなければね」わたしはそういったが、爆弾はあれひとつだろうと確信していた。大勢ではなく、ただひとりを狙ったものだ。「それに、あなたを早く治療させてくれれば、それだけ早くわたしたちはあなたを動かすことができ、あなたの艦長を安全な場所に運ぶことができる」ヘトニス艦長の苦痛と苛立ちは明白だったが、彼女は眉間の皺を深めて、じっとわたしを見つめた。まるでわたしが別世界の言語を話し、さっぱり意味がわからないといったふうだ。

〈アタガリスの剣〉がアーマーを閉じ、軍服の上着があらわになった。背中の肩のあいだに血の染みと、ぎざぎざのガラス片。

「どれくらい深い？」わたしは尋ねた。

「かなりの深さです、艦隊司令官。回復には時間を要するでしょう」

「そうだな」救急キットには、傷口周辺の布を切り取る小さな刃も入っている。わたしはそれを取り出すと、上着の背中の血が染みこんだ部分をカットした。そして刺さったガラスのぎりぎり近くに調整剤を置く。ガラスが傾けば、傷はひどくなるだろう。調整剤が流れ、溜まりをつくっていく。あと少しで安定し（傷の種類と程度にもよるが、一般には数分）、その後、固まる。いったん固まれば、〈アタガリスの剣〉を動かしても問題ないだろう。

浴場内の炎は美しい木の細工をむさぼり、勢いを増していた。召使が三人、母屋の近くで茫然と見つめ、母屋のなかからもっと大勢が飛び出してくる。カルル5が、召使とふたりで大きな板を持ち——カルル5が彼女に、背中を怪我した者がいると告げたのだ——こちらに走ってきた。ロードの姿はどこにもない。

ヘトニス艦長はしかめ面のまま、〈アタガリスの剣〉の下からじっとわたしを見つめていた。

「艦隊司令官」属躰がいった。「これは重傷であり、手当てをする価値はありません。ヘトニス艦長を安全な場所に運んでください」もちろん、顔にも声にも感情はないが、目には涙があふれていた。苦痛の涙か、あるいはほかの何かか。わたしに知る術はなかったものの、想像することはできた。

「あなたの艦長は安全だ、〈アタガリスの剣〉」と、わたしはいった。「だからそのことは心配しなくていい」背中の調整剤から曇りが消えた。わたしは手袋をはめた手の指で、そっと調整剤を払った。血の筋も、血の染みもない。カルル5がわたしたちの横で膝をつき、板を置いた。見たところ、テーブルの天板のようだ。反対側を持っていた召使は、背中を怪我した者の適切な扱い方を知らないはずだから、わたしとカルル5で〈アタガリスの剣〉を艦長の上から板へと移した。艦長は立ち上がり、背中にガラスが突き刺さった属躰の、ぴくりとも動かない体を見つめる。そしてまた、しかめ面のまま、わたしをふりむきじっと見た。

「艦長」わたしは声をかけた。カルル5と召使が〈アタガリスの剣〉を慎重に運んでいく。「わたしたちは、この家の主人と話し合わなくてはいけない」

16

爆弾爆発で服喪も吹きとび、わたしたちは母屋の客間に集まった。大きな窓（もちろん湖に面している）、散らばって配置されたベンチと椅子（クッションは金と淡青色）、背の低い黒い木製テーブル、渦巻き模様の壁。ここにはこの模様を彫る専任の使用人がいるらしい。部屋の奥の展示台に、ネックの長い、四角い胴体の大きな弦楽器があった。わたしが初めて見るものだから、たぶんアソエクの楽器だろう。その横の展示台には、あの古代の茶器が置かれている。なかが見えるよう、蓋は開いていた。

フォシフは部屋の中央に立ち、ヘトニス艦長は彼女に強く勧められて近くの椅子にすわった。ロードは壁ぎわを行ったり来たりしている。母親が声に厳しさをこめ、しかし明るく「すわりなさい、ロード」というと、娘は素直に腰をおろした。体をこわばらせ、椅子の背にはもたれない。

「あれが爆弾なのはいうまでもないが」わたしは話しはじめた。「さほど大型ではなく、おそらく建設現場から盗まれたものだろう。しかし、仕掛けた者はそれに金属片を加えた。近くにいる者に重傷を負わせる、あるいは死亡させるほど大量に」

一部はヘトニス艦長を襲ったが、〈アタガリスの剣《つるぎ》〉が盾になった。金属片はあのガラスの直後に降りかかってきたのだ。

「わたしだよ！」ロードが叫んで立ち上がった。手袋をはめた手を拳にし、またうろうろと歩きはじめる。「あれはわたしを狙ったものだ！　犯人はわかっている。あいつ以外に考えられない！」

「おちつきなさい、市民」と、わたしはいった。「建設現場から盗んだと考えるのは、爆弾は金属片と違って、どこにでもあるものではないからだ」それもきわめて限定されている。しかし、強い決意と考える力があれば、どんな制約のなかでも抜け道をさがしだすことができるだろう。「爆発物が無造作に置かれているわけがない。盗んだ者は保管場所に近づくことができるか、近づける者を知っているかだ。そこから実行者を特定できるかと思う」

「犯人はわかってるって！」ロードが叫び、さらに話しつづけようとしたところに、医者と地区司法官が入ってきた。

医者はまっすぐヘトニス艦長のもとに行った。「艦長、あなたがなんとおっしゃろうと、診察させていただきますからね」

地区司法官はわたしに話しかけようとしたが、わたしは手でそれを制した。

「ドクター、艦長の傷はさいわいにも軽傷だ。しかし〈アタガリスの剣〉の属躰《アンシラリー》は深傷《ふかで》を負っている。可能なかぎりすぐに治療をしてほしい」

医者は背筋をのばし、むっとしていった。

「あなたは医者かな、艦隊司令官?」

「あなたは医者ではないのか?」わたしは冷たくいった。〈カルルの慈《めぐみ》〉のドクターといやでも比較してしまう。「あなた自身の医療インプラントで艦長を診れば、創傷と打撲程度であるのは明白だ。より詳細にわかる〈アタガリスの剣〉も、大きな問題はないといっている。しかし属躰は脊柱《せきちゅう》に、二十六センチのガラスが刺さった。早く治療すればそれだけ、治療の効果も高まるだろう」個人的経験からそういっている、とまではいわずにおいた。

「艦隊司令官」医者も冷たくいった。「あなたから講義を受ける必要はない。その種類の傷は回復がむずかしく時間もかかる。残念ながら、属躰は廃棄するのが最善だろう。ヘトニス艦長には不便をかけることになるが、それが唯一の合理的選択だ」

「先生——」わたしが答えるより先にヘトニス艦長がいった。「属躰を治療してもらうのが最善だとわたしは思う」

「艦長、こういってはなんだが」と、医者。「わたしは艦隊司令官の部下ではなく、何をするかは自分で決める。自分自身の判断と経験に従わせていただきたい」

「ねえ、先生」これまで黙っていたフォシフがいった。「艦隊司令官も艦長も属躰の治療を望んでいるんだから。艦長は時間がかかってもかまわないということでしょう。属躰を治療するのに何か不都合でも?」

ここのような家ではよくあることだが、この医者も茶園に雇われているだけでなく、フォシフのクリエンスでもあるのだろう。安楽な生活を継続できるかどうかはフォシフ次第だ。医者はフォシフにいわれ、考えをころりと変えた。

「あなたがそうおっしゃるのなら、市民」小さくお辞儀する。

「いや、もう結構だ」わたしはドア近くで控えていたカルル5を呼んだ。「町に行って、ふさわしい医者をさがし、連れてきなさい。できるだけ急ぐように」そんな時間はもったいないのだが、わたしはこの医者を信用していなかった。茶園の作業員が、彼女を頼るよりも失血死を選ぶのも当然だ。〈カルルの慈〉のドクターがここにいてくれたらどんなによかったか。

「はい、わかりました」カルル5はすぐに出かけていった。

「艦隊司令官、これはいったい、どういう……」

わたしは医者の言葉を無視し、地区司法官をふりむいた。

「司法官――」頭を下げる。「このような状況で初めてお目にかかるとは、非常に残念です」

司法官もお辞儀をし、横目でちらと医者を見てからいった。

「はい、ほんとうに残念です、艦隊司令官。弔問させていただこうと、こちらに向かっているところでした。このたびはまことにご愁傷さまでした。心よりお悔やみ申し上げます」わたしがゆっくりうなずくと、彼女はつづけた。「先ほどの話はうかがいました。材料を調べれば、爆発物の製造者を特定できるでしょう。治安員がすでに、現場を捜査しています。まことに残念です」フォシフのほうをふりむく。

「うちの娘は無事だから」と、フォシフ。「もうそれだけで十分」

「わたしを狙ったんだ！」いらいらしていたロードが叫ぶ。「誰がやったかもわかっている！

捜査なんかする必要はない！」

「それは誰かな、市民？」わたしは訊いた。

「クエテルだよ。あいつがやったんだ。わたしを嫌いぬいているから」

ヴァルスカーイ人の名前だった。

「茶園の作業員か？」

「製茶場の乾燥機の担当ですよ」フォシフが答えた。

「それでは」司法官がいった。「早速、そちらに――」

「申し訳ないが、司法官」わたしは彼女を引き止めた。「あなたが連れてきた者はデルシグ語がわかるかな？」

「少しなら。しかし、ほとんど話せないといってよいでしょう」

「たまたまだが、わたしはデルシグ語がよくわかる」ヴァルスカーイに数十年駐留した、とはいわない。「わたしが宿舎に行って、市民クエテルに話を聞いてみよう。そうすれば何かわかるかもしれない」

「何かわかる必要なんかない」ロードがいった。「あいつに決まってるんだ。わたしを憎んでいるんだ」

「理由は？」

「わたしがあいつの妹を虐待したと思っている。ろくでもないことしか考えない連中なんだよ」

わたしは司法官の顔を見た。「申し訳ないが、わたしひとりで宿舎に行き、市民クエテルと話したい。あなたのほうでは引きつづき、爆発物の出所を捜査してほしい」

「では、治安員を何人か同行させますよ。ヴァルスカーイ人だらけのなかで、あなたひとりで逮捕するというのは……。助けが必要になるかと思います」

「いや、それは不要だ。助けを呼ぶことはないし、身の安全にまったく不安はない」

司法官は驚き、少し顔をしかめた。

「わかりました、艦隊司令官がそうおっしゃるのなら」


フォシフが地上車を使うようにいったが、わたしは徒歩で宿舎に向かった。日は傾き、通り過ぎる茶畑は無人だ。そして宿舎は静まりかえって、外に人影はなく、何かが動く気配もなかった。知らない者の目には、廃墟《はいきょ》にしか見えないだろう。しかし作業員は全員、宿舎のなかにいるはずだ。そして誰かが——フォシフ、惑星治安維持局、地区司法官が来るにちがいないと息を潜めている。たぶん、あの見張り番もいるだろう。

わたしは宿舎のそばまで行くと、大きく息を吸い、歌いはじめた。

わたしは兵士
がつがつと　歌をむさぼり
口いっぱいに　頬ばってはこぼす
口の端から　歌はこぼれて

正面の玄関が開いた。わたしが早朝に茶園を走ったとき、これを歌っていた見張り番だ。わたしは彼女に笑顔を向け、歩きながらお辞儀した。

「ぜひお話ししたかった」デルシグ語でいう。「すばらしい歌だった。あなたの即興だろうか？　それとも以前につくったもの？　ちょっと興味がわいたもので。しかしどちらにしてもすばらしい」

「別に、ただの歌だ、ラドチャーイ」単に〝市民〟の代わりだろうが、ヴァルスカーイ人がデルシグ語でこのような口調でいう場合は、遠まわしな悪態であることをわたしは知っている。ただし、表面的には礼節にかなっているので、文句はつけられない。

わたしは気にしないという身振りをした。

「もしよければ、クエテルと話をさせてもらいたいのだが。ただ話せればいい。ここにはわたしひとりで来たから」

彼女はわたしの背後に目をやった。といっても、これまでずっと見ていたから、ほかに誰もいないのはわかっているはずだ。彼女は何もいわずに背を向けると、家のなかへ入っていった。わたしはその後ろについて入り、そっとドアを閉めた。

家の奥へ、台所へ行くまで誰にも会わなかった。台所はフォシフの家と変わらず広々している。しかしあちらにはぴかぴか輝く調理用具や、フリーザーとサスペンション・キャビネットがずらりとあったが、こちらはなかばがらんとし、加熱器具がいくつかと流しがひとつあるだけだ。片隅に、色あせ、染みで汚れた衣類が山積みにされている。おそらく作業員に支給された衣類で、選別した残りを仕立て直したものだろう。壁に並んでいる樽《たる》は、醸造用のものではないか。五、六人がテーブルにつき、ビールを飲んでいる。見張り番はわたしになかへ入るよう腕を振り、無言で立ち去った。

テーブルの前にいる老人は、わたしたちがここに到着したとき、弔辞を述べた者だった。こちらが喪中だと知り、選曲を変更したヴァルスカーイ人だ。

「こんばんは、おじいさん」わたしは挨拶し、頭を下げた。デルシグ語では男女の区別をするのだが、長く駐留したおかげで、わたしもヴァルスカーイ人ならなんとか性別を見分けられるようになった。

彼女はわたしを十秒間じっと見つめてから、ビールをひと口飲んだ。ほかの者はみな、わたしから顔をそむけ、テーブルや床、遠くの壁を見る。

「何をしに来た、ラドチャーイ？」彼女はようやく口を開いたが、わたしの訪問理由は察しがついているはずだ。

「もしよければ、クエテルと話をさせてもらいたい」

老爺《ろうや》は何もいわず、しばらくして左隣の者をふりむいた。「ニース、ここに来るかどうかをクエテルに訊いてきてくれ」ニースはためらい、口を開いて反論しかけて思いなおした。しかしいかにも不満げに立ち上がり、わたしには無言で台所から出ていった。

老爺は空いた椅子を手で示した。

「すわりなさい、兵士」わたしはテーブルの前に腰をおろした。それでもまだ、ほかの者はわたしのほうを見ようとしない。老爺にここから出ていけといわれたら、喜んで出ていくだろう。

「その訛《なま》りから、兵士」と、老爺はいった。「あなたはデルシグ語をヴェストリス・コルで覚えたらしい」

「はい。そこにしばらく滞在したので。スリムト地区にも」

「わたしはエプフ生まれでね」老爺はふつうの客を相手にするように楽しげにいった。「ヴェストリスにもスリムトにも行ったことがない。最近はずいぶん様変わりしたことだろう。あなたたちラドチャーイが仕切っているからね」

「時代の変化は、たしかに。ただ、わたしがいたのはかなり昔のことで」クエテルは逃げ出したか、ここに来るのを拒んだか。こんなかたちの訪問は、大きな賭けだった。

「そこにいたとき、何人のヴァルスカーイ人を殺したんだ、ラドチャーイ？」老爺ではない、別の者がいった。怒りと恨みが、わたしに対する恐れを超えたのだろう。

「かなり多数を」わたしは静かにいった。「しかしここに来たのは、人を殺すためではない。わたしはひとりだし、武器も持っていない」手袋をはめた手を、テーブルの上に広げて見せる。

「ご機嫌うかがいってわけか？」皮肉まるだしに。

「残念ながら、そうではない」

会話が危険な領域に入らないよう、老爺が口をはさんだ。

「あなたは併呑にかかわるにしては、ずいぶん若く見えるが」

わたしはうやうやしく頭を、少しだけ下げた。

「外見よりは高齢なので」それもかなり、かなりだ。しかしここにいる者たちにそれを知る由はない。

「あなたはほんとうに」と、老爺。「とても礼儀正しい」

「母さんから聞いた話だと」さっきの怒りの人物がいった。「母さんの家族を殺した兵隊はとても礼儀正しかった」

その言葉に緊張した空気が流れ、わたしはいった。

「それはわたしではない、といったところで、残念ながら慰めにはならないだろう」

「あんたじゃないよ」と、彼女。「場所がスリムトじゃないからね。だけどそのとおり、何の慰めにもならない」椅子を引いて、老爺を見る。「やることがあるから失礼するよ」老爺はそうしなさいと手を振り、彼女は出ていった。ドアのところで、入ってくる者とすれちがう。彼女は二十代で、あの合唱の日、大木の下にいたひとりだ。顔だちから、老爺と血のつながりがあるらしいが、肌の色はもっと黒かった。目と髪の色はそれよりは明るい。縮れた髪を編んで、明るい緑のスカーフで縛っている。肩の張り方と、彼女の登場により訪れた静寂から、わたしは確信し、立ち上がった。

「クエテルさん」お辞儀をする。彼女は何もいわず、その場に立ったままだ。「最初にお礼を申し上げたい、わたしを殺さずにいてくれたことを」静寂はつづいた。老爺も、ほかの者も沈黙している。外の廊下は聞き耳をたてる者でいっぱいか、あるいはみんな逃げ出し、わたしが去るまで安全な場所に隠れているか――。「すわりませんか?」彼女は答えない。

「すわりなさい、クエテル」老爺がいった。

「いやよ」クエテルは腕を組み、わたしをにらみつけた。「殺してもよかったのよ、ラドチャーイ。たぶんあなたも、殺されて当然の人だから。でもロードのほうが、もっと当然だった」

わたしは了解の仕草をし、椅子に腰をおろした。

「彼女はあなたの妹を脅したのだね?」クエテルは目をまんまるにし、わたしは間違いに気づいた。「あなたの弟を。彼は無事かな?」

彼女は眉を上げ、首をかしげた。「哀れな人民の救い主ってわけ?」

「クエテル」老爺が注意した。

わたしは片手を、手のひらを外に向けて上げた。ラドチャーイには無礼な仕草だが、ヴァルスカーイ人には〝ちょっと待って。おちついて〟だ。

「問題ない。正当な発言だと思う」そういうと、テーブルのひとりが疑うような小さな声をもらし、すぐ静かになった。ほかの者は聞こえなかったふりをする。「市民ロードは好んであなたの弟を虐待した。彼女はある意味、とても利口だ。弟を守るため、あなたがどこまでやりそうかを承知していた。また、あなたの技術力も知っていた。もし彼女が建設現場から爆発物をくすね、それをあなたに提供して利用法を語れば、あなたはそのとおりに実行することができる。ただ、わたしの想像では、彼女はあなたが手を加えることまでは考えていなかっただろう。

金属片はあなたのアイデア、ではないか？」具体的証拠はないものの、ロードにとって予想外だったことは、その反応を見ていればわかる。クエテルはまったく表情を変えない。「そしてもうひとつ、ロードが考えてもいなかったのは、あなたが勝手に標的を変更し、艦隊司令官ではなく自分を狙ったことだ」

首をかしげたまま、人をばかにしたような顔つきもそのまま、クエテルはいった。

「どんなふうにやったのか、知りたくはない？」

わたしはほほえんだ。「あなたはじつにすばらしい、クエテル。わたしは人生の大半を、おまえがいなければこの世はもっとよくなる、という人びとに囲まれて暮らしてきた。だからあなたにも、とくに驚くことはない。それにじつに上出来だった。タイミングがほんの少しずれていれば、あなたの願いは達成されただろう。せっかくの才能が、ここでは無駄になっているようだ」

「ええ、もちろんそうよね」口調がまえより、もっと険しくなった。「ここには〝迷信深い野蛮人〟しかいないもの」引用は、ラドチ語だった。

「あのようなものをつくるうえで必要な情報は、あなたには自由に手に入らない。自分でさがそうとしたところでアクセス拒否され、おそらく惑星治安維持局があなたに目をつける。もし学校に行っていれば、聖なる言葉の朗誦《ろうしょう》と、きれいごとだけの歴史を学んで終わったにちがいない。ロードが知っていたのもせいぜい、爆弾で人殺しができる、という程度のことだ。細部はクエテル、あなた自身が考え出した」そしてたぶん、ロードにたきつけられるよりずっとまえから考えていたのだろう。「工場で茶葉を選別し、機械を修理する。あなたはとんでもなく退屈していたにちがいない。適性試験を受けていれば、その才能をもって専念する職務を与えられ、よけいな騒ぎを思いつく暇も機会もなかっただろうに」クエテルは唇を嚙みしめ、反論する気なのか、大きく息を吸った。「ただし――」わたしは話す暇を与えずつづけた。「そうなれば、あなたはここにいて弟を守ることができない」皮肉なものだ、という身振りをする。

「わたしを逮捕しに来たの？」クエテルは腕を組んだまま、緊張を顔には出さずに訊いた。ただし、声にはほんの少し。テーブルの老爺をはじめとする人たちは石のごとく固まり、息を詰めている。

「そう、そのとおり」と、わたしは答えた。

クエテルは組んだ腕をほどき、左右の手をげんこつにした。

「あなたはほんとに文明人ね。とても礼儀正しくて。とても勇敢で。ここにひとりで来られるんだから。あなたと同じ空気を吸うのさえいやな人間ばかりだと知っててね。それもこれも、自分に絶対的権力があれば簡単なんでしょうけど」

「おっしゃるとおりだ」

「じゃあ行きましょう！」彼女は拳を握ったまま腕を組んだ。

「わたしはね」穏やかに。「ここまで歩いてきたんだが、そろそろ雨が降っているころだろう。日付をまちがえていなければだが」静寂。テーブル周囲の緊張した空気。目をいからせたクエテルの凝視。「具体的な事情を聞かせてほしい。それがわかれば、決着の付け方の目星がつく」

「あら！」と、クエテル。辛抱の限界。「あなたは正義の人、情けの人ってわけ？　だけどあなたも、あそこの娘とおんなじよ」彼女はこれをラドチ語でいった。「あなたたちみんなね！　銃を突きつけて、ほしいものを手に入れる。人を殺して強姦《ごうかん》して盗みを働くのを〝文明をもたらす〟ことだっていうのよ。あなたたちにとっての文明は、殺されて強姦されて盗まれたわたしたちが、それをありがたがることなんでしょ？　あなたはさっき、正当な発言だと思うっていったわ。あなたの正当、正義は、自分の好きなようにわたしたちを扱えるってこと。わたしたちが自分の身を守ろうとするのは、正義でもなんでもないのよね？」

「反論はしない」と、わたしはいった。「あなたは真実を語っている」

クエテルはまばたきした。すぐに言葉が出てこない。わたしが肯定したことに驚いたのだ。

「きっとあなたは、高いところから、わたしたちに正義を、救済を授けてくださるのでしょう？　あなたがここに来たのは、わたしたちを足もとにひざまずかせ、自分を賞賛させたいから？　でもね、わたしたちにはわかっているの。あなたの正義が、救済が、どんなものか。どんな仮面をかぶせようと、わたしたちにはわかっているの」

「わたしはあなたに正義をもたらすことなどできない、クエテル。しかしあなたを司法官の前に連れていくことはできる。あなたは司法官に、自分が何をしたか、なぜそのようなことをしたかを説明できるだろう。あなたにとって、事態は変わらないかもしれない。だがあなたは、ロードから話をもちかけられたときに、これ以外の結末はないことをすぐに悟ったはずだ。そしてロードは自分を過信し、結末を予想することすらしなかった」

「それで何の得があるのかしら、ラドチャーイ？」クエテルは開き直った。「あなたは知らないの？　わたしたちは不誠実で、嘘ばかりつくのよ。従順で謙虚であるべきときに、不満ばっかりいうの。迷信深い野蛮人には、悪知恵以外の知恵がまったくないわ。当然、わたしは嘘しかつかないでしょう。これは全部、艦隊司令官の捏造《ねつぞう》なんですよ、あの人はロードを嫌っていますからね。わたしのことも毛嫌いしてますし——。お気に入りのあのサミル人は、あなたにストライキのことを話したんじゃない？」わたしは認める仕草をした。「彼女や親族がいかにご立派にわたしたちを教育したか、苦しんでいるのは不公平のせいだと気づかせてやったか、結束して立ち上がることを教えてやったか、という話を聞かされなかった？　わたしたちヴァルスカーイ人にはとうてい自力でそんなことができないからだと？」

「彼女はその後、再教育された。結果として、いまの彼女にはそれを直接語ることができない。わたしが聞いたのは市民フォシフからだ」

「へえ、彼女が？」どうでもよさそうに。「わたしの母がストライキ中に死んだことも話したかしら？　話すわけないわね。あの人なら、自分がどんなに寛大かしかいわないわ。ストライキのときも、とても思いやりがあったわよ。兵隊を呼んでわたしたちを皆殺しにさせなかったから」

当時、クエテルはせいぜい十歳くらいだっただろう。

「司法官が耳を傾けるかどうか、保証はできない」と、わたしはいった。「説明の機会を設けるだけだ」

「それで?」老爺がいった。「それでどうなるのだ、兵士? わたしは子どものころから、許して忘れよ、と教わった。だが、親を失い、子を失い、孫を失ったことを忘れるのはむずかしい」毅然《きぜん》として感情を表には出さないが、声がほんの少し震えた。「わたしたちはしょせん人間でしかない。たくさんのことを許すだけで精一杯だ」

「個人的には」と、わたしはいった。「許しを方便にしてはいけないと思う。それにはそれにふさわしい時と場所がある。許すことが、現状に甘んじるための方便として使われるなら、それはふさわしいとはいえない。クエテルの協力を得られれば、わたしはロードをこの地から、永遠に追放することができる。それ以上のことも、やれればやりたいと思っている」

「本気かい?」テーブルでずっと黙っていた者がいった。「正当な賃金も? あんたにそんなことができるのかい?」

「ともかくお金!」と、クエテル。「借金をしなくてもまともな食料が買える」

「司祭も?」誰かがいった。「おれたちの司祭。〝救いようがない〟教団の司祭が、隣の地所には何人かいる」

「それは教師だ」老爺がいった。「教団でも司祭でもない。何度いったらわかる?」〝救いようがない〟は無礼だと思ったが、それをいうより先に、老爺がわたしにいった。「それは守れない約束だ。あなたにクエテルの身の安全と健康を守りつづけることはできないだろう」

「わたしは約束などしない。ただクエテルは、恐れているほどではない、もう少しよいかたちでこれを切り抜けられるかもしれない。できるかぎりのことはするが、それでは足りない場合もありうる」

「では――」しばらくの沈黙のあと、老爺はいった。「では、あなたに夕食をふるまわなくてはいけないだろう、ラドチャーイ」

「お言葉に甘えます」と、わたしは答えた。

17

夜明けまえ、クエテルとわたしはフォシフの家に向かった。空気はまだ湿り、濡れた土のにおいがする。クエテルは一刻も早く着きたいようで、背筋をのばし、腕を組み、力強くずんずん歩く。そしてたびたび、かなり先まで行っては立ち止まり、わたしが追いつくのを待った。まるでわたしがひどくのろくて、彼女の足手まといになっているかのようだ。茶園も、山々もまだ暗く、静まりかえっている。クエテルはおしゃべりをする気分ではなさそうで、わたしは歌をうたった。ここの住民にはわからない言語の歌だ。

思い出は　事象の地平線
かなたへ行けば消えてなくなる　だけどいつもそこにある

ティサルワットのボーたちが兵員食堂で歌っていたものだ。いま、頭上のステーションでは、「おお、木よ！」と、ボー9が口ずさんでいる。
「また歌ね」わたしの一メートル前で、クエテルは後ろをふりむかずにいった。

「いずれ、また歌う」と、わたし。

彼女は立ち止まり、わたしが横に並ぶのを待った。顔は前を向いたままだ。

「あなたは嘘をついたんでしょう」そういってまた歩きだす。「司法官と会わせる気なんかないし、わたしが何をいっても誰も信じない。だけどあなたは兵隊を連れてこなかったから、その点は感心したわ。でもそれでも、わたしのいうことなんか誰も信じてくれない。わたしは逮捕されるか死ぬかよ。どっちもたいした違いはないわ。ただ弟は、これからもここにいる。そしてロードもね」あの名前を口にして、彼女は唾を吐いた。「あなたは彼をここから連れ出す？」

「誰を？」わたしは質問に驚いて、すぐには意味をのみこめなかった。「あなたの弟？」彼女とはデルシグ語で話している。

「そうよ！」苛立《いらだ》ちと憤慨。「もちろん、わたしの弟」

「よくわからないな」空はうっすら明るくなったが、周囲はまだ暗い。「あなたはそれを恐れているのか、それとも望んでいるのか？」彼女は答えない。「わたしは軍人だ、クエテル。わたしは軍艦で暮らしている」子どもの世話をする時間も環境もない。ある程度成長した子であっても。

彼女は怒りの声をあげた。「どこかにアパートをもってるんじゃないの？　召使も？　家臣はいないの？　なんでもいうことをきいて、お茶をいれて、襟を整えて、あなたが通る道に花をばらまく人が何十人もいるんでしょ？　ひとりくらい増えたって、なんとでもなるはずよ」

「あなたの弟は、そういうことを望んでいるのか？」しばらく待っても返事がないのでつづける。「あなたの祖父は、孫をふたり失って悲しまないか？」

彼女はいきなり足を止め、くるっとわたしをふりむいた。

「わたしたちのことをわかったつもりでいるんだろうけど、あなたは何ひとつ理解していないわ」

理解していないのはあなたのほうだ、といおうか。惑星でつらい思いをしている子ども一人ひとりに対する責任は、わたしにはない。今度の件は、わたしが引き起こしたことでもない。彼女は恐ろしい形相でわたしの答えを待っていた。

「あなたは弟を責めている？　もっと強く戦わなかったこと、あなたをこういう状況に追いこんだことで？」

「ええ！」彼女はわめいた。「もちろんよ！　それはあなたたち文明人がロード・デンチェのような人間をつくりだしたこととは何の関係もないのよね。あなたは何が起きたか理解できるくらいロードをよく知っていた。あの人がわたしたちに何をしているかを理解できるくらい、よく知っていた。だけど初めて本気で考えたのは、ラドチャーイが巻き添えになったからよね。そしてこの惑星を去ってしまえば、あなたはきれいさっぱり忘れてしまう。だけどロードと母親は、その後もずっとここにいるのよ」

「わたしが引き起こしたことではないし、見つけた不正をすべて解決することはわたしにはできない、たとえどんなにそうしたくても」

「そうね、もちろんできないわね」蔑《さげす》みもあらわに。「あなたに解決できるのは、自分にとって不都合なことだけだわ」また前を向き、歩きだす。

もし罵声を浴びせられていたら、わたしからも浴びせていただろう。

「あなたの弟の年齢は?」

「十六よ」皮肉な口調がもどった。「あなたなら、こんなにひどい場所からあの子を救って、ほんものの文明社会に連れていけるのに」

「クエテル、わたしには艦船と、ステーションに仮の住まいがあるだけだ。兵士はいるし、彼女たちがなんでもやってくれ、お茶もいれてくれるが、わたしに召使などいない。花をばらまくというのはなかなか魅力的ではあるが、掃除がたいへんだろう。わたしにはあなたの弟を受け入れるような家がない。しかし、わたしから弟に、ここを離れたいのかどうか尋ねてみよう。もしそうだというなら、わたしなりにできることはやってみる」

「嘘ばっかり」前を向いたまま歩きつづける。「あなたはわかるのかしら」いまにも泣きだしそうな声に思えた。「想像がつくかしら。自分が何をやっても何ひとつ変えられないとわかったときの気持ちが。いくらあがいても、愛する者を守れないってわかったら? 何かやったところで、悪あがきにもならないってわかったら?」

わたしには想像がつく。「それでもあなたは、やってみようとする」

「ええ、迷信深い野蛮人だから」いま涙が流れているのは間違いないだろう。「わたしには何も変えられない。でも、あなたの目の前に突きつけてやるわ。あなたはこんなことをしたんだと、見せつけてやる。それからあともずっと目をそむけたら、正義だの礼節だのと主張しつづけたら、あなたは自分自身に嘘をつくしかなくなる」

「じつにすばらしい、クエテル。あなたは理想家、あなたは若い。人は容易に自分自身を欺くことができるなど、想像すらつかないだろう」山々の頂が明るく輝きはじめ、わたしたちはもうじき尾根を越える。

「ともかくわたしはやるから」

「そうだろうね」わたしたちは残りの道を、静かに黙ってひたすら歩いた。

まず、わたしが滞在しているほうの家に行った。クエテルはお茶も食事も拒み、腕を組んだままドア口に立っているだけだ。

「母屋の人間はまだ誰も目覚めていない」と、わたしはいった。「失礼して、わたしは着替えと二、三の用事をすませたい。それから母屋に行き、司法官の到着を待とう」彼女は黙って片方の肘と肩を上げた。どうぞ何でもご勝手に、ということらしい。

〈アタガリスの剣《つるぎ》〉の属躰《アンシラリー》はヘトニス艦長の居間の、床の天板の上でうつぶせのままだ。背中は分厚い黒の矯正膜に覆われている。わたしはその横にかがんだ。

「〈アタガリスの剣〉――」眠らせておくべきかもしれないので、ささやき声でいう。ヘトニス艦長を起こしたくもなかった。

「はい、艦隊司令官」

「気分は？　何か必要なものはないか？」

返事をするまえ、わずかなためらいがあった。

「痛みはありません、艦隊司令官。カルル5とカルル8がとてもよくしてくれました」ふたたび間があく。「ありがとうございます」

「何かあれば、5か8にいうんだよ。わたしはこれから着替えて母屋へ行く。遅くとも明日までにはここを発《た》つことになるだろう。あなたを動かしても大丈夫だろうか？」

「はい、大丈夫です、艦隊司令官」また間があく。「艦隊司令官、お尋ねしてもよいでしょうか」

「もちろん、〈アタガリスの剣〉」

「なぜ医者を呼んだのですか」

あのときわたしは理由など考えなかった。やるべき明らかなことをやったにすぎない。

「なぜなら、あなたは艦長から遠く離れてはいたくないだろうと思ったからだ。それに属躰を減らす理由はない」

「申し訳ありません、艦隊司令官、ゲートがすぐ開通しないかぎり、この星系《システム》の救急治療具には限りがあります。また、わたしの船倉にはいくつかバックアップがあります」

バックアップ――。サスペンション・ポッドで死ぬのを待つ人間。

「この分軀《セグメント》を廃棄させたほうがよかったと思うのか？」

二秒の沈黙。「いいえ、そうではありません」

ドアが開き、ヘトニス艦長が寝室から出てきた。なかば裸で、目覚めたばかりのようだ。「艦隊司令官」わたしがいることに驚いたらしい。

「〈アタガリスの剣〉の様子を見に来たんだが、艦長、起こしてしまったのなら申し訳ない」わたしは立ち上がった。「着替えて食事をしたら、母屋で司法官と会う予定だ」

「艦隊司令官、犯人は見つかりましたか?」

「見つかったよ」それしかいわない。

艦長は詳細を尋ねてこなかった。「わたしは数分で下におります」

「そうしてくれ、艦長」

わたしが下にもどると、クエテルはまだドア口にいた。シリックスはテーブルにつき、彼女の前にはパンとお茶がある。

「おはようございます、艦隊司令官」彼女はわたしに気づくと挨拶した。「わたしもあなたと一緒に母屋に行きたいのですが」するとクエテルがばかにしたように笑った。

「好きにしていいよ、市民」わたしは自分のパンを取り、自分でお茶をついだ。「艦長の準備が整えば出かける」

それから数分後に艦長がおりてきた。シリックスには声をかけず、ちらっとクエテルを見てからサイドボードのほうに行き、自分でお茶をつぐ。

「カルル8は残って〈アタガリスの剣〉に付き添う」わたしはつぎに、ラドチ語でクエテルに話しかけた。「市民、少しくらい食べたらどうだ？」

「いいえ。お気遣い、たいへんありがとうございます、市民」クエテルは嫌味いっぱいに答えた。

「お気に召すままに、市民」

ヘトニス艦長は心底驚いた目でわたしを見た。「艦隊司令官——」

「艦長」わたしは先をつづけさせなかった。「食べ終わったら、出かけよう」自分の最後のひと切れを口に入れる。シリックスはもう食べ終えていた。

「もしよければ、道々お茶を飲みたいのですが」わたしはかまわないという仕草を返し、自分のお茶を飲みほして、ドアへ向かった。誰がついてくるかは確認しない。


召使に案内されたのは、きのうと同じ金色と青の客間だった。太陽は山の頂から顔を出すところで、窓越しに見える湖面は水銀のようだ。ヘトニス艦長が椅子に腰をおろし、シリックスは慎重に、三メートルほど離れた場所を選ぶ。カルル5は定位置のドア口だ。そしてクエテルは大胆にも部屋の中央に立った。わたしは弦楽器のところまで行き、じっくりとながめた。弦は四本で、フレットはない。木製の胴体には真珠母の象嵌《ぞうがん》。どんな音がするのだろうか。弓で弾くのか、それとも指でかきならすのか、爪弾《つまび》きか。

地区司法官が到着した。

「艦隊司令官、心配しましたよ、ゆうべなかなかお帰りにならないから。しかし、兵士が心配いらないといってくれたので」

わたしは頭を下げた。「おはようございます、司法官。ご心配をおかけして申し訳ない。帰るころちょうど雨が降りだしたもので、ひと晩あちらで過ごしてしまった」話しているところに、フォシフとロードが入ってきた。「おはよう、市民」ふたりに会釈してから、司法官に顔をもどす。「司法官、あちらにいるのが市民クエテルだ。わたしは彼女に、あなたに直接説明できる場を設けると約束した。きわめて重要だと思ったからで、どうか彼女の話に耳を傾けてほしい」ロードが冷たい笑いを浮かべ、目をくるりと回してかぶりを振った。

司法官は彼女のほうをちらりと見やり、わたしに訊いた。

「市民クエテルはラドチ語が話せる？」

「そう、話せる」わたしはロードを無視し、クエテルのほうを見た。「市民、こちらが地区司法官だ」

クエテルはすぐには反応せず、部屋の真ん中で黙って立っている。それから司法官に顔を向け、お辞儀もせずにこういった。

「司法官、何があったかを説明したいと思います」ゆっくりと慎重に話す。

「市民」司法官は小さな子に話すように、一語一語はっきりと発音した。「艦隊司令官はあなたに、わたしに直接説明する場を設けると約束した。だからわたしは、話を聞く」

クエテルは黙ったままだ。皮肉を返したいのをこらえているのだろう。

「司法官」彼女はようやく話しだした。ゆっくりと明確に、言葉を理解してもらえるように、いくら訛《なま》りがあったとしても。「すでに知っていると思いますが、茶園主たち、その娘たちは、労働者を犠牲にして気晴らしをすることがあります」

「おい！」ロードが怒鳴った。「ふつうなら、おまえたちの近くに、五十メートル以内に近づいたりしない！　そっちがお世辞をいって媚《こ》びへつらって、わたしの注意をひきたがるだけだ。何か恵んでもらえないか、クリエンテラを授けてもらえないかと期待してね。それが労働者を犠牲にした気晴らしなのか！」

「市民ロード」わたしは静かな、冷たい声でいった。「クエテルには説明の場が約束されている。彼女が話し終わってから、いいたいことがあればいえばいい」

「そのあいだ、わたしはここに突っ立って聞いているのか？」

「そうだ」

ロードは母親に目で訴え、母親フォシフはこういった。「さあさあ、ロード、艦隊司令官はクエテルに約束したんだから。こっちがいいたいことはそのあとでいえばいいから」口調はおちついていて、顔はいつものようににこやかだが、内心は心配でたまらないはずだ。ヘトニス艦長は困惑し、何かいいたそうな顔で、わたしを凝視している。そしてシリックスは、あらぬ方を見つめていた。憤怒。わたしに彼女を責めることはできない。

「つづけなさい、市民」わたしはクエテルを促した。ロードが不満の声をもらし、近くの椅子にどすんと腰をおろしたが、母親は立ったままだ。一見、冷静。

クエテルはひとつ深呼吸をして、語りはじめた。

「茶園主たち、その娘たちは、労働者を犠牲にして気晴らしをすることがあります」彼女はくりかえした。精一杯おちついて話すように努めているが、それに気づいた者はほかにいるだろうか。「もちろん、わたしたちはいつもお世辞をいって、ものほしそうな振りをしてみせます」ロードが嘘つけというように、短く鋭い音をたてた。クエテルはつづける。「ともかく、わたしたちの大半がそうです。そしてここの家の人は誰でも、わたしたちの……命を苦しめることができます」彼女がいいたかったのは、この家の者はみな、作業員たちの運命をその手に握っている、ということだろう。それをデルシグ語からラドチ語に直訳すると、とても下品に聞こえてしまう。

司法官が信じられないという顔で訊いた。

「市民、あなたは市民フォシフかこの家の誰かが、残酷な仕打ちをしているとでもいいたいのか?」

クエテルはまばたきし、息を大きく吸ってからいった。

「市民フォシフでも誰でも、この家の人に気に入られるか嫌われるかで、いろんなことが決まります。借金できるかできないか、子どものご飯を増やしてもらえるかどうか、ほかの仕事のチャンスをもらえるか、薬をもらえるか——」

「うちにはちゃんと医者がいる」フォシフがいった。これまで聞いたことのない、棘《とげ》のある口調。

「きのう、その医者に会ったが——」わたしは口をはさんだ。「受診を躊躇するのも無理はないと思う。つづけなさい、市民クエテル」

「娯楽作品では」深呼吸してから彼女はいった。「美しくて謙虚なラドチャーイが、力をもつ裕福な人の目に留まり、引き上げてもらえます。たぶん、そういうこともあるのでしょう。でもここでは、わたしたちにはけっしてありえません。ものごころがつくころにはもう、それがわかっています。こんな話をするのは、なぜこの家の娘がお世辞をいわれ、望めば何でも手に入るのかを理解してもらうためです」

司法官の顔つきから、クエテルとロードの話にたいした違いはないと思っているようだ。彼女は少し眉をひそめてわたしを見た。

「クエテル、先をつづけなさい」わたしは司法官が口を開くまえにいった。彼女が何を考えているかの想像はつく。「約束したように、いいたいことをいっていい」

クエテルはつづけた。「この数年、市民ロードはわたしの妹に……」躊躇する。「ある行為を要求し……それを楽しみとしてきました」ようやく最後までいう。

ロードはけらけらと笑った。「要求なんてする必要はなかったよ」

「いったい何を聞いていたのだ、市民?」と、わたしはいった。「あなたにとっては小さな望みが、現実には要求であり、あなたを不機嫌にさせた者はその後つらい仕打ちを受ける、と市民クエテルはいっている」

「何も悪いことなんかやっちゃいない」ロードはわたしの言葉を無視した。「艦隊司令官、あんたって人はほんとに偽善者だな。性的不品行を非難しながら、自分はお気に入りのサミル人を連れてきて、喪中にもかかわらずお楽しみだ」わたしはこれで理解した。ロードが性急に、あからさまにわたしに近づいてきたのは、シリックスを封じ込める必要があると考えたからだ。

そのシリックスが驚いたように、高い笑い声をあげた。

「お世辞が上手だ、市民ロード。艦隊司令官がわたしをそんな目で見たことが、はたして一度でもあったかどうか」

「おたがいにね」と、わたしはいった。シリックスは心底楽しげに、そのとおりだという仕草をする。「それよりも、市民、あなたが市民クエテルの話を妨害したのはこれで三度めだ。辛抱できないようなら、席をはずしてもらうほかない」

ロードはすっくと立ち上がった。

「よくいえたもんだ！」声をはりあげる。「あんたは神さまの親戚か何かか？　この星系じゃ自分がいちばん偉いつもりなんだろうが、この家で命令することはできない！」

「ここの住人が、これほど礼節に欠けるとは思わなかった」わたしはおちつきはらっていった。「市民が邪魔されずに自由に話せないとなると、クエテルと司法官には場所を移動してもらい、非公開で話してもらおう」非公開という言葉に、若干力をこめる。

フォシフはそれに気づいた。わたしをふりむき、じっと見る。

「すわって静かにしていなさい、ロード」母親は娘のことをよくわかっているから、何があったか、どんなことが起こったのか、少なくともその輪郭の見当はついているだろう。

母親の言葉に、ロードはおとなしくなった。呼吸すら止めたように見える。カルル5と8が耳にした使用人たちの噂を思い出した。フォシフは新しい相続人をつくりなおす時間はたっぷりあるといったが、ロードはその脅しを何度聞いただろうか。

「ロード――」司法官がいった。眉間のかすかな皺は、母親の声の調子に戸惑ったからだろう。「あなたが憤るのもよくわかる。わたしもあのように殺されかけたら、とても冷静ではいられないと思う。しかし艦隊司令官はこの人物に――」部屋の中央に立つクエテルを手で示す。「説明の機会を与えると約束し、それを守りたいだけのことだ」そこでクエテルに顔を向ける。「クエテルといったね？　浴場に爆弾を仕掛けたことを、あなたは否定するのかな？」

「否定はしません」と、クエテルは答えた。「この家の娘を殺そうと思いました。失敗してとても残念です」

時間が止まったかのような静寂。誰もが心の内ではわかっていたものの、ここまできっぱり断言されると、その衝撃は大きい。

「そういうことなら」司法官がいった。「これ以上どんな話を聞いたところで――。何かもっといいたいことでも？」

「はい」と、ひと言。

司法官はロードをふりむいた。「なんなら、部屋を出てもかまわないよ。もしここにいるなら、この人が話し終わるまで静かに聞いていてほしい」

「いるよ、ここに」ロードは反抗的にいった。

司法官はまた顔をしかめた。「では――」クエテルに向かって横柄に腕を振る。「さっさと話しなさい」

「この家の娘は——」クエテルは話しはじめた。「妹をもて遊ぶ彼女を、わたしが恨んでいるのを知っていました。彼女はわたしのところに来ると、こういいました——艦隊司令官を殺したい、彼女はみんながまだ寝ている早朝に風呂に入る、その時刻に爆弾を仕掛ければ彼女を殺せる」

ロードは笑い、何かいいかけ、母親と目が合って口を閉じた。腕を組み、古代の青と緑の茶器のほうを向く。展示台は、彼女が立っている場所から三・五メートル離れたところにあった。

「この家の娘は——」クエテルの声はおちついていたが、横槍が入ったときのためか、まえよりはいくらか大きい。「わたしが爆弾を手に入れられないなら、自分のほうで用意するといいました。もしわたしが拒めば、自分の手でやる、しかしそのときは、妹に罪をなすりつける。もしいわれたとおりにすれば、妹をクリエンスにしてやる、わたしが罪に問われないよう手をまわす」クエテルはそこでロードに目をやった。彼女は全員に背を向けている。クエテルは侮蔑もあらわにいった。「あの人は、わたしをばかだと思ってるのよ」司法官に目をもどす。「艦隊司令官を殺したい気持ちは、理解できます。でもわたしは、艦隊司令官と個人的な対立はありません。この家の娘とはまったく別です。どうなったところで、わたしは逮捕され、妹は涙にくれるだけだとわかっていました。だったらいっそのこと、妹を苦しめる人間のほうを排除しよう、と思うのは当然ですよね？」

「ずいぶんはっきりものをいう若者だな」司法官はそこで三秒ほど間をおいた。「それにとても賢い。嘘をつきとおすことはできないと承知しているはずだ」薬を使った尋問をすれば、心の奥底まで暴露されてしまう。といってももちろん、取り調べる側が間違いなく有罪だと思えば、そこまでのことはしない。しかしもし何かを誤って信じきっている場合、それは薬による尋問で明らかになる。

「彼女を尋問にかけてください、司法官」クエテルがいった。「わたしの話が嘘でないことがわかります」

「あなたは市民ロードを殺したかったと認めている」司法官は冷たくいった。「そしてあなたがいうような個人的な対立が、彼女とはあった。そこで、彼女を窮地に陥れたいがために話を捏造《ねつぞう》した、と考えられなくもない」

「必要なら、司法官」わたしはいった。「正式な告発を、わたしからしてもいい。しかしそのまえに、爆弾の出所はわかったのだろうか？」

「建設現場のものらしいとはわかりましたが、近隣の現場から盗難の届けはひとつも出ていませんね」

「届けではなく、現場の監督に在庫の確認をさせるべきではないか？」ロードの友人が監督している現場、最近彼女が訪ねた現場を調べたほうがいい、とまではいわずにおいた。

司法官は眉をぴくりと上げた。「すでにその指示は出しています。今朝、あなたに会いに来るまえにね」

わたしは返事の代わりに小さく頭を下げた。「では、もうひとつだけお願いしたいことがある。それがすめば、あなたにすべてお任せする。いかがだろうか？」司法官はどうぞという仕草をした。「市民ロードの付き人に、一点のみ、尋ねたいことがある」

緊迫した時間が数分ほど流れ、ロードの付き人が部屋に入ってきた。

「市民――」わたしは彼女にいった。「あなたの腕は恵みに満ち、その唇から漏れるのは真実のみ」ラドチ語でいったが、これは翻訳、それもおおざっぱにしたものだ。もとはあの日、カルル8を通して見た台所で、監督がこの付き人の口に蜂蜜のケーキを入れながら唱えていた祈りの一節だった。「市民ロードはあの爆弾を、どこで手に入れたのだろう？」

彼女はその場に凍りついたようになり、わたしを見つめた。怯《おび》えている、と思った。使用人同士はさておき、ふだんは、とくにこの家では注目されることなどほとんどない。

「たいへん申し訳ございません、艦隊司令官」ずいぶん長い沈黙のあと、彼女はいった。「ご質問の意味がわかりかねます」

「いいかい、市民」と、わたしはいった。「市民ロードはどんなときでも、かならずあなたと一緒にいる。いや、アンダーガーデンではそうでもないか。彼女が何かをしたいときは、用事をいいつけられて追い払われたりもするだろう。しかしそれでも、よき付き人であれば知っていることを、あなたは知っている。そしてこれは、壁に〝茶ではなく血を〟と落書きするような、衝動的な事柄とはわけが違うのだ」彼女はペンキの跡が見つからないうちに、ロードの手袋を洗おうとした。「同じに考えてはいけない。これはもっと複雑な、あらかじめ計画されたことであり、彼女自身は手を下そうとしなかった。そういうときのために、よき付き人がいるのだから。だがね、すでに明らかになった。市民クエテルが、何もかも司法官に語ったよ」

　彼女の目にみるみる涙がたまった。唇が震え、泣くのをこらえてゆがむ。

「わたしはよき付き人ではありません」涙が一粒、こぼれ落ちた。わたしは黙って、彼女が思案するのに任せた。どう答えればよいのか、いってもいいのか悪いのか。苦しい葛藤はそのまま表情に表われていた。部屋は静まりかえっている。彼女はようやくこういった――「わたしがよき付き人であれば、このようなことにはなりませんでした」

「情緒不安定なんだよ、彼女は」ロードがいった。「お互い子どものころからずっとね、わたしは彼女の盾みたいなものだった。彼女をかばう盾だ」

「あなたの責任ではない」わたしはロードを無視し、彼女にいった。「だがあなたは、クエテルが実際に何をするかを知っていた。あるいは、うすうす感じていた」おそらく彼女はロードと違い、予想がついていたのだろう――追い詰められたクエテルは、ロードにいわれたとおりにはしないはずだ。「だからあなたはきのう、ロードに呼ばれても浴場には行かなかった」ロードは彼女がなかなか来ないので苛立ち、さがしにいこうと浴場を出た。その結果、爆発で命をおとさずにすんだのだ。「ロードはどこで爆弾を手に入れた?」

「度胸試しで、五年まえに手に入れました。それからずっと、部屋に置いていました」

「その時と場所、方法を教えてくれるかな?　そうすれば確認できるから」わたしは一応尋ねたが、答えはわかっている。

「はい」

「でっちあげだ！」ロードがわめいた。「さんざん面倒みてやったお返しがこれか！　それにおまえ！」わたしをふりむく。「ブレク・ミアナーイ、あんたはこの星系に来てから、デンチェ家に難癖ばかりつける。ゲートを使うと危険だとかなんとか、ばかげた話もでっちあげなんだろ。そしてこの家に、有名な犯罪者を連れてきたうえ――」シリックスのほうは見ずにいう。「今度はわたしを犯人扱いだ。自分で自分をふっとばすか？　何もかも、あんたが仕組んだとしか思えない」

「これでわかったね？」わたしは泣いている付き人にいった。「いっさいあなたの責任ではない」

「市民、あなたの使用人の――」司法官は渋い顔でロードにいった。「話が真実かどうかを確認するのは簡単にできるから」〝ロード〟ではなく〝市民〟といい、母親フォシフがそれに気づいたのは顔を見ればわかった。「しかし、どこか別の場所で話を聞いたほうがいいな。わたしと一緒に町に行って、事情がはっきりするまでしばらく滞在してくれないか」もちろん、付き人とクエテルは招待されない。ふたりは治安維持局の監房で過ごし、取り調べが終了したら、しかるべく再教育されるはずだ。とはいえ、司法官の招待も、その意味するところは明らかだった。

フォシフもそれを悟ったらしい。失望の仕草をしてからこういった。

「いずれこういうことになると、わかっていたはずだった。だらだらとロードをかばいつづけてしまって。そのうち、しっかりしてくれるだろうと期待していた。でもまさか、ここまで……」言葉を失うとはこういうことだろう。「こんなことをしでかす者に、わたしの茶園を与えていたらと思うと……」

ロードはまる一秒、石のごとく固まった。

「縁を切るんだろ」声を出すのもやっとのような、小さなつぶやき。

「ほかにどうしようもないだろう？」痛恨の極み。

ロードはくるっと背を向けると、大股で、三歩で展示台まで行った。そして古代茶器の箱を両手でつかみ、頭の上に掲げるや、力いっぱい床に投げつけた。ガラスは砕け、青と緑と金色の破片が床できらめく。ドア口に立っていたカルル5が、わたしにしかわからない程度の小さな声をもらした。

水を打ったような静けさ。全員がその場に凍りつき、声を出す者はない。ややあって、割れた音を聞きつけたのだろう、召使がひとりドア口に現われた。フォシフが彼女に、「片づけなさい」という。声はとてもおちついていた。「廃棄しなさい」

「残らず捨ててしまう？」わたしはなかば驚き、なかばカルル5の小さな唸り声を隠したくて訊いた。

フォシフはどうでもよさそうな身振りをした。「割れては価値がない」

司法官がクエテルをふりむいた。彼女はこの間ひと言もしゃべらず、背筋をのばして立っているだけだった。

「これがあなたの望んでいたことか、クエテル？　痛ましい家族の崩壊が望みだったのか？

わたしにはまったく理解できないよ、そこまでの決意と力をなぜ仕事に注がなかった？　そうすればあなたも、あなたの家族も、もっと違う暮らしができたものを。なのにあなたは恨みをつのらせ、ふくらませ、ここまでのことを……」手で部屋全体を、いまのありさまを示す。

「やってしまった」

クエテルは動じることなく悠々と、わたしに顔を向けた。

「あなたのいうとおりね、市民、人は誰でも簡単に自分を欺けるらしいわ」天気の話でもするような、のんきな調子だ。しかもデルシグ語ではなくラドチ語だった。

彼女の言葉は、わたしに向けられたものではない。しかしそれでも、わたしは答えた。

「そしてあなたは後先を考えず、いいたいことを心おきなくいった」

クエテルはせせら笑うように片眉だけ上げた――「はい、そのとおり」

18

フォシフの家の客間を出てから、シリックスは緊張し、黙りこくり、その後アソエク・ステーションに着くまでほとんど口をきかなかった。この沈黙は異様なまでに長くつづいたといっていい。というのも、〈アタガリスの剣《つるぎ》〉が負傷しているため、エレベータからステーションに行くシャトルで必要な座席が増え、その空きがあるフライトをまる一日待ったからだ。

シャトルがステーションにドッキングするまで一時間。座席にすわってもシリックスは無言だった。ストラップを締めた座席で、背後のカルル5とカルル8はクエテルの妹を注視している。妹にとってはかなりつらいフライトで、見知らぬ者たちに囲まれ、家から離れ、混乱し、微小重力で気分も悪いが、薬はすべて拒んだ。さらには、涙が目からこぼれないことや、手でぬぐうと小さな滴になって散ることに、ますます混乱してしまう。しかしそのうちに、彼女も眠りにおちた。

シリックスは提供された薬を受けとり、身体的には楽になったようだが、下界の山を離れてからというもの、鬱屈《うっくつ》した状態だ。いや、きっとそのまえからだろう。彼女はロードを嫌い、憎んで当然の理由もあった。しかし、あの日あの客間で、母親からいとも簡単に、しごく冷静に廃嫡されたときのロードの思いを、いちばん感じとっていたのはシリックスではないか。母親が高値で買い、自慢していた茶器を床に投げつけるしかなかったときの思いも。母親フォシフは娘に関しても、茶器に関しても、決心を変えなかった。カルル5は箱を拾い、金とガラスの破片、茶杯の残骸、傷つかずにすんだフラスクを救いだした。三千年以上、生き延びたもの。あの日あの時までは。

「あれが正義だったのか?」シリックスは静かに訊いた。まるで独り言のように。わたし以外の者の耳には聞こえていない。

「正義とはなんだ、市民?」逆に問いかける。「あの状況で、どこに正義があっただろう?」シリックスは無言だ。怒っているのか、答えが見つからないのか。どちらもむずかしい問いだった。「人は正義というとき、単純でわかりきったこと、礼節にふさわしい行為のようにいう。午後のお茶で誰が最後のペストリーを食べるか、というのとさして変わらない。きわめて単純。善でなければ悪だ」

「そんなに単純でしょうか?」少し間をおいて、シリックスはいった。「善と悪、正しい行為と不正行為。だけどもし、あなたが司法官だったら、市民クエテルを自由の身にしたでしょう」

「もし司法官だったら、いまのわたしとはまったく違うわたしだったと思う。しかしあなたは、市民ロードより市民クエテルのほうに同情を寄せているらしい」

「お願いしますよ、艦隊司令官」ゆっくりと三度深呼吸してからいう。わたしは彼女を怒らせたようだ。「お願いだから、わたしをばかにしないでほしい。あなたは作業員宿舎でひと晩過ごした。どうやら、ヴァルスカーイ人のことをよく知り、デルシグ語も堪能らしい。しかしたとえそうでも、宿舎までひとりで行き、翌朝にはクエテルを伴って帰ってくるなど、どう考えてもふつうじゃない。抵抗もされず、いとも簡単にね。しかも、わたしたちが母屋を出るまえ、司法官が帰るまえに、作業員たちはフォシフに要望書を突きつけていた。フォシフが司法官の全面的支援を得られないのがわかっていたかのようにね」

わたしはすぐには、彼女のいいたいことを理解できなかった。

「あなたはわたしが、作業員をそそのかしたと？」

「あれがたまたまだったとは信じられない。未開で無学な茶畑労働者、十年以上ものあいだ、ストライキすることすら思いつかなかった者たちが、ここにきてあんな手段をとるとはね」

「けっしてたまたまではない。そして無学かもしれないが、未開人ではない。あれくらいのことは十分自分たちの力で計画できる。フォシフの立場もよくわかっているよ。たぶん、ほかの者たちよりずっとね」

「クエテルがほいほいあなたについてきたのも、何らかの交渉の結果ではないと？　彼女は軽い刑ですむのでは？　かたやロードの人生は、めちゃくちゃになった」

「あなたはクエテルにまったく同情していないのかな？　ロードは傷つけられた自尊心と悪意から行動を起こし、成功すればわたしが死ぬだけではすまない事態になっていただろう。クエテルはどうにも我慢ならない状況に追いこまれていた。彼女が何をしたところで、ハッピーエンドでは終わらなかったはずだ」

短い沈黙。「最初の段階で、クエテルは司法官のところに行くべきだった」わたしは少し考えた。よりによってシリックスがなぜ、クエテルにそれができた、それをすべきだったと考えるのか。そして、こういった。

「クエテルは、わたしが求めないかぎり、司法官の一キロ以内には近づこうとしなかっただろう。それに過去、ロードが不正をしたときの結末がどうだったかを忘れてはいけない」

「たとえそうでも、彼女が適切なやり方で訴えれば、聞いてもらえたと思う」

クエテルが司法官の助力を得られると期待するのはしょせん無理だろう。

「彼女は自分で選択し、その結果には逆らえない」とわたしはいった。「軽い刑ですむかどうか大いに疑問だが、それでもわたしは彼女を責められない。身命を賭して妹を守ろうとしたのだから」その点だけでも、シリックスは認めるべきだと思った。「もし皇帝がここに来てすべてを見たら、それぞれの行為と行為者の心を正しく評価しただろうか？　完全無欠の正義を施しただろうか？　あなたはどう思う？　人はその人にふさわしいものを、それ以上でも以下でもない、まさにふさわしいものを得られると思うか？」

「市民、それが正義というものでは？」一見おちついているが、わずかな声の緊張と抑えた口調から、怒りを感じているのがわかる。「ロードやクエテルが判決を不服として謁見を願い出たくても、いまのようにゲートが不通だと宮殿に行くことすらできない。皇帝にいちばん近いのはあなたなのに、あなたは公平とはほど遠い。きっと新しい土地に行くたび、到着したらまっすぐ最下層の住民を訪ね、味方につけるのだろう。もちろん、ミアナーイの名をもつ娘がその土地の政治とまったく無縁でいると考えるのは愚かでしかない。ただここで、あなたはフォシフの茶園のヴァルスカーイ人に目をつけた。つぎの狙いはおそらくイチャナだ」

「別にヴァルスカーイ人に目をつけたりしていない。茶園の作業員たちは自分の道筋を自分で考える力をもち、実際にそうしてきた。アンダーガーデンに関しては、あなた自身暮らしているのだから、実状は見えているだろう。とっくに改修されていなくてはいけない」

「ヴァルスカーイ人について、司法官と内々に話し合ったはずだ」

「それは事実だ」

「イチャナの問題といっても」わたしの返事など聞いていない。「その多くは、イチャナがもっとまともな市民になれれば改善される」

「どれだけまともになれば」と、わたしはいった。「水と空気を、医療を得られるのか？　あなたの隣人たちは、あなたにそこまでばかにされていることを知っているだろうか？」茶園の作業員同様、彼女たちも知っているとわたしは思う。


シリックスはそれ以降、ステーションに着くまで沈黙をつづけた。

ティサルワット副官がドックに迎えに来ていた。わたしたちを見てほっとした顔をし、うきうきと……何かを期待している。そして、危惧《きぐ》も。おそらく同じ何かに対してだろう。乗客たちが通り過ぎていくなか、わたしはカルル5と8の目を通して、〈アタガリスの剣〉の属躰《アンシラリー》が医務局員の手当てを受けているのを見た。そこには別の分躯《セグメント》も一体いる。また、ヘトニス艦長の背後にも属躰がいた。

「お帰りなさい、艦隊司令官」ティサルワット副官がお辞儀をした。

「ありがとう、副官」わたしはそういうと、ヘトニス艦長をふりむいた。「艦長、明日の朝一番で打ち合わせたいことがある」艦長は頭を下げて了解し、わたしはさあ行こうという身振りをして通路に出ると、アンダーガーデン行きのリフトに向かった。ジェニタリア祭はとうに終わって、通路にも鮮やかな色の小さなペニスはひとつもなく、菓子の包み紙も残らずリサイクルに出されたようだ。

そして――わたしはすでにティサルワットとボー9の目を通して知っていたが――アンダーガーデンの入口に壊れたテーブルはなかった。セクション・ドアは開いており、インジケータの表示は正しく、ドアが両側の空気圧によって自動的に開閉するようになったのがわかる。そしてその先に、古びてはいても照明で十分に明るい通路があった。〈カルルの慈《めぐみ》〉から送られてきたのは、ティサルワット副官のみなぎる自信だ。彼女はこれをわたしに早く見せたくてうずうずしていた。

「このレベルのセクション・ドアはすべて修理しました」アンダーガーデンの通路に入りながら、ティサルワットがいった。「レベル2の修理も順調に進んでいます。その後、3と4のドアにとりかかります」通路から、狭い間に合わせのコンコースに出る。ここも照明で明るく、茶房の入口周辺の燐光《りんこう》を放つペンキの色はいまではほとんど目立たなかった。ただ、こぼした汚れ跡や足跡はいまもある。広場の中央のベンチ脇に、鉢植えの植物がふたつ。どちらも肉厚のナイフのような葉を上に向けて繁らせ、なかには長さ一メートルほどのものもあった。ティサルワットはわたしが鉢植えを見ているのに気づいたが、不安な様子はない。あれはいうまでもなく、彼女がバスナーイドとかわした会話の産物だ。狭い空間は、以前よりも狭さがきわだって見えた。照明に照らされ、人の数も以前より多いからだろう。住民のほかにも、灰色のオーバーオールを着たステーション保守整備局の者たちが行き交っている。

「水道設備は?」わたしはティサルワットに訊いた。鉢植えには触れない。

「レベル1のこのセクションは、すでに水が使えます」バスナーイドと会っていることをわたしに気づかれるのでは、という不安は、満足感にとってかわられたようだ。「ほかのセクションはまだ工事中で、レベル2の作業はとりかかったばかりです。場所によってはなかなかはかどらないので、レベル4はまだ、その……不便な状態です。住民も、居住者の多いところから手をつけるということで納得してくれました」

「当然そうだろうね」わたしはこういったことの大半をすでに知っていた。自分が不在のあいだ、アンダーガーデンで何が起きているかを、折に触れてティサルワットやボー9、カルル10ごしに見ていたからだ。

わたしの背後、ティサルワットの後ろで、シリックスが立ち止まった。それに合わせてカルル5と8が足を止める。ふたりは黙りこくって元気のないクエテルの妹に付き添っていた。

「住人はどうなった?　わたしの部屋はまだあるんだろうか、副官?」シリックスが訊いた。ティサルワットはにっこりした。この一週間ほどたっぷり使って場数を踏んだ、そつのない笑顔。

「修復工事の開始時点で居住していた住民は、今後も変わらず同じ場所を使用できます。あなたの部屋はいまもあなたの部屋ですよ、市民。むしろ以前よりも明るくなっていますし、いずれ、換気もよくなります」そしてわたしを見る。「センサー設置に関して、その……懸念がありました」そう、この狭いコンコースで、彼女はセラル管理官とやりあったのだ（リフトはまだ動いていなかった）。ティサルワットが強い意志と愛想のよさで調整した会合で、ここまでやれるとはさすがにわたしも驚いた。警備関係者は同席せず、管理官とティサルワットだけの会合だ。「最終的に、通路にはセンサーを設置することが決定しました。ただし居住区には、住民の要望がないかぎり、設置しません」

シリックスは冷笑ぎみに小さく、はっ、といった。「通路だって嫌がる人間はいるよ。ともかくわたしはすぐにでも部屋にもどって、みなさんが何をしたかを確認したほうがよさそうだ」

「喜んでいただけると思います、市民」ティサルワットは変わらず愛想がいい。「もし何か問題やご不満な点があったら、わたしかカルルたちに遠慮なくお知らせください」シリックスは返事もせずに小さくお辞儀をして、立ち去った。

「何かあれば、ステーション管理局に直接行かせたほうがいい」わたしはシリックスが不満だったのはその点だろうと想像しながらいった。そして歩きはじめ、後ろをカルルたちがついてくる。角を曲がると、リフトの扉がすーっと開いてわたしたちを迎えた。ステーションはこのささやかな行列を見ているわけだ。

〈カルルの慈〉では、セイヴァーデンが裸で浴室にいた。そばにはアマートがひとり。

「艦隊司令官は無事にご帰還だな」

「はい、副官」アマートが〈慈〉の代わりに答える。

ステーションのアンダーガーデンで、わたしはリフトに乗り、ティサルワット、カルルたち、クエテルの妹がつづく。〈慈〉を経由して、わたしはティサルワットがつかの間疑惑を抱いたことを知った。これが初めてではないが、ひょっとして自分のしたことはすべて下界の艦隊司令官に見られていたのではないか、という疑惑だ。

「はい、本来ならそうするべきですが、ここの住民は管理局に行きたがらないんです。わたしたちのほうが身近にいます。それにこれを始めたのはわたしたちだし、実際ここに住んでもいますし。そこが管理局の者とは違います」わずかに躊躇《ちゅうちょ》。「ただ全員が喜んでいるわけではありません。ここで密輸が行なわれているようです。盗品とか禁止薬物とか。それに頼っている者たちは、たとえ通路だけでも、ステーションに監視されるのを歓迎しません」

わたしはセイヴァーデンのことを考えた。二度と麻薬はやらないと決心し、その決心はいまも変わらない。しかし我慢しているときは、麻薬の存在を嗅ぎつけ、それがどこであろうと手に入れる方法を見つけだす力が極度に増す。彼女に〈カルルの慈〉を任せ、ステーションに同行しなかったのは正解といえた。

〈カルルの慈〉の浴室で、セイヴァーデンは腕を組み、またほどいた。何か月かまえから、よくやる仕草。そばのアマートが驚いたが、外面的には短いまばたきを二度しただけだ。アマートの視界に〝とても心配だったのですね〟という言葉が浮かんだ。「とても心配だったのですね」アマートが〈慈〉の代わりに口にする。

アンダーガーデンのリフトで、わたしに成果を見せるティサルワットの自信が突然、それまで底流でしかなかった不安と自己否定に押し流された。

「艦隊司令官――」わたしが何かいうより先に〈慈〉がいった。「ほぼ制御されています。艦隊司令官の帰還が、精神的緊張を加えたのだと思います。副官は艦隊司令官の評価が心配なのです」

〈カルルの慈〉の浴室で、セイヴァーデンはすぐには答えなかった。腕を組む仕草が、心の内を見せていたことを情けないと思う。

「もちろん心配したよ」ようやく彼女はいった。「艦隊司令官を吹き飛ばそうとしたやつがいたんだから」アマートがセイヴァーデンの頭の上から湯をかける。彼女はぷっぷっと息を吐き出し、湯が口と鼻に入らないようにした。

アンダーガーデンのリフトで、ティサルワットがいった。

「ここ数日、アンダーガーデンの外で、居住区の割り当てに対する不満の声が上がっています」一見おちついていて、声にも感情はほとんど出ない。「イチャナ人が急に豪華な部屋を、広々した空間をもつようになるのは不公平だという不満です。彼女たちにはふさわしくないと」

「誰に何がふさわしいかがわかるとは、なんともすごい」わたしは冷たくいった。

「はい」ティサルワットは発言を後悔し、何かいおうとしたものの、結局無言だった。

「申し訳ありません、副官」〈慈〉がアマート経由でセイヴァーデンにいった。「艦隊司令官の命を狙った企てに不安を覚えるのはわかります。わたし自身、不安でした。しかしあなたは軍人です、副官。艦隊司令官も同様です。危険はつねにつきまとっています。副官はそれに慣れているのでは、と思います。艦隊司令官は間違いなくそうだと、わたしは確信しています」

浴室で裸体をさらして無防備なセイヴァーデンは、〈慈〉の言葉によって不安もさらした。

「彼女は庭でお茶を飲むような危険を冒してはいけないんだよ」そばのアマートに聞かれないよう、指を少し動かして無言で伝える――〝〈慈〉だって彼女を失いたくないはずだ〟

「危険が皆無の場所などありません、副官」〈慈〉はアマートの口でいってから、セイヴァーデンの視界に流した――〝失礼ながら、副官、ドクターを訪ねてはいかがでしょうか〟

激しい動揺。セイヴァーデンがその場に凍りついたようになり、アマートは戸惑った。視界に〈慈〉の言葉が流れる――〝心配いらない、アマート。そのままつづけるように〟

セイヴァーデンは目を閉じ、大きく息を吸って呼吸を整えた。彼女は〈慈〉にもドクターにも、これまでの麻薬との戦いを打ち明けていない。二度と手を出さない自信があったからだ。

〈慈〉は声に出して（アマートの口を通じて）いった。

「たとえ悩み事があろうと、副官は冷静に指揮なさると思います。かつてはご自分の艦船をおもちでした」セイヴァーデンは排水口の格子の上で微動だにせず、無言だ。そしてアマートは、やるべきことをやっている。〈慈〉の言葉はアマートにも向けられていた。

「悩み事なんかないよ、〈慈〉」セイヴァーデンはむしろ、アマートに対していった。そして声には出さずに尋ねる――〝彼女はきみに話したんだな？〟

〝話すまでもありません〟〈慈〉はセイヴァーデンの視界に答えた。〝わたしにもそれなりの経験があります、副官。そしてあなたをくまなく見ています〟それから声に出していう。「副官のおっしゃるとおりでした。艦隊司令官が揉め事を引き起こすとき、それは尋常なものではありません。しかし、副官はすでにお慣れになっているかと思います」

「とんでもないよ、毎回あたふたさせられる」精一杯、軽い調子でいう。ドクターに相談するつもりだとは、声に出さないのはもちろん、無言でも伝えない。

アンダーガーデンのリフトで、わたしはティサルワット副官にいった。

「できるだけ早いうちに、ジアロッド総督と話したい。公邸を訪ねて夕食に招いても、了承を得られるだろうか？」わたしの職位と名前から、相手がたとえ総督でも、厳密な礼節を多少逸脱し、有無をいわせず従わせることもできなくはないが、話したいテーマを考えると、ここは慎重にしておくほうがよい。本来なら、この種のことはカルル5に指示するのだが、現在、わたしの居間には市民が四人いて（うちひとりはスカーイアト・アウェルの親族）、お茶を飲みながらティサルワットを待っているのを、わたしは知っていた。この集まりの目的は、けっして親睦だけではない。

ティサルワット副官は驚いたようで、一拍置いてから答えた。

「では確認してきます、艦隊司令官」もう一拍。眉をひそめそうになるのをこらえる。「食事は自室でしょうか？　総督をお迎えするには不向きかと」

「つまり——」穏やかに。「あなたは友人と食事する約束をし、わたしにダイニングルームから追い出されたくない」ティサルワットはうつむいてわたしから目をそらしたいのをこらえた。頬が赤らむ。「仲間をどこかよそへやりなさい」落胆。彼女はわたしと同じ理由で食事会をしたかったのだ。特定の人と内輪だけで話したい、いてもせいぜい部下くらいで、あとは〈慈〉とわたしに見られる程度にしておきたいと。「横暴すぎるとかなんとか、わたしのせいにすればいいから。誰もあなたを責めたりはしない」レベル4でリフトの扉が開いた。照明で明るいリフトの数メートル先では、いまも壁にライト・パネルが立てかけてある。


わが家。いまのわたしの。


「正直なところ——」夕食の席でジアロッド総督がいった。「イチャナ料理は苦手でね。まったく風味がないか、でなければ悪臭がして酸味が強い」目の前の料理をひと口食べる。魚とキノコに発酵ソースをかけたもので、このソースが〝酸味と悪臭〟発言のもとだ。それでもこの一品は、ラドチャーイ向きに甘みと香りを加えてあった。「しかし、これはおいしい」

「お口に合ってよかった。これはわたしがレベル1で買ってきたもので」

ジアロッド総督は眉を寄せた。「キノコはどこから？」

「アンダーガーデンで栽培されている」

「では、ぜひ園芸局に伝えておこう」

わたしは自分の魚とキノコを食べ、お茶を飲んだ。「それよりも、栽培の熟練者に、引きつづきその知識と経験を生かしてもらってはどうだろう。園芸局が栽培しはじめたら、彼女たちの生活の糧が失われてしまう。むしろ総督の公邸が彼女たちからキノコを買いはじめたら、どんなに喜ぶか」

ジアロッド総督はフォークを置き、椅子の背にもたれた。

「つまりティサルワット副官は、あなたの指示で動いているわけだ」もっともな推論。ティサルワットはここのところ、整備係たちにアンダーガーデンの料理を食べるよう勧めていた。レベル1の水道設備が整ったことで、料理をつくるのもはるかに楽になっている。何が狙いであるかは、ジアロッド総督のような人間にはぴんとくるだろう。「わたしが呼ばれたのは、そのためかな?」

「ティサルワット副官は、わたしの指示で動いているわけではない。ただ、わたしは彼女のしたことにとても満足している。ステーションでアンダーガーデンを孤立させつづけるのは、このステーションの住民にほかの者と同じ生活を一律に押しつけるのと変わらないほど悲惨であるのは、あなたもよくわかっていると思う」何事も……バランスが大切だ。「アンダーガーデンから貴重なものをとりあげ、別の場所の人間がそれをもとに利益を得る。そういう結末をわたしはできれば見たくない。住民がみずから築きあげたものをもとに生活できるようにしてほしい」お茶をもうひと口。「彼女たちの努力の結果だからね」総督は息を吸い、反論したそうだった。〝みずから築きあげた〟というのが気に入らないのだろう、たぶん。「だが、今夜あなたに来てもらったのは、ヴァルスカーイの追放者に関して尋ねたいことがあったからだ」もっと早くに下界から訊いてもよかったが、喪中に仕事をするのは礼節にそむく。

ジアロッド総督は目をしばたたかせた。手にしたばかりのフォークをまたテーブルに置く。「ヴァルスカーイの追放者？」心底驚いている。「あなたがヴァルスカーイに興味をもっているのは知っている。ここに来てすぐ聞いたからね。しかし……」

しかし、予想だにしていなかった。わたしがシャトルから降りて一時間もたたないうちに非公式の夕食に呼びつけた用件がこれだったとは。

「追放者の仕事は山の茶園にほぼ限られている？」

「そのはずだが」

「まだ倉庫に残っている者は？」

「確実にいますよ」

さて、ここからは慎重に。「わたしの部下のひとりを、倉庫の視察にやらせたい。それから――」当惑して黙りこむ総督に向かってつづける。「公式の在庫目録と実態との比較確認をしたい」夕食の場をここにした理由がこれだった。総督の公邸ではなく、ましてや店舗でもなく。いくら上品で、プライバシーに配慮した店舗であっても。「過去にサミルの追放者が、星系外に奴隷として横流しされたという噂があるのは知っているだろうか？」

総督はため息をついた。「それはただの噂でしかない。サミル人は大半がよき市民になったが、一部はいまだに恨みを抱いている。かつてはアソエクでも借金を抱えた年季労働の習慣があり、奴隷売買もあるにはあった。だが、いまはもうそれは無理だ。追放者にもサスペンション・ポッドにも位置発信機《ロケーター》がついて、番号とインデクスが割り当てられている。それにアクセスキーなしで倉庫に入ることはできないよ。星系《システム》の船にももちろんロケーターがあるから、たとえ許可なしで倉庫に入ってサスペンション・ポッドを持ちだしたところで、すぐにわかる」

しかし実際は、この星系にいる船のうち三隻にはロケーターがなく、位置を把握できないことを彼女も知っている。そのうち一隻は〈カルルの慈〉だ。

　総督はつづけた。「はっきり申し上げて、ただの噂としてなぜ切り捨てないのか、わたしにはよくわからない」

「倉庫にはＡＩがないのかな?」総督は〝ない〟の身振りを返してきた。もし逆の返事だったら、わたしは仰天していただろう。「では基本的に自動化されているわけだ。サスペンション・ポッドを受けとり、システムに登録する」

「保守管理の人間もいるが、最近はもうやる仕事がなくなった」

「人数はひとりかふたりで」わたしは推測でいった。「数か月、あるいは一年ほどで交代する。ここ何年も追放者を受けとりにくる者はいないから、在庫チェックの必要はない。また、兵員母艦の倉庫のようなものなら、わざわざなかに入って確認しない。サスペンション・ポッドの列のあいだを歩くのはたいへんで、隙間なくびっしり並んでいるし、必要なときは機械が動かしてくれる。実地の在庫確認をする方法はあっても面倒くさい。そこまでしなくたって大丈夫だ」

総督は黙ってわたしを見つめている。料理は忘れられ、お茶は冷めていた。

「誰がどんな理由でそんなことを？」ようやく彼女はいった。

「奴隷や身体部位のマーケットがあれば、金目的《かね》だろう。ただ、おそらくないとは思う。断定はできないが。それよりも、属躰をもたなくなった軍艦のほうが気になる。いまなお属躰をほしがる者たちもね」ヘトニス艦長もおそらくそうだろうが、ここではいわずにおいた。

「〈カルルの慈〉に属躰はいないね」と、総督。

「そう、いない。しかし、その艦船がいま属躰を所有しているかどうかは、属躰製造中止の政策に対する賛否の指標にはならないだろう」

総督は驚き、困惑したらしい。「艦船の意見などどうでもいいのでは？　命令されたことをやるだけだ」わたしはいいたいことが山のようにあったが、沈黙を守った。総督はため息をつく。「ここが内戦に巻きこまれるかもしれないときに、なぜそんなことが問題なのかよくわからなかったが……。ようやく見えたよ、艦隊司令官。ただそれでも、あくまで噂だとは思う。それにヴァルスカーイ人について、わたしはまったく何も聞いたことがない。着任するまえのサミル人の件だけだ」

「アクセスキーを教えてほしい」それを〈カルルの慈〉に送るのだ。セイヴァーデンは兵員母艦の船倉を扱った経験があるから、わたしの目的を伝えれば、それに応じたことをやれる。いま、セイヴァーデンは当直中で司令室にいた。〈慈〉との会話以降、おちつきがなく、腕を組みたいのを必死でこらえている。そばのアマートは鼻歌をうたっていた——母さんがいってたよ、回るよ回る。

「総督、あなたの手は煩《わずら》わせず、わたしひとりでやる。すべてがあるべきところにあれば、あなたが失うものはない」

「まあね……」総督は料理に視線をおとしてフォークをつかみ、魚を取りかけてその手を止めた。ふたたびフォークをおろす。考えこんだ顔。「まあね……」同じつぶやき。「ロード・デンチェの件では、あなたが正しかった」

総督がこれを話題にするかどうかは疑問だった。ロードが廃嫡されたという噂はその日のうちに広まったはずで、ほかの部分も遅かれ早かれ届く。そして誰もおおっぴらには、わけてもわたしの前では口にしないだろう。しかし、このジアロッド総督は、公式の詳報にアクセスできる。

「残念ながらね」と、わたしはいった。

「まったくもって……」テーブルにフォークを置いて、深いため息。

「できればあなたから」総督が話しだすまえにいう。「惑星の副総督に、茶園作業員の労働条件と居住環境を調査するよう指示してもらえないだろうか。わたしはとくに賃金の計算基準が不当ではないかと疑っている」司法官の裁定で改善される可能性はあったが、わたしは当てにはしていない。

「いったいあなたは何をする気だ？」総督は途方に暮れている。「ここに着いたかと思えばまっすぐアンダーガーデンに行った。下界に行くなり、ヴァルスカーイ人の揉め事が起きた。艦隊司令官の最優先事項は、この星系の市民の安全を保障することだと思っていたが」

「総督」きわめて冷静に、かつ淡々と。「アンダーガーデンの住民と茶を摘む人たちは、みな市民だ。わたしはアンダーガーデンの状況を見て気に入らなかった。そして下界に行き、茶園の状況を見て気に入らなかった」

「あなたは何かほしいものがあると」声が険しくなる。「それをほしいと口にし、手に入れようとする」

「あなたもだろう」目を見つめる。おちつきはらって。「星系の総督は違うとでもいうのか？あなたはその椅子からながめて、重要ではないと思うものを片端から無視できる。しかしそれは、何が重要かは、すわる椅子によって違うのではないか？」

「わかりきったことを、艦隊司令官。しかしなかには、視野が限られた者もいる」

「自分はそうでないと、どうしてわかる？　別の場所から見ようともしないのに？」総督はすぐには答えなかった。「これは市民の幸福にかかわる問題だ」

彼女はため息をついた。「フォシフから連絡があってね。労働者たちが要求を全面的にのまなければストライキを起こすと脅したらしい」

「ほんの数時間まえに、わたしも聞いたよ」

「まともに相手にしたら、ああいう連中に、わたしたちを脅迫した見返りを与えることになる。味をしめてまたやったらどうする？　なんとしてでも沈静化させなくては」

「〝ああいう連中〟も市民だ」わたしは感情のない声でいった。しかし属躰の、死人のごとく単調な声の一歩手前でとどめておく。「彼女らが礼節にのっとった振る舞いをすれば、あなたたちは問題なしという。声をあげて不満を述べれば、身から出たさびで礼節に欠けるという。そしてやむにやまれず行動を起こしたら、そんな行為に見返りなど与えるものか――。どうすれば、耳を傾ける?」

「あなたはわかっていない、これはそんな――」

礼節などかえりみず、わたしはさえぎった。「可能性を考えるくらいのことで、あなたにどれほどの負担がかかるというのか?」実際は、かなり大きいだろう。自分はこれまで思ってきたほど公正ではないということを認めるのだから。「この星系の外で何が起ころうと――たとえ皇帝の声を二度と聞けまいと、ラドチのゲートがすべて破壊されようと、わたしたちはこの星系の安全と安寧を保たなくてはいけない。武器を持った兵士で何十人、何百人という市民を脅したところで、それが実現できるはずもない」

「ヴァルスカーイ人が暴動を起こしたら? そんなことがあってはならないが、もしあなたの部屋の外のイチャナ人がそうしたら?」

正直いって、わたしは彼女にがっかりした。

「わたしは兵士に、市民を撃てという命令は出さない」むしろ撃つなという命令を出す。「人はわけもなく暴動を起こしたりはしないよ。イチャナがこれまでどんな扱いを受けてきたかを知れば、もっとじっくり対応しなくてはいけないと気づくはずだ」

「イチャナの視点から見ろ、ということかな?」眉を上げ、声にはわずかな嘲り。

「そのとおり。ほかに残された選択肢は、イチャナをひとところに集め、全員再教育するか、残らず殺すかだ」ひとつめは、このステーションの警備局では無理だろう。そしてふたつめに関しては、すでに語ったように、わたしはいっさい手を貸さない。

彼女の顔が戦慄と嫌悪にゆがんだ。「あなたはわたしを何だと思っている、艦隊司令官？なぜここに、そんなことを考える者がいると思う？」

「これでも外見よりは歳をとっているのでね。併呑の真っ只中にいたことは一度ならずある。人びとが、絶対にやらないと誓ったはずのことを、それからひと月か一年後にはやってしまうのをずいぶん見てきた」ティサルワット副官は夕食中で、同席しているのは警備局主任の姉妹の孫娘、茶園主の若い三番めの親族（フォシフはこの茶園がつくる茶を見下した態度で〝まあまあだ〟といっていた）、スカーイアト・アウェルの親族、そして市民ピアトだ。ティサルワットはわたしのことを頑固で融通がきかず、人の気持ちには無頓着だと愚痴っている。もちろんバスナーイドの姿はない。彼女はこういう席には加わらず、そもそもわたしはティサルワットに、彼女には近づくなと指示してある。

アンダーガーデンのわたしのダイニングで、ジアロッド総督がテーブルの向こうからいった。

「どうしてあなたは、わたしがそんな人間のひとりだと思うのか？」

「そんな人間になる可能性は、誰にだってあるよ、総督。生涯苦しみ悩むようなことをしでかすまえに、それを知っておくほうがいい」そう、誰かの（おそらく何十人もの誰かの）死によって教えられるまえに。

とはいえ、ほかの方法で学ぶのはむずかしいかもしれない。わたしはそのことを、自分の経験で知っている。

19

セイヴァーデンは、追放者の収容倉庫に関するわたしの指示をすぐに理解してくれた。「深刻に考えることはないよ」自室の寝台に腰かけている彼女の声が、アンダーガーデンにいるわたしの耳に届く。「人体を盗もうとするやつがいるなんて――」そこで沈黙。「どうしてそんなことをするんだ？　それに、どうやって？　併呑の最中なら――」はねつけ、避けるような仕草をする。「何があってもおかしくはない。人を奴隷商人に売るやつがいると聞いても驚かないけどね」

しかしいったん人間が、タグをつけられラベルを貼られたら、それだけで話はまったく違う。わたしもセイヴァーデンも、併呑中の人びと――ラドチャーイではない人びとの身にふりかかったことを目の当たりにしている。そしてわたしは、そのような人身売買はきわめて稀《まれ》なのもわかっていた。ラドチャーイ兵は、艦船に知られずに息をすることすらできないのだから。

しかしこの数百年は、アナーンダが艦船に現われてはアクセスを改竄《かいざん》し、想像するにおそらく、自分の味方、協力者にアクセスキーを教えている。そうすれば彼女たちは艦船やステーションに見られずに好きなことができ、当局に通報されることもない。そして、敵方アナーンダにも。

「属躰《アンシラリー》を造りたかったら——」ジアロッド総督は帰り、わたしはアソエク・ステーションの居間でひとりきりだ。「追放者の人体は都合がいい」

セイヴァーデンはしばらく考えこみ、たどりついた結論は彼女の気に入らないものだった。

「あっち側は、ここにネットワークをもっている。きみがいいたいのは、そういうことだな」

「わたしたちは、どちら側でもない」セイヴァーデンに念を押す。「もちろん、彼女たちは違う。どこに行っても敵がいて、味方がいる。同じひとつの存在なのだから。暴君のもう一方の側についた者が、ここで活動していても何の不思議もない」ラドチのいたるところにいるアナーンダから逃れることなどできないのだ。「ただ正直なところ、この件はわたしの予想外だった」

「人体だけじゃ、どうしようもないよ」セイヴァーデンは後ろの壁にもたれて腕を組み、すぐにほどいた。「インストールする装置が必要だろう」あやまるように。「そんなことは承知だよね。でも、ともかく」

「とりあえず貯蔵しておけばいい。あるいは、兵員母艦に用意させるか」兵員母艦なら、時間と材料さえあれば属躰をつくることができた。いまも属躰を乗せている〈慈《めぐみ》〉や〈剣《つるぎ》〉の一部には、バックアップ用の在庫もある。原則として、それ以外の場所では手に入らないはずだった。新規製造はもうしないのだ。それがひとつの原因で、アナーンダはティサルワットに苦労した。彼女を簡単にいじることができず、自分を部分修正するしかなかったのだ。「あなたなら、直接チェックして、問題ないかどうか判断できる」

セイヴァーデンはにやっとした。「まあね、ここでそれができるのは、そうたくさんはいないからね」

「はい、おっしゃるとおり」

「総督は無関係だな、きみにアクセスキーを教えたくらいだから。といっても、拒否のしようもないが」

「ご明察」

「そしてきみは……」ため息。「誰に目をつけたか、ぼくに教える気はないよな？　ブレク、きみに何かあっても、ゲートを使わないかぎり、ステーションまで行くのに何日もかかる」

「あなたがどこにいようと、わたしを助けに駆けつけるのは無理だ」

「うーん」そしてもう一度。「うーん」緊張。不満。「きっと、これから数か月は何もかも退屈だろうな。いつもとおんなじで」ずっとそうだった、彼女もわたしも。死に物狂いで何かをやって、それから何か月、ときには何年も、つぎに何かが起きるまで静かに待っている。「彼女たちがアソエクに来るとしても――」〝彼女たち〟というのはたぶん、オマーフ宮殿で敗れた側のアナーンダだろう。その支援者たちが、なかにいる船もろともゲートを破壊している。

「そんなにすぐではないさ。アソエクの優先順位は高くないはずだ」それに星系《システム》間の移動は何週間、何か月もかかる。あるいは年単位で。「しばらくは何も起きないよ」そこでふと思いつく。「〈アタガリスの剣〉にやらせたらどうだ？　どうせいま、たいしたことは何もやっちゃいないんだから」わたしはすぐには答えず、答える必要もなかった。「あ、そうか、そうだな。間抜けなことをいったよ。ああいう人物に……」冷たくつきはなした言い方で、ヘトニス艦長を嫌っているのがよくわかる。「このてのことができる知恵はない」ドゥリケ通訳士が死んで以来、セイヴァーデンは〈アタガリスの剣〉の艦長を見下していた。「でもいま考えると、〈アタガリスの剣〉があれほど補給庫を回収しようとしたのが、ちょっとひっかかるな。ゴースト・ゲートの向こうをのぞいてみたほうがいいかもしれない」

「そこに何があるかの想像はついている」わたしは認めた。「だが、物事には順序がある。わたしのことは心配しなくていい。自分の面倒は自分でみられるから」

「了解しました、艦隊司令官」

あくる日の朝食。ティサルワット副官とわたしが日課の祈りを捧げるあいだ、クエテルの妹は黙って立ってうつむいていた――〝正義の花は、平和〟。死者の名前をいうときも黙っている。ティサルワットとわたしは椅子にすわり、彼女はすわらない。

わたしはデルシグ語でいった。「あなたもすわりなさい」

「はい、ラドチャーイ」彼女は素直に従った。あいかわらず目は伏せたままだ。ずっとカルルたちが付き添い、きのうまで食事も一緒だった。

横にいたティサルワットが、好奇心に満ちた目でちらっと妹を見やる。ティサルワットはリラックスとはいわないまでも、少なくともおちついていて、きょう仕上げたい仕事のことで頭がいっぱいだった。わたしが彼女の仕事ぶりに関し、いっさい何も（これまでのところ）いわないので、ほっとしてもいる。

カルル5が朝食を運んできた。魚とドレッジフルーツのスライスで、食器はもちろん青と紫のブラクト焼だ。

カルル5はようやくこれに再会できて、うきうきしている。

ただ一方で、危惧《きぐ》してもいた。ゆうべ、通路の先にあるティサルワットの部屋が何に使われるかを聞いたからだ。今朝はまだ誰もそこを見ていないが、おそらくアンダーガーデンの住民が、すでに五、六人は間に合わせの椅子にすわり、ティサルワットが来るのを待っているだろう。時間とともに、人数は増えていくはずだ。すでにとりかかった改修と建設に関する苦情、予定より早く、あるいは遅く、手をつけてもらいたい場所に関する要望。

カルル5がお茶をつぎ（〝魚娘《さかなむすめ》〟ではなかった）、ティサルワットが朝食をがつがつ食べはじめた。クエテルの妹は手をつけようとせず、うつむいたままだ。具合でも悪いのだろうか、と心配になる。ただ、もしホームシックだったら、思いを口にさせるのはむしろよくない。「粥《かゆ》のほうがよければ、ウラン」わたしはデルシグ語で話しかけた。「カルル5が用意してくれる」と、そこで別のことを思いついた。「食事をしても、料金は払わなくていいから」すると反応があった。ほんの少し顔が上がる。「出てきた分はあなたに割り当てられたもので、もっと食べたかったらそうしなさい。追加料金などいっさいない」十六歳であれば、年じゅうお腹をすかせているはずだ。

彼女は目を上げた。顔はほんの少しだけ。ティサルワットに目をやると、早くも魚を四分の三は平らげていた。ウランはそろりそろりと、ためらいがちにフルーツに手を出す。

わたしはラドチ語に切り替えた。ウランが話せるのは知っている。

「教師を見つけるには数日かかるだろう。それまでは、好きに過ごしてかまわない。警告標識は読めるかな?」ステーションでの暮らしは、惑星でのそれとはずいぶん違う。「セクション・ドアに書いてあるのは知っている?」

「はい、市民」彼女はまだ、ラドチ語の読み書きはほとんどできない。だが警告標識は当然目立つように派手にできているし、カルル5と8がここを案内がてら教えたのも、わたしは知っていた。

「警告標識に正しく従うこと、ステーションが端末ごしに声をかけてきたらしっかりその話を聞くこと。そのふたつさえ守れば、ステーションのどこに行ってもかまわない。適性試験については考えたことがあるかな?」

彼女は魚を口に入れたところだった。顔がこわばり、ほとんど嚙みもせずにごくりと飲みこんでから答える。

「何でも市民のお言葉どおりにします」消え入りそうな声。顔をしかめたのは自分の発言に対してか、ほぼ丸ごと飲みこんだ魚のせいか。

「わたしはそんなことを頼んでいない」ぴしゃりという。「あなたが望まないことを無理にさせるつもりはまったくない。適性試験免除を申し立てても、配給は受けられる。官職や軍務に就くことができなくなるだけだ」ウランは驚いたようで、思わず顔を上げかけてすぐに止めた。「そう、最近できたばかりの、ヴァルスカーイ人を対象にした特別規則だが、祖国を離れたヴァルスカーイ人はあまり活用していない」茶園作業員なら誰でも行使できるが、それで何かが変わるわけでもなかった。「もちろんあなたには、管理局から指定された仕事を受け入れる義務がある。しかし、あせって求職する必要はないだろう、いまのところは」

また、教師にある程度勉強を教わるまでは、適性試験も受けないほうがいい。彼女のラドチ語はわたしにはわかるが、茶園の監督は作業員たちの話をまったく理解できていないようだった。おそらく訛《なま》りのせいだろう。わたしは各地のさまざまな訛りに接してきたし、母語がデルシグ語の人の訛りにも慣れている。

「まだ仕事には就いていないんだろう、市民？」ティサルワットが訊いた。いくらかはしゃいだ調子。「お茶をいれることはできるかい？」

ウランはゆっくり息を吸った。狼狽《ろうばい》を隠そうとしている。

「市民がお望みのことは喜んでいたします」

「副官」わたしは厳しい口調でいった。「市民ウランに対し、何も求めてはいけない。彼女は今後数日、束縛を受けず自由に過ごす」

「艦隊司令官」と、ティサルワット。「市民ウランはクハイ人でもイチャナ人でもありませんから……」直面している問題を打ち明けるしかないと気づいたらしい。「管理局に人手がほしいと頼もうかと思いましたが、アンダーガーデンの住民はわたしのほうが話しやすいらしいのです。わたしたちにはここでのしがらみがないので」いいや、すでにあるし、住民たちもそれは十分意識しているだろう。「この市民にはうってつけの仕事でしょう。よい経験になると思います」経験とは何の経験か、ティサルワットは具体的にはいわなかった。

「市民ウラン」わたしは彼女にいった。「安全と治安にかかわるものでないかぎり、あなたはティサルワット副官に何を指示されても従う義務はない」ウランは視線をおとして朝食を、きれいに平らげた皿を見つめている。わたしはティサルワットに鋭い視線を向けた。「わかったね、副官?」

「了解しました、艦隊司令官」そして内心びくつきながら、「では、ボーを何人か呼んでもよろしいでしょうか?」と訊いた。

「それは一週間程度先になる。〈慈〉を調査のために送り出したばかりだ」

ティサルワットの心は読めないが、表情から想像はついた。短い驚き、落胆、そして察知と確信。不安に満ちた躊躇《ちゅうちょ》。調査云々《うんぬん》はさておき、わたしがひと言セイヴァーデンに、ボーたちをシャトルに乗せてここに派遣しなさいといえば、それですむことだとわかったのだ。しかし、わたしにその気があれば、すぐにそういうはずなのに、何もいわない——。

「わかりました、艦隊司令官」しゅんとしているが、最低限の安堵《あんど》感はある。住民との折衝用に仮の事務室をつくったことをわたしが咎《とが》めなかったからだ。

「いろいろたいへんかとは思うが」わたしは口調をやわらげた。「ステーションの管理局と対立することだけは避けるように」それはありそうにない、とは思っている。いまではティサルワットとピアトは親友のごとくで、仲間には管理局と警備局の職員のほか、ジアロッド総督の部下さえいた。ティサルワットは人員増加に関して彼女たちを当てにしたいのだろう。しかし彼女たちにはみな、ここでのしがらみがある。

「了解しました、艦隊司令官」ティサルワットの表情は変わらず（ボーたちから多少学んだようだ）、ライラック色の瞳はおちついて見える。が、その向こうにはいつもの不安と憂いがあった。想像するしかないのだが、ここで起きた出来事が原因ではないだろう。とすると、アソエクへ来る旅、その道中で起きたことを引きずっているのか。彼女はウランをふりむいた。「市民、あなたはお茶をいれなくてもいい。ボー9がやってくれるし、少なくとも朝は彼女が湯を持ってくる。だから、できあがったお茶を人に出して、喜んでもらうだけでいいんだ」

ウランは初めて会ったときから相手を怒らせないかとびくびくしていたが、いまは目を上げてティサルワットをまっすぐ見ると、わかりやすいラドチ語でこういった。

「わたしはそれがあまり得意ではないように思います」

ティサルワット副官は目を丸くした。本気でびっくりしたらしい。わたしは笑顔でいった。

「市民ウラン、あなたにもお姉さんのような気骨があるとわかって嬉しいよ」ロードがふたりの仲を引き裂かずによかった、とは口にしない。「気をつけなさい、副官。あなたがいくら苦労しようと、わたしは同情しない」

「了解しました、艦隊司令官」と、ティサルワット。「わたしは退室してよろしいでしょうか」

ウランはまた、何もない皿に視線をおとした。

「もちろん、副官」わたしは椅子を後ろに引いた。「わたしにも片づけなくてはいけないことがある。市民ウラン――」彼女は目を上げたが、それも一瞬のことで、すぐまた伏せる。「よかったら、カルル5に朝食のお代わりを頼みなさい。部屋を出るときはかならず端末を携帯し、警告標識に注意するように」

「了解しました、艦隊司令官」と、ウランはいった。

わたしはヘトニス艦長を呼んだ。彼女はティサルワット副官の仮事務所の前を通り過ぎるとき、なかを見て足を止めた。眉間に皺が寄る。そしてまた歩きだし、すれ違ったティサルワット副官が彼女にお辞儀をした（わたしは副官の目を通して見ている）。ティサルワットは、艦長が顔をしかめたことに内心にやりとしたものの、表情には出さない。艦長のほうは、ティサルワットが部屋の奥に進むのをじっとながめていたはずだ。しかしティサルワットはふりかえって彼女を見なかったので、わたしにも見えなかった。

カルル8が艦長をわたしの居間に案内した。お茶が出されて（案の定、薔薇《ばら》色のガラスの茶器だ。艦長にはこれがブラクト焼でないことがわかる、と承知のうえでカルル5は使ったにちがいない）、わたしは艦長に訊いた。

「アタガリスの調子はどうかな？」

艦長はしばし固まった。たぶん驚き。

「といいますと？」

「負傷した属躰のことだよ」ここにアタガリスは三体しかいない。〈アタガリスの剣〉のヴァル分隊はステーションから引き上げるよう、わたしが指示したからだ。

彼女は少し顔をしかめた。「順調に回復しています」そこでしばしためらい。「ひとつお尋ねしてもよいでしょうか、艦隊司令官」わたしは了承の仕草を返した。「なぜ属躰を治療なさったのですか?」

正直に答えたところで、艦長は理解も納得もしないだろう。「無駄な損失になると思ったし、〈アタガリスの剣〉が悲しむ」艦長の眉間の皺は消えなかった。やはり彼女には理解できない。「資源の無駄遣いは避けたいからね」

「ところで、失礼ながら艦隊司令官、ゲートの防衛についてはは問題ないのでしょうか。ゲートから侵入してくる者がいるかもしれません」

「いや、それはないだろう。監視は容易で、防御も簡単にできる」じつはわたしは、機雷を仕掛けるつもりでいた。艦長がその可能性を少しでも考えたか、あるいはわたしが思いつきすらしないと考えたかどうかは不明だ。しかしどちらも、ありうることではある。「ゴースト・ゲートを使う者がいないのは確実だろうしね」

彼女の目と口の周囲がひくついた。ほんの一瞬だったので、感情は読みとれない。

ただ彼女は、何者かがゲートを使いかねない、とは思っている。ゲートの向こうのからっぽの星系で他者と遭遇した経験はないといったが、わたしはそれは嘘だと、いまはほぼ確信していた。そこに誰かがいたのを隠したいのだ。いまこの瞬間も、いるかもしれない。ヴァルスカーイの追放者を売ったのが彼女なら、当然、隠したいだろう。処罰はよくて再教育だ。ただしそれでも疑問は残る。売った相手は誰か？　なぜそんなことをしたのか？

信用できない。今後もずっと。今後は彼女と〈アタガリスの剣〉から目を離さないようにしなくては。

「あなたは〈カルルの慈〉を出航させました」と、艦長はいった。〈慈〉の出航自体は誰の目にも明らかだろうが、その目的は明らかではない。

「ちょっと用件があってね」具体的に教える気はさらさらない、この艦長には。「数日でもどってくる予定だ。あなたはアマートの副官の力を信じて任せているのだろう？」

彼女は戸惑い、眉間に皺を寄せた。「はい、もちろんです」

「それならいい」それなら彼女が、〈アタガリスの剣〉にいますぐ帰艦したいと言い張る理由はないはずだ。艦にもどれば、彼女の立場は（もし本人がそれに気づけば）歓迎できないほど強くなる。はたして彼女は、帰艦の許可を申し出るだろうか？

「艦隊司令官――」わたしの正面にいる彼女の手には、薔薇色のガラスの茶杯。手袋はこげ茶色。「きっと何も起こらないでしょう。たぶん取り越し苦労で終わります」息をつく。慎重に、意図的に、おちつきはらった態度。

疑問の余地はなかった。ヘトニス艦長をつねにそばに置いておかねば。できれば〈アタガリスの剣〉とも接触させないこと。艦船にとっての艦長がどんなものかは、わかっている。属躰は感情を表に出さないが、わたしは下界で背中にガラスが刺さった属躰を見た。その目にたまった涙。〈アタガリスの剣〉が艦長を失いたいはずもない。

わたしはかつて艦船だった。〈アタガリスの剣〉から艦長を奪いたくはない。しかし、選択の余地がない場合もあるだろう。そうすることで、星系の住民たちの命が守れるなら。バスナーイドの命が守れるなら。

朝食後、ウランがステーションをひとりで自由にぶらつくまえに、カルル8は彼女を連れて服を買いにいった。ラドチャーイなら食糧、宿所、衣類を保障されているので、ステーションの店舗が支給してくれるのだが、カルル8はそれを嫌がった。ウランは艦隊司令官とともに暮らしているのだ、服装も相応でなくてはいけない。

もちろん、わたしが買ってもよかった。しかしそうすると、ラドチャーイの目にはわたしが彼女を養女にするとか、彼女の保護者《パトロヌス》になるように見えるだろう。ウランは家族からもっと離れると想像するだけでもいやなはずだ。また、クリエンテラはかならずしも性的関係を示唆するものではないが、保護者とクリエンスの階級が極端に異なる場合は、どうしてもそういう憶測を呼ぶ。もちろん、そんなことを気にしない者もいる。しかしウランは気にするのではないかと思った。そこでわたしは資金を提供することにした。ほしいものを買い与えるのと実質的に変わりはないが、礼節はこのての細かいことにこだわる。

ウランとカルル8はアマート寺院の入口のすぐ外にいた。足もとの白い床は汚れ、頭上の鮮やかな色のエスク・ヴァルの彫刻は埃《ほこり》まみれだ。カルル8がウランに、いつもよりは人間味をもって説明している――アマートとヴァルスカーイの神はほとんど同じだから、ウランもなかに入って供物を捧げても礼節には反しない。ウランは新品の服にどこかおちつかなげで、寺院に入るのを粘り強く拒んでいるようだ。無理強いはよしなさい、とわたしがメッセージを送ろうとしたとき、カルル8はウランの肩ごしにヘトニス艦長が歩いていくのを見た。艦長は〈アタガリスの剣〉の属躰を連れ、隣のシリックス・オデラに何やら熱心に話している。

わたしの記憶にあるかぎり、艦長は下界で一度たりともシリックスに話しかけず、目を向けることすらなかった。カルル8もふたりの姿を見て驚き、ウランに話しかけていたのを途中でやめて怪訝《けげん》な顔をする。そして何を思ったか、少しどぎまぎし、「申し訳ありませんでした、市民」とウランにいった。

「……民はそれを喜ばないでしょう」ジアロッド総督は、わたしにそういった。ここは上階の彼女の執務室だ。しかしいま、わたしの頭のなかにはあの光景しかなかった。

20

あくる日、ウランはティサルワット副官の仮事務所に行った。ティサルワットは彼女に何もいっていないから、けっして呼びつけられたわけではない。ウランはためらうことなくなかに入っていくと（前日、何度か通路からなかをのぞいていた）、フラスクや茶杯を気のすむまで並べなおしていった。ティサルワットはそれを見ても無言だ。

これが三日間つづいた。ウランの存在はよい効果をもたらしている、とわたしは思った。彼女はヴァルスカーイ人で、下界から来て、この地元にあるいかなる不和とも無縁の中立的存在であり、内気でほほえむことすらない生真面目さが、アンダーガーデンの住民の心に触れたらしい。ただ黙っているだけの彼女をよき聞き手として、隣人との揉め事や管理局に対する不満を語る者さえいた。

しかしこの三日のあいだ、誰もそのことを口にしなかった。ティサルワットは、わたしがこれを知って不許可にするのではと心配する半面、楽観もしていた。ここまで自分がやりとげた成果で、この程度のことは大目に見てもらえる、と思っているのだろう。

三日めの夜。会話もなく進む夕食の席でわたしは口を開いた。

「市民ウラン、明後日に教師が来る」

ウランはびくっとして皿から目を上げ、すぐまた伏せた。

「はい、艦隊司令官」

「失礼を承知のうえで、艦隊司令官」ティサルワットが気持ちを抑え、努めて冷静にいった。

「ぜひとも申し上げたいことが……」

わたしはそれ以上いわなくてもよいという仕草をした。「わかっているから、副官。市民ウランはあなたの待合室で人気者なのだろう。これからも副官の力になるとは思うが、くれぐれも勉強の妨げはしないように。学習時間は午後に設定したから、午前は彼女の自由に使える。市民——」ウランに顔を向ける。「あなたには、ここの環境を考え、イチャナが話すラスワル語の教師をつけた」

「詩よりずっと役に立ちますね」ティサルワットがうれしそうにいい、わたしは眉をぴくりと上げた。

「おや、意外なことを」これがどういうわけか、ティサルワットの心の底にある憂節《うきふし》をふくらませた。「ところで、副官、現在の状況をステーションはどう感じているのだろうか？」

「改修が順調なのは喜んでいるでしょうが、一般にステーションは、不満があっても率直にいいませんから」控えの間で入室を求める声がし、カルル8がそちらへ向かった。

「ステーションは、いつも全員を見ていたがっています」大胆にもウランが発言した。「これは監視ではない、といっています」

「惑星とステーションではずいぶん違うからね」わたしがそういったところで、カルル8がドアを開けると、そこにいたのはシリックス・オデラだった。「ステーションは住民が無事でいることを確認したいだけだ。そうでないと、おちつかないんだよ。あなたはステーションとよくおしゃべりするのかな、市民?」話しながら、シリックスの用件は何だろうと考えた。彼女の姿を最後に見たのは、ヘトニス艦長と一緒にいたときだ。

ダイニングルームでウランがいった。「ステーションはわたしに話しかけます、ラドチャ……艦隊司令官。わたしのために翻訳してくれたり、標識を読んでくれたりします」

「それはよかった。ステーションと仲良くできるのはいいことだ」

控えの間で、シリックスはカルル8に、夕食時に訪ねて申し訳ないといっている。「バスナーイド園芸官が、艦隊司令官にぜひお話ししたいことがあるそうです。しかしいまはガーデンズから出られないとのことで」

わたしは立ち上がった。ティサルワットがわたしに話しかけたが答えず、控えの間に行く。

「市民シリックス」わたしの声に彼女がふりむいた。「どのような用件だろう?」

「艦隊司令官」小さく頭を下げる。いくらか気まずいようだが、三日まえの会話とこの訪問時間を考えればそれも当然だろう。「バスナーイド園芸官が、艦隊司令官とぜひお話ししたいそうです。きわめて個人的な件かと思われます。自身がこちらにうかがうべきなのですが、いまはガーデンズからどうしても出られないとのことで」

「市民、あなたも覚えているだろうが」と、わたしはいった。「最後に園芸官にお会いしたとき、彼女は二度とわたしとは話したくないといった。その気持ちが変わったのなら、お目にかかるのはやぶさかではないが、いささか驚いている。また、ご自身の都合がつく時間まで待てないほど緊急というのもね」

シリックスの体が固まった。この突然の張り詰め方は、ふつうなら怒りと受けとれる。

「そのことは、わたしからも彼女にいいました。しかし、彼女はこう答えただけです。『この詩と同じ――〝酢漬けのお魚みたいな、すっぱくて冷たい後悔〟』」

それはバスナーイドが九歳九か月のときにつくった詩だった。オーン副官がわたしに詩を見せたことを彼女は知っている。そのうえで、これ以上ないほどわたしの気持ちを揺さぶる手段としたのだ。

わたしが黙っていると、シリックスが曖昧に手を振った。

「あなたならこの詩がわかると、彼女はいっていましたけどね」

「そう、知っている」

「有名なものではないでしょう?」

「あなたは酢漬けの魚が嫌いかな?」わたしは真面目な顔で訊き、彼女は不可解な顔をする。

「有名ではないが、たしかに知っている。個人的なつながりでね」

「そんなことだろうと思いました」皮肉っぽく。「では、そろそろ失礼します、艦隊司令官。きょうはいろいろあって、夕飯もまだなので」シリックスはお辞儀をすると帰っていった。

わたしはその場に立ったままだ。背後には、興味津々のカルル8がいる。

「ステーション」わたしは声に出した。「現在のガーデンズの様子は?」

ステーションの返事が、若干遅いように感じた。「変わりありません、いつもと同じです」

九歳九か月のバスナーイド・エルミングは、意欲的な詩人だった。言葉の繊細な感覚にすぐれるわけではなかったが、きわめて多情多感で、シリックスが引用したのは友人の裏切りに関する長い話の一部だ。詩は二行連で「酢漬けのお魚みたいな、すっぱくて冷たい後悔/あの人の背中を流れる。おお、あんなにひどい嘘を信じるなんて」となる。

〝あなたならこの詩がわかる〟と、彼女はいったらしい。

「ステーション、シリックスは家に向かったのか? それともガーデンズに?」

「市民シリックスは自宅に向かっています、艦隊司令官」今回は遅れずに返事があった。

わたしは自分の部屋にもどると、ステーションには見えない銃を取り出した。人間の視覚以外、どんなセンサーでも捉えられない銃だ。それを上着の下、すぐ引き抜ける場所に隠す。部屋を出て、控えの間を歩きながらカルル8にいった。

「ティサルワット副官と市民ウランには夕食をすませるよう伝えなさい」

「了解しました、艦隊司令官」カルル8は戸惑いつつも心配はしていない。それでよし。

過剰反応かもしれなかった。きっとバスナーイドは、気持ちを変えただけなのだ。湖の支持構造に対する不安が、わたしに会いたくないという気持ちに勝ったのかもしれない。自分の詩を一部しか覚えていなかったにせよ、それを使ってわたしに、亡くなって久しい姉との関係を思い出させようとした(そうでもしないと、わたしが思い出さないかのように)。おそらく彼女はほんとうに、緊急でわたしに話したいことがあるのだ、ふつうなら市民が夕食をとっている時間帯に。彼女はほんとうに、ガーデンズを出られないのだ。ステーション経由で呼び出すのは無礼だと思ったから、シリックスを使いに出しただけだ。自分が頼めばかならず駆けつけてくると確信して。

それはシリックスにもわかっていたはずだ。そしてシリックスは、ヘトニス艦長と話していた。

わたしは——ほんの一瞬だけ——カルルを連れていこうかと考えた。ティサルワット副官でもいい。自分の予想がさほど間違っているとは思えなかった。もし間違っていたら、カルルをアンダーガーデンに帰し、バスナーイドの望みどおりふたりきりで話せばいいだけだ。しかし、もし予想どおりだったら？

ヘトニス艦長のもとには〈アタガリスの剣《つるぎ》〉の属躰《アンシラリー》が二体いる。どちらも銃を持ってはいない。わたしの指示を無視していないかぎりは。そして、無視している可能性はあった。だがたとえそうでも、艦長とわずかな数の属躰くらい、どうとでもなる。人の手を煩わせるまでもないだろう。

もし、ヘトニス艦長だけでなかったら？　ジアロッド総督やセラル管理官がわたしを裏切っていたら？　ガーデンズで警備官が待ち伏せていたら？　そのときは、わたしひとりでは相手にできない。しかし、ティサルワットや兵士四人がいたところで同じだろう。その場合はむしろ、彼女たちを近づけないほうがいい。

だがそれと、〈カルルの慈《めぐみ》〉はまた別だ。

「はい」わたしが何かいうより先に〈慈〉がいった。「セイヴァーデン副官は司令室です。乗員は戦闘準備をしています」

〈慈〉に関し、わたしにはこれ以上何もできない。では、当座の問題に集中するとしようか。

ガーデンズに入るには、最初にここに来たときと同じ入口を使うほうが簡単だっただろう。わたしの知っている入口は二か所で、どちらも属躰に見張らせておけるという点で、たいした違いはない。しかし万が一、待ち伏せる者がいて、わたしはいちばん楽なルートで来ると予想していた場合、そしてステーションが、よくある抵抗手段のひとつとして、その事実を伏せていた場合を考え、遠いほうを選ぶことにした。

その入口は、湖を見下ろす岩棚にある。右手では滝がしぶきをあげて下の岩場に流れ落ち、左手から湖畔に通じる道には、高さが二メートル近い観葉植物が葉を繁らせていた。あの下は、よほど警戒しないかぎり、通り過ぎることはできない。

わたしの前には、湖への転落を防ぐ、腰の高さの欄干があった。その下でも、ほかのあちらこちらでも、岩が湖面から突き出ている。そして、縦溝のある岩が立つ小さな島。そこにヘトニス艦長が立っていた。片手でバスナーイドの腕をつかみ、彼女の喉もとにはナイフ。魚の骨取り用のナイフに似てとても小さいが、目的は十分果たせる。小さな島の橋側には、〈アタガリスの剣〉の属躰も一体いた。アーマーを展開し、銃を抜いている。

「ステーション——」声には出さず呼びかけたが、返事はない。ステーションがわたしに警告せず、助けも呼ばない理由は容易に想像がつく。わたしよりも、バスナーイドの命を守りたいからだ。いまは夕食時で、見物人はいない。おそらくステーションも、何か口実を設けて人払いをしたのだろう。

岩棚の観葉植物が震えた。わたしは無意識に銃を抜き、アーマーを展開する。発砲音——。体に衝撃があった。植物の陰から放たれた銃弾は、アーマーが最初に覆った部分に当たり、二発めが飛んでくる間もなく、わたしの全身はアーマーに包まれた。

植物の向こうから、銀色アーマーの属躰が飛び出してきた。目にもとまらぬ速さでわたしをつかむ。アーマーがある以上、わたしの銃などとるに足りないと考えたのだろう。肉弾戦では互角のはずだが、わたしの背後は何もない空間で、属躰のほうに分があった。属躰はわたしを欄干の外へ突き飛ばし、同時にわたしは引き金をひいた。

ラドチャーイのアーマーは、基本的に貫通不能だ。〈アタガリスの剣〉がわたしに放った弾丸のエネルギーの大半は熱として発散される。もちろんすべてではないから、わたしも衝撃は感じた。そして高さ七・五メートルの岩壁の麓《ふもと》、ぎざぎざの岩に肩が当たったときも、たいした痛みはなかった。しかし岩のてっぺんは狭く、背中が異様なまでにそりかえって激痛が走る。わたしはそのまま岩をすべって湖に落ちた。運のいいことに、深さは一メートル少し。あの島から、わずか四メートルのところ。

わたしは立ち上がった。腰まで水に浸かり、左肩の痛みに息が詰まる。かなりの傷だと思ったが、その程度を〈カルルの慈〉に尋ねる暇はなかった。わたしが気づかないうちに、ティサルワットがあとを追ってきたようで、いま、橋の畔《ほとり》側でアーマーを展開し、銃を構えているのだ。そして〈アタガリスの剣〉が、彼女に銃口を向けている。ティサルワットが追っていることを、〈慈〉はなぜわたしにいわなかった？

ヘトニス艦長もアーマーを展開し、わたしをじっと見ている。岩棚の属躰が負傷もしくは死亡したことは知っているだろうが、アーマーがわたしの銃には無力であることは知る由もない。ただしプレスジャーのことだ、わざわざ銃に防水処理など施していないだろう。

「艦隊司令官」ヘトニス艦長の声はアーマーを通し、ゆがんで聞こえる。「結局のところ、あなたにも人間らしい情はあるわけだ」

「この、魚の脳みそが！」ティサルワットが叫んだ。アーマーごしでもはっきり聞こえる。「操り人形になったから、艦長にもなれたんだ」

「静かにしなさい、ティサルワット」彼女がここにいるなら、おそらくボー９もいるだろう。肩の激痛さえなければ、もう少し頭が働いて、居場所を特定できるのだが。

「しかし艦隊司令官！　こいつの頭のなかはからっぽなんだ」

「副官！」ティサルワットの意見など必要ない。彼女そのものが、ここには不要だ。〈カルルの慈〉は肩の負傷について、脱臼《だっきゅう》か骨折か、まったく何もいってこない。ティサルワットが感じていること、ボー９の居場所についても。わたしはセイヴァーデンをさがしたが、見つからなかった。最後に見たときは司令室にいたのだが。彼女は何日かまえ、〈アタガリスの剣〉のアマートの副官にこういった――〝今度この艦を脅すときは、覚悟をもって上手にやったほうがいい〟。わたしが岩壁を落ちたとき、〈アタガリスの剣〉は行動を起こしたにちがいない。それは〈カルルの慈〉も予測はしていたはずだが、〈剣〉は〈慈〉より速く、武装の程度も上をいく。もし〈カルルの慈〉が撃沈されたのなら、セイヴァーデンの警告がどんなことを意味していたのか、このわたしが教えてやる。いまのわたしに可能なかぎり。

ヘトニス艦長は島からこちらを見ている。喉にナイフを突きつけられたバスナーイドは大きく目を見開き、微動だにしない。

「誰に売ったんだ、艦長?」わたしは尋ねた。「追放者を誰に売った?」艦長は答えない。バスナーイドを人質にとるなど、よほど愚かか自暴自棄か、もしくはその両方だ。「これほど軽はずみなことをするのは、そのせいだろう?」ジアロッド総督が何かうっかり漏らしたか、あるいは彼女にはっきりしゃべったか。わたしは総督に、誰を疑っているかは話していない。もし話していれば、総督ももっと慎重になっただろう。「倉庫にはあなたの共犯者がいて、あなたはサスペンション・ポッドを〈アタガリスの剣〉に積み、ゴースト・ゲートを経由して売った。さあ、相手は誰だ?」売ったのは彼女だ。その代価のひとつが、あのノタイの茶器。シリックスは艦長がフォシフに売った経緯を知らないし、そもそも結びつけて考えすらしなかっただろう。だが艦長は、わたしが気づいたことに気づいた。下界で二週間過ごすあいだ、シリックスには声もかけなかったが、彼女が何にもっとも強く反応するかを見抜いた。もしくは〈アタガリスの剣〉が、シリックスを利用するよう艦長に提案したか。

「わたしは忠誠心から行動したまでだ」艦長はきっぱりといった。「それがあなたにはまったくわかっていない」これほど肩が痛くなければ、これほど切迫した状況でなければ、わたしは笑い声をあげていた。艦長は気づかずにつづける。「真の皇帝は、艦船から属躰をはぎとったりしない。ラドチを守る艦隊を解体したりはしない」

「そう、ラドチの皇帝は愚かではないだろう」と、わたしはいった。「金《かね》よりも目立たないからと、あの茶器を報酬としてあなたに渡すほど愚かではない」湖の中央、おそらくここより深い場所で水がはじけ、泡が浮かんだ。何かが投げこまれたか、魚が跳ねたか。わたしは水のなかに立ち、艦長を銃で狙い、逆の肩の激痛に耐えた。視界の隅で、また泡がひとつはじけて消える。わたしはそこで、何が起きているかに気づいた。

　バスナーイドの顔がいっそう恐怖でゆがんだ。たぶん彼女も気づいたのだろう。湖底から上がってくる泡の出所はひとつしかない――アンダーガーデンだ。そして空気がのぼってくるなら、水は間違いなく下に落ちている。

　ゲームは終わりだ。ヘトニス艦長はまだ気づいていない。ステーションはバスナーイドを守るために沈黙をつづけ、ここから警備局への発信もブロックしている。だがアンダーガーデン全体を犠牲にしてまではやらないだろう。残る問題はひとつ。バスナーイドは（そしてここにいるほかの者も）はたして生きて帰れるかどうかだ。

「ステーション」わたしは声に出した。「アンダーガーデンから全員避難させなさい、ただちに」差し迫って危険なのはレベル1だが、避難命令を伝えるコンソールはまだ一部しか修復されていなかった。しかし何人の住民がそれを聞き、伝え広まっていくかを考える時間はない。「わたしの部屋にいる者たちに、アンダーガーデンは水没する、住民の避難を手伝え、と伝えてほしい」本来なら〈カルルの慈〉が伝えることだが、いまはもういない。ヘトニス艦長は、そして〈アタガリスの剣〉も、後悔することになるだろう。わたしがバスナーイドの喉もとのナイフを取りあげたらすぐ。

「何の話だ?」ヘトニス艦長がいった。「ステーション、よけいなことはするな」バスナーイドがあえいだ。艦長がその手に力をこめ、揺らしてさらに脅しをかけたからだ。

まさしく愚者。「あなたは本気でステーションに、バスナーイドかアンダーガーデンの全住民か、どちらかの命を選べといっているのか? 訊くまでもないと思うが」ティサルワットのいうとおり〝魚の脳みそ〟だ。「あなたの望みを当ててみようか。わたしを殺し、わたしの兵士を捕らえ、〈カルルの慈〉を破壊する。そしてわたしは反逆者だったと総督にいう」湖面に泡がたった。つづけて二度。まえよりも大きな泡だ。艦長は敗北したことがまだわかっていない。しかしそれがわかったら、おそらくやぶれかぶれの行動をとるだろう。これが潮時。「バスナーイド――」彼女はすくみあがり、茫然《ぼうぜん》と前を見つめているだけだ。「こんな詩がありました。〝氷のように、石のように〟」引用もとは、さっきと同じだ。わたしはあの詩にこめられた思いを理解した。今度はどうか、わたしの思いを理解してほしい――〝お願いです、身じろぎひとつしないで〟。わたしは引き金にかけた指に力をこめた。

もっとティサルワットに気を向けておくべきだった。彼女はヘトニス艦長と、島の橋側にいる属躰をにらみつづけていた。そしてゆっくり、数ミリずつ、じわじわと島に近づいていた。わたしも艦長も、そして属躰すら気づかなかったようだ。わたしがバスナーイドに話しかけたとき、ティサルワットはわたしの意図を悟ったのだろう。彼女はこの銃が艦長のアーマーをものともしないのは知っている。しかし属躰も、バスナーイドにとっては危険だ。わたしが引き金をひく寸前、ティサルワットは自分のアーマーを閉じると、叫び声をあげながら、属躰めがけて突進した。

ボー9は、岩棚の欄干の向こうにしゃがんでいたらしい。上官が自殺行為に等しいことをするのを見て悲鳴をあげ、銃を構えた。しかしそれくらいでは何の役にも立たない。

ヘトニス艦長は悲鳴を聞いて顔を上げた。岩棚でボー9が銃を構えているのが見える。艦長が一瞬ひるんで、とっさにうずくまったその瞬間、わたしは引き金をひいた。

こうしてみると、プレスジャーの銃には耐水性があったようで、もちろん、わたしは的をはずさない。弾丸はヘトニス艦長を超え、バスナーイドを超えて飛び、ここと超高真空のあいだのバリアに当たった。

ガーデンズのドームは、衝撃に耐えられるよう造られている。ボー9や〈アタガリスの剣〉がいくら撃とうと、ひっかき傷にもならないだろう。しかしプレスジャーの弾丸は、宇宙のあらゆるものを一・一一メートル撃ち抜ける。バリアの厚さは、せいぜい〇・五メートルだ。

直後、警報器がけたたましく鳴りはじめ、ガーデンズの出入り口がいっせいに閉じられた。わたしたちに逃げ場はなく、空気はドームの弾痕から抜けていく。これだけの広さがあれば、空気もそれなりの時間はもつだろうし、警備局は確実にわたしたちに気づいただろう。しかし、ドームに傷がついたガーデンズとアンダーガーデンのあいだに、漏れる湖水をくいとめるバリアなどなかった。アンダーガーデンのセクション・ドア（まがりなりにも機能するのは、ここのすぐ下のレベル1だけだ）は閉じられ、住民たちは行き場を失う。湖が崩壊でもすれば、彼女たちは溺れ死ぬだろう。

これはステーションが解決すべき問題だ。わたしは水のなかを歩いて島へ行った。ボー9が岩棚から駆けおりてくる。〈アタガリスの剣〉はティサルワットを難なく押さえこみ、銃口をバスナーイドに向けた。彼女は艦長から自由になって、橋のほうへ駆けていく。わたしは〈アタガリスの剣〉の手首を撃ち、銃は地面に落ちた。

〈アタガリスの剣〉は、わたしがつぎに艦長を狙うと考え、属躰の超速の身ごなしで襲いかかってきた。わたしを人間としか思っていないのは確実で、たとえ手首が不自由であれ、銃を奪えると踏んだのだろう。わたしは組みつかれ、肩に激痛が走った。一瞬、視界が真っ暗になるが、銃を手放したりはしない。

そのとき、ステーションがアンダーガーデンへの漏水を解決した——重力発生装置を切ったのだ。

上下の感覚が消えた。〈アタガリスの剣〉はわたしにしがみつき、銃を奪いとろうとする。属躰の勢いに押され、わたしたちは地面から浮き上がると、回転しながら取っ組み合い、滝のほうへ漂っていった。湖水をくみあげてつくる滝の水は、流れ落ちないかわりに、岩場のドームの縁にたまってどんどんふくらんでいく。

銃を握り締め、肩の激痛に耐えながら、わたしはステーションの声を聞いた。ドームの自己修復機能がうまく働かず、作業員を集めて修理に向かわせるまで一時間はかかるという。

一時間は長すぎる。くみあげられた滝の水はたまる一方で、重力なしでは逃げられずに溺れてしまうか、空気がなくなり窒息するかだ。わたしはバスナーイドを助けることができなかった。彼女の姉を裏切り、殺し、ほんの少しでも償いたくてここまで来たのに、それが彼女に死をもたらすとは。彼女の姿が見えない。激痛で視界がぼやける。そこに〈アタガリスの剣〉。近づいてくる黒い水。銀色の水。

わたしはここで死ぬ。〈カルルの慈〉もセイヴァーデンもエカルもドクターも兵士たちも、みんないなくなった。きっと死んだのだ。でなければ、〈慈〉が自分の意志で応答しないわけがない。

と、そのときドームの外で、星ひとつない漆黒の闇のゲートが口を開き、〈カルルの慈〉が現われた。あまりにも、あまりにもドームに近い。あれでは危険すぎる。一段落したら、きみにこっぴどく叱られるのを楽しみにしているよ――耳にセイヴァーデンの声が聞こえた。「〈アタガリスの剣〉は」明るい声がつづく。「ゲートをつくってどこかへ行った。ゲートの出口が、ぼくらがいた場所でなきゃいいけどね。出発時についうっかり、機雷の半分を置いたままにしてきたから」

わたしは自分で思う以上に酸欠なのか、幻覚らしきものを見た。命綱をつけたアマートが数人がかりで、アタガリスの属躰を捕らえているのだ。そしてわたしたちを連れていく。彼女たちが開けたドームの穴へ、〈カルルの慈〉のシャトルのなかへ。

全員がエアロックを抜けたところで、わたしは無傷のバスナーイドがシートベルトをつけて座席にいるのを確認すると、アマートをひとり、彼女につけた。ティサルワットも座席にいたが、ストレスと微小重力で吐いている。袋を差し出すボー9の横には、上官の血だらけの鼻と折れた肋骨《ろっこつ》を手当てするための救急治療キット。ヘトニス艦長と属躰は拘束されている。わたしはこれらを確認してから、ドクターに身を任せた。彼女はわたしの上着とシャツをはぎとり、アマートの手を借りて肩甲骨をもとの位置に押しもどすと、矯正具で固定した。

痛みがやわらいで初めて、わたしは自分がいかに歯を食いしばっていたかを知った。全身の筋肉がいかに緊張していたか、その結果、脚がどれほど痛かったか。〈カルルの慈〉はわたしに言葉では何も伝えず、光景とそれぞれの感情を送ってきた——アンダーガーデンにおける避難の最終段階を手伝うカルルたち（そこにはウランも。微小重力にすっかり慣れたようだ）、セイヴァーデンのアマートたち、そしてセイヴァーデン自身。しかめ面をしたドクター。ティサルワットの苦痛と慚愧《ざんき》と自己嫌悪。いまボー9が彼女の傷の手当てをし、片腕しか使えなくなったわたしはその横をただ通り過ぎた。立ち止まって話しかける自信がなかった。

そのまま歩いて、ヘトニス艦長と属躰のところへ行く。アマートたちの監視のもと、どちらも手足を縛られ、シートベルトを掛けられている。そしてどちらも、銀色のアーマーを展開したままだ。理屈のうえでは、〈アタガリスの剣〉はこちらに引き返し、わたしたちを攻撃できる。しかし、セイヴァーデンが残した機雷にたとえぶつからなくても（邪魔っけなだけで、最低限の損傷しか与えないはずだ）、わたしたちを攻撃すれば、艦長も確実に巻き添えを食らう。

「アーマーをおろしなさい」わたしはヘトニス艦長にいった。「そしてあなたも、アタガリス。わたしの前ではアーマーも無意味なのはわかったはずだ。それにそのままでは治療できない」

〈アタガリスの剣〉はアーマーを閉じた。ドクターが治療具を手にやってきて、眉間の皺を深め、属躰の手首を見る。

「くたばれ」ヘトニス艦長はそれだけいった。

いま、わたしが持っているのはプレスジャーの銃だ。艦長の足はシャトルの殻から一メートル以上離れているし、たとえ殻に穴が開いても、すぐに修復できる。わたしは近くの座席にもたれると、艦長の膝を撃った。彼女は悲鳴をあげ、隣の属躰はもがいたが、むなしい努力だ。

「ヘトニス艦長、あなたを解任する」ドクターが来て手当てにとりかかり、漂う血の滴が掃除されるとわたしはいった。「きょうのことを考えれば頭を撃ち抜かれても当然で、わたしはその気になればいつでもそうする。あなたとあなたの将校全員、逮捕する。〈アタガリスの剣〉、あなたは人間の乗員をただちにアソエク・ステーションに送りなさい。武装は解除し、動力系は接続を切り、追って通知があるまで、属躰はすべてサスペンション・ポッドに収納しておくこと。ヘトニス艦長と副官は、ステーションでサスペンション・ポッドに収容される。もしあなたがステーションを、あるいは船舶、あるいは市民を脅迫した場合、あなたの副官たちを処刑する」

「そんなことは絶対に――」ヘトニス艦長がいった。

「静かに、市民。わたしはいま〈アタガリスの剣〉に話している」艦長は口をつぐんだ。「〈アタガリスの剣〉、あなたにひとつ尋ねる。あなたの艦長は、ゴースト・ゲートの向こうで誰と取引をしていた？」

「答えません」と、〈アタガリスの剣〉はいった。

「では、ヘトニス艦長を殺す」艦長の治療パッチの状態を見ていたドクターが、不満げにちらっと目を上げたが、とくに何もいわない。

「あなたに――」〈アタガリスの剣〉の声は平板な属躰のそれだが、隠れた感情は想像がつく。「どのようなものかを示せたら、と思います。わたしの立場がどのようなものかを、あなたが知っていれば、と思います。しかし、あなたが知ることはない。だからわたしは、ほんとうの正義などないと思います」

いくらでもいえることはあった。いくらでも答えられる。だがわたしは、これしかいわなかった。

「艦長は、ゴースト・ゲートの向こうで誰と取引をしていた？」

「彼女は名乗りませんでした」声は変わらず淡々としている。「外見はイチャナ人でしたが、実際はそうではないと思います。あのような高貴なアクセントでラドチ語を話すイチャナはいません。あの話し方から、ラドチ球の出身と考えられます」

「さらにノタイ的なものも？」あの茶器セット。いまは砕けてアンダーガーデンの箱のなかだ。そして、あの補給庫。

「はい。ヘトニス艦長は皇帝のために働いていると考えていました」

「艦長はわたしの近くに置いておく。あなたがわたしの指示どおりにしない場合、でまかせをいったと考えられる場合、艦長の命はない。くれぐれも、わたしの言葉を疑わないように」

「疑ったりできるのでしょうか？」声には明らかに苦渋があった。

わたしは答えず向きを変え、アマートたちに場所を空けた。艦長を入れるサスペンション・ポッドを運んできたのだ。わたしはバスナーイドと目が合った。ほんの数席離れたところだから、たぶん〈アタガリスの剣〉との会話をすべて聞いていただろう。

「艦隊司令官」彼女がいった。「お話ししたいことがあります」

わたしは手すりを握って止まり、体を支えた。

「はい、園芸官」

「あなたが姉の友人であったことをうれしく思います。そしてもし……あのとき、あなたがそばにいてくれたら結果は違っていたかもしれない、姉はいまも生きていたかもしれないと思いました」

これが彼女の話したいこと。よりによって、いま、ここで。艦長に対する艦の思いにつけこみ、何かあればおまえの艦長を殺すと脅したあとで。こんな話を聞こうとは。オーン副官の妹から。

わたしには無理だった。まるで自分は関係ないかのように黙っていることが。

「市民――」淡々とした自分の声が聞こえる。「あれが起きたとき、わたしはその場にいた。しかしわたしは、あなたの姉を救わなかった。以前、わたしはあなたに、当時は違う名前だったと話したと思う。その名前は、〈トーレンの正義〉。わたしはあなたの姉が乗る艦船だった。そしてアナーンダ・ミアナーイの命令のもと、わたしはあなたの姉の頭を撃った。それからすぐ、わたし自身も壊れた。〈トーレンの正義〉で残っている唯一の欠片が、このわたしだ。わたしは人間ではない。あなたのその言葉には値しない存在だ」顔をそむける。ほんの少しでも、彼女にわたしの心を見られないうちに。

シャトルにいた者は全員これを聞いていた。バスナーイドは愕然《がくぜん》としている。もちろんセイヴァーデンは知っているし、ドクターもそうだ。アマートたちが何を思ったかは知りたくなかった。〈アタガリスの剣〉の顔を見たくない、声も聞きたくない。わたしはただひとり、無関心に見える者をふりむいた。ティサルワットはいま、生きることも死ぬこともできない自分のことだけ考えている。

わたしは彼女の隣の座席にゆっくりと腰をおろした。シートベルトを締める。ティサルワットに、なぜガーデンズであんなばかな振る舞いをした、みんなこうして生きていられて幸運だった、と本気でいおうかと思った。しかしわたしは使える右手で（左腕は肩の矯正具で動かせない）彼女のストラップをはずし、体を自分のほうへ引き寄せた。ティサルワットはわたしにしがみつく。そしてわたしの首に顔を押しつけ、しくしく泣きはじめた。

「大丈夫だ」わたしは彼女の肩にぎこちなく腕をまわした。「なんとかなる」

「どうして、そんなことが、いえるんですか?」顔を押しつけたまま泣きながら。小さな涙の粒がひとつ、震えながらふわふわと漂い流れていった。「どうしたら、なんとかなるんですか?」そこで少しの間。「そんな陳腐な台詞、怖くて誰もあなたに向かってはいわない」

三千歳以上。限りを知らない野望。そしていまだに十七歳。

「そんなことはない」もし、いまの彼女に明快な思考力があったら、わたしに対してそういう発言をさせるのがいったい誰なのか、想像がついたかもしれない。しかし実際は何もわからないまま口にした。「接続された当初は、とてもつらい」と、わたしはいった。「しかし、まわりにほかの自分がいてくれる。だから、そう、つらいのは一時的なもので、じきによくなる。そしてそのときがきたら、言葉にならないほどすばらしい。さまざまなつながりがいっせいに生まれ、さまざまなものを同時に、一度に見ることができる。それは……」表現のしようがなかった。ティサルワットもたとえ数時間であれ、たとえ薬で朦朧《もうろう》としていても、感じることができたはずなのだ。「彼女はあなたにそれをさせなかった。させる気など毛頭なかった」

「わたしがそれを知らないとでも思っている?」もちろん、知っていただろう。知らないはずはない。「彼女はわたしの感じ方を嫌って、すぐに薬をたくさん飲ませて、わたしがどうなろうと……」いったんやんだすすり泣きがもどった。涙があふれ、漂っていく。ずっとそばにいたボー9は、数分まえのわたしの告白に戦慄し、戦慄はわたしがティサルワットと話してもやわらぐことはなかった。彼女は漂う涙をハンカチで拭いとると、それを折りたたんで、ティサルワットの顔とわたしの首のあいだに差し入れた。

アマートたちも立ちすくみ、茫然としている。わたしの言葉とともに理性が消えて、自分が聞いたことを現実にどう当てはめればよいのか途方に暮れているのだ。

「ぼうっと突っ立ってるんじゃないよ！」セイヴァーデンが声をはりあげた。彼女がアマートに対してこんなに険しい口調でいうのは珍しいが、これでその場の空気が変わった。「仕事をしろ！」アマートは自分たちにも理解できる現実にもどり、ほっとしてそれぞれのことをやりはじめた。

ティサルワットはいくらかおちついたようだ。

「すまない」と、わたしはいった。「わたしには過去を取り戻すことができない。だが、それでも大丈夫だ。なんとかなる」ティサルワットは答えなかった。そして五分後、疲れと失望と悲しみで眠りにおちた。

21

修理要員が到着すれば、シャトルはドームに開けた穴から抜け出ることができる。わたしは全員に〈カルルの慈《めぐみ》〉へ帰還する指示を出した。ステーションの医務局にわたしの体が属躰《アンシラリー》であることを教える気はなかったし、医務局はとにもかくにも、無重力によって引き起こされる問題、悪化する問題の対処に追われていた。重力発生装置は、湖水漏れが完全におさまるまで稼動できない。わたしは〈カルルの慈〉に帰れたことを心から喜んだ。たとえ、短い期間であろうと。

ドクターはわたしに、自分のしかめ面の前から離れるな、許可を与えるまで起き上がるなといい、わたしは喜んで彼女のいうなりに——一日くらいは——なることにした。セイヴァーデンが、病室まで報告に来る。手にはお茶。

「いつぞやを思い出すなあ」彼女はにっこりした。ただし気持ちはゆるんでいない。わたしが何をいいだすか予想がついているからだ。事態はおさまりつつあった。

「たしかにね」わたしはお茶をひと口飲んだ。これは〝魚娘《さかなむすめ》〟ではない。じつにおいしかった。

「ティサルワットの状態はかなりひどいよ」わたしが黙っていると、セイヴァーデンがいった。ティサルワットは隣の病室で、ボー9が付き添っている。彼女は副官をひとりにはさせるなと、厳しく指示されていた。肋骨《ろっこつ》はまだ回復途中で、ドクターはティサルワットを当面は病室に隔離する判断をした。「アーマーなしで属躰に飛びかかっていくなんて、いったい何を考えていたのかな」

「属躰を自分にふりむかせれば、わたしが属躰を撃てる、そうすればバスナーイドは助かると思ったのだろう。属躰がティサルワットをすぐ撃たなかったのは幸運としかいいようがない」属躰はこちらが思う以上に、通訳士ドゥリケの死を引きずっていたのだろう。あるいは、命令なしに将校を撃つことに躊躇《ちゅうちょ》したか。

「あの園芸官のバスナーイドか?」セイヴァーデンはわたしほど若い将校に慣れてはいないが、それでも十分経験はある。「そんなことをする見返りはなんだ? 自殺行為のあげくの大泣きか?」わたしは眉を上げ、彼女はつづけた。「きみの肩に顔をうずめて泣きじゃくる副官がいるなんて、想像したこともなかったよ」

わたしが兵員母艦だったころ、セイヴァーデンはわたしの軍服を涙で濡らしたことはない。

「やきもちかな?」

「まあね。自分の十七歳のころを思えば、弱みをさらすくらいなら右手首を切ったほうがましだった」そして二十七歳になり、三十七歳になり。「それで人生、違ったかもしれない」

「すべては過去のことだ」お茶を飲みほす。「ところで、ヘトニス艦長がゴースト・ゲートの先に追放者を売っていたのは、〈アタガリスの剣《つるぎ》〉も認めた」わたしが〈カルルの慈〉を送り出した目的を漏らしたのは、やはりジアロッド総督だった。

「でも、相手は誰だ?」セイヴァーデンは考えこんだ。「〈アタガリスの剣〉の話だと、ヘトニスは皇帝のためにやっていると思っていたらしい。だが、ゴースト・ゲートの先に敵側がいるとしたら、なぜ何もしてこない?」

「なぜなら、ゴースト・ゲートの先にいるのは皇帝ではないからだと思う。あの茶器セット……あなたは見ていないが、少なくとも三千年以上まえのもので、明らかにノタイ製だ。しかも、所有者の名前が意図的に削られていた。あれはヘトニス艦長への報酬だろう、追放者横流しへの。それに補給庫。残骸としか思えないものを、〈アタガリスの剣〉はあえて回収した」

「艦名は焼かれていたしね」点はつながっても、まだ全体像は浮かんでこない。「ただ、〈アタガリスの剣〉で見たときはからっぽだったな」

「回収した時点では、確実に何か入っていたと思う」何か、あるいは誰かが。「あれも三千年以上まえのものだ。ゲートの向こうに船がいるのは、ほぼ間違いない。おそらく、アナーンダ・ミアナーイよりも歳を食ったノタイの船だろう」

「だけどブレク――」セイヴァーデンは反論した。「ノタイの船は片っ端から残らず破壊されたはずだ。忠誠を誓ったものも、とっくに退役だよ。それにこの近辺で戦闘は行なわれていない」

「残らず、ということはない」いい返そうと口を開いたセイヴァーデンを、手を上げて制する。

「なかには逃げ延びたものもある。もちろん、娯楽作品の世界ではなく、事実としてね。ただ、船を維持する者がいないから、現在は一隻も残っていないと考えられている。それでももし、ゴースト・ゲートの向こうに逃げた船があったとしたら？　船を属躰でいっぱいにしようとしたら？　〈アタガリスの剣〉によれば、艦長の取引相手は外見はイチャナ人だが、ラドチ語のアクセントは高貴なものだった。また、アソエクは年季労働のイチャナ人を星系外に奴隷として売っていた、併呑まえの時代にね」

「おいおい《アートルズ・ティッツ》……属躰取引をやっていたのか」

「ここには一方のアナーンダの手先がいるが、イメの事件で失敗してからは用心深くなった。おそらく接触を避け、干渉しないようにしているんだろう。首を突っこめばそれだけ、勘づかれる可能性が高まる。ゴースト・ゲートの向こうにいる誰かは、それに乗じた。ヘトニスが追い詰められるまで動かなかったのは、そのためだ。彼女はアナーンダの指令をずっと待っていた」

「ゴースト・ゲートの向こうにいるのはアナーンダだと思っていたからか。しかしブレク、アナーンダの支援者がそれに気づいたら？」

「どうなるかは、もうじきわかるだろう」お茶をひと口。「わたしが間違っているかもしれないしね」

「いいや、それはない。ぴったり符合するよ。要するに、ゴースト・ゲートの向こうには狂気の軍艦がいる……」

「狂気とは違うだろう。大切なものをすべて奪われたら、逃げて身を潜め、なんとか取り戻そうとするものではない？」

「まあね」少し恥ずかしげに。「ぼくこそ、それがわかっていていいはずだな。つまり狂気ではなく、敵意だ。ゴースト・ゲートの先には、敵意に満ちた軍艦がいる。アナーンダの片側半分は、たぶん攻撃を仕掛ける。そして、自分たちの通訳士に何が起きたかを知りたくて、プレスジャーのご登場だ。そんなところかな？　それとももっと何かあるか？」

「当面は、それでも十分すぎる」セイヴァーデンは笑った。「ところで、叱責される心の準備は？」

「できております、艦隊司令官」頭を下げる。

「わたしが不在のときは、あなたが艦の責任者だ。もしわたしを救出できなかったり、あなたの身に何か起きたりしたら、エカルが指揮をとることになる。彼女は優秀な副官だし、いずれは立派な艦長になるだろう。しかしいまは、あなたのほうがはるかに経験を積んでいる。自分を危険にさらすようなことをしてはいけない」

これは彼女にとって予想外だったらしく、いかにも不満げな顔をした。しかし、長年軍人として生きてきて、ここで口ごたえなどしない。

「了解しました、艦隊司令官」

「それから、ドクターには薬物の経験があることを話すべきだと思う。ずっとストレス下にあって、頭もすっきりしないのでは？」

彼女の腕の筋肉がひくついた。たぶん、組みたいのを我慢しているのだ。

「少しやきもきしただけだ」

「これからは、やきもきせずにすむかな？」

セイヴァーデンはちょっと驚いた顔をした。唇が少しめくれる。

「きみのことでか？　きっとやきもきするよ」嗄《か》れた、短い笑い声。そして後悔と困惑が入りまじった表情。「〈慈〉経由で見えているんだな？」

「たまにはね。〈慈〉に見せてくれと頼むこともあるし、〈慈〉のほうから必要と思われるものを見せてくることもある。あなたが艦長だったころと似たようなものだ。一見、ただのデータの羅列でも、わたしには意味があったりする」

「きみはいつもぼくを見透かしていた」戸惑いは消えていない。「ニルトでぼくを見つけたときもだ。バスナーイド園芸官がいまこちらに向かっているのも、とっくにわかっているんだろう？」

バスナーイドはステーションで、ドーム修理要員のもとに行き、艦に連れていってくれと要請した。そのときわたしは眠っていたため、セイヴァーデンは悩みながらもしぶしぶ許可したのだ。

「知っている。あのとき目覚めていたら、同じように許可したと思う」セイヴァーデンはたぶんそうだと思いつつ、やはりほっとしたらしい。「ほかに何か？」とくにこれといったことはなさそうで、彼女は退室した。

セイヴァーデンが出ていってから三十秒後、ティサルワットが現われた。わたしは脚を組み替え、すわるように腕を振った。

「副官――」彼女がゆっくり慎重に腰をおろしたところでわたしはいった。彼女の胸にはまだ矯正具があり、肋骨その他の傷は回復途中だ。「気分はどうかな?」

「ずいぶんいいです。ドクターがわたしに薬を飲ませたのだと思います。いまはもう、あなたがわたしをエアロックから放り出したらよかったのにと、一時間に何度も悩むことはなくなりましたから」

「まえはそんなことを?」彼女に以前から自殺願望があったとは思えなかった。しかし、十分に気を向けていなかったのかもしれない。

「はい、ずっとそうでした。現実的に……ではなく、漠然とですが。ヘトニス艦長がバスナーイド園芸官を人質にしたのを見て、これはわたしの責任だと思いました」

「あなたの?」わたしは誰か個人の責任だと考えたことはない。もちろんヘトニスを除いてだが。「あなたの政治的な動きが彼女を警戒させたのはたしかだろう。影響力をもとうとしていたのは、誰の目にも明らかだった。しかしわたしは最初からわかっていたし、やめさせようと思えばいつでもできた」

安堵《あんど》――ごくわずかな。様子はおちつき、安定している。彼女の想像どおり、ドクターが何か与えたのだろう。

「それが問題なのです。率直にいわせていただければ――」わたしは了解の仕草をした。「わたしたちが彼女の望みどおりに動いていることをご存じですか？」〝彼女〟とはもちろんラドチの皇帝アナーンダ・ミアナーイだ。「彼女がわたしたちをここに送りこんだのは、いまわたしたちがしている、まさにそれをさせるためです。彼女はあなたがほしがっているものを手にし、それを使ってあなたを望みどおりに動かしている。あなたはそれで平気ですか？」

「いや、かならずしも」わたしは正直に認めた。「ただね、彼女が望んでいるものは、わたしにとってさほど重要ではないから」

ティサルワットが口を開くまえに、ドクターがしかめ面で入ってきた。

「あなたがここにいるのは休息するためですよ、艦隊司令官。長々と打ち合わせをするためではない」

「打ち合わせ？」わたしはきょとんとしてみせた。「副官もわたしも入院患者で、ごらんのとおり、どちらものんびり休息中だ」

はっ！　ドクターは吐き捨てた。

「われながら」と、わたしはつづけた。「よく我慢しているほうだと思う。二週間も休息してきたんだから、下界で。そのぶん仕事に励まなくては」

「あれが休息？」と、ドクター。

「爆弾が爆発するまではね」

「ドクター」ティサルワットが訊いた。「わたしはこれからずっと薬に頼らなくてはいけないのでしょうか？」

「さあ、どうだろうね」正直に。「そうでないことを期待しているが、わたしが決めることではない」そこでこちらをふりむく。「もう面会はだめだといっても、バスナーイド園芸官は例外扱いにするんでしょうね」

「バスナーイドがここに？」矯正具のせいで、ただでさえまっすぐなティサルワットの背が、もっとまっすぐになったように見えた。「艦隊司令官、わたしも彼女と一緒にステーションにもどっていいでしょうか？」

「絶対にだめだ」ドクターが答えた。

「よしたほうがいい」と、わたしはいった。「彼女はわたしたちの誰とも一緒にいたくないだろう。あなたはシャトルで聞いていなかったようだからね、彼女の姉を殺したのはこのわたしだという告白を」

「それは……」やはり聞いていなかった。惨めさで頭がいっぱいだったのだから、それも当然だろう。

「さあ、ベッドへ、副官」ドクターのしかめ面に、ティサルワットはすがるような目でわたしを見たが、わたしは無言だ。彼女はため息をつくと部屋から出ていき、ドクターが彼女についていく。

わたしは首をそらし、目をつむった。バスナーイドはドッキングまで二十分。〈アタガリスの剣〉は完全停止状態で、乗員は全員サスペンション・ポッド。属躰のほぼすべても同様で、残り数体が残務を処理し、それをアマート数名が監視。〈アタガリスの剣〉はシャトルでの会話以来、必要最低限のことしかいわなかった。はい。いいえ。それ以上は何も。

ベッドにすわって考えていると、病室にカルル12が入ってきて、わたしの真横に立った。逡《しゅん》巡《じゅん》。きまり悪さ。わたしは姿勢を正し、まぶたを開いた。

「艦隊司令官」12は緊張していった。ささやき声に近い。「わたしは〈慈〉です」腕をのばし、わたしの肩にまわす。

「カルル12、わたしは属躰だともうわかっただろう」12のなかに驚愕《きょうがく》と動揺。あらためていわれ、うろたえている。彼女が何かいうまえに、わたしはつづけた。「くれぐれも、〝自分はあなたを属躰としては見ません〟などといわないように」

12と〈慈〉のあいだで短いやりとり。

「申し訳ありません、艦隊司令官」〈慈〉の後押しのもとに12がいった。「これは公正とは思えません。いままでまったく知らされず、急に見方を変えることなど困難です」たしかにそうだろう。「また、考える時間もあまりありませんでした。しかし、何点か納得がいくこともあります」

おそらくね。「〈慈〉はあなたが代弁してくれて喜んでいるだろう。あなたたちも、属躰のような表情でいれば安全で、心を読まれずにすむように思っているはずだ。しかし、属躰であることと、その振りをすることは違う」

「はい、わたしにもそれはわかります、艦隊司令官。しかしおっしゃったように、〈慈〉は喜んでいます。そして〈慈〉は、わたしたちにつねに目を配っています。ときにわたしたちと

〈慈〉を合わせて〝自分〟だと感じたりします」自意識。きまり悪さ。

「わかっている。だから、属躰のまねをやめさせなかった」ため息をひとつ。「これでいいかな？」

「はい、艦隊司令官」心から。ただし、まだまごついてはいる。

わたしは目を閉じ、12の肩に頭をもたせかけた。彼女はわたしに両腕をまわす。同じではなかった。わたしを抱いているのは、わたしではない。頰に12の軍服を感じ、額に12の肩を感じはしても――。わたしは心の手をのばした。精一杯。12は戸惑いながらも、わたしを気遣っているのがわかった。艦内を動くほかのカルルたち。しかし同じではなかった。同じではありえない。

沈黙がつづいた。そしてカルル12が〈慈〉の代わりにいった。

「艦長を守ろうとする〈アタガリスの剣〉を、わたしは責めることができません。ただ、〈剣〉がこの程度だとは思いもよりませんでした」

〈剣〉はきわめて尊大で、自分たちは〈慈〉や〈正義〉よりすぐれていると信じて疑わない。しかしこの世には、やむにやまれぬこともある。

「〈慈〉――」わたしは声に出していった。「12の腕がつらくなってきた。それにバスナーイド園芸官を迎えなくてはいけない」カルル12は腕を離してあとずさり、わたしは手の甲でまぶたをぬぐった。「ドクター」彼女は通路を歩いていたが、わたしの声は聞こえたはずだ。「園芸官をこのようなかたちでは迎えられない。これから自室にもどる」ともかく顔を洗い、服を着替えて、バスナーイドに出すお茶とお菓子を用意しなくては。たぶん、彼女は断わるだろうが。

「園芸官はわざわざここまで——」カルル12が、〈慈〉が、訊いた。「どれほど艦隊司令官を憎んでいるか、それをいうためだけに来るのでしょうか？」

「もし、そうなら」と、わたしは答えた。「反論せずに、黙って聞こう。彼女にはそうするだけの権利がある」

肩の矯正具の上からシャツを着るのは無理だが、軍服の上着ならなんとかなるだろう。しかしカルル12は、上着はともかくシャツなしで園芸官に会うなどとんでもないと言い張り、シャツの袖の後ろ側を恐ろしい形相で切っていった。

「説明すればカルル5もわかってくれるでしょう」彼女はそういいつつ、内心では怯《おび》えている。カルル5はまだアンダーガーデンで、重力がもどるまで事故がないよう手を貸している。

支度が整ってみれば、崖から転落して溺死または窒息死する一歩手前、よりはまだましに見えた。オーン副官の記念ピンをつけるかどうかで少し迷う。前回、このピンを見たバスナーイドの顔に怒りがよぎったように思うからだ。しかし結局、カルル12にピンを留めてもらった。ドゥリケ通訳士の銀とオパールのピンの横だ。12は小さなケーキをいくつもつくり、ドレッジフルーツと並べてテーブルに置く。そうしてついに、あの最高級の茶器がお目見えした。シンプルで優雅な白い陶器を最後に見たのは、オマーフ宮殿でアナーンダ・ミアナーイと会ったときだ。カルル5がよく勇気を奮って許可したものだと最初は驚いたが、少し考えれば、驚くまでもないのがわかった。

　バスナーイドが到着し、わたしは頭を下げて迎えた。

「艦隊司令官」彼女もお辞儀をする。「無理をいってすみません。でもやはり、ふたりでお話ししておくべきだと思ったので」

「お気になさらずに、園芸官。いつでもかまいません」動かせるほうの腕で椅子を示す。「おすわりください」

　ふたりとも腰をおろした。カルル12がお茶をつぎ、それから部屋の隅に行って立つ。属躰さながら直立不動だ。

「教えてください」バスナーイドは礼儀正しく、お茶をひと口飲んでからいった。「姉に何があったかを」

　わたしは彼女に語った。オーン副官がアナーンダ・ミアナーイの分裂と、その片方が何をしているかに気づいたこと。副官はそちらのアナーンダの命令をどのようにして拒んだか。その結果、ラドチの皇帝は副官の射殺を命じ、わたしがそれに従ったこと。それから自分でもよくわからないが、わたしは皇帝に銃口を向け、皇帝はわたしを破壊した。1エスク19だけが脱出でき、それが、いまここにいるわたしであること。

　語り終えると、バスナーイドはまる十秒の沈黙後、こういった。

「では、あなたは姉の分隊のひとりだったのですね？　1エスクの？」

「はい、1エスク19です」

「姉はいつも、エスクはとてもよくしてくれるといっていました」

「はい、知っています」

彼女は小さく笑った。「もちろんそうでしょうね。だからわたしの詩も残らず読んだ……あんなに下手な詩を」

「いえ、ほかと比べてもすばらしかった」詩を書く妹をもつ将校は何人もいた。「オーン副官は喜んでいました。ほんとうに、心の底から。あなたの手紙を読むのを心待ちにしていた」

「うれしい……」ひと言だけ。

「園芸官、わたしは――」言葉がつづかない。しゃべれば冷静さを失いそうだった。心をまぎらすためにケーキかフルーツをつまむのはやりすぎだ。しかしお茶のひと口くらいでは不十分。わたしはただ待つことにした。テーブルの向かいで、バスナーイドはじっと、静かにすわっている。そして彼女も、待っていた。

「艦船は将校たちを大切にします」なんとか大丈夫だろうと思い、わたしは口を開いた。「否応なくそうします。そうするように造られたのですから。しかしわたしたちにも、とりわけ大切に感じる将校がいます」さあ、乗り越えなくては。「わたしはあなたのお姉さんを愛していた」

「とてもうれしい……ほんとうにうれしい。いまようやく、あなたがどうしてあのような申し出をしたのかがわかりました。でもそれでも、お受けすることはできません」わたしは彼女がアンダーガーデンの居間でティサルワットにいった言葉を思い出した――わたしのためのものは何ひとつない。「あなたは許しを買うような人ではないでしょう、たとえあれほどの申し出でも」

「許しを求めていたわけではありません」わたしに許しを与えられるただひとりの人は、もうこの世にいない。

バスナーイドはしばらく考えてから、「わたしには想像もつきません」といった。「あんなに大きなものの一部として、それも長い、長い歳月を過ごしたあとで、突然ひとりきりになるなんて……」そこで少し考える。「ラドチの皇帝からミアナーイの名を与えられて、複雑な思いがしたでしょう」

「いえ、まったく〝複雑〟ではありません」

バスナーイドは悲しげにほほえんだ。そして笑みを消し、静かにいった。

「いまの思いをうまく伝える言葉が見つからないのだけど……」

「あなたには、自分の気持ちをわたしに伝える義務も、どうしてそう思うのかを説明する義務もない。しかし、あの申し出はいまも生きています。気持ちが変わったら、いつでもいってください」

「あなたに子どもができたら？」

わたしは耳を疑った。彼女がこんな質問をするとは――。

「あなたはわたしが子どもを連れているところを想像できますか、市民？」

バスナーイドはにっこりした。「それもそうだけれど、どんな人でもみな、母親です」

たしかに。「そしてどんな人でもみな、母親ではない。申し出の件は、いつでもかまいません。ただ、今後またあらためて、わたしから口にすることはないでしょう、あなたの心が変わらないかぎり。ところで、ガーデンズの様子は？　重力はまだ？」

「あと少しです。ステーションが重力解除するとそこらじゅうに水があふれて、それを片づけるのがたいへんでした。でも、予想したほどは魚を失わずにすみました」

わたしはあのときの、橋まで駆けて魚に餌をやった子どもたちを思い出した。紫、緑、オレンジ、ブルーの鱗《うろこ》を輝かせていた魚たち。

「それはよかった」

「アンダーガーデンのレベル1のほとんどはダメージを受けずにすみましたが、支持構造を改築しないかぎり、水は湖にもどせないでしょう。しばらくまえから漏れていたことがわかったんです、ごく少量ですけど」

「その理由はたぶん――」わたしはお茶を手にとった。「キノコ？」

「そう！」彼女は笑った。「もっと早くに気づくべきでした、アンダーガーデンでキノコが栽培されていると聞いたときに。そうなんです、支持構造の階に入り込んで、栽培していました。でも彼女たちが組み立てた柵類や、培地用の有機物のおかげで、アンダーガーデンまで水があふれる時間が稼げたんです。ただ、そのぶん被害は大きくて。アンダーガーデンでのキノコ栽培はたぶんもう無理でしょう」

「支持構造が改築されたら、栽培許可を与えてもらえるかもしれない」わたしからセラル管理官とジアロッド総督に話してみようか。ジアロッド総督には以前にも、アンダーガーデンでの栽培継続について意見をいったことがある。

「あなたから、艦隊司令官からひと言いっていただけると助かります」

「やってみましょう。ところで、いまシリックスは?」

バスナーイドの顔が曇った。「彼女は警備局にいます。よく……わかりません。わたしは彼女が好きでした。少し……神経質なところがありますけど。いまでも信じられません、彼女があんな……」言葉がつづかない。「もっとまえに訊かれていたら、彼女はけっして不正はしないと断言していたと思います。あんなことをするはずがないと……。でも噂では、ほんとうかどうかはわかりませんが、警備局に自首して、それで警備局がガーデンズの出入り口を閉めたそうです」

シリックスについても、ジアロッド総督にひと言いったほうがいいだろう。

「彼女はわたしに失望したんだと思う」シリックスが怒りからそんなことをするわけがないのだ。「彼女はずっと正義を待っていた。そしてわたしがそれをもたらすと期待した。しかし彼女の正義は……わたしの正義とは違っていた」

バスナーイドはため息をついた。「ティサルワットの具合はどうですか?」

「元気ですよ」おおよそは。「彼女はあなたに熱をあげているらしい」

バスナーイドはほほえんだ。「わかっています。甘いお話。でも……」眉間に皺がよる。「あのとき、ガーデンズで彼女がしたことは、甘いお話どころではありませんでした」

「そう。ただ、いまの彼女はいささか傷つきやすくなっている」

「ティサルワットが？」彼女は笑った。「でも人は、弱いときに強がってみせることもできます。たとえばいまのあなたも、横になりたいのを我慢しているのでしょう、外見はそうは見えませんけど。わたしはそろそろ失礼します」

「どうか、夕食をぜひ」彼女のいうとおり、わたしは横になりたかった。せめて、もたれるクッションでもあるといいのだが。「帰りは長い道のりになる。それに、食事をするなら重力のある場所のほうがはるかにいい。わたしと一緒にいるのを無理強いはしませんが、ティサルワットはあなたに会えると喜ぶでしょう。それにほかの副官も。ティサルワットとは違う意味で」彼女はすぐには答えなかった。「体調がすぐれないとか？　あなたもわたしたちと同じく、つらい時を過ごしたから」

「いいえ、大丈夫です……たぶん。だいたいは。ただ、頼りにしていたものがすべて消えてしまったような気がします。もともとそんなものはなかったんじゃないか、これまでそれに気づかなかっただけなんじゃないか……よくわかりません。なんというか、わたしは安全だと思っていました。みんなのことをわかっている気になっていたんでしょう。でも、それは間違っていました」

「そのような感覚は、わたしにもわかります」もうクッションなしでは無理だった。そしてどういうわけか、脚が痛みはじめた。「しかしあなたのことだ、いつかきっと答えを見つける」

「あなたとティサルワットと、一緒に夕食をいただけたらと思います」彼女はそれがわたしの言葉に対する返事のようにいった。「ほかにお誘いになるならどなたでも」

「よかった、ありがとう」わたしが頼むまえに、カルル12が壁に並ぶ収納ベンチのひとつを開けた。そしてなかからクッションを三つ。「園芸官、詩を詠んで教えてもらえませんか——神はどんなふうに鴨に似ているのかを?」

バスナーイドは一瞬きょとんとしてから笑った。急に話題を変えたのは、この笑顔を見るためだ。カルル12がわたしの背中にクッションをひとつ、動かない左の肘の下にふたつ置いた。

「ありがとう、12」

「昔、一羽の鴨がいた」バスナーイドは語りはじめた。「それは神だった。奇妙なものだ、とそれはいった。わたしは望めば空を飛び、魚のごとく泳ぎもする……」彼女はしかめ面をした。「もう無理です。これだって韻は踏んでいないし、詩とは呼べません。このところまったくつくっていないので」

「いや、それでも十分です」わたしは目をつむった。ほんの一瞬だけ。ティサルワットは病室のベッドで目を閉じ、〈慈〉が彼女の耳に音楽を流していた。近くでボー9が見守っている。エトレパたちは通路を掃除していたり、当直のエカルとともに監視中。アマートたちは休息か、運動か、入浴か。セイヴァーデンは自室の寝台に腰かけ、何やらもの思いに沈んでいる。失った長い歳月のことを考えているのだろうか。ドクターは〈慈〉に、医者のいうことを無視するんだよ、とわたしの愚痴をこぼしている。だがその声に、怒りはない。カルル1が、まだステーションにいる5の代理で料理をしながら、突然の夕食プラン変更にどう対応すればいいかと

3に相談している。しかしすぐ、ふたりでやれば乗り越えられるという確信に変わった。浴室で、アマートがひとり、歌をうたいはじめた。母さんがいってたよ、回るよ回る、艦船回る、ステーションのまわりをぐるぐる回る。

同じではなかった。求めているものではない。心の手をのばせばいつも得られていた、あのときのものとは違う。でもこれが、いまのわたしなのだ。

解説

大野万紀《おおのまき》

本書は『叛逆航路』の続編であり、アン・レッキーの Imperial Radch 三部作の第二部、*Ancillary Sword*（2014）の全訳である。

前作とはかなり雰囲気の異なった作品となっており、単独でも楽しめないことはないが、内容は第一部の直接の続編であり、独特の世界観や用語、登場人物などが前作からそのまま引き継がれているので、まだ未読の方はぜひ『叛逆航路』を先にお読みになることをお勧めする。『叛逆航路』は何しろ作者の第一長編にして、ヒューゴー賞、ネビュラ賞など英米のSF賞の七冠に輝いた作品であり、面白くて読み応えのあることは保証済み。もちろん本作も、二〇一四年の英国SF協会賞、二〇一五年のローカス賞SF長編部門に輝く、現代宇宙SFの傑作だ。

まずは読んでみて下さいとはいったものの、ここで前作の内容をざっとおさらいしておこう。ネタバレが気になる方は以下、読みとばして下さい。

舞台は遙かな未来の銀河系。強大で専制的な星間国家ラドチが人類世界の大半を支配したうえ、ラドチに属さない惑星を武力で併合するということをくり返していた。それというのも、人類とは全く異質だがより進んだ科学技術を持つ、謎めいた〝蛮族《エイリアン》〟の異星人、プレスジャーの脅威に対抗するためである。だがラドチは数百年前に彼らと平和条約を締結。現在は緊張関係を保ったままの交易関係にある。

ラドチの支配者はアナーンダ・ミアナーイ。彼女は約三千年前から絶対支配者としてラドチ圏に君臨している。その実体は、何千もの遺伝学的に同一な肉体をもち、互いにリンクしている分身の集合体だ。ところがある時、彼女たちの意識が分裂し、同じアナーンダでありながら敵と味方に分かれて戦うこととなった。だがこの事実は公《おおやけ》にされないまま数百年にわたる暗闘が続き、そのことがいっそうラドチに混乱をもたらすこととなる。この物語は、その混乱に巻き込まれた人々の、愛と苦悩と決断の物語である。

主人公はブレク。属躰《アンシラリー》の身でありながら、前作の最後でアナーンダにより軍艦〈カルルの慈《めぐみ》〉の艦長に任じられ、辺境の地、アソエクの星系《システム》へと向かうことになった。

属躰とはラドチが侵略して連れ去った人間の肉体を戦闘用に改造し、その脳に軍艦のＡＩ人格を強制的に上書きしたものである。ブレクは約二千年前の兵員母艦〈トーレンの正義〉のＡＩで、属躰でもあった。属躰は一体ではなく数十～数千体が存在するが、そのすべてが艦船と一体化しており、一種の集合意識を持つ。しかし、ブレクの場合は、二十年前に起こったある事情から、たった一体の存在となったのである。

前作では、ブレクと、かつて〈トーレンの正義〉の副官であったセイヴァーデンとの関わりや、二十年前の〈トーレンの正義〉の副官オーンとの、愛と悲劇をもたらした決定的な関係などが重要だったが、それは本作にも引き継がれている。だが何よりも、アナーンダの分裂によりラドチが迎えた危機の中、再び軍艦のAIと直接意識をつなぎ、他の艦長にも命令する権限を持つ艦隊司令官となって、星系の平和と安全を守るため、閉鎖されたアソエク星系で彼女がどう立ち回っていくのかが、本作の最大のテーマといえるだろう。

「彼女」と書いたが、このシリーズを読むうえでもうひとつ重要なのが、ラドチでは性別を気にすることがなく、男も女も等しく「彼女」と呼ばれていることである。ラドチの人々にとって、生物学的な男女差自体はあっても、それは社会的には一切意味がないことなのだ。もっともラドチ以外の人々には、まだ性差が意味をもつような文化も残っていて、ブレクたちはそういう人々と話す場合にはとても苦労して意識的にジェンダーを区別しようとする。だが通常の生活では全く意識することがない。ラドチには、男女の区別自体が存在しないのだ。文中で彼女と書かれていても、さらに姉や妹と書かれていても、それは性別には一切関係ないのである。

読者は登場人物たちに、一般的な男女のイメージを投影して読もうとするかも知れない。それは無理からぬことだ。だがそうすると様々な混乱が生じ、必然的に読者自身のジェンダー観を問われることとなる。このシンプルな設定こそが、効果的でSFらしい衝撃を本シリーズにもたらしているのだ。それが、英米のSF賞をのきなみ受賞した理由でもあるのだろう。

本作ではさらに、階級や宗教、人種といった社会的な属性にも踏み込み、前作にも増して多彩な人間関係や恋愛関係を精妙に描いている。それによる価値観の揺さぶりが、読者にとって新たな魅力となっている。

さて本作『亡霊星域』では、前作と違って舞台はひとつの閉ざされた星系の中であり、前作が「動」であれば本作は「静」の巻だといえる。オマーフ宮殿での事件の後、星系間ゲートは封鎖され、軍艦以外は星系の外に出ることも、情報をやりとりすることもできない。そんな封鎖された星系のひとつ、アソエクに艦隊司令官となって現れたブレクは、様々な思惑と混乱の渦巻く中、この世界を、住人を、平和裏にコントロールしようとする。それに従いつつも反発する地元勢力……。前作の物語が現代的なスペース・オペラであったとすれば、本作はむしろ現代的な宮廷陰謀劇のように読めるだろう。

本作では、主人公のブレクも体制からはみ出した一匹狼《おおかみ》ではなく、皇帝から任命され、このローカルな領域内での最高権力をふるえる司令官の立場にある。惑星の有力者たちも、この星系に以前から駐留している軍艦〈アタガリスの剣《つるぎ》〉の艦長すらも、少なくとも表向きは彼女に従わざるを得ない。そんな力を手にしたブレクは、有力者の気まぐれに翻弄《ほんろう》される一般市民や、さらには併呑されて下層民となった人々にまで、ラドチの権威の下での安全と公正を、たとえ限定的ではあっても自由と平等を、そして何よりも正義と礼節をもたらそうと努力する。

ブレクは過去二千年の経験から、自分自身の限界も知っている。大きな力を手に入れても、できるだけ抑制し、司令官としての指示や命令はしてもそれが無理強いや不正にならないよう注意深くふるまう。その一方で、ブレクは自分の個人的な思いにも積極的に関与していく。それはかつて愛し、そして失ったオーンの妹であり、園芸官をしているバスナーイドへの関わり方や、まだ十七歳の若い新任副官ティサルワット（一般市民が二百歳まで生きる世界での十七歳だ！）への、厳しい指導の仕方にも表れている。

本作では、そういった若い部下の育成や（ティサルワットの場合にはまた違う要因もあるのだが）、軍隊組織の中での指導者のあり方、さらに異民族・異文化との関わりや難民問題といった社会的テーマまでもが描かれていく。

作中で重視されているものに、優雅にお茶を飲み、美しい茶器を愛《め》でるラドチの習慣がある。専制的な社会の中、それはまるで往時の英国貴族のようだ。本作を評して宇宙版「ダウントン・アビー」と書いた記事をあちらのネットで目にしたが、確かにそんな雰囲気も感じられる。だが、本作には、大時代な宮廷陰謀や貴族的な精神だけでなく、きわめて現代的でSF的な描写もある。それは属躰であるがゆえの、ブレクの多視点的な意識の描写だ。ブレクの脳は艦船の機器とつながり、多数の視点で複数のシーンを同時に並列させて見聞きすることができる。誰かと話しながらも、その目と耳は遙か離れたところで起こっていることも同時に見聞きしているのだ。この描写がきわだった効果をあげている。いわば、何十人もの「家政婦は見た」システムであり、立ち聞き、盗み見のシステムである。監視カメラがあふれる現代社会を思わせるが、それが同時に一人の視点から描かれるのがとても面白い。

本作の舞台としては、侵略・併呑された人々の住む惑星それ自体よりも、惑星を巡るステーションが中心となる。星間国家であるラドチは、惑星に基盤をおかない。ステーションこそが支配の基盤なのである。ちなみに、ラドチのような惑星ではなく宇宙空間に基盤をもつ星間国家といえば、筆者は森岡浩之の「星界の紋章」シリーズに登場するアーヴの帝国を思い浮かべた。どちらもかつての〝銀河帝国〟というアイデアを現代に蘇《よみがえ》らせようとする試みではないだろうか。

さて、第三部 *Ancillary Mercy* では、本作の事件の直後から話がスタートし、いよいよ三部作の完結編となって、本作とは対照的に再び動きの激しい物語が展開する。動、静ときて、また動に戻るわけです。乞うご期待！

付録　アンシラリー用語解説《グロッサリー》　第2集

〈カルルの慈《めぐみ》〉

本艦に乗り組む兵士は、ブレク艦長直属のカルル分隊20名、セイヴァーデン先任副官指揮のアマート分隊10名、エカル副官指揮のエトレパ分隊10名、ティサルワット副官指揮のボー分隊10名の4個分隊計50名である（なお、部隊名は艦ごとに命名されるため、〈アタガリスの剣《つるぎ》〉などほかの艦船にも同名の部隊が存在しうる）。〈正義〉とちがって小型艦である本艦は、兵員数が少なく大隊が存在しないため、兵士を呼ぶ際には「カルル5」のように分隊番号を省略して分隊名＋番号となることがほとんど。ちなみに本艦の兵士は全員人間だが、前艦長ヴェル・オスクの意向により、属体《アンシラリー》のようにふるまうよう訓練されている。

ブレクが任じられた「艦隊司令官」は、他の艦長に命令する権限を持つ〝先任艦長〟ともいうべき階級名である。役職としては、ブレクは本艦の〝艦長〟である。

アソエクの星系《システム》

アソエクの星系はおよそ六百年前にラドチに侵略・併呑された。系内には四つの星系間ゲートがあり、そのうちひとつは併呑前に開発しようとして果たされなかった無人の星系につづく、通称〝ゴースト・ゲート〟である。

星系の中心となるのは、可住惑星アソエクを周回するアソエク・ステーションである。ステーション上部の大半は、透明なドームに覆われた〝ガーデンズ〟と呼ばれる美しい庭園になっている。ガーデンズの支持構造階の下にあり、〝アンダーガーデン〟と呼ばれる四階層は、併呑初期の暴動で破壊されて以来、修復されずに封鎖されていたが、いまは数百人の無認可の下層民が住みついている。ここはステーションＡＩの管轄外にあり、生活環境は劣悪である。

単に〝下界〟とも呼ばれる惑星アソエクは水と緑が豊かで、併呑前に現地住民が設置した気候制御グリッドのおかげもあり、ラドチの文化に欠かせない茶の一大産地として栄えている。

星系の住民はラドチ化されているが、複数の民族がある程度各自の文化を保っている。そのうち先住民族では、クハイ人とイチャナ人が二大集団である。クハイ人は下界に広大な茶園を持つ富裕層が多く、入植ラドチャーイ中心の支配層との結びつきも強い。イチャナ人は概して貧しく、母語のラスワル語を主に用いる。アンダーガーデン住民の大半はイチャナ人である。

先住民族以外に、他星系から強制移送されてきた〝追放者〟とも呼ばれる民族が複数いる。そのうちサミル人はラドチ化がほぼ完了しているものの、もっぱら茶園監督や召使としてクハイ人に使役される存在であり、また母語であるリオスト語も多くが使いつづけている。約百年前から移送されてきているヴァルスカーイ人は、茶園労働者として酷使される下層民であり、ラドチ語はあまり解さず主に母語のデルシグ語を使う。約二十年前、一部の茶園でサミル人とヴァルスカーイ人が待遇改善を求めてストライキを起こしたことがあったが、失敗している。

ガルセッドの事件

約千年前、ラドチに侵略されたガルセッドの星系はすぐに降伏したが、それは策略だった。ガルセッド人は蛮族《エイリアン》プレスジャーから手に入れた特殊な銃を用いて、併呑に携わっていたラドチ艦〈ナスタスの剣〉を撃沈したのである（艦長だったセイヴァーデンは脱出したものの、その後千年間、宇宙を漂流することになった）。激怒したアナーンダはガルセッドの星系を完全に破壊したが、この事件はプレスジャーへの対応をめぐってアナーンダの自己が分裂を始める契機となった。なおプレスジャー製の銃は徹底的に回収・破壊されたが、一挺《ちょう》だけ行方不明となったものを、現在は巡り巡ってブレクが所有している。

イメの事件

約二十六年前、ラドチ圏の辺境にあったイメ・ステーションでは、対プレスジャー強硬策を唱える側のアナーンダの意を受けた支配層が、秘密裏に属躰製造などの不正行為を行なっていた。だがあるとき、非市民の民間人や蛮族ルルルルが乗る船を攻撃せよとの命令を受けた兵士らがついに反乱を起こした。反逆者たちは最終的に処刑されたが、不正は明るみに出され、またプレスジャーとの条約に違反する蛮族殺害も避けられた。

アナーンダ・ミアナーイと属躰の技術

アナーンダと属躰は同様の技術を用いて自己を多重化しているが、異なる点がいくつかある。属躰は、それまでずっと別人として生きてきた人間（青年期後期や成人早期が好まれるが、もっと年長の者もいる）にインプラントを挿入して元の人格を消去し、ＡＩの記憶に置き換えてリンクさせるため、恐怖、悪心《おしん》、戦慄といった拒絶反応が一時的に起こることがある。これは薬の服用によって抑えることもできるが、通常はそこまで属躰には配慮しない。症状が重く時間がたっても回復しない場合は、その個体を廃棄して交換することもある。

しかし、アナーンダの場合はすべてまったく同一な特製の身体と、専用のインプラントを用いて生まれたときから同化するため、こうした拒絶反応はほとんど起こらない。その一方で、アナーンダには専用の記憶保存施設がいくつか設けられているものの、何千という分身がラドチ圏全域に散らばっているため、艦船の属躰とちがって思考や経験をすべて共有するのに何週間もかかる（これはアナーンダの自己分裂の遠因ともなった）。

なお、アナーンダの分身が人前に姿を見せるようになるのはかなり成長してからのことで、一般人が若い姿の彼女を目にすることはふつうはない。

（編集部・編）

検 印
廃 止

訳者紹介 津田塾大学数学科卒業。英米文学翻訳家。主な訳書に，レッキー『叛逆航路』，ヴィンジ『レインボーズ・エンド』，ハインライン『天翔る少女』，マキャフリー＆ラッキー『旅立つ船』ほか多数。

亡霊星域

2016年4月22日 初版

著 者 アン・レッキー

訳 者 赤《あか》 尾《お》 秀《ひで》 子《こ》

発行所 （株）東京創元社
代表者 長谷川晋一

162-0814/東京都新宿区新小川町1-5
電 話 03・3268・8231-営業部
03・3268・8204-編集部
URL http://www.tsogen.co.jp
振 替 00160-9-1565
萩原印刷・本間製本

ISBN978-4-488-75802-8 C0197